DER GROSSE LIEBESROMAN

Von der gleichen Autorin erschienen außerdem
als Heyne-Taschenbücher

*Plantage der Leidenschaft* · Band 28/2
*Die Glut der Leidenschaft* · Band 28/9
*Die große Liebe meines Lebens* · Band 28/17
*Die Geliebte des Lords* · Band 28/20
*Unschuld und Leidenschaft* · Band 28/30
*Erregend klingt das Lied des Blutes* · Band 28/36
*Leidenschaft im Goldrausch* · Band 28/41
*Des Herzens schrankenlose Sehnsucht* · Band 28/46
*Glücksritter der Liebe* · Band 28/52
*Flammen im Blut* · Band 28/58
*Der Liebe verschlungene Pfade* · Band 28/65
*Zwischen Liebe und Leidenschaft* · Band 28/71
*Traumtanz der Liebe* · Band 28/88

PATRICIA MATTHEWS

# Spielball der Liebe

ROMAN

Deutsche Erstveröffentlichung

WILHELM HEYNE VERLAG
MÜNCHEN

HEYNE – DER GROSSE LIEBESROMAN
Band 28/101

Titel der amerikanischen Originalausgabe
GAMBLER IN LOVE
Deutsche Übersetzung von Rosmarie Kahn-Ackermann


Printed in Germany 1986
Umschlagfoto: Oliviero Berni/Schlück
Umschlaggestaltung: Atelier Ingrid Schütz, München
Gesamtherstellung: Ebner Ulm

ISBN 3-453-84101-8

# 1

Die vom Wasser des angeschwollenen Eriekanals aufsteigende Luft war kalt und feucht; Catherine Carnahan schauderte und krümmte die Schultern unter der kurzen, abgetragenen Plaidjacke.

Mit der Dämmerung war der Nebel herbeigekrochen, und nun umgab er das Boot wie eine Schicht grauer Watte, so daß sie kaum ihre Hand auf der Ruderpinne sehen konnte. Der Treidelpfad war völlig verhüllt, nur das gedämpfte Klappern der Maultierhufe auf dem harten Boden und die Bewegung von ›Carnahan's Cat‹ verrieten ihr, daß die Tiere und Timmie Watkins, der Mulitreiber, an der Arbeit waren.

Die Laternen am Bug konnte sie hier, von der Ruderpinne aus, nicht sehen. Es war nicht üblich, daß Kanalboote in einer so nebligen Nacht wie dieser ihre Fahrt fortsetzten. Aber es wäre tollkühn gewesen, hier im ›Side-Cut‹ anzulegen, denn es war ein wahrer Hexenkessel, was Verbrechen, Gewalttaten und Ausschweifungen betraf. Innerhalb eines Gebiets von der Größe zweier Häuserblocks gab es neunundzwanzig Saloons, die von Kriminellen aller Grade der Verkommenheit aufgesucht wurden. Es wurde behauptet, im Cut gäbe es pro Tag mehrere hundert Raufereien und Krawalle und allwöchentlich eine Leiche im Kanal; und obwohl die ›Kanaler‹ im allgemeinen in Ruhe gelassen wurden, gab es gelegentlich doch ausreichend Betrunkene oder Verrückte, die eines der langsam fahrenden Boote aufs Korn nahmen.

Cat murmelte einen Fluch vor sich hin. Wenn Mick nicht gewesen wäre, so hätte sie den Cut noch bei Tageslicht durchfahren und jetzt in der Nähe von Albany angelegt, um eine warme Mahlzeit zu sich zu nehmen. Sie, Cat, hätte ihren Vater besser im Auge behalten sollen. Seine Unruhe und Nervosität, die jeweils einer Sauftour voranzugehen pflegte, war ihr einfach entgangen.

Und deshalb war Mick vom Kai verschwunden, während sie und Timmie mit Verladearbeiten beschäftigt waren, und er war erst am frühen Morgen sinnlos betrunken zurückgekehrt. Das wäre an sich nicht weiter schlimm gewesen, aber nun mußte die verlorene Zeit wieder eingeholt werden, und das war der Grund, weshalb Cat nicht wagte, die Nacht über anzulegen. Sie mußten sich mit ihrer Ladung Mehl an den Termin halten, sonst mußten sie Buße zahlen.

Flüchtig überkam Cat Bitterkeit beim Gedanken an ihren Vater, der unten in seiner Koje schnarchte; aber da sie letztlich nicht der Typ war, der über verschüttete Milch Tränen vergoß, wandte sie wieder ihre gesamte Aufmerksamkeit dem Bemühen zu, mit den Augen den dichten Nebel zu durchdringen. Schließlich ging es ihr besser als dem armen Timmie, der die weite Strecke hinter den langsam trottenden Mulis hergehen mußte, denn in einer Nacht wie dieser konnte er nicht reiten.

Durch den Nebelvorhang hindurch drangen die blechernen Töne eines verstimmten Klaviers und rauhes, betrunkenes Gelächter zu ihr herüber. Cat schauderte erneut. Wenn einer der miesen Bewohner des Cut herausbekam, daß ›Carnahan's Cat‹ vorüberfuhr, die nur von einem zweiundzwanzigjährigen Mädchen und einem neunzehnjährigen Mulitreiber in Gang gehalten wurde, so hätte er einer so leichten Beute vielleicht doch nicht widerstehen können.

Natürlich, wer die ›Cat‹ nicht kannte, konnte kaum bemerken, daß ein Mädchen an der Ruderpinne des Boots stand, denn Catherine trug Hosen, Stiefel und Plaidjacke, und ihr langes, gerades, braunes Haar war in die Wollmütze eines Mannes gestopft.

Nur eine nähere Betrachtung in gutem Licht hätte die zarten Züge einer Frau enthüllt. Sie hatte ein ziemlich schmales Gesicht mit lebhaften blauen Augen, einer kleinen Nase und einem großzügigen Mund. Immerhin, aus der Entfernung war das nicht ohne weiteres zu erkennen, denn Cat war ein großes, ziemlich breitschultriges Mädchen, dessen Schlaksigkeit in Männerkleidung den Eindruck knabenhafter Ungelenkheit erweckte.

Die anderen ›Kanaler‹, die sich im Gegensatz zu den üblichen Kanalschiffern so nannten, kannten sie zumeist seit ihrer Geburt und wußten natürlich auch, welchen Geschlechts sie war, aber sie waren durchweg verschlossene Iren, die selten mit den Leuten an Land sprachen, und selbst dann wären sie nie auf den Gedanken gekommen, Cat überhaupt zu erwähnen, denn sie waren in der Regel Menschen, die ein gewisses Maß an unkonventionellem Verhalten billigten und es als natürlich hinnahmen.

Trotz Kälte und Besorgnis merkte Cat, daß sie einzudösen

begann. Sie hatte den Eindruck, sich gar nicht mehr daran erinnern zu können, wann sie das letztemal geschlafen hatte. Aber dann hörte sie ein Geräusch, das sie hellwach werden ließ – das Dröhnen einer Männerstimme und der Lärm einer Rauferei. Sehen konnte sie nichts.

»Timmie?« rief sie leise. Keine Antwort. War ihm etwas zugestoßen? »Timmie!« Diesmal war ihre Stimme lauter.

Die Fahrt des Bootes hatte sich verlangsamt, und gleich darauf stieß es gegen das Ufer; Timmie, ein kleiner, untersetzter Junge mit feuerrotem Haar, tauchte plötzlich aus dem Nebel auf.

»Da is, glaub' ich, jemand überfallen worden, Miß Catherine. Ich hab' bloß irgend'n Durcheinander sehen können. Ich glaub', drei Kerle haben 'nen vierten vertrimmt.«

Cat zögerte. Sie empfand Mitgefühl für das Opfer, aber andererseits gab es jede Nacht so viele Opfer entlang dieses Teils des Kanals. Es war dumm von dem Mann, sich in diese Situation zu begeben, und es wäre von ihr ebenso dumm gewesen, ihm zu Hilfe zu eilen. Im Side-Cut konnte sie das teuer zu stehen kommen.

Mit einem Seufzer griff sie nach dem Colt im Holster, der neben der Ruderpinne hing. Sie haßte Schußwaffen, aber verbissen hatte sie sich dazu gezwungen, sich mit ihnen vertraut zu machen, denn die meisten der Halunken, die hier entlang des Kanals hausten, verstanden nichts anderes als Gewalt.

»Halte die Mulis an, Timmie«, sagte sie leise.

Dann kletterte sie hinaus auf den Treidelpfad.

Timmie starrte mit aufgerissenen Augen auf den Colt. »Miß Catherine, Sie werden doch nicht...«

»Es ist blöde von mir, ich weiß, aber ich kriege es einfach nicht fertig, irgendeinen armen Kerl zu Tode prügeln zu lassen, ohne wenigstens versucht zu haben, ihm zu helfen.«

»Dann komm' ich mit Ihnen...«

»Nein«, sagte sie energisch. »Du bleibst bei den Mulis, sonst werden sie vielleicht von jemand gestohlen. Ich kann mit dem Ding hier umgehen.« Sie bewegte die Waffe in der Hand.

Während sie in Richtung des Lärms ging, spannte sie den Revolver. Ein Windstoß riß plötzlich eine Lücke in den Nebel, und sie sah vier Gestalten. Eine davon lag auf dem Boden, die drei anderen beugten sich über sie. Einer der Angreifer hielt einen kurzen Knüppel in den Händen, und während Cat zusah, fuhr er mit einem scheußlich dumpfen Laut auf den Liegenden hinab.

Cat nahm den Colt fest in beide Hände und hob ihn an. »Jetzt reicht's, Gents«, sagte sie und zielte mit der Waffe auf den Mann, der ihr am nächsten stand.

Die drei erstarrten. Cat bewegte die Waffe. »Ich schlage vor, daß ihr drei ganz langsam zurückgeht und dann abhaut. Es sei denn, einer von euch möchte unbedingt ein Loch im Bauch haben.«

Die Männer starrten sie mit verschwommenen Blicken an. In ihrer Betrunkenheit wußten sie nicht recht, wie sie mit dieser neuen Entwicklung der Dinge fertig werden sollten. Dann sagte einer von ihnen verächtlich: »He, Kumpel, das is' ja nur 'n junger Bursche.« Er trat einen Schritt auf Cat zu.

»Haut ab!« zischte sie. »Los, los!« Und um ihren Worten Nachdruck zu verleihen, schoß sie eine Kugel in den Boden zu Füßen der Männer.

Die drei begannen zurückzuweichen, bis sie schließlich vom Nebel aufgeschluckt worden waren. Dann hörte Cat, wie sie in Richtung des Cut davontrampelten.

Sie wartete einen Augenblick, um sich zu überzeugen, daß sie wirklich weg waren, dann näherte sie sich der auf dem Boden liegenden Gestalt und beugte sich über sie. Es handelte sich um einen jüngeren Mann – schätzungsweise anfangs Dreißig – aber sein Gesicht war zu zerschlagen und blutig, als daß sie sich da hätte sicher sein können.

Jedenfalls war er gut angezogen, und Cat schüttelte den Kopf. Dumm, einfach dumm. Jedermann wußte, daß gut betuchte Leute bei Dunkelheit im Side-Cut nichts zu suchen hatten. Was hatte er sich denn gedacht?

Sie fuhr herum, als sie Schritte hinter sich hörte, aber es war nur Timmie. Er war blaß. »Ich konnt' nicht mehr länger warten, Miß Catherine. Ich dachte, Sie wären vielleicht...« Er brach ab, als er den Mann zu ihren Füßen sah. »Himmel, Miß Catherine! Der arme Kerl ist aber in 'nem traurigen Zustand.«

»Hilf mir, ihn auf die ›Cat‹ zu schaffen, bevor jemand kommt.«

»Aber Miß Catherine«, sagte er in zweifelndem Ton, »finden Sie das gescheit? Vielleicht sollten wir erst den Cap fragen...«

»Mein Vater ist zu betrunken, um wegen irgendwas gefragt zu werden«, sagte sie scharf. »Nun hilf schon.«

Der Mann auf dem Boden war groß und kräftig, aber es gelang ihnen schließlich, ihn an Bord zu bringen. Als sie ihn neben die Ruderpinne aufs Deck gelegt hatten, wandte sich Cat an Timmie. »Geh zu den Mulis zurück, Timmie, damit wir weiterkommen. Wir müssen schnell von hier weg, bevor ich mich um seine Verletzungen kümmern kann.«

›Schnell‹ war eine kühne Bezeichnung, denn das Beste, was aus einem Kanalboot herauszuholen war, waren zwischen drei und sechs Kilometer pro Stunde. Aber nach einer halben Stunde war Cat der Ansicht, daß sie sich weit genug vom Cut entfernt hatten, um am Ufer anlegen zu können.

Sie schleppten den Fremden nach unten und legten ihn auf die leere Koje in der Kabine ihres Vaters. Mick Carnahan schnarchte genußvoll auf seiner eigenen Koje. Cat schickte Timmie wieder nach oben, damit er Wache hielt. Dann ging sie in die Kombüse, erweckte das Feuer im Herd wieder zum Leben und wärmte Wasser. Sie schüttete es in eine Schüssel, ergriff ein Tuch und kehrte zu dem Verletzten zurück. Vorsichtig wusch sie das Blut von seinem zerschlagenen Gesicht. Am Hinterkopf hatte er eine große, schwammige Beule; als sie sie abwusch, begann der Mann zu stöhnen, aber er kam nicht zu sich.

Als sein Gesicht gereinigt war, stellte Cat fest, daß er eigentlich gut aussah. Er hatte hohe Backenknochen, eine stark vorspringende Nase und einen breiten, gut geschnittenen Mund. Sie überzeugte sich, daß seine Zähne heil waren. Er hatte mehrere Schnitte im Gesicht, aber keiner war sonderlich tief; eine Schwellung unmittelbar neben seinem rechten Auge begann sich purpurn zu verfärben.

Nicht ohne Mühe zog sie seine Stiefel aus und ging zum Medizinschränkchen in der Kombüse, um eine Flasche Jod herauszunehmen, mit dem sie die Schnitte in seinem Gesicht betupfte. Der brennende Schmerz brachte ihn endlich zu Bewußtsein. Seine Augen, dunkelbraun, öffneten sich zögernd, und er betrachtete sie benommen.

»W-was?« murmelte er. »Wer sind Sie, Sir?«

Sie nahm ihre Mütze ab, und das feine, braune Haar fiel ihr über die Schultern.

Er sah überrascht drein. »Ein Mädchen. So was – entschuldigen Sie bitte, Ma'am.« Er versuchte den Kopf zu heben. »Wo bin ich?«

»Auf der ›Cat‹, Sir. Das ist ein Kanalboot, das meinem Vater und mir gehört. Erinnern Sie sich nicht, was mit Ihnen passiert ist?«

Er runzelte die Stirn und zuckte zusammen, als seine Hand die Beule an seinem Hinterkopf berührte. »Ich – ich kann mich offenbar an gar nichts erinnern.«

»Das wundert mich nicht. Sie haben da eine scheußliche Beule. Drei Raufbolde haben Sie neben dem Treidelpfad angegriffen. Einer von ihnen hatte einen Knüppel. Ich glaube, es ist Ihnen nichts weiter geschehen, wenn man von den Schnitten und den Schwellungen absieht. Übrigens – ich heiße Catherine Carnahan.«

»Ich . . .« Er runzelte erneut die Stirn und sah verwirrt drein. »Ich weiß nicht einmal, wer ich bin! Ich kann mich nicht mehr an meinen Namen erinnern.

Sie nickte mitfühlend. »Ein tüchtiger Schlag kann so was bewirken. Morgen sind Sie sicher wieder ganz in Ordnung. Im Augenblick wird es für Sie das beste sein, wenn Sie schlafen. Glauben Sie, daß Sie sich selbst ausziehen können oder soll ich Ihnen dabei helfen?«

»Oh, das schaffe ich ganz sicher allein«, sagte er hastig.

»Gut. Ich bin gleich außerhalb der Kabine. Wenn Sie Hilfe brauchen, rufen Sie.«

Cat verließ den Raum und blieb draußen an der Reling stehen. Sie sollten eigentlich so schnell wie möglich weiterfahren. All dieser Unsinn hatte viel Zeit gekostet. Dieser verdammte Mick! Wenn er sich nicht betrunken hätte, wäre all das nicht passiert. Es fiel ihr schwer, ihn in solchen Augenblicken zu lieben, sich daran zu erinnern, wie das früher mit ihm gewesen war – vor der Tragödie. Seit Jahren hatte sie, Cat, das Boot allein in Betrieb gehalten.

Mit der Trinkerei hatte er nach dem Tod seiner Frau angefangen. Cat war erst zwölf gewesen, als es geschah, und die Erinnerung an ihre Mutter war verblaßt. Nur ein paar Erinnerungen an ein weiches, hübsches Gesicht, an Arme, die sie liebevoll umschlossen hatten, waren noch geblieben. Ihr

Tod war tragisch gewesen – sie war in den Kanal gestürzt und ertrunken. Mick war zu dem Zeitpunkt betrunken gewesen, und seither hatte er sich immer für ihren Tod verantwortlich gefühlt. Aber dieses Schuldgefühl hatte ihn nicht bewogen, mit dem Trinken aufzuhören, sondern ihn zum wirklichen Saufbold gemacht. Die meisten ›Kanaler‹ verachteten ihn nun, aber Cats eigensinniger Stolz veranlaßte sie, ihn immer heftig in Schutz zu nehmen. Nur wenn sie mit ihm allein war, schalt sie ihn deswegen aus.

Sie seufzte. In anderen Jahren war sein Versagen nicht so sehr ins Gewicht gefallen; zumindest während des Tages war er im allgemeinen ausreichend nüchtern gewesen, um auf dem Boot mitzuhelfen, und wenn sie gelegentlich einmal bis zu vierundzwanzig Stunden festlagen, bis er wieder nüchtern war, so war das keine Katastrophe gewesen. Aber in diesem Jahr, 1832, lag die Sache anders. Im Land herrschte die erste große wirtschaftliche Depression seit seinem Bestehen. Vor dieser Depression waren die Kanalboote Tag und Nacht beschäftigt gewesen. Nun war ein verlorener Tag ein Unglück, und Cat konnte sich nicht leisten, einen weiteren Mann als Hilfskraft einzustellen.

Der Verletzte in der Kabine fiel ihr wieder ein. Sie rief Timmie auf dem Treidelpfad drüben zu, die Mulis für die Nacht zu versorgen und sich selbst schlafen zu legen. Sie wollte morgen in aller Frühe aufbrechen.

In die Kabine zurückgekehrt, stellte sie fest, daß ihr Vater nach wie vor schnarchte und daß der Fremde unter seiner Decke schlief. Sie hängte die Kleidung des Mannes ordentlich auf Haken neben der Koje und betrachtete sie, bis die Neugier sie übermannte. Schnell durchsuchte sie Rock, Hose und Weste, fand aber lediglich eine goldene Uhr mit einer langen Kette. In den Taschen befanden sich weder Brieftasche, noch Kleingeld, noch irgendwelche Ausweispapiere. Augenscheinlich war er ausgeplündert worden. Die Uhr war den Halunken offensichtlich entgangen.

Sie drehte sie in den Händen und entdeckte eingravierte Buchstaben auf der Hinterseite: MORGAN KANE.

Sie mußte die Möglichkeit in Betracht ziehen, daß der Mann in der Koje ein Dieb war, daß er die Uhr gestohlen hatte. Jeder, der sich bei Nacht im Side-Cut aufhielt, mußte entweder ein Dummkopf oder ein Verbrecher sein.

Sie steckte die Uhr wieder in die Westentasche und ging in ihre eigene winzige Kabine. Aber obwohl sie hundemüde war, konnte sie nicht gleich schlafen. Immer wieder tauchte vor ihrem inneren Auge das Gesicht Morgan Kanes auf – wenn er überhaupt so hieß. Bisher hatte sie nie sonderlich auf Männer geachtet, sie hatte genug damit zu tun, das Boot in Betrieb zu halten. Zudem waren die meisten der unverheirateten Männer entlang des Eriekanals Rowdys oder Schlimmeres und ohne Anziehungskraft für sie.

Aber der Gedanke an den Fremden in der Kabine ihres Vaters ließ ihr Herz schneller schlagen, und ihr wurde klar, daß er durchaus anziehend auf sie wirkte.

Ärgerlich über sich selbst warf sie sich eine Zeitlang von einer Seite auf die andere, bis sie schließlich doch einschlief.

Am nächsten Morgen verschlief sie ihre gewohnte Aufstehzeit, und nachdem sie sich hastig angezogen hatte und an Deck geeilt war, stellte sie fest, daß Timmie die Mulis bereits aus ihrem Verschlag geholt, angeschirrt und auf den Treidelpfad gebracht hatte. Cat nahm ihren Platz hinter der Ruderpinne ein, und das Boot setzte sich in Bewegung.

Sie straffte die Schultern und sah sich befriedigt um. Cat liebte das Leben auf dem Kanal. Es verschaffte ihr ein Freiheitsgefühl, das sie an Land nie empfunden hätte, und sie wurde den stetig wechselnden Blick auf das Erieufer niemals müde.

Eine heisere Stimme hinter ihr grollte: »Was hat der Kerl in meiner Kabine zu suchen, Tochter?«

Cat drehte sich zu ihrem Vater um. Mick Carnahan war Mitte Fünfzig, aber die Trunksucht ließ ihn älter erscheinen. Seine Haare waren von schmutzigem Weiß, die verschwommen blickenden Augen blutunterlaufen, sein Körper gedunsen. Cat erinnerte sich an die Zeiten, als er noch groß und aufrecht gewesen war, für zwei gearbeitet hatte und trotzdem mit ihrer Mutter abends zum Tanzen gegangen war.

»Er ist von irgendwelchen Halunken überfallen worden, als wir durch den Cut fuhren.«

»Das erklärt noch nicht, wie er in meine Kabine kommt.«

»Ich bin ihm zu Hilfe gekommen und habe die Burschen mit meiner Pistole vertrieben.«

Er starrte sie mit offenem Mund an. »Heiliger Bimbam! Bist

du verrückt, Mädchen? Wie oft habe ich dich davor gewarnt, im Cut an Land zu gehen, vor allem bei Nacht?«

Sie zuckte die Schultern. »Wenn ich ihm nicht geholfen hätte, wäre er jetzt wahrscheinlich tot. Im übrigen kann sich der arme Kerl nicht einmal mehr an seinen eigenen Namen erinnern.«

»Alles gut und schön, Catherine, aber es war nicht deine Sache, dich darum zu kümmern. Es hätte dir was passieren können.«

»Wer hätte es denn sonst tun sollen? Du vielleicht?« sagte sie grimmig. »Du warst für die Welt verloren, Mick.«

Er errötete und wandte den Blick ab. »Tut mir leid. Aber deshalb hättest du trotzdem kein solches Risiko für einen Fremden auf dich nehmen dürfen.«

»Du hättest den Mann auch nicht seinem Schicksal überlassen«, sagte sie etwas freundlicher. »Wie wär's, wenn du uns jetzt Frühstück machen würdest?«

Er nickte dumpf und stolperte nach unten. Cat lächelte vor sich hin. Wenn er nicht allzu betrunken war, war er ein guter Koch und bereitete die Mahlzeiten sehr wohlschmeckend zu, wenn auch unter dauerndem Gebrumm über die ›Weiberarbeit‹.

Cat ihrerseits war an Kochen uninteressiert, wofür ihr Vater sie gelegentlich schalt. »Wie willst du je 'nen Mann kriegen, Mädchen, wenn du nicht mal kochen kannst?«

»Wenn mich ein Mann nicht heiratet, weil ich nicht kochen kann, dann will ich ihn auch nicht haben.«

Zwei andere Kanalboote begegneten ihr, beide größer als üblich und bunt bemalt. Die meisten Besitzer von Kanalbooten gaben sich gar nicht die Mühe, ihre Schiffe zu streichen.

Als die beiden Boote näher kamen, sah Cat, weshalb sie so bunt waren – es waren Zirkusboote. Auf einem Schild stand: ZIRKUS DER GEBRÜDER BLANTON.

Warum sollte irgend jemand den Wunsch haben, den Kanal zu verlassen – außer um irgendwelche Geschäfte zu erledigen? Alles, was man im Leben brauchte, gab es hier – Theaterschiffe, Boote mit Ärzten, Saloons und Tänzerinnen, Restaurantboote – ja sogar welche, auf denen Gottesdienste abgehalten wurden.

»Guten Morgen, Miß«, sagte eine Stimme zögernd hinter ihr.

Cat drehte sich um und erblickte den Fremden. Er sah blaß aus, die Bandage um seinen Kopf war blutbefleckt.

»Sind Sie die junge Lady, die mich gerettet hat? Ich habe irgendwie die Erinnerung an einen barmherzigen Engel, der sich gestern nacht über mich gebeugt hat, aber ich war mir nicht sicher, ob es nicht nur ein Traum war.« Er lächelte ein bißchen mühsam.

Cat lächelte zurück. »Wie fühlen Sie sich denn, Mr. Kane?«

»Ich weiß nicht recht, Miß...« Er runzelte die Stirn. »Ich meine mich zu erinnern, daß Sie sich gestern abend vorgestellt haben, aber ich...«

»Catherine Carnahan, aber jeder nennt mich Cat.«

»Was Ihre Frage betrifft – ich weiß nicht recht, wie ich mich fühle...« Er berührte sachte die Beule an seinem Hinterkopf und zuckte zusammen.

»Ein paar Kilometer weiter vorn kommen wir zu einer Stadt, in der Sie vielleicht einen Arzt aufsuchen können. Ich habe mein Bestes getan, aber ich verstehe nicht viel vom Herumdoktern.«

»Sehen wir mal, wie ich mich dann fühle.« Er warf ihr einen verblüfften Blick zu. »Sie haben mich ›Mr. Kane‹ genannt. Wieso kennen Sie meinen Namen? Ich habe ihn gestern abend doch selbst nicht mehr gewußt.«

Cat spürte, wie sie verlegen errötete. »Da Sie sich offenbar an nichts mehr erinnern konnten, habe ich Ihre Taschen durchsucht, um irgendein Ausweispapier zu finden. Aber ich fand nur eine Uhr mit einem eingravierten Namen. Es ist doch Ihre Uhr und Ihr Name, oder nicht?«

Er zögerte einen Augenblick und wandte den Blick ab, bevor er antwortete. »Ehrlich gesagt, ich bin mir nicht sicher. Aber vermutlich ist es so, meinen Sie nicht?«

»Wenn Sie's nicht wissen, Sir, wie sollte dann ich es wissen?«

Er wollte etwas sagen, schwieg aber, als seine Aufmerksamkeit durch etwas auf der anderen Seite des Kanals abgelenkt wurde. Es war ein anderes Boot, ein schäbig aussehendes Fahrzeug. Die ursprüngliche Farbe war seit langem abgeblättert und nicht mehr erneuert worden. Am Heck standen zwei Leute. Der Mann an der Ruderpinne war groß und massig und hatte langes, schwarzes Haar und einen Vollbart. Er trug Arbeitskleidung. Der Mann neben ihm war sehr gut angezogen; in Cats Augen mußte er so etwas wie ein Dandy sein.

Der Mann an der Ruderpinne schüttelte die Faust und beschimpfte seinen Treiber auf dem Treidelpfad drüben. »Bring diese verdammten Mulis in Trab, du Faulpelz! Ich möcht' noch vor Weihnachten ankommen!«

Dann drehte er den Kopf und erblickte Cat, die zu ihm hinüberblickte. Er fletschte die Zähne und schüttelte die Faust auch in ihre Richtung. »Was glotzt du denn so, du verdammtes Frauenzimmer! Kümmere dich um deinen eigenen Kram.«

Cat hielt es nicht für nötig, zu antworten, aber sie wandte auch den Blick nicht ab. Sie starrten einander über den schmalen Streifen Wasser hinweg an, bis der gut angezogene Mann den anderen in die Rippen stieß und auf ihn einredete. Der Mann am Steuerrad drehte hastig den Kopf zurück und merkte, daß er vom Kurs abgekommen war. Mit einem Fluch versuchte er, seinen Fehler zu korrigieren.

Cat lachte schadenfroh und keineswegs leise. Dann glitten die beiden Boote schnell auseinander, aber die Flüche des Mannes drüben waren noch deutlich hörbar.

»Wer ist das denn?« fragte Morgan Kane.

»Das, Mr. Kane, ist die Geißel des Eriekanals«, sagte Cat trocken. »Zumindest hält er sich dafür, und in gewisser Weise hat er recht. Er heißt Simon Maphis. Die ›Kanaler‹ sind ein rauhes Volk, aber er ist zudem völlig skrupellos. Wie Sie sicher wissen, stecken wir im Augenblick in einer Depression. Wir haben alle Schwierigkeiten. Simon Maphis unterbietet jeden, um seine Ladungen zu bekommen, und er trampelt alles nieder, was mit ihm konkurrieren möchte. Es ist schon behauptet worden, er habe ›Kanaler‹ umgebracht, und er habe mehr als einmal andere Boote versenkt, um dann ihre Kontrakte zu übernehmen.«

Morgan sah sie neugierig an. »Gibt es denn auf dem Kanal keine Gesetze?«

»Sehr wenige, so lange wir keine Scherereien mit den Leuten auf dem Land anzetteln. Man läßt uns weitgehend in Ruhe, und was wir untereinander tun, ist unsere Sache.«

»Für eine Frau scheint mir das ein seltsames Leben zu sein.«

»Es ist nicht so schlimm«, sagte sie ernsthaft. »Die meisten ›Kanaler‹ sind nicht wie Maphis. Einige der Männer raufen vielleicht miteinander, trinken und saufen, aber im wesentlichen arbeiten alle hart und lassen einander in Ruhe. Unglücklicherweise gibt es Ausnahmen.« Sie seufzte. »So wie Simon Maphis.«

»Er scheint Sie zu kennen. Irgendwie hatte ich den Eindruck, daß er Sie nicht leiden kann.«

Sie lachte kurz. »Kann man wohl sagen. Er hat mich einmal allein auf der ›Cat‹ angetroffen und...« Sie zögerte und spürte, daß sie rot wurde. Sie ließ den Satz unbeendet. »Ich konnte mich wehren. Das hat sich dann herumgesprochen, und auf dem Kanal hat alles über ihn gelacht. Das verträgt er nicht gut.«

Der unangenehme Zwischenfall war Cat noch lebhaft im Gedächtnis und würde es vermutlich immer bleiben.

Es war vor achtzehn Monaten gewesen, zwei Wochen nach ihrem einundzwanzigsten Geburtstag. Sie hatten gerade eine Ladung Getreide an Land gebracht und wollten ein paar Tage wohlverdiente Rast am Kanalufer machen. Cat war allein auf dem Boot; ihr Vater war in die nächste Taverne verschwunden, und Timmie besuchte seinen Onkel in der Stadt.

Cat war der Gedanke, ein bißchen allein zu sein, nur angenehm. Sie hatte den Morgen damit verbracht, die alte Farbe auf eine auf dem Boden ausgebreitete Decke herunterzukratzen. In der Kabine war es, obwohl Tür und Fenster offenstanden, brütend heiß. Cat trug der Hitze wegen eine auf halber Höhe der Schenkel abgeschnittene Männerhose, darüber ein Männerhemd, das nur mit zwei Knöpfen über den nackten Brüsten geschlossen war, und sie war barfuß. Da sie an einem verlassenen Seitenarm des Hauptkanals angelegt hatten, dachte sie sich nichts dabei, in ihrer spärlichen Aufmachung an Deck zu gehen, um die alte Decke mit den Farbresten auszuschütteln.

Sie hatte eben damit begonnen, das Schott in der Kabine zu streichen, als sie eine leichte Erschütterung des Boots spürte, dann waren oben schwere Schritte zu hören. Sie lauschte. Timmie war das nicht, und das war gut so, denn sie wußte seit einiger Zeit, daß er sie anhimmelte. Also mußte es ihr Vater sein. Beruhigt fuhr sie in ihrer Arbeit fort.

Sie malte gern, und die ›Cat‹ sah im Gegensatz zu den

meisten anderen Kanalbooten immer tipptopp aus; und ihr Vater pflegte die Komplimente dafür einzuheimsen, auch wenn er seit Jahren keinen Pinsel in der Hand gehabt hatte.

Als sie nun von der Tür der Kabine her eine fremde Stimme hörte, fuhr sie herum und stieß einen Schreckensschrei aus.

»Du heißt Cat, nicht wahr? Nennt man dich nicht so?«

Der Mann auf der Schwelle war riesig, füllte den Türrahmen völlig aus. Sein dichter schwarzer Bart, das dunkle, fettige Haar, das hämische Lächeln und die kalten Augen hatten etwas Finsteres an sich.

Er trat einen Schritt weiter in die Kabine hinein. »Ich hab' dich auf dem Deck gesehen, Kleine. Vorher warst du immer in Männerkleidung versteckt. Ich hab' gar nicht gemerkt, wie hübsch du bist. Ist doch ein Jammer, so hübsche Arme und Beine und alles übrige zu verstecken, oder nicht?«

Sein Blick war gierig auf ihre halb entblößten Brüste gerichtet. Cat hob unwillkürlich einen Arm, um sie zu verbergen. Sie begriff plötzlich, was er wollte, und sie zermarterte sich den Kopf nach einer Möglichkeit, ihm zu entkommen. Es war sinnlos, um Hilfe zu schreien, das wußte sie.

Irgendwie kam ihr der Mann bekannt vor, aber sie wußte nicht, wie er hieß. Um Zeit zu gewinnen, sagte sie in möglichst ruhigem Ton: »Sie sind mir gegenüber im Vorteil, Sir. Sie kennen meinen Namen, aber ich kenne Ihren nicht.«

»Ich bin Simon Maphis, der Besitzer der ›King‹. Ich bin der König des Eriekanals.« Er grinste bösartig und trat schwankend näher. »Und wenn du dir einbildest, es würde deine Haut retten, wenn du meinen Namen kennst, dann bist du auf dem Holzweg. Wer will denn dagegen was tun? Dein besoffener Vater? Oder der Rotzlöffel von Mulitreiber?«

Sie spielte die Verdutzte. »Wieso retten? Wovor soll mich etwas retten, Sir?«

Simon Maphis lachte derb. »Du bist nicht blöde, Mädchen. Du weißt genau, was ich möchte, und ich geh' nicht weg, bevor ich's gekriegt hab'. Simon Maphis bekommt immer, was er will.« Er trat einen weiteren Schritt vor. »Du kannst's auf die einfache Tour haben oder mit Gewalt, wie du willst. Ich, ich mag die Weiber so oder so. Allem nach, was ich gehört hab', bist du eine wilde kleine Hexe. Es wird Zeit, daß du gezähmt wirst, und Simon Maphis ist genau der Richtige, um das zu besorgen.«

Langsam und vorsichtig bewegte er sich auf sie zu, und dann war er so nahe, daß ihr sein Körpergeruch in die Nase stieg – der widerliche Gestank eines seit langem eingesperrten und ungewaschenen Tiers. Cat hielt noch immer den Farbeimer in der Linken, den Pinsel in der Rechten. Sie wich nicht einen Zentimeter weit zurück, und sie schrie auch nicht.

Dieser Mangel an Furcht überraschte Maphis offensichtlich ein bißchen, denn er blieb auf Armabstand stehen und begann dann zu grinsen. »Dann also auf die einfache Tour? Das ist gescheit von dir, Kleine. Zeigt, daß du Verstand hast.«

Er machte einen weiteren kurzen Schritt auf sie zu, und Cat hob mit all ihrer Kraft den Farbeimer hoch und stieß ihn mit Macht in Maphis' Leistengegend. Er brüllte vor Schmerz auf. Während er zusammenklappte, wischte sie ihm mit dem Pinsel übers Gesicht und wieder zurück, so daß zwei breite gelbe Streifen zurückblieben.

Maphis wandte sich halb ab und stöhnte. Noch immer vornübergebeugt, die Hände gegen die schmerzende Stelle gepreßt, bewegte er sich wie ein verwundetes Tier auf die Kabinentür zu. Cat folgte ihm auf den Fersen, tauchte immer wieder den Pinsel ein und schwappte bei jedem Schritt Farbe über den Mann.

Als die beiden schließlich das Deck erreichten, war sie noch immer hinter ihm und bespritzte ihn mit Farbe.

Und dann, um Maphis' Demütigung vollständig zu machen, kamen ausgerechnet in diesem Augenblick zwei ›Kanaler‹ den Treidelpfad entlanggeschlendert. Sie blieben bei dem Anblick mit offenem Mund stehen. Dann brach der eine in schallendes Gelächter aus und stieß den anderen in die Rippen. »Weißt du, wer das ist, Ned? Das ist Simon Maphis, der ›König des Eriekanals‹ persönlich!« Er hob die Stimme. »Was ist'n los, Cat? Versuchst du den König so anzumalen, wie es sich gehört?«

Maphis ignorierte die beiden, so gut es ging. Mit schmerzverzerrtem Gesicht kletterte er über den Rand der ›Cat‹ und hinaus auf den Treidelpfad.

»Der Drecksack hat versucht, mich zu vergewaltigen!« rief das Mädchen den beiden Männern zu.

Deren Gelächter erstarb, und sie starrten Maphis an. »Das ist eine miese Sache, Maphis«, sagte der eine. »Du weißt, daß

Cat eine von uns ist. Warum sparst du dir so was nicht für die Weiber im ›Cut‹ auf?«

Maphis ignorierte die beiden nach wie vor. Mit einer schmerzlichen Grimasse starrte er bösartig zu Cat hinüber. »Das wird dir noch mal leid tun, Mädchen. Niemand macht Simon Maphis ungeschoren lächerlich.«

Einer der Männer lachte erneut. »Sieht so aus, als hätte sie gerade das getan, Maphis. Du machst dich besser aus dem Staub, bevor sie den Rest der Farbe über dich schüttet.«

Maphis wandte mit der gleichen Bösartigkeit seinen Blick den Männern zu, und sie schwiegen und scharrten nervös mit den Füßen. Maphis drehte sich auf dem Absatz um und ging den Treidelpfad entlang – mit großer Behutsamkeit.

»Ist mit Ihnen alles in Ordnung, Miß Catherine?« fragte einer der Männer. »Hat er Ihnen was angetan?«

Cat starrte hinter Maphis her. »Es ist alles in Ordnung«, sagte sie mit gepreßter Stimme. »Danke.«

Sie wandte sich wieder der Kabine zu und wußte, daß die Geschichte in Bälde entlang des gesamten Eriekanals bekannt sein würde. Simon Maphis würde für lange Zeit Ziel des Spotts sein. Sie wünschte sich inbrünstig, der Vorfall wäre unentdeckt geblieben. Und das Schlimmste war, sie wußte, sie würde Mick alles erzählen müssen. Früher oder später würde er es doch hören, und es war nicht auszudenken, zu welchen Dummheiten er sich würde hinreißen lassen, wenn er genügend Alkohol zu sich genommen hatte.

Es war gerade noch ausreichend Farbe im Eimer, daß sie die Kabine fertig streichen konnte, und als Mick und Timmie zurückkehrten, war auch alles gesäubert. Ihr Vater war komplett betrunken. Sie beschloß, bis zum nächsten Morgen zu warten, bevor sie ihm von der Sache erzählte.

Als sie ihm dann berichtete, was vorgefallen war, stürmte er auf dem Deck auf und ab. Mit geballten Fäusten brüllte er: »Ich werd' den Drecksack zu Brei schlagen!«

»Du wirst nichts dergleichen tun«, sagte sie in scharfem Ton. »Das würde alles nur schlimmer machen. Und du bist Maphis nicht gewachsen, Mick. Er würde dich in kleine Stücke zerreißen und sie in den Kanal werfen.«

Er starrte sie an. »Du meinst, ich soll überhaupt nichts unternehmen? Der Mistkerl versucht, meine Tochter zu vergewaltigen, und ich soll gar nichts dagegen tun?«

»Genau das meine ich. Er hat mich nicht vergewaltigt, er hat's bloß versucht.«

»Aber, Catherine, ich könnte ihm wenigstens die Polizei auf den Hals schicken.«

»Ach, die würde gar nichts unternehmen«, sagte sie verächtlich. »Du weißt doch, was die von den ›Kanalern‹ halten. Wahrscheinlich würden sie finden, ich hätte bloß gekriegt, was ich verdient habe.«

Er sah ihr offen ins Gesicht. »Und das stimmt auch. Ein Mädchen wie du sollte nicht auf dem Kanal arbeiten. Du solltest in einem feinen Haus wohnen, anständige Kleidung tragen und mit irgendeinem tüchtigen Burschen verheiratet sein und meine Enkel aufziehen.«

Sie seufzte verbittert. »Mick, das haben wir nun ich weiß nicht wie oft alles durchgekaut. Ich mag kein feines Haus und keine anständige Kleidung, und ich mag auch nicht mit einem ›tüchtigen Burschen‹ verheiratet sein. Ich bin ganz glücklich da, wo ich bin, und mit dem, was ich tue, und ich gedenke hier zu bleiben. Und damit basta.«

Das war dann das Ende der Angelegenheit gewesen, bis auf die wenigen Male, in denen Cat Maphis' Weg kreuzte und seine gehässigen Blicke in Empfang nahm. Die Geschichte war auf dem ganzen Erie bekannt geworden, und Maphis war eine Zeitlang Zielscheibe des Spotts gewesen; aber wie alle solchen Dinge geriet das Ganze schließlich in Vergessenheit – genauso wie auch ihr Vater zweckmäßigerweise die Episode aus seiner Erinnerung verbannte, als ob sie nie geschehen wäre.

Trotzdem, Cat wußte, daß Maphis sie nicht vergessen hatte; und sie nahm sich vor, niemals in die Situation zu geraten, mit ihm allein zu sein.

Von all dem erzählte sie Morgan Kane natürlich nichts. Sie sagte lediglich: »Wir gehen einander aus dem Weg. Wir sehen uns nur, wenn wir wie heute auf dem Kanal aneinander vorbeifahren.«

»Gibt es viele andere Mädchen, die so wie Sie auf den Booten arbeiten?«

»Nicht allzu viele, nehme ich an. Die meisten ›Kanaler‹ sind Männer, die auf ihren Booten leben, manchmal mit Frau und Kindern.« Sie sah ihn neugierig an. »Sagen Sie mir eines, Mr.

Kane ... gerade vorhin behaupteten Sie, Sie wüßten nicht mit Sicherheit, daß das wirklich Ihr Name ist. Soll das heißen, daß Sie sich nach wie vor nicht erinnern, wer Sie sind und weshalb Sie sich gestern nacht im ›Cut‹ herumgetrieben haben? Und warum Sie überhaupt überfallen wurden?«

»Allem nach, was Sie mir über diesen ›Side-Cut‹ erzählt haben, liegt zumindest die Antwort auf die letzte Frage nahe. Es war ein Raubüberfall. Was den Rest betrifft...« Er zögerte und fuhr dann langsam fort: »Leider ist darauf die Antwort ›nein‹, Miß Carnahan. Ich erinnere mich an nichts. Ich weiß nicht einmal genau, wer ich bin.«

## 2

Mick Carnahan, in der Kombüse beschäftigt, war unglücklich. Erstens hatte er einen scheußlichen Katzenjammer, und der Duft nach gebratenem Schinken und Eiern verursachte ihm Übelkeit. Er hätte seine Seele – sofern er noch eine hatte, dachte er mürrisch – für ein Glas Schnaps gegeben. Aber er wußte genau, daß sich an Bord der ›Cat‹ kein Alkohol befand. Dafür sorgte seine Tochter.

Aber der zweite und Hauptgrund für seine miserable Laune war die Anwesenheit des Fremden, den Cat gestern nacht an Bord genommen hatte. Und sie hatte ihn auch noch aus dem ›Cut‹ herausgeholt! Vielleicht war er wirklich von Halunken überfallen worden, vielleicht aber auch nicht. Sicher, seine Kleidung war wesentlich besser als die im Cut übliche, aber er konnte sie auch gestohlen haben. Cat hatte mehr Courage als gut für sie war.

Er selbst war sich seines Versagens wohl bewußt, aber trotz seines immer wieder einmal gefaßten Entschlusses, sein Leben in Ordnung zu bringen, wußte er im Grund seines Herzens, daß er es nie schaffen würde. Er war relativ spät an den Erie gekommen, und auf einem Umweg. Eine große Anzahl der ›Kanaler‹ waren Iren, und viele von ihnen hatten ursprünglich beim Bau des Kanals geholfen. Aber Mick war kein gewöhnlicher Arbeiter; genau genommen war er einmal so etwas wie ein Gentleman gewesen, ein Schullehrer, aber dieser Beruf hatte dann nach Catherines Geburt seinen Reiz für ihn verloren. Mick hatte ein bißchen Geld gespart und gehört, daß sich entlang des Erie mehr davon verdienen ließ. Wenn ein Mann ein gutes Boot und ein paar kräftige Mulis hatte, konnte er dort ein Vermögen machen.

Er hatte das Ganze mit Katey besprochen, von der Catherine einen guten Teil Temperament und Abenteuerlust geerbt hatte. Sie war bereit gewesen, das Risiko auf sich zu nehmen. Die ersten Jahre waren gut gewesen. Mick hatte damals nur selten getrunken, und er hatte mit den hart und auf eigene Rechnung arbeitenden ›Kanalern‹ durchaus Schritt halten können. Sie hatten gut verdient, und dann hatte sich die Tragödie von Kateys Tod ereignet, für den sich Mick zum Teil verantwortlich fühlte. Er hatte sich in irgendeiner Taverne herumgetrieben, und Katey, die dumme Katey, hatte niemals schwimmen gelernt. Beim Wäscheaufhängen hatte sie das Gleichgewicht verloren und war ins Wasser gestürzt. Catherine hatte irgend jemand weiter oben am Kanal einen Besuch abgestattet, und die einzige Zeugin des Unfalls war eine alte Frau auf einem daneben liegenden Boot gewesen.

Von dem Schock hatte sich Mick niemals mehr völlig erholt. In seinen nüchternen Augenblicken war ihm wohl bewußt, daß es für Catherine ein ebenso schlimmer Schock gewesen sein mußte, und trotzdem hatte sie ihn überwunden und war zu einem reizenden, besonnenen Mädchen herangewachsen. In den ersten Jahren nach Kateys Tod hatte sich Mick immer wieder geschworen, das Boot zu verkaufen und ans Land zurückzukehren – damals hätte er wieder als Lehrer arbeiten können –, aber Trunk und Trägheit hatten ihn davon abgehalten; und nun war es viel zu spät.

Für eines konnte er dankbar sein. Seine Ausbildung zum Schullehrer hatte ihn befähigt, Catherine zu unterrichten, und darauf hatte er auch bestanden. Sie wußte ebensoviel, wenn nicht noch mehr als die meisten Mädchen ihres Alters. Es stimmte, daß sie sich manchmal ebenso derb und primitiv ausdrückte wie andere ›Kanaler‹, aber das tat sie dann ganz bewußt und nicht, weil sie es nicht besser konnte ...

Das Frühstück war fertig. Mick stellte Teller mit Schinken, Ei und Toast auf zwei Tabletts und trug sie hinaus – bei schönem Wetter pflegten sie auf Deck zu essen. Er stellte eines der Tabletts vor Cat am Steuerruder und dem Fremden nieder, der neben ihr stand. Dann winkte er Timmie herbei. Der

Junge holte sich sein Tablett und überließ vorübergehend die Mulis sich selbst, während er eine Tasse Kaffee trank und sich mit Schinken und hartgekochten Eiern ein herzhaftes Klappbrot machte. Mick bemerkte, daß der Bursche dem Fremden neugierige Blicke zuwarf und vermutete, daß Timmie sich über Catherines Empfindungen Gedanken machte. Der Fremde war ein gutaussehender Mann, das mußte ihm der Neid lassen.

Dann war Timmie wieder bei den Mulis, und Mick lehnte sich gegen die Kabine, während Cat und der Fremde zu essen begannen. Mick trank lediglich eine Tasse dicken, schwarzen Kaffee.

Cat wies auf den Fremden. »Das ist Morgan Kane, Mick. Das ist mein Vater, Mick Carnahan, Mr. Kane.«

Morgan Kane streckte die Hand aus, und Mick nahm sie einigermaßen widerwillig.

»Mick«, sagte Cat, »Mr. Kane hat nach dem Überfall gestern nacht sein Erinnerungsvermögen noch nicht zurückerhalten. Er weiß überhaupt nichts über seine Vergangenheit.«

»Tut mir leid, das zu hören, Mr. Kane. Wir kommen heute zur Schleusenkammer, und dort gibt es einen Arzt. Ich glaube, Sie sollten sich besser untersuchen lassen.«

»Er hat kein Geld, Mick, und keine Erinnerung daran, womit er seinen Lebensunterhalt verdient hat. Wir können ihn nicht einfach dort lassen.«

»Was hast du vor, Mädchen?« fragte Mick mißtrauisch.

»Ich dachte, er könnte vielleicht eine Zeitlang mit uns fahren, bis sein Gedächtnis wieder funktioniert. Bevor du heraufkamst, haben wir darüber gesprochen. Er ist bereit, für Unterkunft und Verpflegung zu arbeiten.«

»Was, wirklich? War das seine Idee?« sagte Mick bissig.

»Nein, meine. Wir brauchen noch jemand, der stakt und beim Laden und Entladen hilft. Das hast du bisher erledigt, aber du weißt, daß deine – äh, Gesundheit nicht die beste ist.« Sie warf ihm einen warnenden Blick zu.

Mick spürte, wie ihm die Röte ins Gesicht schoß. »Hältst du das für eine gute Idee, Catherine? Du hast doch gesagt, er wisse nicht einmal, was für einen Beruf er hat – wenn überhaupt einen.«

Sie machte eine verächtliche Geste. »Was braucht man schon über die Arbeit auf dem Kanal hier zu wissen? Man muß nur einen starken Rücken und genügend Verstand haben, um die ›Cat‹ vom Ufer weg zu staken, wenn sie ihm zu nahe kommt. Nichts für ungut, Mr. Kane.«

»Schon gut«, sagte er trocken.

»Catherine, können wir kurz unter vier Augen miteinander sprechen?« sagte Mick.

»Nein«, erwiderte sie in scharfem Ton. »Du wirst mir das nicht ausreden. Wir brauchen noch eine Hilfe an Bord. Ich kann nicht gleichzeitig die Ruderpinne bedienen und staken. Es ist ein Wunder, daß wir die ›Cat‹ nicht bereits zuschanden gefahren haben.«

»Aber er ist ein völlig Fremder«, sagte Mick verzweifelt. »Wir wissen nicht das geringste über ihn.«

»Vielleicht sollten Sie beide es wirklich erst besprechen«, sagte Morgan.

»Nein. Sie bleiben sitzen«, fauchte Cat, ohne ihn anzusehen. Ihr Blick war auf ihren Vater gerichtet. »Mick, ich bin entschlossen. Abgesehen von der Tatsache, daß wir jemand brauchen – und der Himmel weiß, er kommt uns billig genug –, wäre es einfach unmenschlich, ihn in seinem Zustand seiner Wege gehen zu lassen.«

»Es ist mein Boot«, knurrte Mick.

»Und ich fahre es«, sagte sie trotzig. »Das klingt vielleicht grausam, Mick, aber du weißt, daß es stimmt. Wenn ich nicht wäre, hätten wir es schon längst nicht mehr. Willst du das bestreiten?«

Mick hätte ihr am liebsten eine Ohrfeige gegeben. Aber sie hatte recht, und das wußte er. Mit zornigem Kopfschütteln drehte er sich auf dem Absatz um, kletterte ans Ufer und gesellte sich zu Timmie und den Mulis.

Mit einem Gefühl der Traurigkeit sah Cat ihrem Vater nach. Sie redete selten auf diese Weise mit ihm; aber heute morgen wirkte er besonders irritierend auf sie. Irgendwie war sie auch verwirrt ob ihres eigenen Verhaltens – wieso hatte sie sich für einen Mann eingesetzt, von dem sie überhaupt nichts wußte?

Als ob er ihre Gedanken ahnte, sagte Morgan: »Es tut mir leid, wenn ich der Anlaß zu einem Streit zwischen Ihnen und Ihrem Vater geworden bin. Vielleicht wäre es das beste, ich würde in der nächsten Stadt aussteigen.«

Ihre Verärgerung nahm zu, und sie sagte: »Und was wollen

Sie da tun? Es ist alles abgemacht. Sie bleiben bei uns, bis Ihr Gedächtnis wieder funktioniert. Und was Mick betrifft – das ist nichts Neues. Wir streiten uns oft. Und ich will es Ihnen gleich sagen, weil Sie es doch früher oder später herausfinden – Mick trinkt. Um ganz deutlich zu sein, er ist ein Säufer. Ich liebe ihn sehr, aber ich bin nicht blind ihm gegenüber. Ich kann mich niemals auf ihn verlassen. Im allgemeinen ist Mick gutartig und so ... so verdammt liebenswert.« Sie schluckte, nahe den Tränen. »Das macht mich ja so fuchsteufelswild – wie nett er sein kann, wenn er will.«

Sie schwiegen eine Weile und beendeten das Frühstück. Dann lachte Morgan plötzlich leise, und Cat warf ihm einen gereizten Blick zu. »Was finden Sie so komisch, Sir?«

»Ach, mir fiel nur eben ein altes chinesisches Sprichwort ein. Es heißt so ähnlich wie: ›Wenn du einem Mann das Leben rettest, bist du hinterher für alle Zeiten für ihn verantwortlich‹.«

»Na, Sie können überzeugt sein, daß ich nicht daran denke, für alle Zeiten für Sie verantwortlich zu sein. Wenn es Ihnen wieder gut genug geht, können Sie Ihres Weges gehen.«

»Dann muß ich es mir wohl bald wieder gut gehen lassen müssen, wie?« Er begann zu lächeln. »Andererseits sehe ich gar nicht ein, weshalb ich mich so beeilen soll.«

Sein Blick machte sie verlegen. »Was soll das heißen?«

Er betrachtete sie unentwegt, den Kopf auf die Seite gelegt. »Wissen Sie, Cat, Sie wären, wenn man Ihnen diese Aufmachung entzöge, Sie ein bißchen säuberte und in ein Kleid stecken würde, wirklich sehr hübsch. Aber besitzen Sie überhaupt ein Kleid?«

»Das, Sir, geht Sie nichts an.«

»Sie haben recht. Bitte tausendmal um Verzeihung, Miß Carnahan.«

Seine vollen Lippen waren spöttisch verzogen, und in seinen Augen lag ein Funkeln, das seine entschuldigenden Worte Lügen strafte.

Cat, um eine Erwiderung verlegen, wandte das Gesicht resolut nach vorne. »Timmie!« rief sie zornig, »treib endlich diese Mulis an, sonst kommen wir überhaupt nicht weiter!«

Gleich darauf ertönte ein pistolenartiges Knallen von Timmies Peitsche, und die Geschwindigkeit des Boots nahm eine Spur zu.

Cats Zorn war verraucht. »Eines ist sicher«, sagte sie zu Kane, »Sie sind ein gebildeter Mann – so wie Sie sich ausdrücken und chinesische Sprichwörter zitieren.«

Morgan lachte leise. »Ich weiß nicht recht, ob ich das als Kompliment auffassen darf. Ich habe den Eindruck, die Kanalfahrer hegen nicht allzuviel Respekt vor Bildung.«

»Das ist nicht wahr. Mick war früher Schullehrer.«

»Das überrascht mich ein bißchen. Aber mir ist schon aufgefallen, daß Sie sich selbst gut ausdrücken, wenn Sie Lust dazu haben.«

Sie errötete und wollte eine hitzige Antwort geben, aber dann ertappte sie sich doch dabei, wie sie aus irgendeinem Grund Morgan vom Tod ihrer Mutter erzählte und davon, daß ihr Vater sich dafür verantwortlich fühlte.

Morgan nickte sachlich. »Ich kann schon verstehen, daß das einen Mann verändert. Aber für Sie erschwert das die Sache noch.«

Sie zuckte die Schultern. »Meistens macht es mir nichts aus. Ich bin gern auf dem Erie.«

»Sicher hat dieses Dasein seine Reize. Aber andernteils habe ich das Gefühl, daß Sie eine Ausnahme sind. Ich meine – ganz sicher ist eine gebildete Person auf dem Kanal eine Rarität.«

»Das stimmt«, gab sie zögernd zu. »Bildung braucht man auf dem Erie nicht. Man muß weder lesen noch schreiben können. Die Fähigkeit, selbst rechnen zu können, ist nützlich, aber die meisten ›Kanaler‹ sind sehr unwissend.«

»›Kanaler‹? Was ist das um Himmels willen für ein Wort?«

»Die ›Kanaler‹ sind die Erie-Schiffer, eine ganz besondere Rasse. Jedenfalls nennen die meisten von uns sich ›Kanaler‹.« Bisher hatte sich Cat noch nie den Kopf zerbrochen, woher der Ausdruck stammte. »Vielleicht ...«

»Hallo – Sie dort drüben!«

Cat blickte zum Treidelpfad hinüber. Dort gingen ein Mann und eine Frau und versuchten, mit dem Boot Schritt zu halten. Der Mann war groß, hatte eine ebenso strenge wie abweisende Miene und war völlig schwarz gekleidet. Er schien über Fünfzig zu sein, und als Cat genauer hinüberblickte, stellte sie fest, daß die Frau eher noch ein Mädchen war, jünger als sie selbst. Sie war hübsch, unter ihrer Haube ringelten sich blonde Locken; ihr langes, graues Kleid hatte sie leicht angehoben, um es vor dem Schmutz zu schützen.

Der Mann sprach weiter. »Gentlemen, kennen Sie zufällig ein Kanalboot namens ›Rettende Gnade‹? Ich bin der Reverend Luther Pryor, und das hier ist meine Tochter Lotte.«

»Die ›Gnade‹ hat weiter unten am Kanal angelegt. Ich fuhr gestern an ihr vorüber – auf der anderen Seite des Cut«, erwiderte Cat.

Der Reverend spähte zu ihr hinüber und runzelte bestürzt die Stirn. »Ist das der berüchtigte ›Side-Cut‹?«

»Ja, Reverend.«

»Bewohnt von Dirnen, Trinkern und Sündern«, sagte der Reverend mit volltönender Stimme.

»Unter anderem«, pflichtete Cat trocken bei.

Der Reverend richtete sich auf. »Ein Ort, an dem Satan wohnt«, sagte er im Ton des Kanzelredners. »Ich habe den Ruf bekommen, zu ihnen zu gehen, um ihre Seelen zu retten.«

»Da sind Sie nicht der erste«, murmelte sie.

»Verzeihung, Sir?«

Sie hob die Stimme. »Ich wünsche Ihnen viel Glück, Sir. Es waren schon viele andere da, die keinen Erfolg hatten.« Aus einer plötzlichen übermütigen Laune heraus nahm sie ihre Mütze ab und ließ ihr Haar über die Schultern fallen.

Der Reverend Pryor schnappte nach Luft und fuhr zurück. »Eine Frau, die ein Kanalboot lenkt – und unter den Sündern lebt und arbeitet. Gott mißfällt das mit Sicherheit, junge Dame.«

»Vielleicht, Reverend«, erwiderte sie kühl. »Aber ich gehe jede Wette ein, daß meine Moral ebenso unanfechtbar ist wie die einer Dame auf dem Land.«

»Komm, meine Liebe«, sagte der Reverend, zog seine Tochter am Arm, und sie strebten in anderer Richtung davon. Aber nicht, bevor Lotte Pryor Zeit gehabt hatte, einen scheuen Blick auf Morgan Kane zu werfen, der neben Cat stand.

Das Mädchen lachte, während das Boot weiter den Kanal entlangglitt. Morgan lächelte ebenfalls, aber er sagte in vorwurfsvollem Ton: »Sie haben den Reverend schockiert, Cat.«

»Das hat er vielleicht nötig gehabt. Er wird noch mehrere Schocks erleiden, wenn er versucht, die Leute im Cut zu bekehren. Im übrigen«, sie warf ihm einen verschmitzten Blick zu, »scheinen Sie die Aufmerksamkeit seiner Tochter erregt zu haben.«

Er machte eine abwehrende Handbewegung. »Ach, das lag sicher nur an meinem Kopfverband.«

»Ich weiß nicht. Sie sehen so gut aus, daß Sie schon die Augen eines Mädchens auf sich ziehen können.« Warum zum Teufel war sie nun mit so etwas herausgeplatzt? Sie errötete heftig.

»Finden Sie wirklich, Miß Carnahan?« sagte er amüsiert.

»Es spielt keine Rolle, was ich finde«, sagte sie brüsk. »Vielleicht machen Sie sich jetzt einmal nützlich. Wir kommen zur Schleuse. Halten Sie uns mit der Stange vom Ufer fern, falls wir zu nahe daran kommen.«

Die Stimme ihres Vaters unterbrach sie. »*Ich* werde das erledigen, Catherine. Mr. Kane sollte vorläufig nicht etwas so Anstrengendes tun.« Mick stand über ihnen auf dem Kabinendach.

Ohne einen der beiden Männer anzusehen, sagte sie unwirsch: »Solange es einer von euch überhaupt tut, ist mir egal, wer es tut.«

Als sein Boot die ›Cat‹ hinter sich ließ, starrte Simon Maphis bösartig hinter ihr her. Wann immer er den Namen Cat Carnahan hörte oder das Mädchen zufällig sah, stieg Wut in ihm hoch.

Eines Tages, so schwor sich Maphis, während seine großen Hände das Steuerrad umkrampften, würde er es dem Frauenzimmer schon zeigen.

»Mr. Maphis?«

Maphis fuhr zusammen und warf einen Blick auf den Mann an seiner Seite. »'tschuldigung, Mr. Brawley. Ich hab' wohl 'n bißchen spintisiert.«

Tate Brawley grinste unangenehm, sein Blick folgte der ›Cat‹, die nun in der Ferne verschwand. »Der Bursche auf dem Boot, an dem wir gerade vorübergefahren sind... Mir scheint, Sie mögen ihn nicht besonders gern, und dem anderen geht es offenbar ebenso.«

Maphis brummte und spuckte ins Wasser. »Das ist kein Bursche, das ist ein verdammtes Frauenzimmer, das Männerkleidung trägt. Ein schamloses Flittchen«, fügte er selbstgerecht hinzu. »So was wie die sollte man vom Erie runterjagen.«

»Eine Frau?« sagte Brawley erstaunt. »Und die fährt ein Kanalboot?«

»Mhm. Eine verdammte Sache, wenn Sie mich fragen.«

Brawley war ein großer, schlanker Mann in den Vierzigern, elegant gekleidet und mit einem Zylinder versehen. Er trug Koteletten und hatte die Angewohnheit, mit den Fingern durch sie hindurchzustreichen. Er wirkte liebenswürdig, aber bis in die wachsamen grauen Augen schien kein Lächeln hinaufzudringen.

Maphis war nicht dumm; er witterte einen raffinierten Mann, wenn er einen sah, und dieser Gentleman war ausgekochter als die meisten. Aber das störte Maphis nicht; er hatte früher schon mit ausgekochten Leuten Geschäfte gemacht, und bis jetzt hatte ihn noch keiner übers Ohr gehauen.

Brawley war in der letzten Stadt auf einem schönen Pferd zur ›King‹ geritten und hatte um die Erlaubnis gebeten, an Deck zu kommen. »Ich möchte Ihnen einen geschäftlichen Vorschlag machen, Sir.«

Maphis' Augen hatten sich erhellt. »Springt da was für mich raus?«

»Ein ansehnlicher Gewinn, Mr. Maphis.«

»Dann kommen Sie an Bord und fahren Sie ein Stückchen mit.«

Nun rückte Brawley mit der Sprache heraus. »Dieser Vorschlag, den ich erwähnt habe ... In Pennsylvania ist ein neuer Kanal geplant. Eine Lotterie wurde organisiert, um die nötigen Mittel zu beschaffen ...«

»Wenn Sie Lose verkaufen wollen«, brummte Maphis, »dann können Sie gleich von Bord verschwinden.«

»Oh, mein Lieber, ich bin kein Losverkäufer«, sagte Brawley geschmeidig. »Ich organisiere die Lotterie, und ich suche Verkäufer. Deshalb bin ich auch zu Ihnen gekommen. Wer könnte einen besseren Verkäufer abgeben als jemand, der sein Leben auf dem Erie verbringt? Sie verdienen fünfundzwanzig Prozent Kommission an jedem Los, das Sie verkaufen.«

Maphis warf ihm einen schlauen Blick zu. »Sie sagen, Sie organisieren die Lotterie?«

Brawley nickte. »Das stimmt, Mr. Maphis. Ich bin vom Staat

Pennsylvania ermächtigt worden, die Lotterie außerhalb dieses Staates in Schwung zu bringen.«

»Sie wissen doch, daß der Staat New York den Verkauf von Lotterielosen auf dem Kanal für ungesetzlich erklärt hat?«

Brawley zuckte die Schultern. »Das braucht uns nicht zu kümmern, oder? Der Kanal wird in Pennsylvania gebaut, nicht in New York.«

»Und wo in Pennsylvania? Wie soll dieser geplante Kanal heißen?«

»Unterer Allegheny-Kanal«, sagte Brawley schnell, allzu schnell.

Maphis grinste ihm zu. »So einen Kanal gibt's gar nicht, Freund, oder? Es ist weder einer geplant noch wird vermutlich je einer gebaut. Dieses ›Unterer Allegheny-Kanal‹-Projekt existiert lediglich in Ihrem Kopf, stimmt's?«

Brawley zögerte flüchtig, dann lächelte er leicht. »Stimmt, Mr. Maphis. Machen Sie mit?«

Er streckte die Hand aus, und Maphis sagte: »Vierzig Prozent statt fünfundzwanzig?«

Brawley lachte unbefangen. »Dann also vierzig. Sie sind ein Mann nach meinem Geschmack, Maphis.«

»Gut, abgemacht, Brawley.«

Maphis ergriff nun die ausgestreckte Hand, und beide lachten aus vollem Herzen.

## 3

Trotz der geschäftlichen Flaute entlang des Eriekanals lagen mehrere Boote nebeneinander vor der Schleuse, und ›Carnahan's Cat‹ mußte am Ende der Schlange anlegen. Durch die Schleusen zu gelangen, war eine langwierige Prozedur. Während sie warteten, schickte Cat Timmie vor, damit er dem Schleusenmeister die Gebühr bezahlte.

»Wie ich Ihnen gesagt habe«, wandte sie sich an Morgan, »gibt es hier einen Arzt. Sie haben Zeit für einen kurzen Besuch und können immer noch rechtzeitig hierher aufs Boot kommen, wenn wir die Schleuse hinter uns haben.«

»Ich glaube, das ist nicht nötig«, sagte er. »Ich fühle mich viel besser. Vermutlich werde ich für ein paar Tage am ganzen

Leib noch schwarz und blau sein, aber damit wird es sich haben.«

»Wie Sie wollen.« Sie zuckte die Schultern. »Ich weiß, Sie haben kein Geld, aber ich kann Ihnen den Dollar für den Doktor leihen.«

Er sah sie durchdringend an. Dann lächelte er auf seine bedächtige Weise. »Nein danke, Cat. Obwohl ich Ihr Angebot zu schätzen weiß.«

Endlich waren sie an der Reihe, durchgeschleust zu werden. Während Mick das Boot von den Seiten weghielt, während das erste Schleusentor geöffnet wurde, glitt die ›Cat‹ in den engen Raum, der nur wenig breiter war als das Boot selbst. Morgan beobachtete interessiert, wie das Tor hinter ihnen geschlossen wurde. Dann wurde das vordere Tor geöffnet, und der Wasserspiegel in der Schleusenkammer hob sich, bis er mit dem des Kanals auf der anderen Seite auf gleicher Ebene war.

»Interessant«, murmelte Morgan, als das Boot von den Maultieren wieder in Fahrt gebracht worden war. »Gibt es viele solcher Schleusen auf dem Erie?«

»Sehr viele – insgesamt zweiundachtzig«, erwiderte Cat. »Nach Westen zu steigt das Land kräftig an, und die Schleusen heben die Boote allmählich an.«

»Und auf der Rückfahrt ist es umgekehrt.«

Sie nickte. »Wissen Sie denn gar nichts über Kanäle?«

»Ich scheine über nichts sonderlich viel zu wissen«, sagte er. »Und wenn ich – sozusagen in meinem früheren Leben – etwas mit Kanälen zu tun gehabt hätte, müßte die Erinnerung daran jetzt eigentlich wiedergekehrt sein.«

»Wenn ich Ihre Kleidung ansehe, kann ich mir kaum vorstellen, daß Sie etwas mit dem Dasein auf dem Kanal zu tun hatten.«

»Ich hätte das Zeug ja auch gestohlen haben können.« Als Cat überrascht zusammenzuckte, lächelte er grimmig. »Ganz bestimmt ist Ihnen dieser Gedanke schon gekommen.«

»Ihr Anzug sitzt zu gut, um gestohlen zu sein.«

»Ja.« Er hob eine Braue. »Sie finden also, daß ich gut in ihm aussehe?«

Sie errötete und gab patzig zurück: »Das habe ich nicht gesagt. Ihr Männer seid so eitel, was eure Kleidung betrifft.«

»Ich dachte immer, die Damen wären eitel.«

»Das ist nur ein Schwindel, den die Männer über uns verbreiten.«

»Touché, Miß Carnahan.« Er verbeugte sich spöttisch.

»Catherine?« Mick kam vom Bug zurück. »Dort drüben liegt die ›Paradise‹. Ich dachte mir schon, daß Sam hier in der Nähe sein muß. Es wird bald dunkel – wollen wir nicht die Nacht hier verbringen? Ich hätte nichts dagegen, einmal andere für mich kochen zu lassen und mir ein bißchen Gefiedel und Gesänge anzuhören.«

Cat sah ihn scharf an. »Hast du vielleicht vor, dir den Magen mit Schnaps zu füllen?«

Er wurde rot und hob beide Hände. »Daran habe ich wirklich nicht gedacht. Was hältst du von dem Vorschlag, Tochter, wenn ich verspreche, nüchtern zu bleiben?«

»Ha – was deine Versprechungen schon wert sind.« Sie warf einen Blick zum Horizont hinüber, wo die Sonne soeben unterging. »Na schön, es ist spät, und ich habe den größten Teil der vergangenen Nacht an der Ruderpinne gestanden. Ich könnte ein bißchen Ruhe brauchen.«

»Schön, dann werde ich Timmie sagen, er soll uns zum Anlegeplatz ziehen, und ich helfe ihm, die Mulis hereinzuholen.« Mick nahm die Gelegenheit wahr, auf den Treidelpfad hinüberzuspringen.

»Was ist die ›Paradise‹?« erkundigte sich Morgan.

»Eine Art schwimmendes Restaurant mit Unterhaltung und einer Bar.« Sie zog eine Grimasse. »Ich kann mir nicht vorstellen, daß Mick von dort wegbleibt. Aber zumindest ist es keine solch üble Kneipe wie die meisten Tavernen entlang des Kanals. Samuel O'Hara ist ein Riese, aber sanft wie eine Miezekatze, sofern man ihn nicht reizt. Aber er hat einen Knüppel hinter der Bar liegen, und wenn es Krach gibt, legt er damit los. Die Raufbolde wissen das und sind dort vorsichtig.« Sie warf Morgan einen seltsam schüchternen Seitenblick zu. »Man kann dort sogar tanzen.«

Er sah überrascht drein. »Tanzen? Sie können ...« Er verschluckte den Rest des Satzes und fuhr beiläufig fort: »Sie gehen vermutlich hin?«

»Natürlich. Es gibt dort sehr gut zu essen. Und ich muß ein Auge auf Mick haben. Er nimmt sich zusammen, wenn ich dabei bin.«

Danach konzentrierte sich Cat auf das Steuerrad, während

ihr Vater und Timmie die Maultiere den Weg neben dem Seitenkanal entlangtrieben, bis das Boot fast Nase an Nase mit der ›Paradise‹ lag. Cat sah, daß mehrere andere Schiffe dort vor Anker lagen. Samuel O'Hara würde heute abend gute Geschäfte machen.

»Sie sind eingeladen, mit uns zu kommen, Mr. Kane.«

»Sie wissen, daß ich kein Geld habe.«

»Ich werde Ihr Abendessen bezahlen«, sagte sie verdrossen. »Niemand, der für die Carnahans arbeitet, wird je verhungern.«

»Dann nehme ich Ihre freundliche Einladung an.« Er verbeugte sich halb.

Cat befestigte das Steuerruder und verschwand unten in der Kabine.

Morgan sah ihr einigermaßen verwirrt nach. Sie war eine interessante Person, zweifellos sehr intelligent und von leicht entflammbarem Temperament. Stachlig wie ein Dornbusch, und die Hälfte der Zeit über hätte er ihr am liebsten ein paar übergezogen; aber den Rest der Zeit über hätte er sie gern geküßt, ihre scharfe Zunge auf diese Weise zum Schweigen gebracht. Er war überaus neugierig darauf, wie sie wohl aussehen würde, wenn sie wie eine Frau angezogen war.

Er ging zum Vorderteil des Boots und beobachtete interessiert, wie Mick und Timmie den Treidelpfad und die ›Cat‹ mit einer Planke verbanden. Dann trieben sie die Maultiere an Bord und in einen kleinen Stall im Bug des Bootes.

»Sie behalten die Tiere an Bord?« fragte er Mick erstaunt.

Mick nickte. »Das tun viele der ›Kanaler‹. Mulis und Pferde stehen hoch im Kurs, und wenn wir sie an Land ließen, müßte jemand auf sie aufpassen.« Er sah Morgan eindringlich an. »Sie wollen wohl noch eine Weile bei uns bleiben?«

»Wenn es Ihnen recht ist, ja.«

»Wir brauchen noch jemand zur Hilfe, da hat Catherine recht.« Er hüstelte und wandte eine Spur verlegen das Gesicht ab. »Catherine ist ein großartiges Mädchen, Mr. Kane. Sie hat eine scharfe Zunge, ja, aber sie meint es gut. Die Sache ist – sie hat ein behütetes Leben geführt, wenn Ihnen das vielleicht auch merkwürdig vorkommt. Auf dem Kanal haben wir nicht viel Umgang mit den Leuten an Land.«

»Das hat sie mir erzählt, Mick«, sagte Morgan. »Wollen Sie mich in irgendeiner Weise warnen?«

Mick räusperte sich. »Vielleicht. Es ist so – die Kleine hat keine Ahnung von Männern.«

Morgan unterdrückte mühsam ein Lächeln. »Allem nach, was ich bisher von ihr gesehen habe, ist Ihre Tochter durchaus in der Lage, für sich selbst zu sorgen.«

Mick nickte heftig. »Ja, ja, das stimmt. Aber wenn es sich darum handelt, daß ...« Er machte eine Pause und platzte dann heraus: »Ich möchte nicht, daß dem Mädchen weh getan wird! Verstehen Sie, was ich meine?«

Morgan war jetzt eindeutig belustigt, aber ebenso gerührt. Er sagte ernsthaft: »Ich glaube, Sie haben keinen Grund zur Besorgnis, Mick. Ich weiß ja nicht mal mit Sicherheit, wer ich selbst bin, Mann! Sie brauchen sich nicht zu beunruhigen, darauf gebe ich Ihnen mein Wort.«

In ihrer Kabine betrachtete Cat bedrückt den Inhalt ihres Kleiderschranks. Sie besaß genau zwei Kleider. Das eine hatte ihrer Mutter gehört und war auf ihre Maße zurechtgeschneidert worden; das zweite hatte ihr Mick vor fast einem Jahr zum Geburtstag geschenkt. Sie hatte es einmal ihm zuliebe getragen, und das war das letzte Mal gewesen, daß sie überhaupt ein Kleid angezogen hatte. Sie nahm es heraus und schüttelte es aus. Es war zerknittert, und der Stoff roch ein bißchen muffig. Sie mußte es an die Luft hängen und anschließend bügeln – sofern sie den Winkel noch ausfindig machen konnte, in dem sie das dürftige Bügeleisen verstaut hatte, das noch von ihrer Mutter stammte.

Sie fand es schließlich, und als sie später fertig war und vor dem Spiegel stand, konnte sie eine Aufwallung des Vergnügens nicht unterdrücken. Der Stoff hatte die Farbe üppiger blauer Immergrünblüten und paßte zu ihren Augen, die im Kerzenlicht schimmerten. Ihr braunes Haar, nun gründlich gebürstet, glänzte und war auf ihrem Kopf zu einem weichen Knoten geschlungen, während ein paar lockige Strähnen vor ihren Ohren herabhingen und einen hübschen Rahmen für ihr Gesicht bildeten.

Sie holte die kleine Truhe, die sie insgeheim ihre ›Schatztruhe‹ nannte und nahm die zarten Perlenohrringe heraus, die einmal ihrer Mutter gehört hatten. Das Mädchen im Spiegel machte sie zaghaft und verlegen, so als ob sie auf eine Fremde blickte. Das Kleid war einfach geschnitten, lag eng um die schmale Taille an, das Oberteil betonte die weibliche Fülle ihrer Brüste, der weite Rock fühlte sich an ihren Beinen seltsam und irgendwie aufregend an. Die Puffärmel, die gerade oberhalb ihres Ellbogens endeten, waren mit Spitzen besetzt, ebenso der Halsausschnitt, der die breiten Schultern schmaler wirken ließ und ihr insgesamt etwas Zartes verlieh.

»Catherine!« schrie ihr Vater von oben herunter, »willst du die ganze Nacht über dort unten bleiben? Mr. Kane und ich sind mit allem fertig, und es wird spät. Samuel wird uns nichts mehr zu essen bringen, wenn wir nicht gleich hinübergehen.«

»Ich komme schon, Mick!« rief sie zurück.

Cat warf einen letzten Blick in den Spiegel, holte tief Luft und kletterte die kurze Treppe hinauf. Oben auf dem Deck blieb sie stehen und wappnete sich innerlich gegen das sofortige Aufsehen, das sie bei ihrem Vater und Morgan Kane erregte.

Morgan atmete tief aus. »Sie sind eindeutig eine Schönheit, Miß Carnahan.«

Ihr Vater starrte sie mit offenem Mund an. »Na klar, allerdings, Catherine«, seine Stimme war gedämpft, »mir ist bis zu diesem Augenblick gar nicht klar gewesen, wie sehr du meiner armen Katey gleichst, als sie noch ein junges Mädchen war.«

»Dann sind Sie wirklich ein Glückspilz, Mick Carnahan, wenn Sie in Ihrem Leben mit zwei so schönen Frauen gesegnet waren.«

»Ich fange an zu glauben, daß Sie recht haben, Mr. Kane.«

Cat, deren Gesicht brannte, die aber auf absurde Weise Vergnügen empfand, sagte schroff: »Na, was ist? Hast du nicht lauthals geschrieen, ich solle mich beeilen, Mick?«

Sie machten sich auf den Weg, Cat schob die Arme unter die der beiden Männer. Ihr Vater trug seinen mindestens zehn Jahre alten schwarzen Anzug, der im allgemeinen nur bei Totenwachen und Begräbnissen getragen wurde. Morgan Kane hatte seinen Anzug gebürstet und gereinigt und die Bandage von seinem Kopf abgenommen.

Die Dunkelheit war eben aufgekommen, es war ein warmer Abend, und von allen Booten, die entlang des Ufers angelegt hatten, schimmerten gelbe Lichter herüber. Von überall her kamen Paare angeschlendert und strebten der ›Paradise‹ zu. Es herrschte etwas wie eine festliche Stimmung.

»Die ›Paradise‹ kennt man auf dem ganzen Erie«, sagte Cat zu Morgan. »Eigentlich handelt es sich um zwei Boote. Das größere ist das Restaurant. Samuel O'Hara, seine Frau und seine Mannschaft wohnen auf dem kleineren Boot dahinter.«

Am offenen Zugang stand ein riesiger rothaariger Mann, der alle Ankömmlinge willkommen hieß. Bei Cats Anblick wich er in gespieltem Erstaunen zurück. »Und wer ist dieses schöne junge Wesen, das da mein armseliges Boot betritt? Vielleicht ein berühmter Opernstar, am Erie gestrandet? Oder jemand aus königlichem Geblüt auf Staatsbesuch?«

Cat lachte. »Samuel, ich komme mir albern vor, hör auf damit.«

Samuel nahm sie in die Arme. »Willkommen, Cat.« Er winkte einem Kellner, der in der Nähe stand. »Ihr sollt meinen besten Tisch haben, und die ersten Drinks gehen auf meine Kosten.«

Der Kellner begleitete sie hinein. Im Innern war Platz für rund fünfzig Leute und zudem für eine kleine Tanzfläche. Kronleuchter mit brennenden Kerzen hingen von der Decke herab, die Lichter spiegelten sich in silbernem Besteck und Porzellan. Die Tischtücher waren makellos weiß. Der Kellner führte sie zu einem Tisch, der für vier Gäste gedeckt war und am Rand der Tanzfläche stand.

Nachdem Morgan für Cat einen Stuhl zurechtgerückt und sich danach selbst gesetzt hatte, sah er sich um. »Das erinnert mich an die Ballsäle auf den Flußschiffen des Mississippi. Nicht ganz so prächtig und üppig, aber immerhin ...« Cat warf ihm einen scharfen Blick zu, und er sah verdutzt drein. »Ich erinnere mich nicht, wann und wieso das war, aber ich weiß, daß ich irgendwann einmal auf einem Flußboot war.«

»Was würden die Herrschaften gern trinken?« murmelte der Kellner.

Micks Gesicht erhellte sich. »Einen Whisky.«

»Du hast mir versprochen, Mick ...«, begann Cat.

»Ein Whisky schadet einem Mann nichts, Catherine.«

»Das sagst du immer, aber es ist merkwürdig, wie ein Glas immer zum zweiten führt und so weiter. Na schön, einen Whisky. Und ich möchte ein Glas Portwein. Mr. Kane?«

»Ich hätte ebenfalls gern einen Whisky.«

Als die Gläser gebracht worden waren, hielt Morgan das seine in die Höhe. »Ich möchte auf Miß Catherine Carnahan trinken, meine Retterin – so sehr sie auch gezögert haben mag.«

»Darauf will ich trinken«, sagte Mick und tat dies in tiefen Zügen.

Morgan trank ebenfalls, aber Cat hob ihr Glas nicht.

Morgan sah es und hob die Brauen. »Es gehört sich eigentlich, daß die Empfängerin des Toasts auch trinkt, Cat.«

»Ich glaube«, sagte sie scharf, »daß mir das Wort ›gezögert‹ nicht gefällt.«

Morgan stieß einen tiefen Seufzer aus. »Mein Gott, sind Sie aber empfindlich! Es war doch nicht ernst gemeint. Ich weiß sehr wohl, was für ein Risiko Sie auf sich genommen haben – viele Männer hätten das nicht getan. Darf ich also meinen Toast berichtigen? Auf Miß Carnahan, meine hinreißende Retterin.«

»Darauf kann *ich* nicht trinken«, sagte Mick in komischer Verzweiflung. »Mein verdammtes Glas ist leer.«

Unwillkürlich tauschten Cat und Morgan Blicke, und dann brachen beide plötzlich in hilfloses Gelächter aus.

»Ich finde das gar nicht komisch«, sagte Mick beleidigt. »Es ist wirklich weit gekommen, wenn ein erwachsener Mann seine eigene Tochter erst um Erlaubnis bitten muß, ein Glas trinken zu dürfen.«

»Eines, Mick?« Cat versuchte, ihr Gelächter unter Kontrolle zu bekommen. »Bestell dir um Himmels willen noch ein zweites und hör auf, dich wie ein mißhandelter Sklave zu benehmen.«

»Ich kann schon für mich selbst sorgen, danke.« Mick stand abrupt auf, schob seinen Stuhl zurück und stürmte in Richtung Bar, die sich am anderen Ende des Raumes befand.

Cat starrte ihm hilflos nach.

»Soll ich versuchen, ihn zurückzuholen, Cat?« fragte Morgan leise.

»Nein! Das ist das Schlimmste, was Sie tun könnten. Es würde ihn nur zum Trinken anstacheln. Ich kann nur hoffen, daß er heute abend mäßig trinkt, weil er gestern so betrunken war und es ihm deshalb heute den Tag über miserabel ging.« Sie lachte eine Spur verkrampft. »Außerdem sind alle Iren notorische Säufer, das wissen Sie doch.«

Er sah sie belustigt an. »Ich werde nicht mit Ihnen darüber debattieren. Ein bißchen besser habe ich Sie inzwischen doch kennengelernt, Catherine Carnahan. Ich glaube, Sie provozieren absichtlich die Männer, damit sie sich mit Ihnen streiten.«

»Das ist nicht wahr«, sagte sie hitzig.

Er behielt sein irritierendes Lächeln bei, äußerte sich jedoch nicht weiter, da Mick in diesem Augenblick mit seinem gefüllten Glas zurückkehrte. Zudem erschien der Kellner, um ihre Bestellung entgegenzunehmen. Der Hauptgang bestand aus Beefsteak.

Inzwischen war der Raum zu fast zwei Dritteln mit Gästen gefüllt. Aus den Augenwinkeln heraus sah Cat, daß am Tisch zu ihrer Rechten nur ein einzelner Mann saß, sehr gepflegt und elegant gekleidet. Irgendwie kam er ihr bekannt vor. Sie spähte genauer hinüber, und der Mann erwiderte ihren Blick. Er hatte dichte Koteletten, abschätzende graue Augen und lächelte ihr bedeutungsvoll zu. Es war ein Lächeln, das seine Augen jedoch nicht erreichte, sie blieben kalt und wachsam. Irgend etwas an ihm machte Cat unsicher; sie errötete und wandte den Kopf ab.

Danach blickte sie nicht mehr zu dem Mann hinüber und konzentrierte sich auf das Essen. Erfreut stellte sie fest, daß ihr Vater mit gutem Appetit aß, was ein gutes Zeichen war. Wenn er stark zu trinken beabsichtigte, nahm er für gewöhnlich nur wenig zu sich.

Als sie schließlich ihre Mahlzeit beendet hatten, waren zwei Männer mit einer Geige und einem Banjo auf das Podest am Rand der Tanzfläche gestiegen und begannen ihre Instrumente zu stimmen.

Sie fingen mit irischen Liedern an, die über unzählige Strophen verfügten und die den anwesenden ›Kanalern‹ alle geläufig zu sein schienen. Dann trat der Geiger vor, räusperte sich und verkündete, sie wollten nun einen Jig für diejenigen spielen, die tanzen wollten.

Morgan hob eine Braue. »Tut mir leid, Cat. Leider habe ich mich nie an einem irischen Jig versucht.«

Cat zuckte die Schultern. »Schon gut. Ich mach' mir selbst nicht viel aus Jig.«

»Na schön«, sagte Mick, »ihr beide könnt ja hier wie die Ölgötzen sitzen bleiben. Ich möcht' ein bißchen Spaß haben.« Damit verschwand er, und Cat sah ihn gleich darauf auf der Tanzfläche auftauchen, zusammen mit einer Frau, die sie als die Witwe Shannon erkannte, die mit ihrem Bruder auf einem Kanalboot wohnte.

Gleich darauf begannen die Stiefel der Tanzenden im Rhythmus der lebhaften Musik auf den Boden zu stampfen, so daß das Boot leicht zu schwanken begann.

Nach zwei weiteren Jigs erhob der Geiger seine Stimme. »Und jetzt einen Walzer für die gesetzteren Herrschaften.«

Morgan beugte sich zu Cat hinüber und fragte in feierlichem Ton: »Wollen Sie mir die Ehre erweisen, diesen Walzer mit mir zu tanzen, Miß Carnahan?«

Cat zögerte; sie hatte wenig Erfahrung im Tanzen, aber die Aussicht war zu verlockend. »Mit dem größten Vergnügen, Mr. Kane, aber ich muß Sie warnen – ich bin keine besonders gute Tänzerin.«

Sie ergriff Morgans Arm, und die beiden betraten die Tanzfläche, auf der nun nur noch wenige Paare waren, da der Jig bei den ›Kanalern‹ viel beliebter war als der Walzer. Cat merkte sofort, daß Morgan ein ausgezeichneter Tänzer war, und das machte sie nervös. Aber ihr Partner führte sie so sicher, daß sie nach ein paar Sekunden plötzlich das Gefühl hatte, mit ihm zusammen förmlich dahinzugleiten, ein paar Zentimeter über dem Boden zu schweben... Nie hatte sie einen Tanz so sehr genossen, und zugleich war sie sich des Mannes, der sie führte, intensiv bewußt – seiner geschmeidigen Bewegungen, der Kraft seiner Hände, die sie hielten.

Ihr Herz schlug schneller, das Blut schien in ihren Adern zu singen, sie konnte sich nicht daran erinnern, sich jemals so lebendig, so sehr als Frau gefühlt zu haben. Sie war atemlos, als die Musik verstummte, ihr Gesicht war heiß und gerötet.

»Danke, Morgan«, flüsterte sie. »Das hat mir sehr gefallen.«

»Nicht halb so sehr wie mir, Cat«, sagte er und neigte leicht den Kopf. »Und Sie sind sich selbst gegenüber ungerecht – Sie sind eine wundervolle Tänzerin.«

»Bis heute abend war ich das nie. Also werden Sie es sich zum Teil selbst zuschreiben müssen.«

»Mit Vergnügen, Ma'am.«

Kurz bevor sie an ihrem Tisch angekommen waren, wurden sie von einem Mann aufgehalten. Es war der gut gekleidete Fremde vom Nebentisch.

Er verbeugte sich. »Darf ich mich selbst vorstellen, Miß Carnahan? Ich bin Tate Brawley.«

Cat sah ihn mißtrauisch an. »Woher wissen Sie, wie ich heiße, Sir? Ich kenne Sie nicht.«

»Ich glaube, wir haben einen gemeinsamen Bekannten. Simon Maphis.«

»Simon Maphis!« Cat wurde steif vor Zorn. »Allein der Name des Kerls ist ein unanständiges Schimpfwort!«

Brawley sah leicht verblüfft drein. »Ich wußte, daß Sie nicht sonderlich gut miteinander stehen, aber ...«

»Entschuldigen Sie mich, Sir, ich möchte an meinen Tisch zurückkehren.« Cat traf Anstalten, sich an ihm vorbeizudrängen.

Erneut vertrat ihr Brawley den Weg. »Darf ich Sie um den nächsten Tanz bitten?«

»Nein. Mit einem Freund Simon Maphis tanze ich nicht.«

»Wir sind nicht unbedingt Freunde, meine liebe Miß Carnahan, lediglich Geschäftspartner. Ich bitte Sie trotzdem um den nächsten Tanz.«

»Und ich weigere mich, Sir. Ich bin, wie Sie sehen, mit einem anderen Gentleman hier und mit meinem Vater.«

»Ich würde, wenn wir getanzt haben, gern Ihren Vater kennenlernen. Möglicherweise könnten wir Geschäfte miteinander machen.« Sein Lächeln wurde breiter. »Ich organisiere nämlich eine neue Lotterie auf dem Kanal, und ich werbe Losverkäufer auf dem Erie an. Es kann eine sehr lukrative Nebeneinnahme sein, das versichere ich Ihnen.«

»Und eine fragwürdige dazu«, erwiderte sie kurz. »Die meisten Lotteriegeschäfte auf dem Kanal sind Schwindelunternehmen.« Mick hatte, vor allem wenn er betrunken war, allzuviel Geld, das sie nicht hatten entbehren können, in Lotterielosen angelegt.

Brawley erstarrte. »Wollen Sie damit andeuten, daß ich ein Betrüger bin, Miß Carnahan?«

»Ich deute gar nichts an, Sir, aber ich wäre Ihnen sehr verbunden, wenn Sie beiseite treten würden, damit ich an meinen Tisch kann!«

Morgan, der bisher schweigend zugehört hatte, trat jetzt vor. »Sie haben gehört, was die Lady gesagt hat, Mr. Brawley.«

Brawley starrte ihn wütend an. »Und wer sind Sie?«

»Das ist unwichtig. Ich bitte Sie höflich, beiseite zu treten.

Wenn das nicht ausreicht, bin ich bereit, Sie mit Gewalt zu entfernen, wenn das sein muß.«

Brawleys Gesicht rötete sich. »Einen solchen Ton bin ich nicht gewöhnt.«

»Wenn Ihre Manieren besser wären«, erwiderte Morgan in mildem Ton, »müßten Sie sich vielleicht nicht daran gewöhnen.«

Brawley strich sich mit den Fingern der rechten Hand durch die Koteletten. Dann zuckte er plötzlich mit den Schultern. »Ich habe was gegen Raufereien in der Öffentlichkeit, also werde ich Platz machen. Aber seien Sie versichert, Sir, daß ich Ihnen das hier nie vergessen werde, wer immer Sie sind.«

Er wandte sich zum Gehen, und Morgan rief hinter ihm her: »Mein Name ist Morgan Kane, Sir – zu späterer Verwendung.«

Cat schauderte unwillkürlich. »Ich mag den Mann nicht«, sagte sie leise. »Und ich habe das Gefühl, Sie haben sich gerade einen gefährlichen Feind geschaffen, Morgan.«

Morgan warf ihr einen ungerührten Blick zu, und zum erstenmal bemerkte sie, daß seine Augen kalt und hart waren. »Vielleicht haben Sie recht, Cat, aber ich bin überzeugt, ich habe mir auch schon in der Vergangenheit Feinde gemacht und werde es wieder tun.«

## 4

Morgan Kane war an diesem Morgen im vollen Bewußtsein dessen, wer und was er war, aufgewacht; trotzdem hatte er es für klug erachtet, dies einstweilen für sich zu behalten – angesichts der Tatsache, daß seine Anwesenheit am Erie mit dem Lotteriegeschäft auf dem Kanal zusammenhing.

Seit vielen Jahren waren Lotterien in den Vereinigten Staaten beliebt und von der Kirche, den Colleges, patriotischen Vereinigungen und selbst Regierungsverwaltungen als schmerzloses Mittel zur Beschaffung von Geldmitteln verwandt worden. Und während der frühen Jahre des neunzehnten Jahrhunderts, in denen über fünfzig Kanäle entweder gebaut oder zumindest geplant worden waren, wurden viele von ihnen damit finanziert.

Bald bewilligten die Staatsregierungen Lotterieprivilegien

an Konzerne; Pennsylvania allein an fünfzig Unternehmen. Solche Unternehmen stellten wahre Magnete für Schwindler und Trickbetrüger dar. Sie manipulierten die Lotterien und verkauften wertloses Zeug, die unverschämtesten von ihnen behielten einfach das Geld selbst. Millionen von Dollar wurden von diesen Leuten unterschlagen, und das Lotteriewesen wurde bald zum nationalen Skandal.

Ein Staat, der die Lotterien nicht legalisiert hatte, war New York; der Eriekanal und seine verschiedenen Seitenkanäle wurden durch staatliche Mittel finanziert. Das bedeutete jedoch keineswegs, daß nicht Lotterielose aus anderen Staaten – manche legitim, andere nicht – auf dem Erie vertrieben wurden. Kanalarbeiter waren von jeher eine lukrative Einnahmequelle für jede Form von Glücksspielunternehmen. Und der Erie war der verkehrsreichste unter allen amerikanischen Kanälen.

Hier kam Morgan Kane ins Spiel. Er war überaus qualifiziert, die Arbeitsweisen der Glücksspielunternehmen zu durchschauen. Geboren und aufgewachsen am Mississippi in Sankt Louis war er ein Spieler auf den Prahmen und Postschiffen des Flusses geworden und hatte auf diese Weise seinen Lebensunterhalt verdient. Nach acht Jahren dieses Daseins war er rastlos geworden, hatte den Fluß verlassen und war nach Osten gefahren, um sein Glück bei Pokerspielen in New York City zu versuchen; dann war er nach Pennsylvania weitergezogen, wo er ein Jahr lang als Lotterielosmakler bei der inzwischen berüchtigten Union-Canal-Lotteriegesellschaft von Pennsylvania arbeitete. Dieses Lotterieunternehmen war zweifellos das größte und reichste in dieser Zunft. Aber Morgan fand, daß er nicht in dieses Geschäft paßte. Die Konkurrenz war höllisch, aber das hätte ihn weniger gestört als die Tatsache, daß er für eine Schwindelfirma arbeitete. Als er dahinterkam, war er gerade in Pittsburgh, wo er zufällig einen Onkel hatte, Sherman Morrison, der Bruder seiner Mutter.

Diesen Onkel hatte Morgan immer gern gehabt; er war Politiker und nun in seiner vierten Legislaturperiode im Parlament.

Morgan hatte ihn seit zehn Jahren nicht mehr gesehen, aber aus den Zeitungen hatte er erfahren, daß Sherman Morrison eine einflußreiche Persönlichkeit im Staat geworden war,

Vorsitzender mehrerer wichtiger Ausschüsse, und gelegentlich wurde er als möglicher Gouverneurskandidat erwähnt.

Es gab im Augenblick keine Parlamentssitzungen, und sein Onkel war zu Hause. Er wohnte ziemlich bescheiden in einem Pittsburgher Vorort.

Obwohl Morgan keinerlei Verbindung mit ihm aufrechterhalten hatte, schien der Ältere erfreut zu sein, ihn zu sehen. Als Morgan von der Haushälterin ins Zimmer geführt wurde, erhob sich Morrison hinter seinem Schreibtisch, ein stattlicher Mann in den Sechzigern, mit energischem Gesicht. Über die Brille weg spähte er zu seinem Neffen herüber. »Morgan!« Mit langen Schritten kam er auf ihn zu. »Allmächtiger, du bist es wirklich?« Er umarmte ihn kräftig und trat dann zurück, um ihn anzusehen. »Ich hätte dich nach all der Zeit fast nicht wiedererkannt. Ich muß schon sagen, du hast dich zu einem gutaussehenden, strammen Burschen entwickelt!«

»Bursche ist gut, Onkel Sherman«, sagte Morgan trocken. »Ich bin bald dreißig.«

»Na, setz dich, setz dich. Martha!« brüllte Morrison. »Bring eine Flasche Sherry – vom besten!«

Er strahlte seinen Neffen an, der sich in dem großen Sessel vor seinem Schreibtisch niederließ. »Als Martha mir sagte, ich bekäme Besuch, dachte ich erst, es handle sich um jemand aus meinem Wahlkreis. Als sie dann aber deinen Namen nannte, konnte ich fast nicht glauben, daß du's wirklich bist.«

Morgan sah sich in dem mit Bücherregalen vollgestellten Raum um. »Wo ist Tante Agatha?«

»Sie ist gestorben – wußtest du das nicht?« sagte Morrison düster. Er ging um den Schreibtisch herum und setzte sich. »Vor fast drei Jahren. Influenza. Ich bin jetzt ganz allein.«

»Das tut mir leid; ich wußte es nicht.«

»Wie solltest du auch? Du bist ja von zu Hause abgeschwirrt wie eine verbrühte Katze, und seither habe ich kaum mehr etwas von dir gehört.«

»Ich weiß, Onkel. Aber du mußt wissen, ich bin mit Daddy nie ausgekommen, und als Mama plötzlich starb, konnte ich einfach nicht mehr länger zu Hause bleiben. Ich mußte weg.«

Morrison nickte. »Das kann ich verstehen. Mit Frank Kane bin ich auch nie ganz zurechtgekommen.«

Die Haushälterin brachte ein Tablett mit einer Flasche Sherry und zwei Gläsern herein. Als sie das Zimmer wieder verlassen hatte, füllte Morrison die Gläser und reichte eines davon Morgan. »Auf dein Wohl, Neffe. Es interessiert mich zu erfahren, was du all diese Jahre über getan hast.«

Morgan nippte an seinem Glas und lächelte schwach. »Ich weiß nicht, ob du das wirklich so gern hören möchtest, Onkel Sherman. Daddy hat mir immer gepredigt, daß aus mir niemals was Rechtes würde, und damit hat er wahrscheinlich recht gehabt.«

»Du hast dich gründlich ausgetobt, wie? Ich bin kein Pharisäer, Morgan. In meiner Jugend war ich auch kein Heiliger.«

»Um es geradeheraus zu sagen, Onkel, ich habe mein Dasein als professioneller Spieler gefristet.«

Statt schockiert dreinzublicken, wirkte Morrison eher interessiert. »Darin bist du also gut, wie? Ich bin selbst kein schlechter Pokerspieler. Abgeordnete wissen die Karten zu schätzen, wenn die Verhandlungen langweilig werden, was öfters der Fall ist.«

»Ja, gut bin ich, Onkel Sherman.« Morgan grinste. »Wenn man vom Spielen leben will, muß man gut sein. Das ist dann kein Zeitvertreib wie bei dir und deinen Freunden.«

»Du bist also mit deinem Leben zufrieden?«

Morgans Gesicht wurde ernst, und er seufzte. »Eigentlich nicht. Ich würde gern was anderes tun, aber ich habe keinerlei Ausbildung. Immerhin – bis vor kurzem habe ich ganz gut gelebt.«

Morrison kniff die Augen zusammen. »Und was ist geschehen?«

»Nun ja – du mußt eines wissen, ich bin ein ehrlicher Spieler gewesen. Das heißt, ich war es bis zum vergangenen Jahr, als ich Lotterielos-Makler für die Union-Canal-Lotteriegesellschaft wurde. Ich kam bald dahinter, daß dieses Unternehmen nicht reel ist, und bin gegangen.«

»Lotterien!« Morrison stand erregt auf und begann in seinem Arbeitszimmer auf und ab zu gehen. »Über Lotterien auf den Kanälen brauchst du mir nichts zu erzählen, das ist ein übler Skandal hier in unserem Staat. Versteh' mich nicht falsch, manche Firmen sind ehrlich, und einige der dringend erforderlichen Kanäle hätten ohne sie kaum gebaut werden können. Aber andere sind völlig außer Rand und Band geraten, vor allem hier in Pennsylvania.«

»Warum sind sie dann nicht verboten worden, so wie im Staat New York?«

»Glaubst du, einige von uns hätten das nicht versucht? So leicht ist das nun einmal nicht. Die Lotteriegesellschaften haben mächtige Fürsprecher in der Hauptstadt, und zudem sind sie populär. Wie kann ein armer Mann sonst hoffen, mit einem Schlag reich zu werden? Daß manche Firmen, so wie die Union-Canal-Lotteriegesellschaft nur wenig Gewinn auszahlen, wissen die meisten nicht.«

»Den Mann, der den Haupttreffer gemacht hat, muß ich erst noch kennenlernen«, sagte Morgan mürrisch.

»Einige wenige haben ihn gezogen, und das sind die, von denen jeder spricht. Was die Union Canal betrifft, so hat sie seit ihrer Gründung anno 1811 durchschnittlich zwei Lotterien pro Jahr durchgeführt und behauptet, fünfzig Millionen ausgeschüttet zu haben. Aber soviel ich gehört habe, ist davon der größte Teil an die Firma selbst gegangen.«

»Wie haben sie das fertiggebracht?«

»Indem sie Tausende von Losen vom Verkauf ausgenommen haben, und dann bei der Ziehung die betreffenden Losabschnitte zusammen mit den verkauften Losen in die Trommel gesteckt haben – woraus folgt, daß die Gesellschaft viele Preise selbst gewonnen hat. Eine Schande, ein verdammter Skandal!« Morrison kam plötzlich ein Gedanke; er sah Morgan scharf an, wobei er mit dem Daumennagel gegen die Zähne tippte.

Morgan sah ihn fragend an.

»Entschuldige«, sagte sein Onkel. »Ich habe gerade so etwas wie einen möglicherweise brillanten Gedanken gehabt. Du bist mit allen Aspekten des Glücksspiels vertraut, und du weißt, wie die Union-Canal-Lotteriegesellschaft arbeitet.«

»Und?« sagte Morgan wachsam.

»Es ist ein staatliches Komitee gegründet worden, das die Gepflogenheiten der Lotterieunternehmen in Pennsylvania untersucht, und ich bin der Vorsitzende. Genau genommen ist die Union Canal unser Jagdwild, aber wir können diese Firma nicht offen aufs Korn nehmen, jedenfalls jetzt noch nicht. Das Komitee existiert jetzt seit einiger Zeit, aber die Resultate sind dürftig. Eigentlich gibt es überhaupt keine.«

»Was hat das mit mir zu tun?«

»Was würdest du davon halten, wenn du als Sondervermittler für unser Komitee arbeiten würdest?«

Morgan starrte ihn an. »Das ist deine ›brillante Idee‹?«

»Was hast du daran auszusetzen? Wer könnte dafür besser qualifiziert sein? Als Vorsitzender kann ich entsprechende Leute beauftragen und ihnen ein anständiges Honorar zahlen.«

Morgan lachte unsicher. »Onkel Sherman, ich bin geschmeichelt, daß du mir das zutraust, aber ich habe so was nie gemacht.«

»Man benutzt einen Dieb, um einen Dieb zu fangen.«

»Vielen Dank«, sagte Morgan trocken.

Morrison machte eine beschwichtigende Handbewegung. »Du weißt, wie ich's meine. Wenn ich dich nicht für ehrlich hielte, würde ich das Ganze gar nicht in Betracht ziehen. Aber du kennst dich im Glücksspiel aus und du hast einige Erfahrung im Verkauf von Lotterielosen.«

Der Gedanke hatte etwas Verlockendes, das mußte Morgan zugeben. Er enthielt ein Element von Abenteuer und Gefahr, das ihn reizte. Nachdenklich sagte er: »Was sollte ich denn herausfinden – den Nachweis, daß die Union-Canal-Lotteriegesellschaft ein Schwindelunternehmen ist?«

Morrison schüttelte den Kopf. »Nein, viel mehr. Wir hätten gern Beweise dafür, daß die meisten, wenn nicht alle Lotteriefirmen auf den Kanälen, selbst wenn es sich nicht um eindeutige Schwindelunternehmen handelt, schlecht für alle Beteiligten sind. Natürlich brauchen wir handfeste Beweise gegen die Union Canal, aber wenn das alles wäre, dann würde diese Firma lautes Geschrei erheben, daß Steuergelder nur dafür verwendet würden, sie in Mißkredit zu bringen.«

»Beweismaterial für all das zusammenzubringen, wird einige Zeit in Anspruch nehmen und viele Reisen bedeuten. Ich müßte mich unter die Leute entlang der Kanäle mischen, und das nicht nur in Pennsylvania.«

»Darüber bin ich mir völlig im klaren, Morgan, aber ich würde dafür sorgen, daß man dir die erforderliche Zeit läßt. Ich bin entschlossen, diesen Skandal und diese Korruption aus dem Staat Pennsylvania auszumerzen, und wenn es mich den Rest meines Lebens kostet.« Er hatte sich straff aufgerichtet und die Stimme erhoben.

Morgan erkannte das unschwer als Rednerpose seines Onkels und grinste ein bißchen. »Wird man dich nicht vermissen, wenn du so lange nicht im Parlament bist?«

»Aber dort werde ich ja sein.« Morrison sah Morgans Gesicht und lächelte eine Spur verlegen. »Ich habe wohl mal wieder eine Rede geschwungen, was? Politiker können es eben nicht lassen, auch nicht privatim. Aber ich kann im Parlament bleiben, solange ich will.« Sein Ton wurde wieder leicht pompös. »Wenn ich wollte, könnte ich im Handumdrehen Gouverneur werden.«

»Das habe ich in den Zeitungen gelesen. Warum willst du nicht?«

»Zu viel Verantwortlichkeit und man steht zu sehr im Blickfeld der Öffentlichkeit. Auf dem Gouverneursstuhl zu sitzen bedeutet praktisch, ein Fernrohr auf sich gerichtet zu haben, der Blick für einen Penny. In meinen Jahren im Parlament habe ich mir eine Machtbasis aufgebaut, so daß ich ebenso einflußreich bin wie der Gouverneur – aber ohne Rampenlicht. Und im übrigen bist du meiner Frage ausgewichen, Neffe. Übernimmst du den Auftrag?«

Morgan überlegte noch einen weiteren Augenblick. Dann sagte er: »Ich glaube, ich werde es versuchen. Es könnte ganz interessant sein. Aber du mußt Geduld mit mir haben, bis ich gelernt habe, richtig zu operieren.«

Morrison kam hinter seinem Schreibtisch hervor, strahlte, umfaßte seine Hand und tätschelte mit der Linken die Schulter seines Neffen. »Viel Glück, Morgan. Sei vorsichtig. Es gibt in dieser Branche ein paar Halunken, die dafür sorgen würden, daß dir die Kehle durchschnitten wird, wenn sie wüßten, worauf du aus bist.«

Zwei Monate später sollte sich Morgan mit einer Grimasse an diese Abschiedsworte seines Onkels erinnern.

Zu diesem Zeitpunkt hatte er sich an mehreren Kanälen entlanggearbeitet, um dem Erie zuzustreben, dem Meisterwerk der Kanalbauer. Er hatte sich in Spelunken herumgetrieben, in den Schlupfwinkeln der Sünde, der Korruption und des Verbrechens und war ungeschoren davongekommen. Schließlich hatte er früher schon die absoluten Schattenseiten des Lebens in den Kneipen der Hafenviertel entlang des Mississippi und des Tenderloin-Distrikts in New York kennengelernt, aber trotzdem wurde ihm später klar, daß er nirgendwo auf so bösartige und verkommene menschliche Wesen gestoßen war wie im sogenannten Side-Cut. Dort bedeutete ein Menschenleben gar nichts, man brachte einen des Anzugs wegen, den man am Leib trug, um. Morgan wußte jetzt, daß es eine Dummheit gewesen war, sich bei Nacht an einen solchen Ort zu wagen. Aber er hatte herausbringen wollen, wieviel von ihrem fragwürdig erworbenen Einkommen die Säufer, Kriminellen und Huren des ›Cut‹ auf Lotterielose verwandten. Er hatte festgestellt, daß der Side-Cut von Losverkäufern nur so wimmelte, die alle gute Geschäfte machten. Ein Los der Union Canal kostete fünf Dollar, aber um die Armen beteiligen zu können, konnte es in Achtel geteilt werden, was bedeutete, daß sich eine Person mit dreiundsechzig Cents einen Anteil kaufen konnte.

Der ewige Topf voller Gold am Ende des Regenbogens, dachte Morgan düster.

Als die Nacht hereinbrach, war er noch immer im ›Cut‹ – mit eleganter Kleidung und einer Reisetasche. Am Morgen war er mit einem Postboot dort eingetroffen und hatte nun erst, zu spät, erfahren, daß kein Boot wagte, nach Anbruch der Dunkelheit anzulegen, um Passagiere aufzunehmen. Es schien für ihn nur zwei Möglichkeiten zu geben: hier zu übernachten oder zu Fuß wegzugehen. Er entschied sich, wie er glaubte, für das kleinere Übel – er ging weg. Und er hatte den Cut schon hinter sich und war am Hauptkanal, als er völlig überraschend von den Rowdys überfallen wurde, die lautlos wie Gespenster aus dem Nebel auftauchten.

Dank des rechtzeitigen Eingreifens von Catherine Carnahan war er mit dem Leben davongekommen, aber die Reisetasche war verschwunden, zweifellos von seinen Angreifern gestohlen. Sie enthielt wenig, was für einen Straßenräuber von Wert war – Wäsche zum Wechseln, Rasiermesser und -pinsel und dergleichen; aber verloren war auch sein Tagebuch voller Notizen, die sich Morgan über die Lotterielos-Machenschaften an und auf den Kanälen gemacht hatte. Und Morgan wußte, daß dieses Buch, in dem sein Name stand, für ihn gefährlich werden konnte, sobald es jemand in die Hände fiel, der begriff, was es bedeutete. Hätte Cat nicht seine Uhr gefunden, so hätte er einen falschen Namen angenommen, aber dazu war es jetzt zu spät.

Er hatte sich dafür entschieden, zumindest noch eine Zeitlang an Bord der ›Carnahan's Cat‹ zu bleiben. Morgan fühlte sich zutiefst von Catherine Carnahan angezogen, aber er redete sich ein, der einzige Grund für seinen Entschluß sei die Tatsache, daß das Kanalboot ihm eine perfekte Tarnung wie auch eine ausgezeichnete Arbeitsbasis für seinen Auftrag bot. Wenn ein gerissener Bursche wie Tate Brawley in Lotteriegeschäften auf dem Erie unterwegs war, dann wies das darauf hin, daß es sich um fruchtbaren Boden für Lotterie-Makler handelte; und Morgan war entschlossen, über Mr. Brawley so viel wie möglich in Erfahrung zu bringen.

Cat war sowohl verärgert als auch erfreut darüber, daß Morgan ihr am Abend zuvor aus einer peinlichen Situation herausgeholfen hatte. Während sie am nächsten Morgen an der Ruderpinne stand, grübelte sie über ihre widerstreitenden Empfindungen nach.

Es war ein frischer Morgen, der Nebel lag noch immer dicht über dem Boden. Morgan und ihr Vater waren unten und bereiteten das Frühstück vor. Timmie war vor ihr auf dem Treidelpfad, ritt auf einem der Mulis und führte das andere. Alles, was sie von ihm sehen konnte, war sein immer wieder aus dem Nebel emportauchender Kopf.

Wieder kehrten ihre Gedanken zu Morgan Kane und der Szene gestern abend im ›Paradise‹ zurück.

Obwohl Mick in seinen nüchternen Phasen ein gütiger und liebevoller Vater war, war er für Catherine nie sonderlich richtungsweisend gewesen. Solange ihre Mutter noch lebte, hatte er soviel Zeit wie möglich auf den Unterricht seiner Tochter verwandt, aber das hatte er offenbar als die Grenze seiner Verantwortung erachtet. Und nachdem seine Frau gestorben war und er zu trinken begonnen hatte, hatte er nur noch wenig Zeit auf Catherine verwandt.

Cat hatte das nicht weiter irritiert, aber das Ergebnis war, daß sie in den Jahren ihres Heranwachsens weitgehend auf sich selbst angewiesen war. Sie hatte gelernt, sich auf ihre eigene Kraft zu verlassen und war unmäßig stolz darauf, mit jeder Situation allein fertig zu werden; dies war nun auch der Grund, weshalb sie gegen Morgans Einmischung am Abend zuvor etwas einzuwenden hatte. Ihrer Ansicht nach hatte sie Brawley erfolgreich in die Schranken gewiesen, und Morgan hätte sie nicht zu verteidigen brauchen, als ob sie eine schwächliche, behütete Plantagenbesitzerstochter aus dem Süden wäre!

Aber zugleich löste der Gedanke an Morgans Galanterie ein Empfinden innerer Wärme in ihr aus, das angenehm war. Sie konnte nicht umhin, sich zu fragen, wie es wohl wäre, den Rest ihres Lebens behütet und gehätschelt von einem starken Mann wie Morgan zu verbringen. Aber dann verwarf sie die Vorstellung energisch.

Sie erstarrte leicht, als Morgans Kopf aus der Kabine unten auftauchte. Er stieg herauf und kam auf sie zu. »Das Frühstück ist fast fertig. Wollen Sie nicht hinuntergehen und essen, Cat? Ich kann das Steuerrad übernehmen, ich habe Ihnen zugesehen...«

Sie stieß einen verächtlichen Laut aus. »Nur weil Sie mir einen Tag lang zugesehen haben, bilden Sie sich ein, Sie könnten die Pinne übernehmen? Ein einziger Fehler, und die ›Cat‹ kann am Ufer zersplittern. Nein, wir sind jetzt schnell vorangekommen. Wir legen bald an und frühstücken miteinander.«

»Mir recht«, sagte er munter und hob belustigt eine Braue. »Aber mich überrascht, daß Sie Zeit aufs Essen verwenden wollen. Sie kommen mir immer wie ein Sklaventreiben vor, auch wenn Sie sich selbst ebensogut wie andere antreiben, das muß man Ihnen lassen.«

»Wie großzügig von Ihnen«, sagte sie, um Sarkasmus bemüht. »Ihrer Ansicht nach mag ich ein Sklaventreiber sein, aber in diesen Zeiten ist es nicht einfach, mit einem Kanalboot lohnende Geschäfte zu machen, auch wenn man rund um die Uhr arbeitet.«

»Das ist etwas, worüber ich mich schon gewundert habe. Warum fahren Sie nicht bei Nacht?«

»Erstens einmal sind die Schleusen aus gesetzlichen Gründen bei Nacht geschlossen – von Sonnenuntergang bis Sonnenaufgang.«

»Das heißt noch nicht, daß Sie nicht während der Nacht zwischen den Schleusen fahren könnten.«

»Stimmt, und manche Boote tun das auch, aber es ist riskant, denn es kann Kollisionen geben. Ich mache es im allgemeinen nicht, weil wir auf der ›Cat‹ nicht genügend Leute haben. Und wir haben nur zwei Mulis. Sie brauchen gelegentlich Ruhe.«

»Vielleicht, wenn ich lernen würde, mit der Ruderpinne umzugehen ... zu Ihrer Zufriedenheit natürlich ...« Er machte eine leichte Verbeugung.

»Das werden wir sehen, Mr. Kane«, sagte sie kühl. »Würden Sie für den Augenblick einmal nach vorn gehen und Timmie zurufen, er solle auf den Seitenkanal achten und die Mulis hineinlenken?«

»Ihr Wunsch ist mir Befehl.«

Sie sah ihm nach, als er anmutig über das Kabinendach zum Bug ging und durch die gewölbten Hände Timmie alles Erforderliche zurief. Im allgemeinen brauchten Landratten mehrere Tage, um so sicher auf einem fahrenden Kanalboot zu gehen, aber Morgan hatte damit keinerlei Schwierigkeiten. Seine Verletzungen waren ihm nicht anzumerken.

Er war ein irritierender Mann, fand Cat. Er war erst wenig mehr als einen Tag auf dem Kanal und bereits hatte er arrogant verkündet, er könne ihre Tätigkeit an der Ruderpinne übernehmen. Und noch irritierender war die Tatsache, daß er das aller Wahrscheinlichkeit nach auch wirklich konnte. Es ging etwas sehr Kompetentes von Morgan aus, ein Selbstvertrauen, daß er alle Aufgaben bewältigen könnte, die er sich auflud, und zwar gut.

Der Reverend Luther Pryor war sehr aufgeregt. Seine Hoffnung war gewesen, daß John Simmons ihn an Bord seiner ›Rettenden Gnade‹ willkommen heißen würde. Sie waren gemeinsam auf der Bibelschule gewesen, und Pryor hatte Simmons immer als guten Freund betrachtet; waren sie nicht beide Hirten von Gottes Schafherde? Natürlich hatten sie sich nun jahrelang nicht mehr gesehen, nach ihrer Ordination waren sie verschiedene Wege gegangen. Pryor, von missionarischem Eifer erfüllt, war nach Afrika gegangen, um die Heiden zu bekehren; zuvor hatte er Constance Lindon geheiratet. Unglücklicherweise hatten die Heiden auf seine Predigten nicht wohlwollend reagiert. Nach zwanzig Jahren Afrika war seine Frau am Fieber gestorben, und seine eigene Gesundheit war so beeinträchtigt, daß ihm ernsthaft nahegelegt wurde, in sein Heimatland zurückzukehren, wenn er nicht seinen eigenen Tod in Kauf nehmen wollte. Der Reverend Luther Pryor, ein Mann, energiegeladen bis zur Tollkühnheit, hätte dieses Risiko vielleicht auf sich genommen, aber er mußte an seine neunzehnjährige Tochter Lotte denken.

Also reisten sie heim. Als Belohnung für die Jahre entbehrungsreichen Wirkens bekam er eine eigene Kirche. Innerhalb eines halben Jahres überkam ihn schlicht Langeweile. Alle Mitglieder seiner Kirche waren bereits gerettet, es gab keine Sünder zu bekehren. Der Reverend wußte, daß er Satan auf dessen eigenem Grund bekämpfen mußte, dort, wo die Sünder so zahlreich waren wie das Unkraut auf einem vernachlässigten Feld. Als er dies Lotte erklärte, fragte sie, die von jeher an die missionarische Leidenschaft ihres Vaters gewöhnt war, lediglich: »Wohin gehen wir, Papa?« Ihre niedergeschlagenen Augen waren auf die im Schoß gefalteten Hände gerichtet.

»Ich habe viele Gedanken auf diese Angelegenheit verwandt.« Er ging, die Hände auf dem Rücken verschränkt, vor ihr auf und ab. »Allem nach, was ich gehört habe, sind die Kanäle dieses Landes Sündenpfuhle, vor allem der Eriekanal. Dorthin sollten wir gehen.« Er machte eine beredte Handbewegung. »Dort werden Pfarrer dringend gebraucht. Ich werde meinem alten Freund John Simmons schreiben, der eine schwimmende Kirche auf dem Erie hat. Wir werden Hand in Hand Gottesarbeit leisten.«

Aber John Simmons hatte sie keineswegs, wie erwartet, mit offenen Armen empfangen. Er hatte gesagt: »Ich freue mich, dich nach all diesen Jahren wiederzusehen, Bruder Pryor. Aber mein Boot ist klein, wie du siehst, und meine Herde ist auch klein.«

»Gemeinsam werden wir sie vermehren.«

»Wir haben keinen Raum, um uns auszudehnen, und ich bin alt, Bruder Pryor, und erschöpft.«

»Ein Mann wird für Gottes Arbeit nie zu alt!« hatte Pryor leidenschaftlich gerufen.

»Sprich für dich selbst, Bruder Pryor. Ich tue noch immer Gottes Arbeit, aber ich muß es Jüngeren überlassen, die Hauptbürde zu tragen. Ich bin mit den wenigen Gemeindemitgliedern, die ich habe, zufrieden. Wenn du vorhast, auf dem Erie zu predigen, so mußt du dir ein eigenes Boot beschaffen.«

Aber wie sollte er das ohne Geld tun? dachte Pryor. Sie hatten kaum genug, um Körper und Seele für mehr als ein paar Wochen zusammenzuhalten.

Wäre Lotte nicht gewesen, so hätte er sich an die Straßenekke in dem Sodom und Gomorrha gestellt, das man ›Side-Cut‹ nannte. Aber er war dort gewesen und hatte seine Infamie und Verkommenheit erfaßt. Ein Mädchen von Lottes Schönheit dorthin mitzunehmen, hätte ihre Vergewaltigung oder Schlimmeres bedeutet.

Und so saßen sie nun hier in ihrem leichten Wagen und hatten all ihre weltlichen Güter bei sich. Pryor brütete vor sich hin, während Lotte träge die Umgebung betrachtete. Der Kanal lag zu ihrer Rechten, verdeckt durch den hohen Treidelpfad.

»Irgendwo muß ich genügend Geld auftreiben, um ein Kanalboot zu erwerben und es in eine schwimmende Kirche zu verwandeln.«

»Ja, Papa«, sagte Lotte pflichtschuldigst.

Pryor hörte sie kaum, er sprach mehr oder weniger zu sich selbst. »Es muß da einen Weg geben. Der Herr wird dafür sorgen.«

Er verstummte, als die Straße eine scharfe Biegung nach rechts machte und zog an den Zügeln, um das Pferd zu langsamerem Schritt zu bewegen. Der Wagen rollte eine leichte Steigung hinauf, und dann waren sie an der Brücke über dem Kanal angelangt.

»O Papa!« rief Lotte und legte eine Hand auf seinen Arm. »Solch einen Blick auf den Kanal habe ich noch nie gehabt. Halte einen Augenblick lang an, es kommt ja niemand sonst.«

Pryor tat ihr den Gefallen und hielt den Wagen auf der sonst leeren Brücke an. Man konnte weit in beide Richtungen sehen; Boote aller Größen und Formen glitten auf dem Wasser dahin – Frachtschiffe, Passagierboote; es gab auch ein Boot mit einem Schild an dem hohen Kabinenaufbau: JONAS ROLLINS, ZAHNARZT. ZÄHNEZIEHEN, ANFERTIGUNG VON GEBISSEN.

Pryor schlug sich mit der Faust aufs Knie. »Es *muß* einfach eine Möglichkeit geben, die Mittel zu bekommen, die wir brauchen.«

»Um was für Mittel handelt es sich, Sir?«

Pryor fuhr zusammen und blickte nach links hinüber. Unbemerkt waren ein Pferd und sein Reiter neben dem Wagen stehengeblieben. Der Reiter war wie ein Gentleman gekleidet und sah auf eine zynische Weise gut aus.

Nun lachte er. »Entschuldigen Sie, Sir, wenn ich Sie erschreckt habe – und die Dame auch. Ich wollte an Ihrem Wagen vorbeireiten und hörte Ihre interessante Bemerkung. Ich heiße Tate Brawley.« Er zog den hohen Hut und blickte an Pryor vorbei auf Lotte. »Zu Ihren Diensten, Ma'am.«

»Ich bin der Reverend Luther Pryor«, sagte ihr Vater. »Und das ist meine Tochter Lotte.«

»Entzückt, Ihre Bekanntschaft zu machen, Miß Pryor.« Lächelnd strich sich Brawley durch die Koteletten. »Und ebenso die Ihre, Reverend. Darf ich fragen, ob das hier Ihr Gemeindebezirk ist?«

»Schwerlich, Mr. Brawley. Ich war bisher nicht in diesem Staat, ich bin erst in dieser Woche am Eriekanal eingetroffen.« Pryor runzelte mißbilligend die Stirn. »Ein Sündenbabel ist das hier, Sir.«

Brawleys Augen glitzerten. »Allerdings, das ist unbestreitbar. Aber warum sollte ein Geistlicher so sehr um finanzielle Mittel besorgt sein, wenn ich danach fragen darf?«

»Eben aus diesem Grund, Sir, aus genau diesem Grund. Ich kam hierher, um den Heiden – den Sündern entlang des Kanals die Botschaft zu bringen. Aber um dies tun zu können, brauche ich ein Boot, das als Kirche dienen kann.«

»Ich verstehe. Und Sie haben nicht die Mittel dafür?«

»Leider nein, Mr. Brawley.«

Brawleys Gesicht erhellte sich. »Vielleicht könnte ich Ihnen da von Nutzen sein, Reverend. Was halten Sie von Lotterien?«

»Lotterien?« wiederholte Pryor argwöhnisch. »Ich glaube gelesen zu haben, daß viele Kanäle nur mit Hilfe von Lotteriegeldern gebaut wurden.«

»Das stimmt, Reverend.«

Lotte hatte interessiert zugehört und beugte sich jetzt vor. »Aber ist das nicht eine Art Glücksspiel, Mr. Brawley?«

Brawley neigte zustimmend den Kopf. »Genau genommen trifft das zu, Miß Pryor. Aber viele Leute sehen darin nichts Anstößiges, sofern die Gelder für einen guten Zweck zusammengebracht werden. Viele Kirchen halten sich aus diesem Grund an Tombolas oder Lotterien.«

Pryor empfand zunehmend Erregung. »Wollen Sie damit vorschlagen, mir auf diesem Weg Geld für meine schwimmende Kirche zu beschaffen?«

»Allerdings, Reverend.« Brawley nickte ernsthaft.

»Aber ich kenne mich in solchen Dingen nicht aus. Ich habe keine Ahnung, wie ich das anfangen sollte.«

»Oh, da könnte ich Ihnen helfen.« Brawley strich sich erneut durch den Backenbart. »Zufällig bin ich Makler für Lotterien, und es wird mir eine Freude sein, Sie zu beraten und Ihnen behilflich zu sein, Reverend.« Er lüftete erneut seinen Hut. »Und ebenso Ihnen, Miß Pryor.«

## 5

Morgan lernte schnell und gut, das mußte Cat ihm lassen. Als sie schließlich Schenectady erreichten, wo sie ihre Fracht abladen sollten, konnte er jede Funktion auf der Cat erfüllen, und zwar ausgezeichnet. Außerdem arbeitete er hart und löste auch oft Timmie bei den Mulis ab, was die meisten ›Kanaler‹ als unter ihrer Würde betrachteten. Zuerst hatte Cat gezögert, ihm die Ruderpinne zu überlassen, aber auch hier konnte sie nichts mehr an ihm auszusetzen finden.

Da man auf der ›Cat‹ so lange Zeit knapp an Arbeitskraft gewesen war, konnte sich Cat am Anfang nicht an irgendwelchen Müßiggang gewöhnen, aber schließlich paßte sie sich dem neuen System an, und als sie sich schließlich Schenectady näherten, begann sie es sogar zu genießen, einmal Zeit für sich selbst zu haben.

Schenectady, früher östlicher Endpunkt des Erie, bevor der Kanal bis zum Anschluß in den Hudson verlängert worden war, hatte dadurch etwas von seiner Handelstätigkeit eingebüßt. Außerdem, so erklärte Cat Morgan, als sie der Stadt näher kamen, hätten sie und ihr Vater wenig Aussicht, angesichts der derzeit herrschenden Depression, Fracht für die Rückfahrt zu erhalten.

»Während Ihr Vater und Timmie nach dem Abladen das Boot säubern, könnte ich mich ja vielleicht nach Fracht für Sie umsehen«, bemerkte Morgan.

Sie sah ihn an und lachte spöttisch. »Sie? Was, glauben Sie, werden *Sie* auftreiben?«

»Keine Ahnung.« Er zuckte die Schultern. »Bevor ich mich nicht umgesehen habe, kann ich's nicht wissen. Aber es kann nicht schaden.«

»Na ja, es ist jedenfalls eine Methode, der Schmutzarbeit aus dem Weg zu gehen.«

Er blieb ungerührt. »Wenn Sie das glauben, meine liebe Catherine, dann bleibe ich natürlich an Bord und teile die Arbeit mit Ihnen.«

Sie sah ihn aufmerksam an. Sie wußte nicht, ob er sein Erinnerungsvermögen wiedergewonnen hatte – in den letzten Tagen hatten sie nicht darüber gesprochen –, aber sie vermutete, daß es nicht der Fall war. Er hatte sich verändert, trug nun die Kleidung eines Kanalschiffers und Arbeitsstiefel, und sein Körper, schon zuvor straff und anmutig, wirkte bereits muskulöser und begann eine gewisse Weichheit zu verlieren, die er vorher gehabt hatte.

»Es gibt keinen Grund, weshalb Sie es nicht versuchen sollten, obwohl ich es für eine Zeitverschwendung halte.« Und bissig fügte sie hinzu: »Ich würde einem Mann und seinem Ehrgeiz niemals im Weg stehen.«

»Es ist kaum *mein* Ehrgeiz, meine liebe Cat«, erwiderte er milde. »Wenn es jemand zugute kommt, dann Ihnen. Alles, worauf ich hoffen könnte, ist Ihre Anerkennung, aber ich bin nahe daran zu glauben, daß dies eine vergebliche Hoffnung ist.«

Morgan verließ das Boot, nachdem sie mit Entladen fertig waren. Er kehrte am Abend nicht zurück und war auch am Mittag des nächsten Tages noch nicht da. Catherine begann allmählich den Verdacht zu hegen, daß sich Morgan verdrückt hatte. Eigentlich hätte ihr das recht sein sollen, trotzdem wußte sie, daß sie ihn vermissen würde.

Sie saß an Deck und starrte die Straße entlang, als Mick hinter ihr auftauchte. »Ich glaube, der ist weg, Tochter. Wollen wir nicht ablegen? Mit Herumlungern können wir nichts verdienen.«

»Wir warten noch diese Nacht. Wenn Morgan in der Frühe nicht da ist, fahren wir weiter in Richtung Hudson.«

Mick machte eine Pause und sagte dann ohne sie anzusehen: »Ich glaube, ich geh' mal auf einen Schluck in die Stadt.«

»Mick, bitte! Wenn Morgan zurückkommt, müssen wir vielleicht noch heute nachmittag ablegen.«

»Ich hab' dir's doch gesagt, Mädchen, der kommt nicht zurück.«

»Na, da täuschst du dich.« Sie sah mit befriedigendem Lächeln an ihm vorbei. »Dort kommt er.«

Mit offenem Mund drehte Mick sich um. Morgan stieg gerade vom Sitz eines Leiterwagens. Zwei weitere, beladene Wagen hielten hinter dem ersten.

Morgan sprang an Bord. »Hier«, sagte er, »drei Wagenladungen Fracht für die ›Cat‹, und ich habe noch mindestens zwei weitere in petto, wenn wir das hier geladen haben.«

»Morgan!« rief Cat entzückt. »Wie um alles auf der Welt haben Sie das fertiggebracht?«

»Und was ist das?« erkundigte sich Mick mißtrauisch.

»Tuchballen im wesentlichen. Textilien.«

»Textilien?« Cat runzelte die Stirn. »Für wen transportieren wir? Eine solche Ladung habe ich noch nie gehabt.«

»Sie gehört Bremerton & Söhne, Kleiderfabrikanten hier in Schenectady. Die schlechten Zeiten haben sie an den Rand des Bankrotts gebracht, und sie ...«

»Wenn sie bankrott sind«, unterbrach ihn Cat, »wie können sie es sich dann leisten, uns zu bezahlen?«

»Ich habe ein etwas anderes Arrangement getroffen. Die Waren gehen in Kommission.«

»Kommission? Ich verstehe nicht.«

»Wir fahren von hier aus westwärts, auf Buffalo zu, und verkaufen die Sachen unterwegs.«

»Verkaufen!« brüllte Mick außer sich. »Verdammt noch mal, Morgan, wir sind Kanalschiffer und keine elenden Krämer!«

»Er hat recht, Morgan«, sagte Cat. »Wir befördern Fracht, aber verkaufen sie nicht. Das ist was für Landratten.«

»Ich verstehe das, aber die Zeiten sind schwierig. Wir verdienen fünfzig Prozent an allem, was wir verkaufen.«

»Aber wenn wir nun nichts verkaufen? Dann ist die Fahrt umsonst.«

»Oh, wir werden jeden einzelnen Fetzen verkaufen. Wenn es vorher nicht glückt, dann bestimmt in Buffalo. Buffalo ist der Ausgangspunkt für Siedler, die nach Westen ziehen. Sie werden alles kaufen, was sie zwischen die Finger kriegen können. Der Zug nach Westen ist noch nicht so stark, aber er wird es bald sein. Das ist unvermeidbar.«

»Darum dreht sich's nicht, Sie Trottel!« brach es aus Mick heraus. »Wir sind keine fliegenden Händler, kapieren Sie das nicht?«

»Sie brauchen sich nicht um den Verkauf zu kümmern, wenn das unter Ihrer Würde ist«, sagte Morgan in verächtlichem Ton. »Ich erledige das.«

»Es ist nicht unter unserer Würde«, sagte Cat gekränkt.

»Aber unter meiner ist es!« donnerte Mick.

»Sei nicht so hocknäsig, Mick«, sagte Cat nachdenklich. »Für Stolz ist kaum der richtige Zeitpunkt. Zumindest sollte man es sich überlegen.«

»Überlegen!« Micks Augen traten fast aus dem Kopf. »Ich traue meinen Ohren nicht – meine eigene Tochter!«

»Ach, sei nicht so selbstgerecht, Mick«, sagte sie müde. »Ich fahre wirklich gern auf dem Kanal, aber es ist nicht das einzige auf der Welt.«

»Für mich ja. Es ist ein ehrenwerter Beruf.«

»Das bestreite ich ja gar nicht, aber du warst auch nicht immer ein ›Kanaler‹, du warst Schullehrer. War das weniger ehrenwert?«

»Besser als Krämer war's jedenfalls, ja. Und ich will nichts mehr davon hören – wenn du dich gegen deinen eigenen Dad mit dieser glattzüngigen Wanze hier verbündest.« Er machte den Mund zu und sprang vom Boot hinaus an den Kai.

Cat starrte ihm bestürzt nach. »Wenn er wütend ist oder so tut, als ob er es wäre, redet er wie der schäbigste Ire.« Sie seufzte. »Und jetzt strebt er der nächsten Kneipe zu.«

»Keine Sorge, Cat«, sagte Morgan ruhig. »Ich werde dafür sorgen, daß er einigermaßen nüchtern zurückkommt. Das heißt, wenn Sie mich hier überhaupt noch haben wollen.«

Sie drehte sich hastig um und sah ihn an. »Sie meinen, wenn ich mit Ihrem Vorhaben einverstanden bin, ja?«

»Nicht unbedingt.« Er zuckte die Schultern. »Aber ich finde wirklich, Sie sollten es sich überlegen.«

»Oh, ich werde darauf eingehen, zumal Sie ein so hübsches Bild entworfen haben. Aber ich warne Sie, Mr. Kane«, ihre Stimme wurde scharf, »Sie tun gut daran, recht zu haben. Wenn wir bis nach Buffalo fahren und die Waren nicht loswerden, bleibt mir nichts anderes übrig als ›Carnahan's Cat‹ zu verkaufen – und in diesen harten Zeiten ist das ungefähr so, als ob ich sie verschenkte.«

Morgan gab sich gewaltige Mühe, das mußte ihm Cat zugestehen. Bei jeder Stadt, in der sie anlegte, verließ er frühzeitig, glattrasiert und mit sauber gebürsteter Kleidung das Boot, einen Tuchballen unter dem Arm. Aber bei seinen ersten drei Versuchen hatte er keinerlei Erfolg.

Mick brummte, und Cat runzelte die Stirn, aber Morgan blieb von verbissenem Optimismus erfüllt. »Keine Sorge, ich verkaufe das Zeug schon.«

In der vierten Stadt, vor der sie anlegten, kehrte er am frühen Nachmittag zum Boot zurück, und zwar in einem Wagen, der von einem Fremden gefahren wurde. Morgan sprang herab und kam leichtfüßig an Bord. Lächelnd wies er auf den Mann auf dem Wagen. »Das ist Mr. Holt, ein Ladenbesitzer hier in der Stadt. Er möchte zehn Ballen Gingham haben.«

»Sie haben's geschafft!« Außer sich vor Freude klatschte Cat in die Hände. Sie mußte an sich halten, um Morgan nicht zu umarmen und zu küssen.

»Sachte, sachte, bis Sie alles gehört haben«, sagte Morgan einigermaßen verlegen. »Mr. Holt hat kein – äh – Bargeld.«

»Doch nicht schon wieder eine Kreditaktion?« rief Cat.

»Nicht eigentlich. Mr. Holt möchte das, was er dort hat, gegen die Tuchballen tauschen. Er bietet sehr großzügige Bedingungen an.«

»Was für Dinge sind das?« Cats Stimme klang mißtrauisch.

»Oh . . ., Hühner. Auf dem Wagen stehen mehrere Kisten mit Hühnern. Und eine mit einem Schwein.«

Mick, der neben ihnen stand, gab einen erstickten Laut von sich. »Hühner? Ein Schwein?«

»Irgendwo entlang des Erie werden wir sie gegen Bargeld verkaufen können, dessen bin ich sicher.« Morgan lachte entschuldigend. »Wenn nicht, können wir sie immer noch essen.«

»Hühner! Schweine! Gott sei uns gnädig, dieser Mann verwandelt die ›Cat‹ in einen Schweinestall!«

Cat, die merkte, daß ihr Vater auf einen seiner Wutanfälle hinarbeitete, machte eine ungeduldige Handbewegung. »Schon gut, Mick, kein Grund zur Aufregung. Laß ihn ausreden.«

»Kein Grund zur Aufregung? Wenn man diesem Kerl seinen Willen läßt, werde ich zu Fuß nach Buffalo gehen. Ich teile mein Boot nicht mit einem Schwein.«

»Mick, Sie teilen Ihr Boot schließlich auch mit Mulis«, sagte

Morgan sachlich. »Sie bringen sie im Bug unter. Ganz sicher kann man ähnliche Arrangements zeitweilig für ein paar Hühner und ein Schwein treffen.«

»Zeitweilig, Mr. Kane?« Cat lächelte. »Zuerst halsen Sie uns ungezählte Tuchballen mit dem Versprechen auf, sie leicht verkaufen zu können. Jetzt verhökern Sie das Tuch gegen Tiere, für die Sie angeblich Bargeld bekommen wollen.«

»Gegen Tauschhandel ist nichts einzuwenden, Cat. Das ist ein uraltes Geschäftssystem.«

Er lächelte sie seinerseits an, und flüchtig empfand sie Verärgerung; anscheinend hatte er vorausgesehen, daß sie auch auf diesen seiner Vorschläge eingehen würde. Er hatte eine irritierende Fähigkeit, ihre Gedanken zu lesen. »Und wer wird während der Reise die Hühner und das Schwein füttern?« fragte sie schroff.

»Ich natürlich. Wissen Sie, ich bin auf einer Farm aufgewachsen.«

Sie starrte ihn an. »Ist Ihr Gedächtnis vielleicht zurückgekehrt, und Sie haben mir nichts davon gesagt?«

Er sah erst verblüfft, dann verwirrt drein. »Nein, eigentlich nicht. Aber irgendwie kam mir gerade der Gedanke, daß ich auf einer Farm aufgewachsen bin und daß es dort zu meiner Arbeit gehörte, mich um den Viehbestand zu kümmern.«

Während Morgan Mr. Holt half, die Hühnerkisten und das Schwein an Bord zu schaffen, verfluchte er sich innerlich seines *Lapsus linguae* wegen. Das war der Nachteil beim Lügen – man mußte konstant auf der Hut sein. Vielleicht hätte es nicht viel geschadet, wenn er zugegeben hätte, daß er sein Erinnerungsvermögen wiedererlangt oder, genau genommen, eigentlich gar nie verloren hatte; aber seit dem Überfall im ›Cut‹ war nun fast eine Woche vergangen und er vermutete, daß Cat mit ihrer Intelligenz ihm höchst mißtrauen würde, wenn er nun behaupten würde, sein Gedächtnis sei plötzlich zurückgekehrt. Zudem war er überzeugt, sie würde zornig sein, wenn sie den eigentlichen Grund für seine Anwesenheit auf dem Kanal erfuhr und zweifelsohne darauf bestehen, daß er das Boot verließ. Ganz gleich, was er sagte, sie würde natürlich glauben, er spioniere unter den ›Kanalern‹, und ihm war bereits klar geworden, daß man bei ihnen den Gesetzen nicht traute.

Morgan verabschiedete sich von Mr. Holt, nachdem der

Kaufmann seine Tuchballen erhalten hatte, und kehrte aufs Boot zurück.

Dort erwartete ihn Cat, die Hände auf die Hüften gestützt. »Mir ist der Gedanke gekommen – nun, nachdem Sie Ihr Geflügel und das Schwein an Bord haben . . . Was machen wir die Nacht über mit den Mulis?«

»Ich sehe nicht ein, warum sie nicht ein paarmal an Land übernachten können. Viele andere ›Kanaler‹ tun das auch. Die Nächte sind warm, und ein bißchen Regen schadet ihnen auch nichts.«

»Und wie steht es mit Dieben?«

Er seufzte. »Na schön, wenn Sie wollen, verbringe ich die Nacht bei ihnen, Ihren alten Colt in der Hand.«

»Ich weiß nicht, ob ich Ihnen dann noch erlauben kann, in die Nähe des Boots zu kommen. Wenn man bei zwei Mulis schläft, riecht man hinterher ziemlich streng.«

»Das würde Ihnen wenigstens einen Vorwand geben, mich auf Distanz zu halten, nicht wahr, Miß Carnahan? Ich habe immer den Eindruck, die Anwesenheit jedes Mannes, der jünger als Ihr Vater und älter als Timmie ist, macht Sie reichlich nervös.«

Sie errötete. »Und Sie, Mr. Kane, können sich zum Teufel scheren. Von mir aus können Sie im Kanal schlafen!«

Sie drehte sich auf dem Absatz um und stürmte nach unten.

In der nächsten Kleinstadt, vor der sie anlegten, verkaufte Morgan die Hälfte der Hühner, und das zu einem anständigen Preis. Seine Annahme, daß Gasthäuser ungeachtet der schweren Zeiten nach wie vor florierten, war richtig gewesen. Da er mit dem Tausch Tuchballen gegen Hühner einen günstigen Handel abgeschlossen hatte, konnte er das Geflügel unter dem üblichen Preis verkaufen und trotzdem Gewinn dabei herausschlagen.

Nachdem er die Hühner abgeliefert hatte, ging er noch auf ein Glas Bier in die Schenke. Sie war halb voll. Während Morgan an seinem Bier nippte, überlegte er, daß er nun mit seinen Nachforschungen von vorne beginnen mußte, da sich alle seine bisherigen Notizen in der gestohlenen Reisetasche befanden.

Noch bevor er sein Glas leergetrunken hatte, gelang es ihm, einen Lotteriemakler in Aktion zu sehen. Ein Mann betrat die

Schenke, bestellte ein Bier und stellte sich dann mit dem Rücken zur Bar.

»Gentlemen«, rief er mit lauter Stimme, »wollen Sie bitte einmal zuhören. Ich möchte mit denjenigen, die interessiert sind, ein kleines Geschäft abschließen. Es ist eine großartige Gelegenheit für Sie, gutes Geld zu gewinnen und gleichzeitig der Öffentlichkeit einen Dienst zu erweisen. Ich habe hier eine Reihe von Lotterielosen. Die Einnahmen aus dem Losverkauf gehen zugunsten des Baus eines dringend benötigten Kanals im großen Staat Ohio. Dem Ohio-Erie-Kanal. Die Lotterie steht unter der Schirmherrschaft von keinem geringeren als Alfred Kelley vom Vorstand der Kanalbevollmächtigten von Ohio persönlich. Ich habe allerdings nur noch wenige Lose. Sie haben sich verkauft wie warme Semmeln. In dieser Lotterie gibt es garantiert drei Hauptgewinner. Eins – zwei – drei ...«

Während Morgan dem Geschwafel des Losverkäufers lauschte, wurde er an Jahrmarktsschreier erinnert, die ihr Schlagenöl anpriesen; aber der Mann hatte eine empfängliche Zuhörerschaft, alle Männer in der Schenke umdrängten ihn und rissen sich förmlich um die Lose, wobei Morgan beobachtete, daß manche zusammenlegten, um ein einzelnes davon zu erwerben. Gleichgültig wie trostlos die finanziellen Verhältnisse eines Mannes auch sein mochten, irgendwie schien er immer Geld für Alkohol oder Glücksspiel aufzubringen, dachte Morgan.

Aber zumindest war dies eine legitime Lotterie und keine, die von der Union-Canal-Gesellschaft durchgeführt wurde. Morgan wußte, daß der Ohio-Erie-Kanal wirklich gebaut wurde. Es war nur drollig, daß dieser Mann hier seine Lose, obwohl Lotterie im Staat New York illegal war, so offiziell an den Mann brachte, als verkaufe er Obst auf der Straße. Natürlich wurde die Durchführung des Gesetzes hier lasch gehandhabt, weil Lotterielosverkauf als minderer Gesetzesverstoß galt.

Als Morgan sein Bier getrunken hatte und aufgestanden war, um zu gehen, betrat ein Mann die Schenke, während der Losverkäufer noch seine Ansprache hielt. Der Neuankömmling stand an der einen Seite und hörte mit belustigtem Lächeln zu; in einer Hand hielt er den Hut, in der anderen eine schwarze Tasche. Irgendwie kam Morgan der Mann bekannt vor. Dann fiel ihm ein, wo er ihn schon einmal gesehen hatte: Es handelte sich um den Lotteriemakler, der Cat auf der ›Paradise‹ angesprochen hatte. Wie hieß er noch? Brawley? Ja, Tate Brawley.

Neugierig ließ sich Morgan wieder auf dem Barhocker nieder.

Brawley hatte ihn noch nicht erspäht, seine Aufmerksamkeit galt der Gruppe von Leuten um den Losverkäufer. Dann sagte er plötzlich mit lauter, tragender Stimme: »Gentlemen, ich möchte Sie um Ihre Aufmerksamkeit bitten.«

Alles wandte sich ihm zu. Der erste Losverkäufer sagte ärgerlich: »Wer sind Sie, und wieso mischen Sie sich in meine Geschäfte?«

»Ich bin Tate Brawley, und ich möchte reden, bevor Sie den Gentlemen hier alles Geld abgenommen haben. Wenn Sie Lose kaufen wollen, Gents – ich habe welche anzubieten, und zwar für einen besseren Zweck, der zudem Ihren eigenen Eriekanal hier betrifft.«

Der erste Verkäufer machte eine verächtliche Handbewegung. »Hören Sie nicht auf diesen Scharlatan. Es ist überall bekannt, daß es keine Lotterie gibt, die den Erie betrifft.«

»Oh, da täuschen Sie sich aber, guter Mann«, sagte Brawley in mildem Ton. »Mit meiner Lotterie wird die Absicht verfolgt, ein Kanalboot zu bauen, kein Kanal. Ein Boot für edle christliche Zwecke. Der Reverend Luther Pryor erwägt eine schwimmende Kirche auf dem Erie, und er hat mich ermächtigt, aus diesem Grund eine Lotterie durchzuführen. Der Reverend ist ein früherer Missionar, der viele Jahre lang in fremden Ländern die Heiden bekehrt hat, bevor ihn tropisches Fieber daran hinderte, weiterzumachen. Er ist in sein Heimatland zurückgekehrt und beabsichtigt, die ihm verbleibenden Jahre dazu zu nutzen, den Kanalschiffern Gottes Wort zu verkünden. Dafür braucht er eine Kirche. Wenn Sie, meine Gentlemen, also zu einem guten Zweck Ihren Beitrag leisten und zugleich die Chance haben wollen, einen beachtlichen Gewinn zu machen, dann kaufen Sie bei mir ein Los.«

Ein Los für eine schwimmende Kirche? Morgan verkniff sich mit Mühe ein Grinsen. Inzwischen hatte Brawley seine Tasche auf die Bar gestellt und geöffnet und nahm jetzt Lotterielose heraus. Der andere Verkäufer sah ihn wütend an, und dann begannen beide gleichzeitig wieder mit ihren jeweiligen Anpreisungen. Die Männer in der Schenke schienen zu einigermaßen gleichen Teilen von beiden Lose zu kaufen.

Morgan bestellte ein weiteres Bier und beobachtete das Ganze mit amüsiertem Interesse. In rund einer halben Stunde waren alle diejenigen, die beschlossen hatten, Lose zu kaufen, fertig. Der erste Verkäufer schloß seine Tasche und stolzierte zornig aus der Schenke. Brawley, vor sich hinlächelnd, verstaute die unverkauften Lose in seiner eigenen Tasche, winkte dem Barmann und bestellte einen Whisky. Während er wartete, fuhr er sich mit den Fingern durch den Backenbart. Sein Blick begegnete dem Morgans, und er runzelte die Stirn.

Morgan trank sein Glas leer und ging an der Bar entlang zu Brawley hinüber. »Ich sehe, Sie haben mich wiedererkannt, Mr. Brawley.«

»Morgan Kane, glaube ich? Der Mann, der mich auf dem Restaurantboot belästigt hat.«

»Belästigt?« Morgans Brauen hoben sich. »Mir scheint, es war umgekehrt. Sie belästigten Miß Carnahan auf der Tanzfläche, und ich kam ihr lediglich zu Hilfe.«

»Sie können das ansehen wie Sie wollen, Sir, aber ich empfand es als Affront.«

Morgan zuckte die Schultern. »Wir haben alle unsere kleinen Probleme, nicht wahr?«

»Ich glaube nicht, daß wir noch irgend etwas zu diskutieren haben«, sagte Brawley kalt und traf Anstalten, sich seinem Glas Whisky zuzuwenden.

»Aber ich möchte vielleicht eines Ihrer Kirchenlose erwerben. Ich muß schon sagen, Mr. Brawley, das ist ein ziemlicher Niedergang verglichen mit dem Verkauf von Kanallosen, finden Sie nicht?«

»Nein, keineswegs. Es geschieht für eine gute Sache, und ich bin immer bereit, so etwas zu unterstützen.«

»Aber sicher. Sie nehmen demnach also keine Maklergebühr? Sie tun das aus reiner Güte des Herzens heraus? Das scheint mir völlig untypisch für Sie.«

»Was wissen Sie schon von meinem Charakter, Sir? Und wenn wir schon von Charakter reden – ich würde an einen Mann Ihres Kalibers kein Los verkaufen. Solch eine Transaktion würde den guten Namen Reverend Pryors beflecken.

Wenn Sie mich jetzt bitte entschuldigen wollen ...« Brawley wandte ihm den Rücken zu.

Morgan spürte, wie Wut in ihm aufstieg. Aber ihm war klar, daß der Mann ihn bewußt provozierte, und wenn er, Morgan, die Sache weitertrieb, so konnte das nur zu einer Wirtshausrauferei ausarten.

»Ich habe viel gegen Ihre Unterstellungen einzuwenden, Mr. Brawley, aber dies hier ist kaum der richtige Ort, um diese Angelegenheit zu regeln. Ganz sicher werden wir uns wiedertreffen. Hoffentlich wird Ihnen das dann nicht leid tun.«

»Wenn wir, wie Sie sagen, die Angelegenheit regeln«, erwiderte Brawley ohne sich umzudrehen, »dann werden Sie das bedauern, nicht ich.«

## 6

Nachdem Morgan gegangen war, trank Brawley seinen Whisky aus, winkte dem Barmann, er solle ihm einen zweiten bringen und verbannte Kane entschlossen aus seinen Gedanken.

Nachdem ihm das gelungen war, kehrte sein Gefühl der Euphorie prompt zurück. Dies war das erste Mal gewesen, daß er Lose für die ›Schwimmende Kirche‹ des Reverend verhökert hatte, und es war gut gegangen, so wie er das angenommen hatte. Natürlich würde er einen Prozentsatz von jedem Los nehmen, das er verkauft hatte, aber seine Motive für dieses Projekt waren wesentlich komplizierter als die Chance, sich ein paar Dollar extra unter den Nagel zu reißen. Er hatte ein Auge auf Lotte Pryor geworfen. Die Tatsache, daß sie Tochter eines Geistlichen war, störte ihn nicht im geringsten. Seine Erfahrung hatte Brawley gelehrt, daß Pfarrerstöchter häufig nicht so sehr gegen die Sünden des Fleisches gefeit waren wie ihre Väter. Obwohl er einigermaßen von Lottes Jungfräulichkeit überzeugt war, hegte er die Vermutung, daß sie jedoch bereit war, diesen Status aufzugeben. Und wem konnte sie ihn besser opfern als einem präsentablen Mann, der ihrem Vater geholfen hatte, als er Hilfe am dringendsten brauchte?

Er mußte allerdings behutsam vorgehen, sie vorsichtig

umschmeicheln, aber er war zuversichtlich, daß er am Ende Erfolg haben würde. Brawley war ein Frauenheld mit erheblichem sexuellen Appetit, und seine umfassende Erfahrung bei der Schürzenjagd hatte seine Geschicklichkeit trainiert. Er war nicht gewöhnt, zurückgewiesen zu werden, und die Abfuhr durch Catherine Carnahan hatte ihn verärgert. Immerhin, sie hatte etwas an sich, eine Art Intelligenz und Temperament, die sie von den anderen abhob; und er spürte, daß ihre jungenhafte Aufmachung nicht zuletzt als eine Art Verkleidung diente, hinter der sie ihre Weiblichkeit verbarg. Sie bot eine Herausforderung, die einen Sieg um so genußvoller machen würde. Irgendwann würde er sie einmal allein erwischen, aber bis dahin...

Er trank sein Glas leer, bezahlte und verließ die Schenke. Die Gedanken an Lotte Pryor und Cat Carnahan hatten ihn erregt, und er suchte nun nach Befriedigung seiner Bedürfnisse. Brawley schätzte es nicht, für sexuelle Gefälligkeiten zu zahlen, es beleidigte sein Selbstbewußtsein; aber reife Witwen waren im allgemeinen dankbar für seine fachkundigen Aufmerksamkeiten. In einiger Entfernung wohnte eine solche Witwe.

Munter bestieg er sein Pferd und ritt in westlicher Richtung aus der Stadt hinaus, wobei er dem Treidelpfad entlang des Erie folgte.

Es war dunkel geworden, als er vor einem zweistöckigen Häuschen anhielt, wenige Meilen außerhalb der Stadt. Eine steife Brise war aufgekommen, und das Schild über der Eingangstür schwang hin und her: LUCY CRAWFORD – ÜBERNACHTUNG UND FRÜHSTÜCK.

Brawley stieg ab, band sein Pferd an der dafür vorgesehenen Stange fest und schlug dann mit der Faust gegen die schwere Tür, die gleich darauf geöffnet wurde.

Die Frau auf der Schwelle war Ende Dreißig, hatte braunes Haar und blaue Augen. Das lange Kleid und die Schürze verbargen keineswegs die üppigen Rundungen. Ihr Gesicht war von der Arbeit in der Küche gerötet. Als sie Brawley erkannte, begann sie zu strahlen. »Tate!« sagte sie mit heiserer Stimme. »Ich freue mich, dich zu sehen.«

»Ich war nur gerade in der Nähe und beschloß, bei meiner Lieblingswitwe reinzusehen.« Brawley strich sich mit dem Daumen durch den Backenbart.

»Komm herein.« Sie trat zurück und fuhr sich mit der Hand über die Stirn, wobei sie einen Mehlstreifen hinterließ. »Ich bin gerade dabei, Biskuits für das Frühstück morgen zu backen. Ich muß sie nur noch in den Ofen schieben.«

»Das hat Zeit, Lucy«, sagte er, griff nach ihr und zog sie an sich. »Ich hab' dich einen Monat lang nicht gesehen. Das ist eine endlose Zeit für einen Mann, der dich so mag wie ich.«

Verwirrt warf sie den Kopf zurück. »Aber jetzt ist es noch so früh, Tate.«

Seine Hände betasteten sie bereits fordernd, und ihr Lächeln bekam etwas Laszives.

»Früh oder spät, was spielt das für eine Rolle?« knurrte er. Sein Mund vergrub sich in den ihren, er spürte ihre hart werdenden Brustwarzen durch sein Hemd hindurch.

Nach ein paar Sekunden entzog sie ihm ihre Lippen und sagte mit kokett rollenden Augen: »Willst du nicht lieber erst eine Kleinigkeit essen?«

»Essen können wir später. Komm schon, gehen wir hinauf.« Den Arm um ihre Taille geschlungen, führte Brawley sie in Richtung der engen Treppe zu ihrer Rechten.

»Sei leise«, flüsterte Lucy. »Ich habe zwei Pensionsgäste, und der eine ist im Augenblick in seinem Zimmer. Ich möchte nicht, daß er merkt, was vorgeht.« Sie kicherte. »Schlecht für meinen Ruf, weißt du.«

Brawley legte seine Hand auf ihr üppiges Hinterteil und sagte: »Das könnte deinem Ruf nur nützen, nicht schaden, meine Liebe.«

Sie kicherte erneut und schlug leicht auf seine Hand. Im oberen Stock gab es vier Schlafzimmer, das letzte rechts war das Lucys.

Als sie drinnen waren und die Tür verschlossen hatten, verzichtete Lucy auf alle Zurückhaltung, sie drängte sich an seinen Körper, ihr heißer Mund suchte seine Lippen. Ihre Finger spielten an seinem Rücken, während sich ihr Unterkörper gegen sein hartes Glied preßte.

»Ja, Tate, ja«, flüsterte sie. »Für mich war's ebenso lange wie für dich, ja!«

»Dann schnell.«

Ihre Finger begannen hastig an seiner Kleidung zu zupfen. Er blieb regungslos stehen, während sie Schnallen und Knöpfe löste, und bald stand er in der Unterhose da. Während er sie ebenfalls auszog, trat Lucy zurück, um an ihrem eigenen Kleid zu zerren. Sie atmete hastig aus, als er sich seines letzten Kleidungsstücks entledigte und sie sein aufgerichtetes Glied sah.

Er kam auf sie zu, sie fiel aufs Bett zurück. Mit einem beglückten Schrei empfing sie ihn und begann dann sofort zu stöhnen und sich aufzubäumen, so daß die Federn des altertümlichen Betts kontrapunktisch zu ihren Bewegungen laut zu quietschen begannen.

Anscheinend hatte sie ihren Pensionsgast nun völlig vergessen, dachte Brawley amüsiert; ganz gewiß merkte der Mann, was vor sich ging, es sei denn, er war taub.

Brawley setzte ihr derb zu und brachte sie zweimal zu einem Orgasmus, bevor er selbst zum Höhepunkt kam.

Hinterher lagen sie nebeneinander und rangen nach Atem. Nach einer Weile strich Lucy mit ihrer rundlichen Hand über seine zottige Brust und sagte in schmeichelndem Ton: »Du tust mir gut, Tate, wirklich! Überleg mal, wir hätten es jeden Tag so schön, wenn du bei mir einziehen würdest. Dann weißt du, wo du unterkommst, das Essen ist gut...«

»Und du hättest so was wie einen Ehemann«, sagte er barsch. Er schob ihre Hand weg. »Ich habe dir mehr als einmal gesagt, Lucy, ich binde mich an keine Frau.«

»Du bräuchtest mich nicht zu heiraten, obwohl ich das gern hätte«, sagte sie in gedämpftem Ton. »Aber du könntest in einem der Zimmer wohnen. Ich würde dir für Unterkunft und Verpflegung nichts berechnen.«

»Und was wäre ich dann – dein ausgehaltener Liebhaber? Ich komme und gehe wann ich will, und wenn dir das nicht paßt, werde ich dich nicht mehr belästigen. Du bist nicht die einzige Frau entlang des Erie.«

»Nein, nein«, sagte sie hastig und preßte sich gegen ihn. »Du kannst kommen und gehen, wann du willst, Tate.« Sie begann ihn zu liebkosen und zu küssen, um ihn erneut zu erregen.

Morgan hatte sich weiter als gewöhnlich vom Erie entfernt, da er gehört hatte, daß eine Schenke, die zwei Meilen vom Kanal entfernt landeinwärts lag, möglicherweise an dem Schwein interessiert war. Er bekam allmählich Micks bissige Bemerkungen satt und war entschlossen, das Tier zu verkaufen.

Die Fußreise lohnte sich, denn der Besitzer kaufte das Schwein unbesehen und gegen Bargeld.

Also war Morgan durchaus befriedigt, als er zur Stadt zurückschlenderte. Er hatte die Strecke zur Hälfte zurückgelegt, als er Hufgetrappel hinter sich hörte. Er ging an den Straßenrand, drehte sich um und sah ein sich näherndes Pferd, das einen leichten Wagen zog. Als das Fahrzeug bei ihm angelangt war, stellte er fest, daß im Wagen ein Mann und eine Frau saßen.

Obwohl Morgan kein Zeichen gegeben hatte, daß er mitgenommen werden wollte, hielt der Wagen neben ihm. Der Mann, der die Zügel hielt, trug einen schwarzen Anzug und einen schwarzen Hut; irgend etwas an ihm kam Morgan bekannt vor. Als sich der Fremde herauslehnte, erkannte er den Reverend Luther Pryor, und ihm fiel die Szene mit Tate Brawley vor einigen Tagen ein.

»Wenn Sie zur Stadt wollen, Sir«, sagte Pryor, »nehmen wir Sie gern mit.«

»Das weiß ich sehr zu schätzen, Reverend Pryor.«

Der Geistliche sah ihn schärfer an. »Kennen wir uns?«

Morgan stieg ein und drängte sich neben die Tochter des Reverend. »Sie erinnern sich vielleicht nicht an mich, Reverend, da wir einander nicht richtig vorgestellt wurden. Aber Sie erkundigten sich vor ein paar Wochen in der Nähe von Albany nach einem Kirchenboot – ich glaube, es heißt ›Saving Grace‹ – bei den Inhabern eines Kanalschiffs. Ich war auf diesem Boot.«

Pryor runzelte die Stirn. »Ah, ja – da war eine junge Frau an der Ruderpinne.«

»Stimmt. Sie heißt Catherine Carnahan. Ich bin Morgan Kane.«

»Guten Tag, Mr. Kane.« Der Reverend knallte leicht mit der Peitsche, und der Wagen setzte sich wieder in Bewegung. »Ich kann nicht behaupten, daß ich Frauen auf Kanalbooten billige.«

»Der betreffenden Frau und ihrem Vater gehören das Boot ›Carnahan's Cat‹. Soweit ich weiß, ist es nichts Ungewöhnliches, daß Frauen auf den Kanalbooten leben. Ehefrauen, Töchter, ganze Familien tun das.«

»Vielleicht stimmt das, was Sie sagen, Sir, aber dieser Kanal ist ein Sündenpfuhl.«

Morgan äußerte sich nicht zu Pryors Bemerkung, weil er spürte, daß jeder Widerspruch einen solchen Eiferer nur aufgebracht hätte. Statt dessen erkundigte er sich: »Haben Sie das Boot gefunden, das Sie suchten?«

»Ja, aber es kam nichts dabei heraus. Ich hatte gehofft, mich mit einem alten Freund, John Simmons, zusammentun zu können, um auf dem Erie zu versuchen, die Seelen zu retten. Unglücklicherweise war mein Freund nicht bereit, die Arbeit Gottes mit mir zu teilen. Aber das soll mich nicht aufhalten. Bald werde ich auf diesem sündigen Kanal meine eigene Kirche haben.«

»Ja, das weiß ich«, sagte Morgan trocken. »Ich habe vor ein paar Tagen Ihren ... äh, Wohltäter getroffen, der für Ihre ›Schwimmende Kirche‹ Lotterielose verkauft. Tate Brawley ist als Kompagnon ein sehr fragwürdiger Charakter für einen Reverend, finden Sie nicht auch?«

»Wie meinen Sie das, Mr. Kane?« fragte Pryor steif.

»Nun ja, er ist professioneller Lotteriemakler. Und wenn das allein nicht schon reicht, so arbeitet er auch noch für die Union-Canal-Lotteriegesellschaft, deren Geschäftsethos anrüchig, wenn nicht gar indiskutabel ist.«

»Ich weiß nichts von dieser Union-Canal-Gesellschaft, von der Sie da sprechen, Mr. Kane. Zudem spielt es keine Rolle. Mr. Brawley war so freundlich, mir seine Dienste anzubieten, als ich in Not war. Es kommt auf den guten Zweck an. Wenn ich mit Hilfe von Mr. Brawley zu meiner Kirche komme, werden die vielen Seelen, die ich retten kann, die Sache wert sein. Schließlich ist auch unser Herr selbst unter Dieben, Huren und anderen, wie Sie sich ausdrücken ›fragwürdigen Charakteren‹ gewandelt.«

Insgeheim fand Morgan, daß dies kaum auf die spezielle Situation anwendbar war, aber er war klug genug zu schweigen. Zudem fiel ihm etwas Merkwürdiges auf. Natürlich war auf einem für zwei Leute gedachten Sitz, auf dem nun drei saßen, nur wenig Raum, und sein Schenkel kam mit dem Lottes in engen Kontakt seit dem Augenblick, als er sich niedergelassen hatte. Aber nun fiel ihm auf, daß sie den Druck zunehmend verstärkte, anstatt sich zurückzuziehen. Er warf einen Blick auf ihr Gesicht. Es war völlig gelassen, die Hände waren züchtig im Schoß gefaltet, sie blickte geradeaus.

Geschah das nun unabsichtlich, oder beabsichtigte sie einen

milden Flirt – immerhin ungewöhnlich für die Tochter eines Geistlichen? Andererseits war sie ein auffallend attraktives Mädchen, und möglicherweise rebellierte sie gegen die strikten Lebensregeln ihres Vaters, was Morgan nicht verwunderte.

»Was halten *Sie* von Tate Brawley, Miß Pryor?« fragte er beiläufig.

Das Bein verharrte einen Augenblick regungslos, dann ließ der Druck nach. »Mr. Brawley scheint ein Gentleman zu sein«, antwortete sie mit leiser Stimme, »und es steht mir nicht zu, die kirchlichen Entscheidungen meines Vaters in Frage zu stellen.«

»Lotte ist ihres Vaters Tochter, Mr. Kane«, sagte Pryor streng. »Sie weiß, welchen Platz in der Welt sie einnimmt, und sie tut, was man ihr sagt. Ich erledige die kirchlichen Angelegenheiten, halte Predigten und hüte meine Herde. Sie besorgt meinen Haushalt und leitet den Chor. Sie hat eine schöne Stimme, um Gottes Lob zu singen.«

»Ich muß sie mir einmal anhören«, sagte Morgan galant. Dann fügte er kühn hinzu: »Darf ich Ihnen sagen, daß Sie auch über ein schönes Aussehen verfügen?«

»Das, Sir, ist kaum eine passende Bemerkung für einen Gentleman.« Pryors Stimme klang deutlich abweisend.

»Entschuldigen Sie beide tausendmal. Ich wollte Ihnen nicht zu nahe treten«, sagte Morgan und verfiel in Schweigen. Sie waren jetzt mitten in dem Kanalstädtchen angelangt, und der Reverend zog am Zügel.

»Wo soll ich Sie absetzen, Mr. Kane? Ich fahre in westlicher Richtung den Treidelpfad entlang und kann Sie an Ihrem Kanalboot absetzen, sofern es dort liegt.«

»Ja, Reverend, gleich hinter der Main Street. Ich bin Ihnen überaus dankbar.«

Verblüfft registrierte Morgan, daß der Druck von Lottes Bein sich wieder verstärkt hatte, und diesmal wurde er beibehalten. Er war geneigt, den Druck zu erwidern, nur um zu sehen, was dann geschehen würde, aber er entschied sich dagegen. Man konnte nicht wissen, was für eine Büchse der Pandora man damit öffnete.

Er sah das Boot vor sich liegen, Cat stand auf dem Deck. Er winkte. »Dort drüben liegt mein Boot, Reverend.«

Als der Wagen hielt, stieg Morgan ab. »Ich bin Ihnen sehr

verbunden, Sir. Sicher sehen wir einander wieder einmal. Und ich wünsche Ihnen viel Erfolg bei der ›Schwimmenden Kirche‹.« Da er wußte, daß Cat herübersah, ritt ihn der Teufel. Er ergriff Lottes Hand, beugte sich darüber und küßte sie. »Ich hoffe sehr, auch Sie wiederzusehen, Miß Pryor. Es war ein großes Vergnügen, Ihre Bekanntschaft zu machen.«

Cat beobachtete tatsächlich die ganze Szene und stellte auch fest, daß die Person, die sich aus dem Wagen lehnte, eine junge Frau und außerdem sehr hübsch war.

Ganz plötzlich empfand sie etwas Merkwürdiges. Sie war zornig und unglücklich zugleich. War sie vielleicht eifersüchtig – eifersüchtig auf Morgan Kane und dieses fremde Mädchen? Zu ihrer tiefen Abscheu wurde ihr bewußt, daß genau dies stimmte. Zudem hätte sie nie erwartet, daß sie dessen überhaupt fähig wäre.

Morgan ließ die Hand des Mädchens los, und der Wagen fuhr weiter den Treidelpfad entlang. Morgan sprang leichtfüßig an Bord und sagte selbstgefällig: »Raten Sie mal.«

Sein Grinsen machte sie wütend, und sie sagte in eisigem Ton: »Ich bin nicht gut im Rätselraten, Mr. Kane.«

»Mr. Kane? Warum plötzlich so formell?« Seine Brauen hoben sich, dann zuckte er die Schultern und grinste unvermindert weiter. »Ich habe gerade das Schwein verkauft, an dem Sie und Ihr Vater solchen Anstoß genommen haben.«

»Wem? Dem Mädchen im Wagen vielleicht?«

»Wie?« Er sah verlegen drein. »Natürlich nicht. Ich habe es an einen Schenkenwirt ein Stück weit außerhalb der Stadt verkauft.«

»Und das Mädchen ist vermutlich seine Tochter? Sie haben ihr aus schierer Dankbarkeit die Hand geküßt?«

Er starrte sie an, sein Lächeln war verschwunden. Und dann begann er erneut zu lächeln; es war augenscheinlich, daß er sich vortrefflich amüsierte. »Na, so was, Catherine Carnahan, Sie sind eifersüchtig! Ich weiß nicht recht, ob ich nun geschmeichelt sein soll oder nicht.«

»Ich bin *nicht* eifersüchtig!« fuhr sie auf. »Mir kam es nur ein bißchen seltsam vor, daß Sie die Hand eines fremden Mädchens küssen.«

»Wenn ich es mir recht überlege, bin ich, glaube ich, wirklich geschmeichelt. Was das Mädchen betrifft, so ist es gar keine Fremde. Sie kennen es auch. Das waren Lotte Pryor und ihr Vater, Reverend Pryor. Sie haben sich vor einiger Zeit bei uns nach jemand erkundigt, erinnern Sie sich?«

»Ach so«, murmelte Cat.

»Die Schenke, in der ich das Schwein verkauft habe, liegt ziemlich weit außerhalb der Stadt. Die Pryors kamen in ihrem Wagen daher und nahmen mich mit in die Stadt.«

Mick war rechtzeitig herangekommen, um seine letzten Worte zu hören. »Soll das heißen, daß Sie das verdammte Schwein wirklich verkauft haben?«

»Ja. Und gegen Bargeld auch noch. Nun muß ich es nur noch hinbringen.«

»Dabei helfe ich Ihnen, Morgan«, sagte Mick. »Ich bin froh, daß das stinkende Vieh wegkommt. Weiter oben an der Straße kann man einen Wagen mit Pferd mieten. Kommen Sie, Junge, wir erledigen das gleich.«

Wütend verschwand Cat in ihrer Kabine. Zögernd mußte sie vor sich selbst zugeben, daß sie am wütendsten über die Tatsache war, daß Morgan recht hatte – sie *war* eifersüchtig. Oder zumindest war sie eifersüchtig gewesen. Nun, da sie wußte, daß es sich um die Tochter eines Geistlichen handelte, hatte das Empfinden etwas nachgelassen.

Als das Boot schließlich Buffalo erreichte, war Morgan die gesamten Hühner und Tuchballen losgeworden. Zumindest hatte er soviel Anstand, sich seinen Triumph nicht anmerken zu lassen, fand Cat.

Und Mick war großzügig genug zuzugeben, daß er sich geirrt hatte. Er klopfte Morgan auf die Schulter und sagte mit dröhnender Stimme: »Ich hab' mich auf der ganzen Linie getäuscht, mein Junge.«

»Wenn wir jetzt noch Fracht zurück nach Albany bekommen, ist alles großartig«, sagte Cat.

»Ich werde uns in Buffalo schon Fracht besorgen«, sagte Morgan zuversichtlich.

Und er verschaffte ihnen tatsächlich eine volle Ladung Getreide, die zum Hudson gebracht werden sollte, um von dort aus nach New York verschifft zu werden.

Cat war Morgan dankbar, trotzdem brachte sie es nicht über sich, das geradeheraus zu sagen. »Ich weiß wirklich nicht, wie wir es all die Jahre ohne Sie geschafft haben, Mr.

Kane.« In ihrem Ton lag mehr Sarkasmus, als sie beabsichtigt hatte.

»Ihre Dankbarkeit ist überwältigend, Miß Carnahan«, erwiderte er mit einer spöttischen Verbeugung.

»Ach, schon gut«, sagte sie verdrossen. »Ich bin dankbar. Natürlich bin ich dankbar«, fügte sie in weicherem Ton hinzu. »Es ist nur so, ich bin nicht gewöhnt... na ja, ich bin nicht gewöhnt, daß Leute etwas für mich tun.«

Er sah sie mit erhobenen Brauen an. »Sie meinen, Sie lassen sich von einem Mann nicht gern einen Gefallen erweisen?«

Cat spürte, wie sie errötete. »Das ist es überhaupt nicht... nun ja, vielleicht ein bißchen. Ich fürchte, ich habe nicht viel Erfahrung mit Männern.« Sie war überrascht und über ihren plötzlichen Ausbruch an Offenheit außer Fassung gebracht.

»Wäre es dann nicht an der Zeit, daß Sie welche sammeln?«

»Was meinen Sie nun damit wieder?«

»Sie könnten damit anfangen, indem Sie heute abend mit mir zum Essen gehen, bevor wir in Richtung Buffalo ablegen.«

»Aber wir sind mit Laden fertig und können losfahren«, sagte sie verwirrt. »Jetzt ist es erst Nachmittag.«

»Cat«, sagte er freundlich, »auf ein paar Stunden kommt es überhaupt nicht an. Ich finde, wir beide haben Grund zu feiern. Warum wollen wir das nicht gemeinsam tun? Wir essen gut zu Abend und legen morgen in aller Frühe ab.«

Er nahm ihre Hand in die seine. Ihr erster Impuls war, sie ihm hastig zu entziehen, aber dann unterließ sie es. Sie entdeckte, daß es ein angenehmes Empfinden auslöste.

»Na schön«, sagte sie abrupt.

Simon Maphis starrte Brawley ungläubig an. »*Was* tun Sie? Sie arrangieren eine Lotterie für diesen salbadernden Tropf?«

Brawley nickte selbstzufrieden. »Jawohl. Das bringt mir ein paar Extradollar ein, und es ist mir von Nutzen, wenn ich auf dem Erie als jemand bekannt bin, der einem Mitchristen zu helfen bereit ist.«

»Mitchristen!« schnaubte Maphis. »Sie sind ein ebenso schlechter Christ wie ich. Erwarten Sie bloß nicht, daß ich irgendeines dieser verdammten Kirchenlotterielose verscherbele. Für meinen Geschmack treiben sich ohnehin zu viele Pfaffen am Erie herum.«

»Oh, das verlange ich nicht von Ihnen, Simon. Kümmern Sie sich um die Kanallose. Wie geht das Geschäft übrigens?«

»Ausgezeichnet. Ich habe alles verkauft, was Sie mir gegeben haben.«

»Ich werde Ihnen einen weiteren Pack geben, bevor ich gehe.«

Sie waren auf Maphis' Boot, saßen in seiner unordentlichen Kabine und tranken Rum.

Die Kabinentür öffnete sich, und eine Frau schob sich herein. Sie war jung, wirkte jedoch schlampig. Mit weinerlicher Stimme sagte sie: »Simon, Lieber, möchtest du...«

»Hör mit deinem ›Lieber‹ auf!« brüllte Maphis. »Was hast du hier zu suchen, wenn ich mit einem Kollegen über Geschäfte rede? Du kommst, wenn ich dich rufe, und keine Minute früher.«

Die Frau wich zurück und versuchte, sich wieder aus der Tür zu schieben, ihre angstvollen blauen Augen waren unentwegt auf Maphis gerichtet.

Irgend etwas an ihr kam Brawley vage bekannt vor. Dann, nachdem sie verschwunden war, ging ihm ein Licht auf – sie glich ein bißchen Catherine Carnahan.

Er wandte sich an Maphis. »Diese Frau...«

Maphis winkte verächtlich ab. »Nur eine Hure, die ich zu meinem Vergnügen aufgelesen habe.«

»Sie sieht ein bißchen Catherine Carnahan ähnlich.«

Maphis warf ihm einen finsteren Blick zu, und Brawley dachte flüchtig, er würde gleich vor Zorn explodieren. Aber Maphis begnügte sich mit einer weiteren wegwerfenden Handbewegung und sagte: »Diese Cat! Eines Tages wird sie kriegen, was sie verdient.«

»Ich habe auch nichts für sie übrig. Vor Wochen hat sie mich einmal abfahren lassen, und auf so etwas reagiere ich nicht gut. Außerdem arbeitet da ein Kerl auf ihrem Boot, den ich nicht sonderlich leiden kann – Morgan Kane.«

Maphis schüttelte den Kopf. »Den kenne ich nicht.«

»Er würde Ihnen auch nicht gefallen. Er findet sich für unsereinen zu gut.« Er sah Maphis aufmerksam an. »Ich dachte nur... Sie haben mit Miß Carnahan noch eine kleine

Rechnung zu begleichen und ich auch – ebenso wie mit diesem Kane. Wollen wir das nicht gemeinsam regeln?«

Maphis starrte ihn an. »Was haben Sie vor, Tate?«

»Ich finde, *Sie* sollten sich was ausdenken. Sie wissen mehr über Kanäle und Kanalboote als ich.«

»Ich könnte alles mögliche tun – auch diesen elenden Kahn versenken mit allen, die an Bord sind. Soll ich soweit gehen?«

»Ich habe keine Einwände, solange keiner von uns dafür verantwortlich gemacht wird. Nichts für ungut, Simon, aber Sie neigen dazu, kopflos zu handeln, ohne die Konsequenzen zu bedenken. So was muß sorgfältig geplant werden.«

Maphis runzelte die Stirn. »Wollen Sie mir beim Planen helfen?«

»Sofern Sie sich an meinen Plan halten und bereit sind, meine Anweisungen zu befolgen. Dann verspreche ich Ihnen, etwas auszukochen, das die Carnahans und ihr Boot erledigt.«

## 7

Buffalo war eine betriebsame Stadt, die etwas von der Atmosphäre eines rauhen Grenzorts an sich hatte. Cat, die das von ihrer Mutter geerbte Kleid trug, umklammerte unwillkürlich Morgans Arm, während sie die von Menschen wimmelnden Straßen entlangging. ›Kanaler‹, Flußschiffer, Trapper in ihren fettigen Lederanzügen, die stanken, weil sie einen Winter lang unentwegt getragen worden waren, Spieler in eleganter Aufmachung, ihre Freundinnen am Arm, Matrosen, Soldaten und sogar ein paar halbnackte Indianer – alles war vertreten.

Cat warf von der Seite her einen Blick auf Morgan. Er trug wieder den Anzug, den er in der Nacht, als sie ihn rettete, angehabt hatte. Aber er war jetzt gereinigt und ausgebessert, und Morgan sah prächtig darin aus, das mußte sie zugeben.

Cat zwang sich, den Blick von ihm abzuwenden. Irgendwo knallte ein Gewehr, und sie fuhr zusammen. »Es ist ein bißchen erschreckend hier, nicht wahr?«

»Erschreckend? Aber Sie müssen doch schon oft in Buffalo gewesen sein.«

»Na ja ... nicht eigentlich. An den Ladedocks ja, aber ich habe mich nie vom Kanal entfernt.«

Er tätschelte ihre Hand auf seinem Arm. »Keine Sorge. Ich weiß, es sieht ein bißchen wild aus hier. Aber es wird Ihnen nichts zustoßen. Außerdem sind wir gleich da.«

Er wies mit dem Kopf auf ein zweistöckiges Hotel. Es war ein bißchen sorgfältiger herausgeputzt als die meisten Gebäude, die Cat unterwegs gesehen hatte, und verfügte über einen bis zum Gehsteig hinausreichenden Baldachin. Morgan kannte sich hier offensichtlich aus; er führte sie durch die Halle in einen ruhigen Speisesaal, der von vielen Kerzen erhellt und von der murmelnden Unterhaltung der Gäste erfüllt war.

Cat war dergleichen nicht gewöhnt und entschlossen, sich ihre Ehrfurcht nicht anmerken zu lassen. Sie blieb mit hoch erhobenem Kopf stehen. Ein Mann mit Speisekarten unter dem Arm eilte auf sie zu. »Monsieur Kane! Wie nett, Sie wiederzusehen. Wie lange ist es her, seit Sie das letzte Mal bei uns waren?«

»Ich erinnere mich nicht«, sagte Morgan beiläufig. »Wie lange wohl?«

Der Mann überlegte einen Augenblick, dann erhellte sich sein Gesicht. »Fast zwei Monate, Monsieur.«

»So lange, ja?« Morgan machte eine Handbewegung in Richtung Cat. »Das ist Miß Catherine Carnahan.«

»Willkommen bei uns, Mademoiselle. Ich bin Pierre.«

»Haben Sie einen Tisch für uns, Pierre?« fragte Morgan.

»Aber natürlich, Monsieur. Bitte, folgen Sie mir.«

Er führte sie durch den Raum zu einem einzelnen Tisch, der halb von einem Topffarn vor den übrigen Gästen verdeckt wurde.

Mit einer schwungvollen Gebärde präsentierte Pierre Morgan eine der Speisekarten. »Vielleicht einen Cocktail, Monsieur, Mademoiselle?«

»Am besten eine Flasche Wein.« Morgan warf Cat einen fragenden Blick zu. »Pierre hat einen hervorragenden Weinkeller, alles wird direkt aus Frankreich importiert.«

»Das klingt sehr gut, Pierre«, sagte Cat hoheitsvoll, während sie eigentlich lieber laut gelacht hätte. Cat Carnahan, die Range vom Erie, die in einem eleganten französischen Restaurant Wein bestellte und den Besitzer in vertrauter Manier anredete!

Sie hielt an sich und blieb mit völlig gelassenem Gesicht

sitzen, bis Pierre gegangen war. Dann sagte sie fast vorwurfsvoll: »Sie sind früher schon hier gewesen, Morgan.«

»Es hat den Anschein, wie?« sagte er zerknirscht.

»Aber Sie erinnern sich nicht?«

»Nein – weder an das Hotel noch an Pierre.«

»Und trotzdem bringen Sie mich zum Essen hierher. Seltsam.«

Er zuckte die Schultern. »Vielleicht habe ich mich unbewußt daran erinnert.« Er hielt sich die Speisekarte vors Gesicht und konsultierte sie so lange, bis Pierre mit zwei Glaskelchen und einer Flasche in einem Eiskübel zurückkehrte. Er goß ein wenig in Morgans Glas, dieser kostete und nickte dann. »Sehr gut, Pierre.«

Als Pierre wieder verschwunden war, sagte Cat: »Und da ist noch was... Sie haben gerade vorhin gesagt, Pierre habe einen ausgezeichneten Weinkeller. Das nennen Sie ›sich nicht erinnern‹?«

Morgan seufzte und schüttelte den Kopf. »Na schön, Cat. Wenn Sie sich an etwas festgebissen haben, lassen Sie nicht locker, wie? Ich muß gestehen, daß mein Erinnerungsvermögen, in kleinen Fetzen zumindest, zurückgekehrt ist.«

»Warum haben Sie davon nichts gesagt?«

»Mir kam es nicht so wichtig vor. Ich erinnere mich außerdem nicht an so viel, daß es eine Rolle spielt. Zudem bin ich ganz froh, mich nicht zu erinnern und glücklich in meinem derzeitigen Dasein.« Er sah sie eindringlich an.

Sie wandte verwirrt den Blick ab. »Ich weiß nicht, was Sie damit meinen.«

»Doch, Cat«, sagte er. »Sie wissen sehr gut, was ich meine. Ich fühle mich von Ihnen mehr angezogen als von irgendeiner anderen Frau, die ich je kennengelernt habe.«

»Wie – wie wollen Sie das wissen?« stammelte sie. »Möglicherweise haben Sie irgendwo eine Ehefrau.«

Morgan schüttelte den Kopf. »Nein, ich bin mit Sicherheit nicht verheiratet.«

»Ist das einer Ihrer Erinnerungsfetzen?« fragte sie mit betonter Schärfe. »Das kommt sehr gelegen, finden Sie nicht auch?«

Sein Blick haftete unbeirrt an ihr. »Ich weiß einfach tief in meinem Herzen, daß ich keine Frau habe; und mehr noch – daß ich nie zuvor eine Frau wirklich geliebt habe.«

Nun endgültig verwirrt starrte Cat auf ihre im Schoß ineinander verschränkten Hände hinab. Dann, ganz plötzlich, wurde sie wütend auf sich selbst. War das Cat Carnahan, die Selbstgenügsame, die niemand auf der Welt brauchte?

»Können wir bitte das Thema wechseln?« Sie sah ihn über den Tisch hinweg an. »Sie sind irgendwie – voreilig, wissen Sie. Was gibt Ihnen das Recht, solche Dinge zu mir zu sagen?«

Er spreizte die Hände. »Es ist das Recht, das jeder Mann hat – nämlich seiner Bewunderung und Zuneigung irgendeiner Frau gegenüber Ausdruck zu verleihen.«

»Auch, wenn diese Frau solche Aufmerksamkeiten nicht willkommen heißt?«

Er lächelte. »Nicht willkommen heißt? Vielleicht fürchtet sie sich nur davor, sie ausgesprochen zu hören.«

»Fürchten? Warum sollte ich mich fürchten?«

»Das weiß ich nicht, Cat«, sagte er einfach. »Aber den Eindruck habe ich jedenfalls.«

»Eindruck?« fuhr sie auf. »Sie haben eine widerliche Art, alles, was ich sage, so zu verdrehen, daß es Ihnen in den Kram paßt. Außerdem –« sie blickte wieder auf ihre Hände hinab, »kennen wir uns noch nicht einmal einen Monat.«

»Ein Monat, eine Woche, ein Tag, das spielt keine Rolle. Ich weiß, was ich empfinde, und ich glaube, daß auch Sie wissen würden, was Sie empfinden, sofern Sie es nur zuließen.«

Sie hob die Brauen und sah ihn voller Kälte an, obwohl sie spürte, daß ihre Wangen rot wurden. »Sie wollen wissen, was ich empfinde? Was für eine Arroganz!«

»Ich finde das gar nicht arrogant...« Zu Cats Erleichterung verstummte er, als Pierre erneut an ihrem Tisch auftauchte.

Er und Morgan diskutierten Einzelheiten des Menüs, ohne Cat auch nur einmal zu Rate zu ziehen, eine Sitte, die sie irritierte – als ob Frauen nicht über ausreichend Verstand verfügten, um selbst zu entscheiden, was sie essen wollten. Andererseits war sie ausnahmsweise froh, ignoriert zu werden. Was um Himmels willen war mit ihr los? Sie hatte das Gefühl, als würde sie gegen ihren Willen unwiderruflich in irgend etwas hineingezogen. Von ihrem Verstand her erschreckte sie die Anziehungskraft, die zwischen ihr und Morgan bestand – und Morgans Offenheit, mit der er die Situation beim Namen nannte; gleichzeitig war da ein physischer Impuls in ihr, den sie bisher unterdrückt hatte, etwas, das sie zu einer geheimen Lust und einem Entzücken hintrieb, dem sie nur in ihren Träumen in den dunklen Nachtstunden den Lauf ließ und das sie im sachlichen Licht des Tages vor sich selbst nicht wahrhaben wollte.

»Ist es Ihnen recht so, Cat?« fragte Morgan.

»Was soll mir recht sein?« fragte sie verdutzt.

»Junge Ente. Ich habe junge Ente für uns bestellt.«

»Aber natürlich, Mr. Kane«, sagte sie betont liebenswürdig. »Das ist herrlich. Ich hatte schon immer Mühe, bei solch gewichtigen Angelegenheiten meine Entschlußlosigkeit zu überwinden. Welches Glück für mich, einen Mann dabei zu haben, der das für mich erledigt.«

Morgan warf ihr einen mißtrauischen Blick zu, schickte aber Pierre mit dem Auftrag, zweimal Ente zu bringen, vom Tisch weg. Danach begann er von dem zu sprechen, was sie bei ihrer Rückfahrt nach Albany seiner Ansicht nach tun sollten. »Wenn wir keine anständige Ladung für die ›Cat‹ bekommen, kann ich sicher irgend etwas besorgen, was man entlang des Kanals verkaufen kann. Wieder in Kommission, wenn es nicht anders geht.«

»Dann haben Sie also vor, auf der ›Cat‹ weiterzumachen.«

Sein Gesicht wurde undurchdringlich. »Ja, gern, es sei denn, Sie wollen mich nicht mehr an Bord haben.«

»Das ist es nicht. Ich war mir nur nicht sicher, ob Sie das Leben auf dem Kanal eigentlich mögen. Wie ich schon sagte, Sie sind ganz sicher kein berufsmäßiger ›Kanaler‹.«

»Damit haben Sie wahrscheinlich recht. Andererseits, da ich mich nicht daran erinnern kann, was ich vorher getan habe, kann ich kaum dazu zurückkehren, oder? Und mir gefällt der Erie. Allmählich fange ich an zu begreifen, warum Sie ihn so lieben. Er vermittelt einem ein Gefühl von Freiheit, das man in den meisten Berufen heute nicht mehr findet. Nur eines wüßte ich gern, Cat – was tun Sie im Winter, wenn der Kanal zugefroren ist?«

Cat blinzelte verblüfft. »Nun ja, dann wird der Kanal abgelassen, die Boote sitzen auf Grund und warten im allgemeinen auf das Tauwetter im Frühjahr. Das ist verdammt langweilig, und manchmal haben wir Mühe, mit Geld und Nahrungsmitteln bis dahin durchzukommen.«

Das Essen wurde gebracht und war sehr gut, ebenso der Wein; Cats Stimmung wurde wesentlich milder, und doch blieb etwas in ihrem Innern wachsam und lauerte darauf, daß Morgan wieder auf persönliche Dinge zu sprechen käme. Aber ihre Unterhaltung blieb ganz allgemein, und sie verließen das Restaurant Arm in Arm, gesättigt und zufrieden, wenngleich sich Cat lebhaft des Kontakts mit seinem Körper bewußt blieb. Morgan winkte einer Droschke.

»So weit ist es doch gar nicht«, sagte Cat überrascht.

Aber als sie sich auf den Sitzen niedergelassen hatten, sagte Morgan: »Hier in der Nähe des Kanals kann es rauh zugehen bei Nacht. Es hat keinen Sinn, ein Risiko einzugehen. Oh, ich würde Sie natürlich beschützen – aber ich habe so gut gegessen, daß ich nicht weiß, wie leistungsfähig ich dann sein würde.« Er lachte.

Der Wagen fuhr los und warf Morgan leicht gegen sie. Er blieb so wie er war, ohne sich zu bewegen, seine Schenkel berührten die ihren. Es war dunkel, warm und eng in der Droschke, und Cat spürte, daß ihr Herz ungestüm klopfte. Sie war sich Morgans Nähe voller Intensität bewußt und hörte seinen flachen, schnellen Atem. Obwohl ihre Hände ruhig im Schoß lagen, prickelten ihre Fingerspitzen, so als ob sie ihn wirklich berührten.

Dann wandte er sich ihr ein bißchen zu, und sein rechter Arm legte sich um ihre Schultern. Der Wagen rumpelte über ein Schlagloch, und der Arm umschloß sie fester. Unwillkürlich wandte Cat ihm ihr Gesicht zu, und bevor sie wußte, was geschah, küßte er sie.

Sie wehrte sich nicht und versuchte nicht zu protestieren; dies schien der unvermeidbare Abschluß des Abends zu sein. Nie zuvor hatte sie die Lippen eines Mannes auf den ihren gespürt, und sie empfand es als überaus angenehm. Das Prickeln in ihren Fingerspitzen dehnte sich auf ihren gesamten Körper aus, und irgendwo tief in ihrem Innern bildete sich ein Strudel verwirrender Empfindungen.

Sie wußte, daß dies kein passendes Verhalten für eine Lady war – sich von einem Mann, noch dazuhin fast einem Fremden, im Dunkel eines geschlossenen Wagens küssen zu lassen. Aber Cat war keine Heuchlerin; sie genoß, was ihr da widerfuhr und dachte gar nicht daran, das zu verbergen oder Morgan abzuwehren. Jedenfalls nicht gerade jetzt. Sie war neugierig, was als nächstes geschehen würde. Außerdem, so dachte sie innerlich belustigt, erhob sie keinen Anspruch darauf, eine Lady zu sein.

Alles endete zu schnell. Der Wagen hielt, und Morgan richtete sich auf. »Wir sind da, Cat.«

»Oh!« Sie rückte leicht von ihm weg, strich sich über das Haar und zupfte an ihrem Kleid, während er ausstieg. Benommen hörte sie, wie er mit dem Kutscher über den Fahrpreis verhandelte, dann kam er zurück und streckte ihr die Hand hin.

»Komm, Liebes.«

Sie ergriff seine Hand und ließ sich hinaushelfen. Verstohlen sah sie sich um, überzeugt, daß jeder, der sie beobachtet hatte, über ihr ungezügeltes Benehmen in der Kutsche Bescheid wissen würde. Aber die Umgebung lag dunkel und verlassen da, und Cat wußte, daß das Boot ebenso verlassen sein würde. Mick war der nächsten Kneipe zugestrebt, und Timmie verbrachte die Nacht angeblich bei Verwandten – er schien in jeder Stadt und jedem Weiler entlang des Eries Verwandte zu haben.

Ein kühner Gedanke kam ihr, als sie das realisierte. Sie nahm Morgans Arm und versuchte, diesen Gedanken von sich zu schieben, aber während sie auf das Boot zugingen, bohrte er unentwegt weiter in ihr. Warum auch nicht? Sie war dreiundzwanzig Jahre alt, eine erwachsene Frau, und an die üblichen Normen hatte sie sich nie gehalten. Das Verlangen, erneut die Wärme und das Vergnügen in Morgans Armen zu empfinden, war übermächtig. Ja, warum nicht?

An der Tür zu ihrer Kabine trat Morgan zurück und sagte in formellem Ton: »Ich habe diesen Abend genossen, Cat. Sehr sogar. Jetzt will ich gute Nacht sagen...«

»Morgan...« Plötzlich kühn geworden, nahm sie seine Hand. »Wir wollen uns nicht gerade jetzt gute Nacht sagen.«

»Ich verstehe nicht...« Er starrte sie mit erhobenen Brauen an, dann lächelte er auf seine bedächtige Art. »Ein Gentleman widerspricht einer Lady niemals.«

Sie führte ihn in ihre kleine, dunkle Kabine. Die Fensterschlitze waren geöffnet und ließen eine schwache Brise hindurch, aber trotzdem war es sehr warm. Cat war leicht in

Schweiß gebadet. Eine Redensart aus Godeys ›Buch der Dame‹ fiel ihr ein: ›Pferde schwitzen, Männer transpirieren, und Damen ist ein wenig warm‹. Nun, ganz offensichtlich war sie keine Dame.

Sie drehte sich um und verriegelte die Tür. Als sie sich wieder umwandte, nahm Morgan sie in die Arme und preßte sie hart gegen sich. Sein Kuß war wie ein herrliches Feuer, und diesmal strichen seine Hände über ihren Körper, drückten ihn leicht hier und dort; Cat stöhnte leise und drückte sich heftiger an ihn.

Sie spürte etwas zunehmend härter Werdendes an ihrem Bauch, etwas, das sie nur in den gedämpften Unterhaltungen der wenigen Frauen, die sie kannte, erwähnt gehört hatte. Sie vermutete, daß sie nun schockiert, ja abgestoßen hätte sein müssen, aber dem war nicht so. Sie empfand Schwäche, das Blut rauschte in ihrem Kopf wie ein mächtiger Katarakt.

Und dann zog er sie aus, erst zärtlich und unendlich vorsichtig, aber bald wurden seine Hände drängender.

Sie seufzte leise und trat zurück. »Laß es mich machen, Morgan. Du könntest was zerreißen.« Sie lachte eine Spur unsicher. »Ich habe nicht so viele Kleider, die ich entbehren kann.«

Er trat seinerseits zurück, und als sich Cat ihrer Kleidung entledigt hatte, hörte sie das Rascheln, als er die seinen abstreifte. Sie war voller Verwunderung über sich selbst – in ihrer eigenen Kabine zog sie sich für einen Mann aus! An so etwas hätte sie vorher nicht im Traum gedacht. Sie war nicht total unwissend, wenngleich unberührt; die Leute auf dem Kanal redeten frei von der Leber weg, und sie hatte zumindest eine vage Vorstellung, was sich abspielte, wenn Mann und Frau sich liebten. Sie zitterte jetzt heftiger, zum Teil aus Furcht; aber sie mußte vor sich selbst zugeben, daß es im wesentlichen aus Erwartung heraus geschah. Noch immer spürte sie den Druck seiner Lippen auf ihrem Mund und die Berührung seiner Hände auf ihren Brüsten und Schenkeln.

Sie stieg in die Koje und zog instinktiv das Laken über ihren nackten Körper. Die Koje war ziemlich schmal, und sie überlegte flüchtig, ob sie wohl ausreichte.

Sie hörte, wie Morgan sich bewegte. Im Dunkel stieß er

gegen die Kante der Koje und gab einen gedämpften Fluch von sich. »Wir könnten ein bißchen Licht brauchen. Gibt es hier keine Lampe? Oder eine Kerze?«

»Nein, bitte, Morgan«, sagte sie zaghaft. »Laß die Kabine dunkel. – Das ist...« Sie räusperte sich. »Es ist für mich das erste Mal, und ich bin – ich habe schon genügend Hemmungen.«

Er tastete mit den Händen über ihren Körper. »Zumindest das hier brauchen wir nicht.« Er zog das Laken von der Koje und streckte sich neben ihr aus. Sie lagen dicht beisammen, beide auf der Seite. Morgans Hände fanden ihr Gesicht und zogen es leicht an das seine heran, und sie spürte erneut seinen Kuß; er streichelte zärtlich ihren Körper. Ihre Nerven begannen zu vibrieren, und sie preßte sich enger an ihn. Seine Hand glitt über ihren Magen und dann tiefer, an ihre intimste Stelle. Unwillkürlich stieß sie einen kleinen Schrei aus und zuckte vor ihm zurück.

»Schon gut, Cat«, murmelte er ihr ins Ohr. »Ich werde dir nicht weh tun, das verspreche ich. Ich liebe dich wirklich, weißt du. Ich habe dir das nicht vorgelogen, nur daß du...« Er lachte leise. »Daß du tun würdest, was ich will.«

Trotzdem zögerte sie, blieb steif und regungslos liegen. Morgan suchte erneut ihre Lippen und begann, ihren Körper mit wissenden Händen zu liebkosen – ihren Rücken, ihre straffen Brüste, den flachen Bauch.

Allmählich entspannte sie sich unter seinen Bemühungen und überließ sich den heftigen Empfindungen, die seine Berührungen bei ihr hervorriefen. Bald war sie von einem wilden Verlangen erfüllt; sie spürte, daß sie am Rand einer großen Entdeckung angelangt war, einer Offenbarung, die ihr gesamtes Dasein von nun an verändern würde. Morgan senkte den Kopf, seine Zunge ertastete ihre Brustwarzen, liebkoste sie zart, abwechselnd die eine und die andere.

Cat stöhnte laut, umklammerte seinen Hinterkopf, preßte seinen Mund heftiger an sich. Natürlich hatte sie schon immer gewußt, daß ihre Brustwarzen empfindsam waren, aber wie sehr, das hatte sie bis zu diesem Augenblick nicht geahnt. Nach, wie ihr schien, endloser Zeit, die allmählich fast zur Qual wurde, schob sich seine Hand wieder tiefer hinab. Er berührte die Innenseite ihrer Schenkel, streichelte sie mit den Fingerspitzen; sie zitterte erneut bei der Berührung, diesmal jedoch nicht aus Furcht; ihre Beine öffneten sich ihm.

Morgan nahm dies als Zeichen, schob sich zwischen ihre gespreizten Schenkel. Cat spürte den ersten vorsichtigen Druck seines harten Glieds.

»Keine Angst, Cat«, sagte er beschwichtigend. »Es wird alles gut sein.«

»Ich glaube dir«, sagte sie heiser. Sie ließ ihre Hände über seine aufgestützten Arme gleiten. »Nur zu – ich möchte es ja.«

Sie empfand einen kurzen brennenden Schmerz, als er eindrang, und dann vergaß sie es völlig, als er tief in sie hineinstieß. Wir sind einander so nahe, dachte sie atemlos; sein Körper ist in meinem Körper. Er ist so nahe, wie sich zwei Menschen nur kommen können.

Er verhielt sich eine kleine Weile still, und Cat kostete den Augenblick aus. Sie war jetzt seine Frau; sie hatte einen Mann in sich aufgenommen!

Morgan begann sich zu bewegen, langsam zuerst, und Cat genoß die verschiedenartigen Empfindungen, die dies in ihr hervorrief. Sie spürte die ersten Wellen einer Lust, die sich durch ihren gesamten Körper ausbreiteten. War dies die Vereinigung von Mann und Frau, von der nur immer im Flüsterton oder in den vulgären Witzen unter Männern gesprochen wurde? Es war angenehm, es hatte etwas Warmes und Gemeinsames an sich, es war...

Ganz plötzlich bewegte sich Morgan schneller, sein Atem wurde kürzer und schließlich zum Keuchen, es war nicht mehr nur *angenehm*. Es war herrlich, löste ein hinreißendes Entzücken aus! Unwillkürlich entfuhr ihr ein Schrei, sie hob die Arme, umklammerte ihn, suchte nach seinem Mund.

Ihre Lust steigerte sich immer mehr, Tausende von Empfindungen stürmten auf sie ein, bis sie fast zu einer Qual wurden. Sie hatte das Gefühl, daß gleich etwas geschehen würde, geschehen müßte. Warum kam es nicht?

Sein Tempo nahm zu, sein Atem ging rauh, und der Laut feuerte ihre eigene Leidenschaft an. Zum erstenmal begann sie, sich ihm entgegenzubewegen, ihr Körper übernahm völlig die Herrschaft, kein Gedanke hatte mehr in ihr Platz. Es gab nur noch dieses wundervolle Empfinden in ihrem Unterleib, dem sie sich überließ und das sie voll und ungehemmt auskostete.

Das Empfinden steigerte sich zu einem Punkt, an dem sie das Gefühl hatte, das Ganze nicht länger ertragen zu können. »Morgan, ich...«

»Ja, ich weiß, meine liebe, liebe Cat...« flüsterte er.

Und dann spürte sie ihn mit voller Macht in sich und bäumte sich krampfhaft auf und ihm entgegen, es war, als ob die Sonne explodierte, ein Ausbruch, der ewig fortzudauern, in keiner Beziehung zur Zeit mehr zu stehen schien – und doch wußte der winzig kleine Teil ihrer Vernunft, der noch intakt geblieben war, daß alles nur Augenblicke dauerte. Morgan fiel schwer auf sie, sein Gesicht war in der Biegung ihrer Schulter vergraben, sein Atem heiß auf ihrer Haut.

Sie erschauerte noch einmal kurz, dann lag sie still. Sie fühlte sich schwach, erschöpft, das Herz klopfte wild in ihrer Brust. Sie brachte kein Wort heraus. Es gab vieles, was sie sagen wollte – das Wunder des Ganzen, die unaussprechliche Lust, die er ihr bereitet hatte, und das Gefühl für ihn, das Liebe sein mußte. Aber *war* es das? Wenn sie jetzt davon sprach, konnte dies auch unter dem Einfluß ihres intensiven Entzückens geschehen.

Schließlich schwieg sie einfach. Morgan glitt von ihr und legte sich neben sie. Er sprach auch als erster. »Habe ich dir weh getan, Liebes?«

Im Gegenteil, dachte sie, aber sie schüttelte lediglich den Kopf.

»Ich liebe dich, Cat.« Er streichelte ihr Gesicht mit den Fingerspitzen, die auf ihren Lippen verharrten. »Liebst du mich auch?«

Sie antwortete nicht.

»Du mußt doch irgend etwas empfinden, wenn du so bei mir liegst. Die meisten Frauen schlafen mit einem Mann nur, wenn sie ihn lieben.«

Cat fühlte sich durch seine Beharrlichkeit unter Druck gesetzt, und ihre Stimme war eine Spur schroff. »Ich bin nicht wie die meisten Frauen, Morgan. Das solltest du inzwischen wissen.«

»Oh, das weiß ich wirklich«, sagte er in gepreßtem Ton. »Und ich vermute, es macht einen Teil deines Reizes aus, aber gelegentlich kann es einen auch zur Verzweiflung treiben.«

»Weil ich Männerkleidung trage und gern Männerarbeit

tue? Weil ich mich nicht so verhalte, wie es deiner Ansicht nach eine Frau tun sollte.«

»Das und anderes mehr.«

Sie wandte das Gesicht von ihm ab. »Ich bin, was ich bin, Morgan.«

»Ich möchte ja nur wissen, ob du mich liebst.«

»Das kann ich im Augenblick einfach nicht beantworten, Morgan. Laß mir Zeit, mit mir selbst ins reine zu kommen. Das ist alles so – so plötzlich. Und neu für mich.«

»Seit Beginn aller Zeiten ist das zwischen Mann und Frau geschehen. Die Dinge sind nun einmal so, Cat.«

»Aber mir ist es noch nie geschehen, und ich möchte nicht in etwas hineingedrängt werden, das ich vielleicht später bereue.«

»Bereue?« Er richtete sich auf der Kojenkante auf.

Sie seufzte, etwas von der Freude der letzten Augenblicke schwand. »Morgan, zwinge mich zu nichts! Laß mir Zeit.«

Er blieb auf der Kante der Koje sitzen, und sie spürte, daß er irgendwie von ihr abgerückt war.

»Na schön, Cat, wenn du's so haben willst. Ich verschwinde jetzt besser, bevor Mick zurückkommt.«

Er stand auf und begann sich schweigend anzuziehen. Cat, der es nun leid tat, ihn gekränkt zu haben, schwieg ebenfalls und wünschte, sie könnte sich ihm irgendwie verständlich machen. Sie mochte ihn sehr gern. Sie hatte zutiefstes Entzücken bei dem empfunden, was soeben geschehen war. Aber war das Liebe? Sie hätte gern etwas gesagt, um die Kluft zu überbrücken, die ihre Worte geschaffen hatten, aber bevor sie etwas herausbrachte, war er verschwunden.

Sie spürte, wie ihr Tränen in den Augen brannten und blinzelte zornig. Es war so schön gewesen. Warum hatte er es nicht dabei belassen können? Und warum war sie vor seiner Frage zurückgezuckt? Sie schlief ein, die Tränen noch auf dem Gesicht.

Timmie Watkins kehrte zur ›Cat‹ zurück, nachdem er bei seiner Tante zu Abend gegessen hatte. Obwohl er über ein Dutzend Verwandte entlang des Erie wohnen hatte, war Timmie seit seinem dritten Lebensjahr Waise. Bis vor einem Jahr hatte er einmal hier, einmal dort gelebt, und obwohl seine Verwandten ihn alle gut behandelt hatten, war er erst bei den Carnahans wirklich glücklich geworden. Er hatte das Gefühl bekommen, nun endlich ein Zuhause zu haben.

Er hatte sich Hals über Kopf in Cat verliebt und die Hoffnung gehegt, daß sie eines Tages seine Liebe erwidern würde. Diese Hoffnung war jäh zerstört worden, als sie an jenem Abend vor ein paar Wochen so schön gekleidet mit dem Fremden auf das Restaurantboot gegangen war.

Morgan Kane. Timmie war nicht entgangen, wie Kane Cat ansah und wußte, daß er, Timmie, keine Chance hatte, solange der Fremde da war.

Als die ›Cat‹ im matten Mondschein vor ihm auftauchte und Timmie eben an Bord steigen wollte, erstarrte er. Er sah, wie sich die Tür zu Cats Kabine öffnete und eine Gestalt auftauchte – zu groß um die Miß Catherines zu sein. Es mußte sich um einen Mann handeln.

Der Fremde drehte sich um, und Timmie erkannte Morgan Kane. Timmie duckte sich in einen dunklen Winkel, während Kane ans Ufer sprang und in Richtung Stadt verschwand. Der Junge starrte hinter ihm her, seine Fäuste waren geballt, er zitterte vor Wut.

Er wußte, was vorgefallen war, und es machte ihn zutiefst elend. Wie konnte Miß Catherine so etwas tun? In diesem Augenblick begann seine Liebe sich in Haß zu verwandeln.

## 8

Der nächste Morgen war herrlich, klar und sonnig, ein Vorbote des Sommers. Cat zog sich schnell an und ging an Deck. Alles schien ausgeprägter als sonst zu sein – die Luft roch wie Wein, das Singen der Vögel am Ufer klang bezaubernder, alles, was sie berührte, vermittelte ein anderes Gefühl. Es war, als ob ihr Übergang vom Mädchen zur Frau alle ihre Sinne geschärft hätte. Das Leben war wundervoll.

Mick, der mitgenommen und verkatert aussah, saß an der Ruderpinne und nippte an einer Tasse heißen Tees. Timmie war bei den Mulis auf dem Treidelpfad, aber Morgan war nirgendwo zu sehen.

»Guten Morgen, Mick. Wo ist Morgan?«

»Woher soll ich das wissen? Ich bin nicht der Hüter des Burschen.«

»Aber hast du ihn nicht gesehen?«

»Nein. Er hat auch heute nicht in der Kabine geschlafen.« Er warf ihr einen boshaften Blick zu. »Vielleicht hat der Kerl gefunden, daß er vom Kanaldasein die Nase voll hat und ist in der Nacht verduftet.«

Cat verbarg so gut wie möglich ihren Schreck. »Hat er seine Sachen mitgenommen?«

»Was für Sachen? Der Kerl hat doch nur die Kleider, die er am Leib trägt.« Er wandte sich ab, ohne Cat noch einmal anzusehen. »Wenn er weg ist, ist er eben weg.«

Sie wandte sich ab und stieg zum Treidelpfad hinauf, um in Richtung der Stadt zu blicken. Ihre gute Laune war verschwunden. Cat wußte, daß sie Morgan, falls er sie wirklich verlassen hatte, bitter vermissen würde. Aber es sah ihm gar nicht ähnlich, einfach wegzulaufen.

Dann sah sie ihn den Pfad entlang auf sie zuschlendern. Ihr Herz vollführte einen Freudensprung, aber als er bei ihr war, hatte sie sich gefaßt.

»Guten Morgen, meine Liebe«, sagte er ernsthaft und betrachtete sie forschend. »Wie geht es dir heute?«

»Ausgezeichnet«, erwiderte sie sachlich. »Ich habe mich gerade gefragt, wo du steckst.«

»Ich war auf der Suche nach Fracht für die ›Cat‹.«

Es lag ihr auf der Zunge zu fragen, ob er damit die ganze Nacht zugebracht habe, aber sie hielt sich zurück.

»Hast du was gefunden?«

Er nickte und lächelte. »O ja, Getreide. Ich habe den üblichen Preis unterboten. Hoffentlich hast du nichts dagegen. Ich dachte, es sei jedenfalls besser als leer zurückzufahren.«

»Natürlich, das ist ja wundervoll. Du bist der geborene ›Kanaler‹, Morgan!« Sie hegte das plötzliche Verlangen, den Arm auszustrecken und ihn zu berühren, aber dann verdarb er alles.

»Die Wagen werden in ungefähr einer Stunde hier sein.« Er nahm seine Uhr heraus und sah darauf.

»Du warst dir deiner ziemlich sicher, wie?« sagte sie gereizt. »Ich habe dich nicht ermächtigt, solche Entscheidungen zu treffen.«

»Aber du warst gerade der Ansicht, es sei ein guter Handel«, sagte er nachdrücklich.

»Schon gut, schon gut. Aber das nächste Mal ziehst du mich vielleicht erst zu Rate.«

»Ich mußte schnell handeln, Cat. Zwei andere Kanalbootbesitzer kamen, während ich noch dort war. Wenn ich weggegangen wäre, um dich erst zu fragen, hätte der Getreidehändler möglicherweise die Fracht einem anderen überlassen.«

Die Tatsache, daß er recht hatte, beschwichtigte sie nicht völlig, aber sie schwieg wenigstens und wandte sich dem Boot zu. »Timmie!« rief sie, »füttere die Mulis. Wir bekommen Fracht und werden bald ablegen.«

Als sie an Deck kam, fragte Mick: »Was für eine Fracht, Tochter? Ich wußte nicht, daß du da was arrangiert hast.«

»Ich war es nicht, es war Morgan«, sagte sie kurz.

»Donnerwetter!« Mick begann zum erstenmal an diesem Morgen zu grinsen und schlug sich auf die Knie. »Der Bursche fängt an, sein Geld wert zu sein. Vielleicht habe ich mich die ganze Zeit über in ihm getäuscht.«

»Laß dich nicht von deiner Begeisterung übermannen«, sagte sie mürrisch.

Er sah sie scharf an. »Was ist los, Tochter? Du fängst offenbar an, den Burschen gern zu haben, oder?«

Sie wandte das Gesicht ab. »Ich mag ihn ganz gern. Und du warst vor kurzem noch der Ansicht, es sei ein Fehler, ihn auf der ›Cat‹ aufzunehmen.«

»Man kann doch mal seine Meinung ändern, oder nicht?« sagte Mick leichthin. »Ich finde, wir sollten ihm vielleicht ein bißchen mehr geben als nur gerade Unterkunft und Verpflegung. Ein Mann arbeitet immer besser, wenn er den Eindruck hat, anerkannt zu werden.«

»Und jetzt wird er anerkannt, wie?« sagte sie ärgerlich. »Na schön, wir werden sehen.«

Zu ihrer Erleichterung begannen Wagen vor dem Boot vorzufahren, und die unangenehme Unterhaltung nahm damit für Cat ein Ende. Bald darauf waren fünf Wagenladungen Getreide im Frachtraum verstaut. Cat wurde dem Händler, einem rundlichen, abgehetzt wirkenden Individuum namens Fredericks, vorgestellt.

»Ihr Mann da, Miß Carnahan«, sagte er, »ist ein ziemlich überzeugender Bursche. Wenn er nicht gewesen wäre, hätte ich mein Getreide vielleicht einem anderen Frachtkahn gegeben. Einer hat mir einen viel billigeren Preis geboten, aber ich hatte das Zeug nun schon Ihnen versprochen. Hoffentlich werde ich keinen Grund haben, meinen Entschluß zu bereuen.«

Cat spürte, wie sie bei dem Ausdruck ›Ihr Mann da‹ errötete. »Sie werden keinen Grund haben, es zu bereuen, Mr. Fredericks, das verspreche ich Ihnen.«

Als sie abgelegt hatten, kam Morgan zu Cat an die Ruderpinne und sagte: »Weißt du, wer einer dieser beiden anderen ›Kanaler‹ war – und zwar ganz sicher der, der einen niedrigeren Preis geboten hat? Es war Simon Maphis.«

Simon Maphis kochte, er war außer sich darüber, daß ›Carnahan's Cat‹ statt der ›King‹ die Getreideladung erhalten hatte. Vergeblich hatte er sich mit dem blöden Händler herumgestritten, ihm einen wesentlich niedrigeren Preis geboten, aber Fredericks hatte verbissen darauf bestanden, daß er Morgan Kane bereits sein Wort gegeben habe.

Nun, am Ende eines langen Tages voller vergeblicher Bemühungen um eine andere Fracht, trottete Maphis zu seinem Boot zurück. Er würde also leer nach Albany zurückkehren müssen, und das hatte er Cat Carnahan und ihrem Kerl zu danken.

Aber dafür würden sie zahlen müssen, und zwar teuer. Es war schon fast dunkel, als er an Deck kam, wo sein Mulitreiber lag und schlief. Er verpaßte ihm einen brutalen Tritt zwischen die Rippen und knurrte: »Spann die Mulis ein, wir hauen hier ab.«

Der Treiber stand auf und winselte: »Aber Mr. Maphis, es ist schon bald dunkel.«

»Das ist mir egal. Ich möchte ›Carnahan's Cat‹ einholen.«

»Aber sie ist heute in der Frühe abgefahren, das habe ich gesehen.«

»Deshalb fahren wir die Nacht durch. Sie hat eine Ladung, dieses verdammte Frauenzimmer, und ich nicht. Wir müssen das Boot einholen, oder ich schlage dir den Schädel ein.«

Bald waren sie unterwegs, zwei brennende Laternen schwankten im Bug wie riesige Leuchtkäfer. Maphis hatte noch ein Mannschaftsmitglied, einen ewig betrunkenen Lümmel, der sich zweifellos in irgendeiner Schenke herumtrieb.

Maphis ließ ihn zurück, ohne auch nur einen Gedanken an ihn zu verschwenden. Wenn er noch einen Handlanger brauchte, konnte er irgendeinen Strolch im Side-Cut auflesen, der seinen Zwecken ebensogut diente. Für das, was er jetzt vorhatte, brauchte er nur wenig Hilfe, und er wollte nicht mehr Zeugen als unbedingt erforderlich um sich haben. Der Mulitreiber war ein Trottel und keine Gefahr. Maphis hatte keine genau Vorstellung, was er tun wollte – nur wollte er irgendwie ›Carnahan's Cat‹ zerstören oder zumindest außer Gefecht setzen. Tate Brawleys Warnung, dergleichen Aktionen müßten sorgfältig geplant werden, schlug er in den Wind. Es lag nicht in seiner, Maphis', Natur, vorsichtig zu sein.

Er stand an der Pinne, und die ›King‹ glitt ohne Rücksicht auf mögliche andere Kanalboote dahin. Wenn ihm zufällig eines in den Weg geriet, würde er es eben rammen. Den Bug seines Schiffes hatte er früher schon mit Eisen verkleiden lassen.

Die ›King‹ fuhr die ganze Nacht durch. Kurz nach Sonnenaufgang stieg Maphis auf das Kabinendach und spähte nach vorn. Und dort war sie – zwei Kanalboote weiter!

Er rief dem Treiber zu: »Gut, ich hab' sie gesehen. Wir können ein bißchen langsamer werden. Laß die Mulis dann und wann rasten. Ich möchte die ›Cat‹ bloß im Auge behalten, bis sie für die Nacht anlegt.«

»Ich bin hungrig, Mr. Maphis«, sagte der Treiber schüchtern.

»Na schön, ich kann auch was vertragen. Wir halten eine Weile, damit du uns was zum Essen fertig machen kannst.«

Maphis war müde von der langen Nacht ohne Schlaf, aber er hatte die Zähigkeit eines Elefanten.

Die Laternen am Bug fielen ihm ein. Er ging nach vorne, um sie zu löschen. Als er die zweite Laterne ausblies, kam ihm plötzlich ein Gedanke. Feuer! Das war die Lösung! Daran hätte er gleich denken können. Alle Besitzer von Kanalbooten fürchteten das Feuer wie die Pest. Ein kräftiges Feuer konnte innerhalb kürzester Zeit ein Boot völlig zerstören. Ja, das war's, damit würden die Carnahans für alle Zeiten aus dem Geschäft gedrängt sein.

Maphis kehrte zur Ruderpinne zurück und ließ sich dort nieder, um ungeduldig auf die Dunkelheit zu warten.

Cat entschied sich für einen kleinen Seitenarm des Kanals,

und dort legten sie kurz nach Sonnenuntergang an. Sie sah zu, wie Morgan Timmie half, die Mulis in ihren Stall zu bringen, während Mick nach unten ging, um das Abendessen zu bereiten. Sie beobachtete Morgan heimlich, die anmutigen Bewegungen seines muskulösen Körpers, die sicheren, schnellen Handbewegungen – und sie zitterte kaum merklich, als sie an die Berührungen dieser Hände auf ihrem Körper in der vergangenen Nacht dachte.

Zum erstenmal seit langem fühlte sie sich ganz entspannt, ohne Sorge darüber, wo die nächste Fracht herkommen sollte. Sie war überzeugt, daß Morgan immer etwas finden würde, womit sie Geld verdienen konnten. Obwohl sie eigentlich an echtes Glück nicht glaubte – ihrer Meinung mußte sich ein Mensch sein Glück selbst schaffen –, hatte sie das Gefühl, daß Morgan Kanes Anwesenheit an Bord etwas wie einen Talisman für eine freundliche Zukunft bedeutete.

Die Stelle, an der sie angelegt hatten, war schön. Rechts erstreckte sich ein parkähnlicher Abhang voller dichtbelaubter Bäume, Wiesenblumen und blühenden Büschen.

Cat wurde in ihren Gedanken von Morgan unterbrochen, der den Treidelpfad entlang auf sie, die an der Ruderpinne saß, zukam. Er sprang mit Leichtigkeit ins Boot, und während Cat ihn beobachtete, empfand sie ein plötzliches Verlangen, das herrlich und zugleich quälend war. Er blieb vor ihr stehen, und als sie aufblickte, wurde sein Gesicht regungslos, seine Augen hafteten in den ihren; ihr wurde klar, daß ihr dieses Verlangen unverhüllt anzusehen war. Aber in diesem Augenblick war ihr das gleichgültig – er *sollte* es wissen!

»Cat ...« Er streckte die Hand aus, um sie zu berühren, aber bevor er weitersprechen konnte, tauchte von unten her Micks Kopf aus der Kabine auf. »Das Essen ist fertig, meine Lieben. Sollen wir an Deck essen wie immer?«

Cat rang um Fassung und nickte dann. »Natürlich, Mick.« Sie wollte aufstehen. »Ich helfe dir, alles nach oben zu bringen.«

»Nein, ich mache es.« Morgans Hand umschloß ihre Schulter und drückte sie leicht, den Blick nach wie vor auf ihre Augen gerichtet.

»Da ist eine Flasche Wein in der Kombüse versteckt, Morgan«, rief sie hinter ihm her. »In einem Mehlbehälter auf dem obersten Regal rechts.«

Mick starrte sie ungläubig an. »Eine Flasche an Bord? Ich dachte, du wärst strikt dagegen, Tochter.«

»Das bin ich auch für gewöhnlich. Aber ich habe in Buffalo eine gekauft.« Sie zuckte trotzig die Schultern.

Der Wein und die einfache, aber herzhafte Mahlzeit, die Mick bereitet hatte, lockerte Cat vollends auf. Sie saß ruhig da und hörte sich amüsiert die Geschichten an, die ihr Vater Morgan erzählte, ein sicheres Zeichen dafür, daß letzterer nicht nur akzeptiert war, sondern daß Mick ihn auch mochte.

Als ihm endlich die Themen ausgingen und er das Geschirr in die Kombüse hinabgebracht hatte, sagte Morgan: »Wie wäre es mit einem kleinen Spaziergang, Cat? Es ist ein schöner Abend, und wir werden vielleicht besser schlafen, wenn wir uns ein bißchen Bewegung gemacht haben.«

Cat stand schnell auf. »Gern, Morgan.«

Während sie sich von Morgan aus dem Boot helfen ließ, fiel ihr Blick zufällig auf Timmie, der sie mit einem seltsam eindringlichen Blick musterte; sie fragte sich, ob er ahnte, was sich hier abspielte. Aber dann schob sie den Gedanken beiseite. Auch wenn er für sie schwärmte, hatte er keinen Anspruch auf sie, und ganz gewiß hatte sie selbst niemals romantische Vorstellungen mit dem Mulitreiber verknüpft. Er war wesentlich jünger als sie und schien ihr kaum mehr als ein grüner Junge zu sein.

Sie nahm Morgans Hand, und sie schlenderten den Treidelpfad entlang. Der Halbmond ließ ein bißchen Licht durch die Bäume sickern, die den Weg säumten, Insekten summten in der warmen Dunkelheit, und irgendwo quakte heiser ein Frosch.

»Ich glaube, Mick hat sich dazu durchgerungen, mich gelten zu lassen«, sagte Morgan.

Cat lächelte zu ihm auf. »Aber ganz sicher. Wenn er mit jemand so herumalbert wie mit dir heute abend, dann mag er den Betreffenden.«

»Das beruht auf Gegenseitigkeit, Cat. Ich mag deinen Vater.«

»Du scheinst dich gar nicht schlecht an das Dasein auf dem Kanal gewöhnt zu haben. Hast du dir noch einmal überlegt, wie lange du bei uns bleiben willst?« Sie hielt den Atem an, während sie auf die Antwort wartete.

»Ich glaube, ich bleibe noch eine Weile dabei.« Er drückte ihren Arm.

»Aber wenn nun dein Erinnerungsvermögen zurückkehrt, und du kommst dahinter, daß – nun ja, daß du ein wichtiger Mann bist und irgendwo eine gute Stellung und Verpflichtungen hast?«

»Irgendwie bin ich überzeugt, keinerlei Verpflichtungen zu haben, jedenfalls nichts, was mich vom Erie und von dir abhalten könnte.«

»Ich bin froh, daß du so darüber denkst, Morgan.« Ihr Atem ging schnell, ihr Herz klopfte unstet.

Morgan drehte sich um und zog sie mit sich; er schwieg, bis sie sich dem Seitenkanal und dem Boot wieder näherten. »Wollen wir noch dort hinüber zur Lichtung gehen?«

Sie nickte stumm und wußte genau, was geschehen würde. Ihr Körper wurde weich und heiß vor Verlangen.

»Etwas ist schlecht an den Kanalbooten«, sagte er leise. »Sie sind so eng, es gibt beinahe kein Privatleben.«

»Ich weiß.« Sie war wütend über das Zittern in ihrer Stimme.

Er führte sie zu dem abgelegenen Gelände unter einen Baum mit ausladenden Ästen. Dort umfaßte er ihr Gesicht mit beiden Händen und küßte sie – zuerst nur ganz leicht. Sie drückte sich an ihn, erwiderte seinen Kuß mit Inbrunst, ihre Hände preßten sich gegen seinen Rücken.

»Cat, Cat«, murmelte Morgan. »Ich habe den ganzen Tag nur an dich gedacht, und die Erinnerung an die vergangene Nacht hat mich schon wild gemacht.«

»Ich weiß. Mir ging es genauso«, sagte sie mit bebender Stimme.

Er trat einen Schritt zurück, zog seinen Rock aus und breitete ihn auf dem dichten Gras aus. Cat sank darauf auf die Knie, und Morgan ließ sich neben ihr nieder, um sie erneut in die Arme zu nehmen. Sie hielten einander fest und schwankten in wachsender Leidenschaft vor und zurück. Seine Hand schob sich unter ihr Hemd, tastete nach ihren Brüsten.

»Warte«, murmelte Cat.

»Diese verdammte Hose und das Hemd sind wie eine Rüstung«, knurrte er.

Sie antwortete nicht, entledigte sich aber hastig ihrer gesamten Kleidung. Dann lag sie da, und ihr Herz hämmerte, während sie darauf wartete, daß er sich auszog.

Sein großer, muskulöser Körper wirkte wie eine Statue, gefleckt vom Mondlicht, das durch das Laubwerk fiel. Irgendwie schien Cat das Ganze hier draußen im Freien in der Nacht, die wie ein warmer Pulsschlag war, völlig natürlich und völlig unbeeinträchtigt von Scham.

Dann war er neben ihr, seine Hände waren auf ihren Brüsten, sein Mund auf dem ihren. Cat, kühner geworden, schob die Hand zwischen ihnen nach unten und berührte zum erstenmal das Glied eines Mannes. Morgan keuchte unter ihrer Berührung, und Cat empfand etwas wie Triumph ob ihrer Fähigkeit, eine solche Reaktion hervorrufen zu können. Sein hartes Glied fühlte sich unter ihren streichelnden Fingern glatt und seidig warm an. Cat war bereit, und diesmal gab es keinerlei Schmerz; ihr Liebesspiel hatte etwas von geübter Leichtigkeit an sich, so als ob sich ihre Körper schon unzählige Male zuvor vereinigt hätten.

Sie umschloß mit den Armen seine Schultern und hielt ihn so fest, seine Wildheit wurde durch ihre Schenkel, die ihn umfaßt hielten, eingedämmt. Als ihre Lust zunahm, wurde Cat völlig ungehemmt, ihre Leidenschaft entsprach der seinen, bis sie ekstatisch zu zucken begann. Morgan stöhnte laut, seine Arme umschlangen sie krampfhaft, während er zum Höhepunkt kam.

»Ah, meine Cat, meine süße, geile Cat, ich liebe dich!«

Als er schließlich neben ihr lag, sagte sie nachdenklich: »Du hast ›geil‹ gesagt, Morgan. Bin ich das?«

»Ich glaube schon, aber ich habe es im erfreulichsten Sinn gemeint, und es ist nichts daran auszusetzen. Es ist genauso, wie es sein sollte, und ich liebe dich um so mehr dafür.«

Sie bewegte sich unbehaglich. »Aber – eine Frau, die das ist, wird nicht als gute Frau angesehen. Die Leute vom Land halten die meisten Frauen auf dem Kanal für geil oder für Huren.«

Er strich ihr mit den Fingern um das Kinn. »Ah, aber es kann auch vieles andere sein. Es kann spielerisch bedeuten, kapriziös, ungehemmt – und all das bist du. Außerdem spielt nur eine Rolle, was ein Mensch von sich selbst hält. Fühlst du dich wie eine schlechte Frau?«

Sie dachte einen Augenblick lang nach. »Nein, ich fühle mich gut. Das, was mit mir geschehen ist, ist gut.«

»Dann ist doch alles in Ordnung, oder nicht? Außerdem, Liebste, hast du mir oft gesagt, daß es dir ziemlich gleichgültig ist, was andere Leute von dir denken.«

»Aber das ist etwas anderes. Ich möchte nicht, daß du denkst...«

»Bst.« Er legte seine Hand auf ihren Mund. »Ich halte dich für die beste Frau, die ich je kennengelernt habe, und ich liebe dich.«

Eine erwartungsvolle Pause trat ein, und Cat wußte, was er von ihr hören wollte; aber sie brachte nicht fertig, es zu sagen, noch nicht. Sie bewegte sich und richtete sich dann auf. »Es wird spät, und Mick und Timmie werden sich bald anfangen zu wundern. Wir gehen am besten zurück.«

»Wie du willst, Cat.« In seiner Stimme lag ein Unterton der Enttäuschung.

Er stand auf und begann sich anzuziehen. In wenigen Minuten waren sie zum Gehen bereit, und Cat nahm seinen Arm, als sie auf das Boot zuschlenderten, beide schweigend in ihre eigenen Gedanken versunken.

Als sie zum Treidelpfad emporstiegen, konnten sie die ›Cat‹ sehen. Das Boot war dunkel, und Cat nahm an, daß sich sowohl Mick als auch Timmie schlafen gelegt hatten, worüber sie froh war.

Dann blieb sie plötzlich stehen, blinzelte und zupfte an Morgans Arm. »Was ist das dort für ein Schein?«

Morgans Blick folgte ihrem ausgestreckten Finger. »Feuer – das muß Feuer sein!«

Er begann zu rennen, Cat folgte ihm auf dem Fuß. Als sie näher kamen, sah Cat eine dunkle Gestalt in dem flachen Wasser neben dem Bug kauern. Noch während sie hinüberspähte, schleuderte der Fremde einen Eimer mit einer Flüssigkeit gegen das Boot, und das Feuer flammte auf. Jemand steckte die ›Cat‹ in Brand!

»He, Sie!« brüllte Morgan. »Was zum Teufel tun Sie da?«

Ohne eine Antwort abzuwarten, stürmte Morgan vom Treidelpfad hinab. Cat sah, wie der kauernde Mann sein Gesicht hob, und im Licht der Flammen erkannte sie Simon Maphis. Dann prallte Morgan auf ihn, drückte ihn hinab. Sie rollten übereinander und gerieten in tieferes Wasser.

Cat wartete das weitere nicht ab. Sie stürmte an Bord des Boots und schrie: »Feuer! Mick, Timmie! Feuer! Holt Eimer, schnell!«

Es standen immer ein paar Eimer an Deck, einige mit Wasser, andere mit Sand gefüllt. Feuer war für Kanalboote eine ständige Bedrohung. Wenn es einmal wirklich aufgeflammt war, war es schwer zu löschen.

Sie griff nach einem Eimer Wasser, rannte zur Reling und goß ihn über die brennenden Planken. Aus dem Augenwinkel heraus sah sie Morgan und Maphis im Wasser miteinander kämpfen, aber sie hatte keine Zeit für die beiden. Als sie sich umdrehte, kam Mick eben aufs Deck gestürzt, und Timmie folgte ihm auf den Fersen.

»Was ist los?« fragte Mick.

»Simon Maphis hat den Bug in Brand gesteckt.«

»Timmie, nimm einen Eimer und geh zum Bug hinunter. Dann können wir Wasser aus dem Kanal holen. Das geht leichter und schneller.« Mick ergriff einen Eimer, sprang zum Ufer hinüber und verschwand außer Sicht. Timmie folgte ihm mit einem anderen Eimer.

Die drohende Katastrophe hatte ihren Vater in den alten Mick verwandelt – entschieden, schnell entschlossen und selbstsicher. Cat empfand eine Aufwallung von Stolz auf ihn.

Als sie den Bug mit einem weiteren Eimer Wasser erreicht hatte, standen die beiden Männer bis zu den Hüften im Wasser und bespritzten die brennenden Planken mit ihren Eimern. Noch während Cat hinabsah, erlosch das Feuer. Rauch stieg in Spiralen von dem verkohlten Holz empor, der Gestank verschlug ihr den Atem.

Mick schleuderte zwei weitere Eimer Wasser gegen den Bug, dann trat er zurück, um Luft zu holen. Cat rief hinab: »Wie groß ist der Schaden?«

»Nicht allzu schlimm, Mädchen. Ein paar Planken sind angesengt. Ein Glück, daß wir's rechtzeitig bemerkt haben. Wahrscheinlich werden wir sie nicht einmal ersetzen müssen.«

Cat seufzte zutiefst erleichtert auf, und dann fielen ihr schlagartig wieder Morgan und Simon Maphis ein. Sie sah sich um und sah die beiden im seichten Wasser beim Ufer des Seitenkanals miteinander kämpfen. Im Verhältnis zu Maphis' bärenhafter Gestalt wirkte Morgan schlank und schmächtig.

Sie waren wie zwei Ringer ineinander verschlungen, schwankten vor und zurück.

Während sie hinüberblickte, trennten sich die beiden. Maphis holte zu einem Schlag gegen Morgans Kopf aus, sein Arm fiel herab wie eine Keule. Hätte dieser Schlag getroffen, so wäre Morgan bewußtlos gewesen, aber er wich behende aus und duckte sich förmlich unter ihm weg. Dann richtete er sich schnell unter Maphis' flegelnden Armen auf, und seine eigene Faust landete tief im Bauch des anderen. Der klappte zusammen.

Morgan blieb aufrecht stehen, verschränkte die Finger seiner Hände ineinander, hob sie hoch und ließ sie in Maphis' Genick hinabsausen. Der Mann stürzte mit dem Gesicht voran ins Wasser. Morgan blieb abwartend stehen, leicht über die Stelle gebeugt, an der Maphis verschwunden war. Cat wollte hinüberrufen, er solle ihn herausziehen – so sehr sie Maphis verabscheute, seinen Tod wollte sie doch nicht, jedenfalls nicht so.

Dann tauchte Maphis aus dem schmutzigen Wasser auf, spuckte und rang nach Atem. In dem matten Licht konnte Cat sein weißes, zu Morgan emporgewandtes Gesicht sehen. Als der junge Mann Anstalten traf, erneut zuzuschlagen, kroch Maphis auf Händen und Knien durch das aufspritzende Wasser davon und krabbelte den Hang zum Ufer des Seitenkanals hoch. Morgan rührte sich nicht und sah zu, wie sein Gegner oben anlangte und dann zum Treidelpfad rannte. Dort bog er nach links ab und verschwand in der Nacht. Morgan wandte sich der ›Cat‹ zu.

»Alles in Ordnung, Morgan?« rief Cat.

»Ja, ich bin nur ein bißchen mitgenommen und außer Atem.« Er begann auf das Ufer zuzuwaten.

»Ahoi!« rief eine Stimme links von Cat. Sie fuhr verblüfft herum und sah ein kleineres Kanalboot auf der anderen Seite des schmalen Kanals. Ein Mann stand an der Pinne, die Hände um den Mund gewölbt. »Haben Sie Schwierigkeiten?«

»Jetzt ist wieder alles in Ordnung«, erwiderte sie.

»Ich habe die Flammen gesehen, als ich eben am Seitenkanal vorbeifahren wollte. Weil ich dachte, Ihr Boot würde brennen, bin ich hier eingebogen, um zu helfen.«

»Nein, vielen Dank, es ist jetzt alles gut. Wir haben das Feuer rechtzeitig löschen können.«

»Das ist gut. Ich habe auch diesen Kampf im Wasser gesehen. Hat jemand versucht, Ihr Boot in Brand zu stecken?«

»Ja.«

»Und Ihr Mann – braucht er einen Arzt?«

»Nein, ich glaube, er ist in Ordnung.« In dem matten Licht konnte Cat erkennen, daß der Mann jung und gut angezogen war.

»Ich frage nur deshalb, weil ich Arzt bin. Dr. Antony Mason – zu Ihren Diensten, Ma'am, wann immer Sie Hilfe brauchen. Verzeihen Sie, wenn ich rede, als ob ich für mich die Werbetrommel rühren wollte.« Er lachte, und seine weißen Zähne blitzten. »Tatsache ist, das tue ich vielleicht wirklich. Ich brauche alle Patienten, die ich bekommen kann.«

»Sie müssen neu auf dem Erie sein. Die meisten von uns fahren nicht bei Nacht.«

»Oh, das weiß ich, aber man hat mir gesagt, rund eine Meile weiter oben am Kanal bedürfe eine Frau dringend ärztlicher Hilfe. Wenn Sie mich also nicht brauchen, fahre ich weiter. Vielleicht treffen wir uns wieder einmal. Wie heißen Sie, Ma'am?«

»Ich bin Catherine Carnahan. Meinem Vater, Mick Carnahan, und mir gehört dieses Boot.«

»Freut mich, Sie kennengelernt zu haben, Miß Carnahan.«

»Mich auch, Doktor. Wenn wir je einen Arzt brauchen, werde ich an Sie denken.«

Cat drehte sich um, als Morgan tropfnaß neben ihr auftauchte. »Wer ist das?«

»Ein Dr. Antony Mason.«

»Wenn ich noch länger an Bord der ›Cat‹ bleibe, wäre es vielleicht nicht schlecht, ihn kennenzulernen. Möglicherweise wäre ich für seine Dienste dankbar«, sagte Morgan trocken.

Cat griff nach seiner Hand. »Ich bin froh, daß mit dir alles in Ordnung ist, Morgan. Simon Maphis ist ein Monstrum, ich hatte Angst um dich.«

»Mick hat mir gesagt, der Schaden sei gering. Wir haben wohl Glück gehabt. Und nach dem, was du mir erzählt hast, hätte es vermutlich wenig Sinn, es den Behörden zu melden.«

»Nicht den geringsten. Wenn jemand umgekommen oder auch nur ernsthaft verletzt worden wäre, würde man dort vielleicht etwas unternehmen, aber ein Schaden an einem Kanalboot ist ihnen nicht ihre Zeit und Mühe wert. Morgan, du mußt das nasse Zeug ausziehen, bevor du eine Lungenentzündung bekommst.«

Simon Maphis kochte innerlich noch vor Wut, als Tate Brawley zwei Tage später auf der ›King‹ auftauchte. Maphis überlegte flüchtig, ob er dem Mann überhaupt von dem Fiasko mit der ›Cat‹ berichten sollte, weil er sich seiner Voreiligkeit durchaus bewußt war. Als er seinen Plan entworfen hatte, war er ursprünglich entschlossen gewesen, bis Mitternacht zu warten, aber als er kurz nach neun auf dem Boot kein Licht mehr sah, hatte er angenommen, an Bord schliefe alles. Also war er zu seinem eigenen Boot zurückgeeilt, hatte einen Eimer mit Petroleum gefüllt, sich Schwefelhölzer in die Tasche gesteckt und war zur ›Cat‹ zurückgekehrt.

Wie hätte er wissen sollen, daß Morgan Kane und das Mädchen gar nicht an Bord waren? Es war ausgemachtes Pech gewesen, daß die beiden ihn bei ihrer Rückkehr ertappt hatten. Hätte Kane ihn nicht überrascht, so wäre er, Maphis, in dem darauffolgenden Kampf nicht unterlegen. Das wurmte Maphis mehr als alles andere. Nie zuvor war ihm das passiert!

Aber wenn er Brawley nicht erzählte, was vorgefallen war, so würde der Lotterievertreter es schließlich auf anderem Weg erfahren, und damit wäre ihre Freundschaft wahrscheinlich zu Ende. Das wollte Maphis keineswegs, er hatte mit dem Verkauf von Losen gute Nebengeschäfte gemacht.

Brawley war außer sich. »Sie sind ein Trottel, Maphis, ein absoluter Trottel«, waren seine ersten Worte, nachdem Maphis ihm von der Sache erzählt hatte. »Als wir das besprachen, haben wir uns darauf geeinigt, daß wir vorsichtig vorgehen, einen raffinierten Plan entwerfen wollten. Nichts an Ihrem Plan war sorgfältig durchdacht.«

»Wir haben das vereinbart, bevor mir der Kerl meine Ladung weggeschnappt hat«, wandte Maphis mürrisch ein. »Ich habe leer von Buffalo abfahren müssen. Ich hatte allen Grund, das verdammte Boot in Brand zu setzen – die Carnahans bringen mich um meinen Lebensunterhalt.«

»Mir scheint, sie sind einfach geschickter in ihrem Geschäft als Sie«, sagte Brawley kalt. Er begann auf dem Deck auf und ab zu gehen, während er geistesabwesend an seinen

Koteletten herumfingerte. Dann drehte er sich mit einem Ruck zu Maphis um.

»Ich habe ebenfalls allen Grund, den Carnahans und Morgan Kane eines auszuwischen, aber ich will nicht, daß etwas schiefgeht. Sie werden sich also an meine Anweisungen halten müssen.«

»Haben Sie einen Plan?« fragte Maphis begierig.

»Im Augenblick nicht, aber ich werde mir etwas ausdenken, darauf können Sie sich verlassen. Als erstes möchte ich Ihr Wort darauf haben, daß Sie von nun an genau das tun, was ich Ihnen sage.«

»Ich verspreche es Ihnen. Aber ich möchte nicht zu lange warten.«

»Es wird auch nicht lange dauern. Aber vergessen Sie nicht – Geduld ist eine Tugend.«

## 9

Morgan fand, es sei an der Zeit, den Auftrag zu erfüllen, dessentwegen er an den Erie gekommen war. Er war so davon in Anspruch genommen gewesen, die Arbeiten auf dem Kanal zu erlernen und Cat zu umwerben, daß er seine Ermittlungen vernachlässigt hatte. Zudem hatte er Gewissensbisse, weil er dem Mädchen nichts über den Zweck seines Hierseins gesagt und sie in dem Glauben gelassen hatte, er habe sein Gedächtnis noch immer nicht wiedererlangt. Andererseits war ihm klar, daß es nun zu spät war, ihr die Wahrheit zu erzählen. Sie würde fuchsteufelswild sein und glauben, er habe sie zum Narren gehalten – und damit hätte sie recht gehabt.

Nach längerem Überlegen kam Morgan zu dem Schluß, der beste Weg, seine Nachforschungen fortzusetzen, sei, sich irgendwie mit Tate Brawley zu verbünden. Es war offensichtlich, daß Brawley der geschäftigste Lotterievertreter entlang des Erie war, und zudem vertrat er die Union Canal Company, die Gesellschaft, hinter der sein Onkel her war. Morgan bedauerte nun, daß er sich den Mann zum Gegner gemacht hatte, selbst wenn er ihn verabscheute. Er beschloß, bei erster Gelegenheit mit ihm Kontakt aufzunehmen.

Seine Chance kam in einer Schenke in Albany, nachdem die ›Cat‹ ihre Getreideladung dorthin gebracht hatte und entladen worden war. Morgan suchte der Reihe nach die Kaufleute auf, um eine Ladung für die Fahrt westwärts zu bekommen. Nach einem langen, erfolglosen Tag machte er sich wieder auf den Weg zur ›Cat‹. Als er an einer Schenke vorüberkam, beschloß er, ein Bier zu trinken. Innen war es fast leer, und als Morgan seinen Krug Bier erhalten und dafür bezahlt hatte, schweifte sein Blick durch den Raum. Und dabei erspähte er Tate Brawley, der allein in einer Nische im hinteren Teil saß. Er hatte eine Flasche Whisky vor sich stehen, und sein Kopf war über ein kleines Notizbuch gebeugt, in das er hineinschrieb.

Morgan zögerte einen Augenblick, dann ging er, das Bier in der Hand, zu dem Mann hinüber. Vor der Nische blieb er stehen und wartete, bis Brawley den Kopf hob. Stirnrunzelnd betrachtete er Morgan. »Was wollen Sie, Kane?«

»Haben Sie was dagegen, wenn ich mich zu Ihnen setze?«

»Ich habe was dagegen. Es gibt nichts, worüber wir reden könnten. Das haben Sie das letzte Mal klar und deutlich gesagt.«

Morgan bemühte sich widerwillig um den richtigen entschuldigenden Ton. »Das tut mir leid. Ich bin manchmal zu impulsiv.« Er grinste beschämt. »Das bringt mir oft Scherereien ein. Aber ich dachte, wenn Sie mir das nachsehen würden, könnten wir auf einer etwas freundschaftlicheren Basis wieder von vorn anfangen.«

Brawley lehnte sich zurück, er begann die Situation deutlich zu genießen. »Warum sollten wir das um Himmel willen tun? Können Sie mir dafür einen einzigen einleuchtenden Grund angeben?«

»Was mich betrifft, ja. Ich muß ein bißchen Geld nebenher verdienen. Auf einem Kanalboot zu arbeiten, bringt nicht viel ein. Ich dachte, ich könnte vielleicht für Sie Lose verkaufen. Soviel ich gehört habe, verdienen einige Ihrer Verkäufer nicht schlecht.«

»Sie verdienen alle gut. Leute, die für mich arbeiten, Kane, fahren nie schlecht«, sagte Brawley selbstzufrieden. »Aber ich nehme nicht jeden, der gerade mal in eine Schenke hereinspaziert kommt. Setzen Sie sich, dann können wir die Sache besprechen.«

Morgan glitt in die Nische und ließ sich dem Lotterievertreter gegenüber auf der Bank nieder.

»Ein paar Ihrer bissigen Bemerkungen habe ich entnommen, daß Sie nichts von Lotterien halten«, sagte Brawley.

»Das stimmt nicht so genau. Ich wollte nur Eindruck auf Miß Carnahan machen«, log Morgan und flehte Cat innerlich um Vergebung an.

Brawley sah ihn scharf an. »Ich weiß nichts von Ihnen, Kane. Was haben Sie zum Beispiel getrieben, bevor Sie anfingen, auf einem Kanalboot zu arbeiten? Mir kommt so vor, als seien Sie ein Mann von Bildung. Wie kommen Sie dazu, auf dem Kanal zu arbeiten?«

Morgan zögerte einen Augenblick und blickte dann mit einem Ausdruck tiefster Aufrichtigkeit auf dem Gesicht auf. »Sehen Sie, ich weiß das einfach nicht.«

»Tut mir leid, das verstehe ich nicht.«

»Nun, wissen Sie, ich wurde im Side-Cut von Rowdys zusammengeschlagen, und als Folge davon habe ich mein Gedächtnis eingebüßt. Miß Carnahan kam mir damals freundlicherweise zu Hilfe. Das ist auch der Grund, weshalb ich für sie arbeite.«

»Eine ziemlich abwegige Geschichte, wenn sie stimmt. Aber ich begreife jetzt, wie Sie eine Bootsladung direkt unter Simon Maphis' Nase wegschnappen konnten. Das zeugt von Ihrer Gerissenheit.«

»Ich lerne schnell«, sagte Morgan bescheiden.

»Augenscheinlich.« Brawley schwieg eine Weile und spielte mit seinem Whiskyglas. Dann nickte er entschlossen. »Na gut, Kane, ich gebe Ihnen eine Chance. Zwanzig Prozent Provision auf jedes Los, das Sie verkaufen.«

Morgan wußte, daß dies unerhört niedrig war. »Das ist keine sehr gute Provision, Mr. Brawley.«

»Das ist es, was ich Anfängern zahle. Wenn Sie Erfahrung gesammelt und sich bewährt haben, werden Sie aufgebessert.« Brawley machte eine knappe Handbewegung. »Tun Sie es oder lassen Sie es.«

»Schön, ich mache es«, sagte Morgan hastig. Er stand auf und hielt Brawley die Hand hin. »Abgemacht.«

Brawley zögerte flüchtig und griff dann oberflächlich nach Morgans Hand.

Als Morgan die Schenke verließ, innerlich mit den möglichen Methoden seiner Ermittlungen beschäftigt, entging Timmie Watkins, der Mulitreiber, der in einer dunklen Ecke in der Nähe stand, seinen Blicken. Timmie war in die Schenke gekommen, um für Mr. Carnahan eine Flasche Schnaps zu kaufen. Dort hatte er Mr. Kane entdeckt, der, tief in ein Gespräch mit einem Fremden verstrickt, in einer der Nischen saß. Und er hatte beobachtet, wie sich die beiden, offenbar um eine Abmachung zu besiegeln, die Hand schüttelten. Während Timmie nun wartete, um Morgan einen Vorsprung zu lassen, grübelte er darüber nach, ob er dieses Vorkommnis nicht dazu benutzen konnte, um Kane in Miß Carnahans Augen zu diskreditieren.

Am nächsten Tag gelang es Morgan, eine Ladung Gemüse zu bekommen, die fünfzig Meilen in Richtung Buffalo gebracht werden sollte. Die ›Kanaler‹ schätzten solche Ladungen nicht sonderlich, da sie in den muffigen Laderäumen leicht verdarben, aber Morgan holte einen guten Preis heraus mit dem Versprechen, Tag und Nacht zu fahren, bis die Ware abgeliefert sei.

Als er zur ›Cat‹ zurückkehrte, führte er zwei Mulis mit sich. Cat betrachtete sie stirnrunzelnd. »Wozu diese Extra-Mulis?«

»Ich habe eine Ladung frisches Gemüse bekommen, Cat, eine Fünfzigmeilenfahrt.«

Cat schüttelte mißbilligend den Kopf. »Das ist keine gute Idee. Die Ware kann leicht verderben, und dann müssen wir dafür aufkommen.«

»Deshalb habe ich die Mulis gemietet. Wir fahren bei Tag und Nacht und tauschen die Tiere jeweils aus. Ich werde Timmie auf dem Treidelpfad ablösen.«

»Mulis zu mieten, kostet einen Haufen Geld. Wo bleibt da unser Gewinn?«

»Ich habe einen guten Transportpreis ausgehandelt. Es springt bei weitem mehr als der Mietpreis für die Mulis heraus.«

Mick, der in der Nähe stand, schlug sich auf den Schenkel. »Junge, Sie werden ein verdammt guter ›Kanaler‹.«

»Wissen Sie«, sagte Morgan, »ein zweites Gespann Mulis wäre ohnehin eine gute Geldanlage. Ich habe mit einem ›Kanaler‹ gesprochen, der das hat, und er behauptet, er könne damit fünfzehn bis zwanzig Meilen mehr pro Tag herausholen.«

»Mulis kosten Geld«, sagte Cat kurz.

»Aber sie amortisieren sich in Kürze«, wandte Morgan ein.

»Geld ist das, was wir nicht haben«, erwiderte sie und drehte sich um, womit das Thema erschöpft war.

Morgans Verhalten im Verlauf der beiden darauffolgenden Wochen verwirrte Cat. Sie schliefen noch immer miteinander, wann immer sich die Gelegenheit ergab, und für Cat war das so erfreulich wie zuvor, aber Morgan hatte etwas Geistesabwesendes an sich, das sie nicht begriff. Ihre vorsichtigen Fragen beantwortete er ihrer Ansicht nach ausweichend.

Wenn sie nicht unterwegs waren, war er natürlich ausgiebig damit beschäftigt, Ladungen für das Boot zu ergattern. Irgendwie gelang ihm das immer, gelegentlich handelte es sich um ausgefallene Waren, aber daran begann sich Cat zu gewöhnen. Jedenfalls begannen sie Gewinn einzuheimsen, und das war das Wichtigste. Sie hatten eine Vereinbarung getroffen: Sobald die Gewinnmarge stetig wurde, sollte Morgan auf jede Ladung, die er ihnen beschaffte, eine Provision erhalten.

In einigen Städten jedoch war Morgan von Tagesanbruch bis in die Dunkelheit hinein verschwunden, und bei seiner Rückkehr wirkte er in Gedanken versunken. Bei ihrem Eintreffen in Buffalo wurde das Geheimnis aufgeklärt – und zwar, sehr zu Cats Überraschung, durch Timmie.

In den vergangenen Tagen war ihr aufgefallen, daß Timmie häufig fast gleichzeitig mit Morgan verschwand und zumeist kurz vor ihm zurückkehrte. Aber da Timmie in den meisten Städten entlang des Erie Verwandte hatte, dachte sich Cat weiter nichts dabei.

An diesem Tag – dem zweiten in Buffalo – saß Cat auf Deck an der Ruderpinne, als sie Timmie heraneilen sah. Da es nun ziemlich heiß geworden war, war über dem Heck ein Segeltuch angebracht, das Cat, wenn sie an der Pinne war, vor der Sonne schützte.

Zu ihrem Erstaunen kam Timmie geradewegs auf sie zu. »Miß Catherine«, begann er zögernd, »da ist was, das Sie sehen sollten.«

»Was denn, Timmie?« fragte sie ziemlich desinteressiert.

»Es wär' besser, Sie würden's erst selbst sehen. Vielleicht würden Sir mir's nicht glauben, wenn ich's Ihnen bloß erzähl'.«

»Ist es wirklich so wichtig?« Ihre Stimme klang irritiert.

»Es ist wahnsinnig wichtig«, sagte er eifrig.

»Na schön, ich hole mir einen Sonnenschirm.«

Als Cat das Boot verließ, kam ihr gar nicht der Gedanke, daß eine kaum als Frau erkennbare Person in Männerkleidung, die einen Sonnenschirm trug, ziemlich eigentümlich wirken mußte. Timmie führte sie durch den Hafen und blieb dann vor einer Schenke stehen. Er wies mit dem Kopf auf das Gebäude und wollte für sie die Tür öffnen.

»Augenblick, Timmie«, sagte Cat und legte eine Hand auf seinen Arm. »Hier dürfen keine Frauen hinein.«

»Um das zu sehen, was Sie sehen müssen, Miß Catherine, müssen Sie hineingehen. Es macht nichts, ich bin ja dabei.«

Er griff mit einer Entschiedenheit, die sie überraschte, nach ihrem Arm, öffnete die Tür und geleitete sie hinein.

Und dann erregte etwas ihre Aufmerksamkeit, das jeden anderen Gedanken aus ihrem Kopf verbannte. An der langen Bar stand Morgan Kane, den Rücken der Tür zugewandt; um ihn versammelt waren mehrere Männer, die ihm alle interessiert zuhörten, während er zungenfertig seine Werberede von sich gab: »Leute, kauft Lose von mir, damit werdet ihr euer Glück machen. Die Union-Canal-Lotteriegesellschaft hat im Verlauf der vergangenen zwanzig Jahre über dreißig Millionen an Gewinnen ausgeschüttet. Für den Preis eines einzigen Loses für fünf Dollar könnt ihr einen Teil dieses Gewinnes einheimsen!« Morgan schwenkte einen kleinen Stapel Lose über seinem Kopf. »Wenn ihr die fünf Dollar nicht habt, so sprecht mit anderen, die daran interessiert sind und teilt euch in die Kosten. Für nur dreiundsechzig Cents könnt ihr schon einen Gewinn ziehen!«

Cat stand wie angewurzelt und starrte hinüber. Das war ein Morgan, den sie nicht wiedererkannte – geschmeidig, schleimig, redend wie ein Wasserfall.

Aber inzwischen hatten ein paar der um Morgan versammelten Männer Cat bemerkt und blickten angesichts des Eindringens einer Frau in ihr ureigenes Territorium finster drein. Morgan, der das bemerkte, drehte sich um und wurde sichtlich blaß.

Er faßte sich und kam schnell durch den Raum auf sie zu. »Cat, was um Himmels willen tust du hier?«

»Dasselbe könnte ich Sie fragen, Mr. Kane«, erwiderte sie eisig. »Was tun Sie denn hier, was haben Sie mir verheimlicht?«

»Cat, es ist ganz anders, als es den Anschein hat. Ich kann alles erklären.«

»Ich brauche keine Erklärung. Ich sehe selbst, was hier los ist. Lotterielose zu verhökern, ist an sich schon schlimm genug, aber du tust es als Angestellter auf der ›Cat‹. Natürlich werden alle auf dem Eriekanal glauben, ich würde das gutheißen. Das ist widerlich, Morgan.« Cat kämpfte mit den Tränen. »Ich hätte nie geglaubt, daß du zu so etwas fähig wärst.«

»Cat...« Er wollte nach ihrer Hand greifen, aber sie entzog sie ihm heftig. »Gehen wir irgendwohin, wo wir unter vier Augen miteinander reden können.«

»Ich denke im Traum nicht daran, dich deinem – Geschäft zu entziehen! Ich möchte, daß du innerhalb einer Stunde deine Sachen gepackt hast und von der ›Cat‹ verschwunden bist, und ich will dich nie wiedersehen.«

»Cat, gib mir doch eine Chance, alles zu erklären!« flehte er verzweifelt.

»Nein«, sagte sie heftig. »Ich will mir deine Lügen nicht mehr mitanhören, nie wieder! Komm, Timmie, bring mich von diesem scheußlichen Lokal hier weg.«

Timmie, der unverhohlen grinste, ergriff ihren Arm und führte sie hinaus. Draußen setzte er eine ernste Miene auf. »Es tut mir leid, Miß Catherine, aber ich dachte, Sie sollten Bescheid wissen.«

»Ja, Timmie«, sagte sie dumpf. »Es war richtig so. Danke...«

»Cat, verdammt, warte eine Minute...«

Sie ignorierte Morgans Stimme und eilte weiter. Er erwischte sie am Ellbogen und drehte sie heftig um.

Timmie versuchte sich einzumischen. »Wagen Sie ja nicht, Miß Catherine was anzutun.«

»Timmie, das geht dich nichts an«, sagte Morgan durch die zusammengebissenen Zähne hindurch. »Hau ab.«

Timmie warf einen unsicheren Blick auf Cat, die abwinkte. »Geh nur, Timmie, es ist in Ordnung.«

Der Mulitreiber trottete davon, wobei er hin und wieder einen Blick über die Schulter zurückwarf.

Cat sah Morgan mit unerbittlichem Blick an. »Nichts, was Sie sagen können, Mr. Kane, wird irgend etwas ändern. Außerdem ist mir gerade ein Gedanke gekommen. Die Art und Weise, mit der Sie diese Lose angepriesen haben, hat mir klar gemacht, daß Sie in diesem Geschäft kein Anfänger sind. Wie steht es mit dem Verlust Ihres Gedächtnisses, Sir? Woher wissen Sie so gut, wie man das macht?«

»Ich habe gar keinen Gedächtnisverlust erlitten, Cat«, sagte er. »Ich hätte es dir gleich sagen sollen, aber ich habe es zu lange anstehen lassen. Das tut mir leid.«

»Dann bist du also auch noch ein Lügner«, sagte sie, »und hast mich die ganze Zeit an der Nase herumgeführt.«

»Cat, bitte gib mir Gelegenheit, alles zu erklären. Vielleicht kannst du mir nicht verzeihen, aber möglicherweise wenigstens meine Gründe verstehen.«

»Ich werde dir niemals verzeihen, Morgan«, sagte sie und warf den Kopf zurück.

»Dann hat alles, was zwischen uns war, nichts zu bedeuten?«

»Es bedeutet, daß du mich benutzt hast, und jetzt hast du mich verraten.«

»Cat, ich liebe dich. Das *mußt* du mir glauben.«

»Mich lieben?« sagte sie wütend. »Wie kannst du erwarten, daß ich dir das glaube, nachdem du mich in allem anderen belogen hast? Leben Sie wohl, Mr. Kane. Ich erwarte, daß Sie innerhalb einer Stunde mit Sack und Pack von der ›Cat‹ verschwunden sind.«

Sie drehte sich um und ging weg, ohne sich noch einmal umzublicken, auf den in einiger Entfernung wartenden Timmie zu.

Morgan starrte hinter ihr her und verfluchte innerlich Onkel Sherman und alle Kanallotterien im allgemeinen.

Er seufzte und kehrte mit hängenden Schultern in die Schenke zurück; dort richtete er sich auf und zauberte ein munteres Lächeln auf sein Gesicht. »Entschuldigt die Unterbrechung, Leute«, sagte er freundlich. »Machen wir weiter, wo wir aufgehört haben, ja?« Er schwenkte sein Bündel Lose. »Wer ist interessiert?«

Auf dem Weg zurück zum Boot begann Timmie ein bißchen damit zu prahlen, daß er Morgan Kane nun als das entlarvt hatte, was er in Wirklichkeit war.

»Es war richtig, daß du mir das gezeigt hast, Timmie«, sagte Cat verärgert in scharfem Ton. »Aber mach dir bloß keine Illusionen... Daß du mir diesen Gefallen getan hast, berechtigt dich zu gar nichts, ist das klar?«

Sie ließ ihn stehen und ging mit energischen Schritten auf das Boot zu. Dort traf sie Mick an, der an der Pinne unter dem Segeldach döste.

»Ich hab' mir Sorgen um dich gemacht«, sagte er. »Du bist weggegangen, ohne mir Bescheid zu sagen. Und wo ist Morgan? Ich habe den Burschen seit heute früh nicht mehr gesehen.«

Sie klappte den Sonnenschirm zusammen und stieß heftig damit gegen das Schott. »Du wirst Mr. Morgan Kane auch nicht wiedersehen, Mick. Jedenfalls nicht, solange ich hier etwas zu sagen habe.«

Er starrte in ihr zorniges Gesicht. »Was soll das heißen?«

»Es soll heißen, daß ich ihn dabei erwischt habe, wie er Lotterielose verkaufte.«

»Wirklich? Heiliger Bimbam. Aber wenn ich es mir recht überlege, bin ich nicht allzu überrascht. Wir wissen ja schließlich, daß er ein unternehmender Bursche ist.« Er lächelte kaum merklich.

»Lotterielose zu verkaufen, ist meiner Meinung nach kein ehrliches Geschäft«, zischte sie. »Es ist gesetzlich verboten, wie du weißt.«

»Na ja.« Er zuckte gleichmütig die Schultern. »Es unternimmt keiner was dagegen. Jedermann verkauft sie, und jedermann kauft sie, wie es scheint.«

»Jedermann *nicht*. Und wenn er Lose verkauft, solange er für uns arbeitet, denken alle, wir würden mit ihm unter einer Decke stecken. Und das ist noch nicht alles. Ich habe herausgefunden, daß er uns die ganze Zeit über angelogen hat. Er hat sein Gedächtnis gar nicht verloren.«

»Nun ja, das überrascht mich ein bißchen.« Mick rieb sich das Kinn und runzelte die Stirn. »Warum hat er das wohl getan?«

»Woher soll ich das wissen? Jedenfalls hat er zugegeben, daß er gelogen hat.«

»Aber dafür muß er doch einen Grund gehabt haben, Catherine. Hat er dir das nicht erklärt?«

»Er hat es versucht, aber ich habe mich geweigert, zuzuhören.«

»Du bist ein halsstarriges Frauenzimmer, Catherine.«

»Was für eine Erklärung soll es denn dafür geben?« schrie sie verzweifelt. »Er hat gelogen, als er behauptete, er habe sein Gedächtnis verloren. Jede Erklärung, die er hätte abgeben können, wäre bloß eine weitere Lüge gewesen.«

Mick stand auf. Sein Gesicht wurde weicher. »Er hat dich in sich verliebt gemacht, der Bursche. Das habe ich schon befürchtet. Ich habe ihn gewarnt, vorsichtig zu sein, dir nicht das Herz zu brechen.« Er wollte ihre Hand ergreifen.

Sie entriß sie ihm. »Das hast du ihm gesagt? Wie kannst du es wagen, einem Fremden so was zu sagen?«

»Ich glaube, er war gar kein so Fremder für dich. Und ich war um dich besorgt.«

»Ich kann für mich selbst sorgen, vielen Dank«, sagte sie wild. »Das habe ich schon von jeher getan.«

»Catherine, Catherine.« Er schüttelte sorgenvoll den Kopf. »Du hast noch so viel im Leben zu lernen.«

»Wenn du damit meinst, daß ein Mann mich anlügen oder mein Vertrauen mißbrauchen kann, dann habe ich meine Lektion gelernt, danke. Du kannst überzeugt sein, daß mir das nie wieder passiert.« Sie wandte das Gesicht ab.

Nach ein paar Sekunden hörte sie ihn weggehen, und sie sank auf den Sitz, den er soeben verlassen hatte. Sie spürte, wie die Tränen in ihr aufstiegen und kämpfte entschlossen dagegen an. Aber nie in ihrem Leben hatte sie sich so elend gefühlt.

Nun ja, das nächste Mal würde sie einfach vorsichtiger sein müssen, wenn sie sich auf eine romantische Beziehung zu einem Mann einließ – sofern es überhaupt ein nächstes Mal geben würde. Tief in ihrem Innern wußte sie, daß schließlich wieder einmal ein anderer Mann auftauchen würde. Sie war eine Frau – wenigstens das hatte sie Morgan zu verdanken –, und sie konnte ihre sexuellen Bedürfnisse nicht mehr einfach ignorieren ...

Vom Kai herüber ertönte eine Stimme. »Hallo!«

Cat drehte sich um und sah einen Mann dort stehen. Er war ein Fremder, und doch kam er ihr vage bekannt vor. Er war schlank und dunkelhaarig und trug einen schwarzen Anzug. Gewiß kein ›Kanaler‹, dachte Cat. Der Mann lächelte, und sie sah seine weißen Zähne. »Sie erkennen mich wahrscheinlich nicht wieder, Miß Carnahan, weil es dunkel war, als wir uns kennenlernten. Ich bin Dr. Anthony Mason.«

Cat stand auf. »Ah, ja, Dr. Mason, ich erinnere mich. Wollen Sie nicht an Bord kommen?«

»Danke, gern.«

Er kam die Laufplanke hinab, und als er sich Cat näherte, sah sie, daß seine Augen von einem goldenen Braun waren. Sein Lächeln hatte etwas Einnehmendes. Cat schätzte ihn auf knapp über Dreißig.

Sie wies auf die Bank neben der Ruderpinne. »Setzen Sie sich. Möchten Sie etwas Kühles zu trinken haben? Ich könnte Ihnen eine Zitronenlimonade machen.«

»Gern, wenn es keine Mühe macht.«

»Überhaupt keine. Ich bin froh um Gesellschaft und würde gern etwas über Ihre Erfahrungen als Arzt auf dem Erie hören.«

Als sie zurückkehrte, hatte sich Dr. Mason inzwischen eine Pfeife angesteckt. Er schwenkte sie leicht. »Haben Sie was dagegen, Miß Carnahan?«

»Überhaupt nicht, Doktor.« Sie trug ein Tablett mit Gläsern, einer Karaffe mit Limonade und einem Teller Kekse, die Mick am vergangenen Abend gebacken hatte.

Sie schenkte die Gläser ein und ließ sich neben Dr. Mason auf der Bank nieder. »Nun erzählen Sie.«

Er sah eine Spur verlegen drein. »Da gibt's leider nicht viel zu erzählen. Bis jetzt habe ich nicht viele Patienten. Ich übe meinen Beruf hier erst seit wenigen Monaten aus, und die Leute scheinen eher vor mir zurückzuschrecken.«

Cat nickte verständnisvoll. »›Kanaler‹ sind sehr zurückhaltend. Aber wenn Sie ein guter Arzt sind, werden sie mit der Zeit aufgeschlossener sein.« Sie lächelte. »Sie *sind* doch ein guter Arzt?«

»Ich glaube schon. Im übrigen ist Selbstvertrauen im medizinischen Beruf unerläßlich.«

»Es interessiert mich, wieso Sie ausgerechnet per Boot auf dem Erie praktizieren. Das ist ungewöhnlich, wie Sie zugeben werden.«

»Ich brauchte eine Abwechslung.« Etwas wie ein Schatten

von Traurigkeit glitt über sein Gesicht. »Ich habe in den vergangenen fünf Jahren an einem Kanal in den Außenbezirken von Philadelphia gelebt. Dort hatte ich auch meine Praxis eröffnet. Kaum war ich mit dem Studium fertig, heiratete ich. Laura und ich waren vier Jahre lang glücklich, und meine Praxis ging sehr gut. Dann bekam sie das Sumpffieber und starb. Ich konnte nichts tun, um sie zu retten, überhaupt nichts.« Sein Gesicht verkrampfte sich gequält. »Können Sie sich vorstellen, wie das ist? Es ist schon schlimm genug für einen gewissenhaften Arzt, wenn er irgendeinen Patienten verliert – aber die eigene Frau, das ist die reine Hölle.«

»Oh, das muß entsetzlich für Sie gewesen sein.« Impulsiv rückte sie näher an ihn heran und legte eine Hand auf seinen Arm.

Eine schwache Bewegung des Boots verriet ihr, daß jemand an Bord gekommen war. Sie hob den Kopf und sah Morgan oben auf dem Kabinendeck stehen, er starrte zu ihnen hinunter. Sie erwiderte trotzig seinen Blick und ließ bewußt die Hand auf dem Arm des Arztes. Morgan wandte sich ab und verschwand nach unten.

»Ich wußte, daß ich nicht mehr in dem Ort leben konnte, in dem Laura gestorben war«, fuhr Dr. Mason fort. »Also schloß ich meine Praxis und kam hierher, um zu praktizieren. Ganz sicher werde ich mit der Zeit das Vertrauen der Leute auf dem Kanal erwerben ...«

Cat hörte zu, seine Stimme war ein angenehmes Murmeln in ihrem Ohr, aber sie hielt nach Morgan Ausschau. Nach kurzer Zeit sah sie ihn aus der Kabine auftauchen, eine Reisetasche in der Hand. Mick war bei ihm, redete hastig auf ihn ein. Morgan blickte zu ihr hinüber, und Cat wandte absichtlich dem Mann neben ihr das Gesicht zu und lächelte ihn an. Gleich darauf schwankte die ›Cat‹ ein bißchen, als Morgan und Mick auf die Laufplanke und dann hinaus auf den Kai traten. Cat wandte den Blick nicht von Dr. Masons Gesicht.

# 10

Mick hatte alle Mühe, bei Morgans langen, zornerfüllten Schritten entlang des Kais mitzuhalten. »Morgan, mein Junge«, sagte er in flehendem Ton, »es muß doch irgendeinen Grund für Ihr Verhalten geben, mit dem Sie Cat ein bißchen beruhigen können. Ich glaube, es wäre nicht schwierig, ihre Meinung zu ändern.«

»Tut mir leid, Mick. Ich habe alles gesagt, was zu sagen ist.«

Morgan hätte dem älteren Mann gern alles gestanden; er mochte Mick, und es war ihm zuwider, ihn auf diese Weise zu verlassen. Aber er wußte genau, wie geschwätzig Mick wurde, wenn er mit Alkohol angefüllt war, und Morgan hegte keinen Zweifel, daß jedermann entlang des Erie über den eigentlichen Zweck seines Aufenthalts Bescheid wissen würde, wenn er dem Älteren davon erzählte.

»Aber Sie können doch nicht einfach so weggehen. In gewisser Weise sind wir von Ihnen abhängig, meine Tochter und ich.«

»Sie werden schon zurechtkommen, Mick. So wie vorher auch.«

»Eigentlich sind wir gar nicht zurechtgekommen. Es ging viel besser, seit Sie da waren. Die Zeiten sind schwer.«

»Wirklich, Mick, es tut mir leid. Aber es ist Zeit, daß ich mich auf die Socken mache. Ich hatte einen Grund für mein Verhalten, einen sehr triftigen Grund, aber es gibt auch einen dafür, daß ich ihn Ihnen nicht erklären kann. Später einmal vielleicht.«

Mick starrte ihn bekümmert an. »Ich glaube Ihnen ja, aber da ist auch noch Catherine. Ich glaube, daß sie sehr viel für Sie übrig hat.«

»Anscheinend nicht«, sagte Morgan in gepreßtem Ton. »Wenn es so wäre, würde sie mir mehr vertrauen. Und danach zu urteilen, wie sie mit diesem Kerl dort hinten geturtelt hat, kann die Lücke, die ich möglicherweise bei ihr hinterlassen könnte, leicht ausgefüllt werden.« Die Erinnerung an den kalten Blick, den sie ihm zugeworfen hatte, um sich dann mit strahlendem Lächeln an den anderen Mann zu wenden, fachte Morgans Zorn erneut an. »In jedem Fall ist es besser, wenn ich jetzt meine eigenen Wege gehe. Leben Sie wohl, Mick. Ich hoffe, Sie werden immer mein Freund bleiben.« Er streckte ihm die Hand hin.

Mick nahm sie mit einem Seufzer. »Ich werd' Sie vermissen, Freund. Die Heiligen mögen Ihnen beistehen.«

Morgan nickte und wandte sich der Innenstadt zu. Nach ein paar Metern warf er einen Blick zurück und sah, daß Mick dem Hafen statt der ›Cat‹ zustrebte. Wahrscheinlich in die nächste Schenke, vermutete Morgan; und in der Nacht würde er dann zum Boot zurückgetaumelt kommen.

Cat machte sich ebenfalls Gedanken um ihren Vater, als sie sah, wie er sich von Morgan trennte und dann auf die Reihe von Schenken zuging, statt zum Boot zurückzukehren. Sie seufzte innerlich und fand sich damit ab, den Rest des Tages darauf zu warten, daß Mick stockbetrunken zurückkäme.

»Miß Carnahan?«

»Oh, Entschuldigung.« Sie wandte sich Dr. Mason zu. »Ich habe mich nur gefragt, wohin mein Vater geht.«

»Soll ich ihn holen?«

Sie schüttelte den Kopf. »O nein, er kommt schon zurück ... nun ja, wann er will.« Sie trank einen Schluck Limonade und versuchte, sich von allen Gedanken an Morgan und ihren Vater zu befreien. »Wie sind Sie denn Arzt geworden?« Sie lächelte leicht. »Darf ich Sie Anthony nennen?«

»Ja, natürlich – wenn ich Sie dafür Catherine nennen darf?«

»Ich ziehe Cat vor und Sie sicher auch.«

»Cat?« Er überlegte einen Augenblick lang. »Ja, ich glaube, das gefällt mir. Sie haben gefragt, wie ich Arzt geworden bin. Das ist vermutlich so gekommen wie bei den meisten anderen auch. Zuerst habe ich bei einem anderen Arzt gelernt – Boden geschrubbt, Pferde gestriegelt, Arzneien gemischt und Patienten bei Amputationen festgehalten. Am Anfang ist man kaum mehr als ein Hausdiener.«

»Patienten bei Amputationen festhalten?« Cat schauderte. »Das klingt gräßlich.«

Er nickte. »Es ist nicht erfreulich. Laudanum nützt, aber viele Ärzte haben davon nicht genügend, und so nehmen sie ihre Zuflucht zu Brandy oder Rum, um die Patienten betrunken zu machen, bevor sie amputieren, aber oft ist der Schmerz so stark, daß sie wieder zu sich kommen ...« Er sah ihr entsetztes Gesicht und fügte hinzu: »Entschuldigen Sie, Cat.

Mir ist klar, daß dies kein angenehmes Gesprächsthema für die Ohren einer Dame ist.«

»Ich bin nicht so zimperlich«, sagte Cat und zuckte die Schultern. »Erzählen Sie weiter, Anthony, es ist interessant.«

»Nun, zum Ausgleich für diese Arbeit kann der Arztlehrling die Bücher des Doktors durchackern, sofern da welche sind. Und er kann sich die ärztlichen Ratschläge anhören, soweit sie ihm zuteil werden. Nach drei Jahren Lernzeit und dem Besuch an einem medizinischen College wie zum Beispiel der Harvard Medical School, an der ich war, wird man dann regulärer Arzt. Kein sehr überzeugendes System, wie ich zugeben muß. Immerhin hat sich die Ausbildung hier in den letzten Jahren ein bißchen gebessert.«

»Ich glaube, das beste ist, gar nicht erst krank zu werden.« Cat lächelte.

»Immerhin gibt es auch hier eine ganze Reihe guter praktizierender Ärzte, und die Ansprüche werden ständig erhöht. Wissen Sie, was manche meiner Kollegen tun, wenn sie sich in einer neuen Stadt niederlassen? Als erstes wandern sie auf den städtischen Friedhof und inspizieren die Grabsteine, um herauszufinden, woran der Betreffende gestorben ist. Auf diese Weise haben sie ungefähr eine Ahnung, mit welchen Krankheiten sie möglicherweise konfrontiert werden. Natürlich müssen sie dabei immer in Betracht ziehen, daß der Arzt, von dem der Verstorbene betreut wurde, eine falsche Diagnose gestellt hat.« Er lächelte, und um seine Augen entstanden Fältchen.

Cat fühlte sich von Anthony Mason angezogen. Obwohl sich das Gespräch um Krankheit und Tod drehte, schien er auch hierbei einiges Humorvolles zu entdecken. Sie selbst war nie krank gewesen, aber Mick gelegentlich; und die Ärzte, die sie dabei kennengelernt hatte, waren zumeist mürrische, humorlose Männer gewesen, so als ob sie daran verzweifelten, den Tod von ihren Patienten fernzuhalten.

Sie merkte, daß jemand an Bord kam, blickte auf und sah Mick über die Kabine weg auf sich zukommen. Sie war überrascht, ihn so bald wiederzusehen. Und er war nüchtern, was sie noch mehr erstaunte.

»Ich habe eine Ladung für Albany, Catherine«, sagte er strahlend.

»Was – wirklich!« Cat sprang auf, um ihn zu umarmen.

»Mick, ich bin stolz auf dich. Was hast du für uns bekommen?«

»Na ja ...«, er fuhr sich mit den Fingerknöcheln übers Kinn und sah einigermaßen betreten drein. »Ich bin Morgans Beispiel gefolgt und hab' nach Kaufleuten Ausschau gehalten, die einen Haufen Stoff auf Lager hatten und hab' auch eine volle Ladung für Albany bekommen. In Kommission, genau wie Morgan.«

»Das kann doch nicht wahr sein.« Cat begann hilflos zu lachen.

»Bei ihm ging's gut«, sagte Mick im Ton der Verteidigung. »Immerhin noch besser, als den Erie mit leeren Laderäumen entlangzufahren.«

Cat unterdrückte ihre Heiterkeit. »Was ist aus all deiner Entrüstung geworden? Aus deiner Verachtung für Händler?«

»Man kann ja mal seine Meinung ändern, oder nicht?« sagte Mick schroff.

»Aber wer wird sich um den Verkauf kümmern?«

»Ich werd's wohl tun müssen. Ein Mädchen wie du kann nicht herumrennen und seine Waren anpreisen.«

Cat schüttelte, noch immer belustigt, den Kopf. »Mick Carnahan, der Stoffballen verhökert. Es ist ein wahres Wunder.«

»Es ist gar kein Wunder, verdammt. Ich finde nur, es ist an der Zeit, daß ich meinen Teil leiste. Außerdem, wenn dieser Bursche das gekonnt hat, dann kann ich's auch.«

»Ganz sicher kannst du es, Mick, und ich *bin* stolz auf dich. Ach ... das habe ich ganz vergessen.« Sie wandte sich an Anthony, der aufstand. »Mick, das ist Dr. Mason. Anthony, mein Vater Mick Carnahan.«

Anthony streckte die Hand aus, und Mick nahm sie mißtrauisch. »Doktor? Wo praktizieren Sie denn?«

»Auf dem Kanal«, antwortete Anthony lächelnd. »Ich habe mein eigenes Kanalboot.«

»Ein Arztboot auf dem Erie, wirklich?« Mick schüttelte den Kopf. »Aber ich glaube, wir könnten hier einen Arzt brauchen. Einen guten jedenfalls.« Er beäugte den jungen Mann nach wie vor argwöhnisch.

Anthony lächelte. »Ich werde mein Bestes tun, um Ihren Ansprüchen zu genügen, Mr. Carnahan.«

»Es ist bald Abendessenszeit, Mick«, sagte Cat munter. »Wollen Sie uns nicht dabei Gesellschaft leisten, Dr. Mason?«

»Ja, gern, Cat.«

Mick warf seiner Tochter einen finsteren Blick zu, zuckte dann die Schultern und verschwand nach unten.

Einen Monat später hatte Morgan ein gutes Pferd, neue Kleidung und eine Pistole erworben, die er in seiner Satteltasche verstaut hatte. Er war jetzt entlang des Erie recht gut bekannt, und er hatte geschäftlichen Erfolg. Selbst Tate Brawley war zufrieden über die Anzahl der Lose, die Morgan verkaufte. Hilfreich dabei war allerdings, daß die allgemeine wirtschaftliche Flaute ein Ende genommen hatte und das Geschäft auf dem Erie wieder aufzublühen begann.

Morgan fragte sich oft, wie es Cat und ihrem Vater dieser Tage wohl ginge. Er hatte die ›Cat‹ mehrere Male auf dem Kanal erblickt, Catherine an der Pinne, Timmie bei den Mulis. Demnach, wie das Boot tief im Wasser lag und die Mulis arbeiten mußten, schien es ihnen nicht an Ladung zu mangeln.

Morgan hatte gehört, daß Mick ihm nacheiferte, Waren aufnahm und sie unterwegs verkaufte; und er hatte auch gehört, daß der Ire nicht mehr so viel trank wie früher. Also war bei der ganzen Affäre wenigstens etwas Gutes herausgekommen.

Cat hatte er nur zu Gesicht bekommen, während sie an der Ruderpinne des fahrenden Bootes stand, und dann einmal, als das Boot am Kai von Albany angelegt hatte. Morgan, der vorüberritt, hatte sie in angeregter Unterhaltung mit dem Mann erblickt, der, wie er inzwischen erfahren hatte, ein Dr. Anthony Mason war.

An diesem Nachmittag ritt Morgan in westlicher Richtung aus Schenectady hinaus; er hatte mehrere Tage in der Stadt verbracht und zahlreiche Lose verkauft. Langsam bekam er neue Informationen über das Gebaren der Lotterieunternehmen, vor allem über das der Union-Canal-Lotteriegesellschaft. Und er rechnete sich aus, daß er bis zum Ende des Herbstes ausreichend Material beisammen haben würde, um es seinem Onkel zu bringen. Anfangs war Morgan ein bißchen besorgt gewesen, Brawley könnte seinen Namen bei der Lotteriegesellschaft erwähnen und man würde sich dort daran erinnern, daß er früher einmal als Lotterievertreter bei ihnen gearbeitet hatte. Das hätte zwar dort keine Probleme aufgeworfen, aber möglicherweise Brawleys Verdacht erregt. Aber die Wochen waren verstrichen, und Brawley hatte nichts gesagt. Daraus schloß Morgan, daß alle Abmachungen, die er selbst mit dem Vertreter getroffen hatte, geheim blieben und der Firma nichts davon mitgeteilt wurde.

Es war jetzt Ende August, und die Hitze lastete auf dem Eriegebiet. Morgan ritt langsam, überließ dem Pferd das Tempo, das ihm zusagte, und döste im Sattel vor sich hin.

Plötzlich hörte er einen Laut, der aus einem Wäldchen zu seiner Linken herausdrang. Er hielt das Pferd an und lauschte aufmerksam. Da – wieder! Es klang wie der Schrei eines Kindes. An sich war es nicht ratsam, in der Nähe des Kanals die Nase in anderer Leute Angelegenheiten zu stecken. Aber wenn jemand, vor allem ein Kind, irgendwie in Not war, konnte er nicht einfach weiterreiten.

Wieder dieser Schrei, schnell erstickt, aber eindeutig ein Schrei; und es war nicht der eines Kindes, sondern der einer Frau. Entschlossen ritt Morgan den Abhang des Treidelpfads hinab. Am Rand des Wäldchens glitt er vom Pferd, band das Tier an und nahm die Pistole aus der Satteltasche.

Erneut hörte er den Schrei, gedämpft, aber unverkennbar. So schnell wie möglich bahnte sich Morgan seinen Weg durch das Unterholz. Gleich darauf sah er zu seiner Rechten ein Pferd und einen leichten Wagen. Der Wagen war leer, das Pferd rupfte am Gras.

Nach ein paar Metern wurde das Unterholz lichter, und gleich darauf sah er auf einer kleinen Lichtung zwei Gestalten, die miteinander kämpften, einen großen, stämmigen Mann und eine kleine Frau.

Als Morgan sich ihnen leise näherte, sah er, wie die schwere Hand des Mannes an der Brust der Frau herumtastete, während sie mit ihren kleinen Fäusten auf ihn einschlug.

Der Mann lachte hämisch über ihre schwachen Verteidigungsversuche, als Morgan, die Pistole im Gürtel, lautlos hinter ihn trat, die Finger beider Hände in das dichte, fettige Haar des Mannes vergrub und dessen Kopf derb nach hinten riß. Der Mann schrie vor Schmerz auf, als Morgan ihn zur Seite schleuderte.

Er rollte sich auf den Bauch und stand auf. Sein Gesicht war scharlachrot vor Wut. »Wer zum Teufel sind Sie denn?«

»Ich glaube nicht, daß das eine Rolle spielt«, erwiderte

Morgan trocken. »Was wirklich eine Rolle spielt, ist die Tatsache, daß die Lady hier offensichtlich etwas gegen Sie einzuwenden hat.«

»Das geht nur uns was an, und Sie haben kein Recht, sich einzumischen.«

Der Mann stürzte sich auf Morgan, der behende beiseite trat. Als sich der andere wieder umgedreht hatte, hielt Morgan bereits seine Pistole in der Hand. »Noch einen Schritt, und ich schieße Ihnen ins Bein.«

Der Mann erstarrte, in seinen Augen lag ein Ausdruck von Furcht.

»Sind das dort drüben Ihr Wagen und Ihr Pferd?«

Der Mann nickte stumm.

»Dann schlage ich vor, daß Sie sofort damit wegfahren. Ihre Anwesenheit ist hier nicht mehr erforderlich.«

Der Mann wich langsam zurück, den Blick auf die Pistole gerichtet. Dann drehte er sich um und rannte davon, stieg hastig in den Wagen und fuhr in aller Eile los. Morgan steckte die Waffe weg.

Zu seiner Verblüffung erkannte er in der Frau Lotte Pryor. Sie atmete hastig, ihr Gesicht war gerötet. Die Knöpfe ihres Kleides oben waren teilweise geöffnet, und Morgan konnte flüchtig weiße Spitzen und helle Haut erkennen. Er wunderte sich, daß sie nicht sofort begann, den Schaden zu beheben. »Ist mit Ihnen alles in Ordnung, Miß Pryor?« fragte er.

»Ja. Dank Ihnen, Mr. Kane, ja. Sie sind gerade noch rechtzeitig gekommen.« Sie ließ ihm ein schwaches Lächeln zukommen.

Es fiel Morgan auf, daß sie nicht ganz so aufgeregt war, wie man hätte erwarten können. Anscheinend verfügte sie über eine solidere seelische Substanz als andere Frauen. »Was ist denn geschehen?« fragte er. »Wie kommt es, daß Sie allein mit diesem Kerl so weit hier draußen sind?«

»Es war dumm von mir, ich weiß. Papa ließ mich allein in einem Gasthof in Schenectady zurück, um mit Mr. Brawley irgendwohin zu fahren. Er ist seit über einer Woche weg, und mir war es langweilig, weil ich gar nichts zu tun hatte. Mr. Rawlins – der Mann mit dem Wagen – ist ein umherreisender Händler, und er hat in den letzten paar Tagen ebenfalls im Gasthof gewohnt. Na ja, er schien ganz nett zu sein und sehr freundlich. Er bot mir an, mit mir eine Spazierfahrt entlang des Kanals zu machen.« Mit herausfordernder Langsamkeit begann sie ihr Oberteil zuzuknöpfen. »Alles war auch ganz in Ordnung, bis er mit dem Wagen hier unter die Bäume fuhr. Er behauptete, das Pferd brauchte eine Atempause, und wir könnten vielleicht einen kleinen Spaziergang machen. Und dann schien er plötzlich verrückt zu werden, und den Rest können Sie sich denken.«

»Allerdings«, sagte Morgan grimmig. »Ich hätte ihn erschießen sollen. Solch ein Kerl verdient nichts anderes.«

»O nein, Sie haben genug getan. Ich werde Ihnen ewig dankbar sein, Mr. Kane.« Sie lächelte plötzlich, und ein Grübchen erschien auf ihrer Wange. »Mr. Rawlins umzubringen, wäre keine christliche Tat gewesen, würde Papa sagen.«

Morgan mußte lachen. »Wenn wir schon von Ihrem Vater sprechen – es wäre besser, Sie so schnell wie möglich in die Stadt zurückzubringen. Wenn er plötzlich zurückkehren sollte und Sie nicht da sind, wird er sich Sorgen machen. Ich habe aber keinen Wagen, Miß Pryor, Sie müssen also leider mit mir auf meinem Pferd reiten.«

»Das wäre großartig, Mr. . . .« Eine matte Röte überzog ihr Gesicht, während sie ihm einen sittsamen Blick zuwarf. »Darf ich Sie Morgan nennen? Oder ist das unverschämt von mir?«

»Keineswegs. Darf ich Sie dann meinerseits Lotte nennen?«

»Aber ja.« Sie schob ihre Hand unter seinen Arm.

Er begleitete sie zu seinem Pferd, stieg auf und streckte die Hand nach unten aus, um ihr heraufzuhelfen. Hinter seinem Sattel sitzend, fragte sie: »Sollte ich nicht besser die Arme um Sie legen, damit ich nicht hinunterfalle?«

»Das scheint mir eine gute Idee.«

Ihre Arme umschlossen seine Taille, und sie schmiegte sich eng an ihn, als er das Pferd in Bewegung setzte. Bald stellte Morgan fest, daß ihn diese Nähe irritierte. Er spürte ihre fülligen Brüste an seinem Rücken, und sie waren anscheinend von wenig Stoff umhüllt. Er glaubte mit Sicherheit ihre steifen Brustwarzen zu spüren, die erotische Muster auf seinem Körper beschrieben, während sie im Rhythmus des Pferdes auf und ab wippte. Um sich von den Vorstellungen abzulenken, die dies bei ihm erweckte, fragte er: »Wie steht es mit den Fortschritten Ihrer Kirchenlotterie?«

»Sehr gut. Deshalb sind Papa und Mr. Brawley auch fortgefahren – sie suchen nach einem Boot, das in eine schwimmende Kirche umgewandelt werden kann. Mr. Brawley hat mit der Lotterie ausreichend Geld eingenommen.«

»Hat Brawley für die Lose Provision genommen?«

»Das weiß ich nicht. Ich versuche, mich so wenig wie möglich mit kirchlichen Affären zu belasten.«

Morgan lag es auf der Zunge zu fragen, womit sie sich überhaupt belaste, aber das schien ihm ungehörig zu sein. »Soviel ich gehört habe, waren Sie mit Ihrem Vater in Afrika?« erkundigte er sich statt dessen.

»O ja, ich bin dort geboren.«

»Wie gefiel es Ihnen?«

»Es war mir zuwider. Die Hitze, all diese Krankheiten, die Armut und die Unwissenheit dieser Eingeborenen...« Sie schauderte. »Nie in meinem Leben war ich so glücklich wie in dem Augenblick, als Papa sagte, wir würden nach Amerika zurückkehren.«

»Es muß seltsam für Sie gewesen sein, als in Afrika Geborene hierher zu kommen, ohne das Land je zuvor gesehen zu haben.«

»Es war seltsam, ja, aber wundervoll.«

»Wie, glauben Sie, wird Ihnen das Leben auf dem Kanal zusagen?«

Sie zuckte die Schultern. »Ich weiß es nicht, aber eines lernt man als Missionarstochter – sich an fast alles anzupassen. Sonst wird man verrückt.«

Sie ritten nun in die Außenbezirke Schenectadys ein. Lotte wies ihm die Richtung des Gasthofs, in dem sie wohnte, und binnen kurzem trafen sie davor ein.

»Ich kann Mr. Rawlins und seinen Wagen nirgendwo sehen«, bemerkte Lotte. »Ich fürchtete schon, er würde hier auf mich warten.«

»Wahrscheinlich ist er schnurstracks weitergefahren. Nein, Lotte, ich glaube nicht, daß er Sie je wieder belästigen wird.«

Aber jemand anderer wartete auf sie – nämlich der Reverend Luther Pryor und Tate Brawley. Sie standen unmittelbar vor der Einfahrt zum Gasthof.

Als der Reverend seine Tochter erblickte, trat er mit finsterem Gesicht auf sie zu. Er ergriff ihren Arm und schüttelte sie derb. »Wo hast du gesteckt, Mädchen? Mr. Brawley und ich sind vor einer Stunde zurückgekommen und hörten, daß du mit irgendeinem Kerl in einem Wagen davongefahren seist.« Er starrte Morgan düster an. »Ist er das?«

»Nein, nein, Papa, das ist Morgan... äh, Mr. Kane. Du erinnerst dich doch an ihn.«

Pryors Miene blieb unverändert finster. »Das heißt noch nicht, daß nicht er der Lump ist.«

Tate Brawley grinste schadenfroh hinter dem Rücken des Reverend ob Morgans Unbehagen.

»Ich habe mit einem Gast hier im Haus eine Wagenfahrt gemacht, einem Mr. Rawlins.« Sie zog einen hübschen Schmollmund. »Ich war so allein hier und habe mich gelangweilt. Mr. Rawlins schien ganz nett zu sein, und es war ein solch schöner Tag...«

Pryor schien einigermaßen besänftigt zu sein. »Aber wo ist Mr. Rawlins? Und wieso kommst du mit Mr. Kane zurück?«

»Mr. Rawlins wurde... äh, ein bißchen schwierig. Es war ein Glück, daß Mr. Kane rechtzeitig daherkam, um mir zu helfen.« Sie strahlte Morgan an und richtete dann den Blick mit einem leichten Schauder wieder auf ihren Vater. »Er war ganz schrecklich, dieser Mr. Rawlins, Papa. Und ich weiß, daß es dumm von mir war, mit ihm zu fahren. Das werde ich nie wieder tun, ich verspreche es.« Sie stürzte auf ihn zu und barg den Kopf an seiner Schulter. Ein leiser Schluchzer entrang sich ihr.

Pryor tätschelte unbeholfen ihre Schulter. »Na, na, Tochter, schon gut, solange dir nichts zugestoßen ist. Aber du mußt sehr vorsichtig sein, vor allem bei fremden Männern. Das Schlechte blüht und gedeiht entlang dieses sündigen Kanals.«

Sie blickte mit tränenschwerem Blick in sein Gesicht, und Morgan wurde plötzlich bewußt, daß sie ihren Beruf verfehlt hatte – sie war die geborene Schauspielerin.

Nun trat sie zurück und wandte sich Morgan zu. »Papa, ich glaube, du solltest dich bei Mr. Kane bedanken. Er kam gerade rechtzeitig, um mich zu retten.«

Reverend Pryor neigte leicht den Kopf und sagte steif: »Sie können meiner Dankbarkeit gewiß sein, Mr. Kane – so gut wie der unseres Herrn. Ah, Tochter, dabei fällt mir ein...« Sein Gesicht hellte sich auf. »Ab heute sind wir stolze Besitzer eines geräumigen Boots, das, wie mir Mr. Brawley versicherte, leicht für unsere Zwecke umgebaut werden kann. Komm, ich werde dir davon erzählen.«

Pryor ergriff den Arm seiner Tochter und schob sie eilends davon. Lotte ging zwar, blickte jedoch mehrfach über die Schulter zurück auf Morgan, während der Reverend angeregt auf sie einsprach.

Brawley war stehengeblieben. »Offensichtlich haben Sie die Bewunderung der Lady erregt.«

Morgan zuckte gelassen die Schultern. »Ich habe nichts anderes getan als das, was jeder anständige Mann tun würde.«

»Ich weiß nicht, ob ich es billigen kann, wenn einer meiner Angestellten sich um Lottes Zuneigung bemüht«, sagte Brawley mit scharfem Ton. »Ich habe selbst ein Auge auf die kleine Dame geworfen.«

Morgan starrte ihn verblüfft an. »Bemühen? Um Himmels willen, Brawley, sie steckte in der Klemme, und ich bin rein zufällig dazugekommen. Glauben Sie vielleicht, ich habe das inszeniert?«

»Mir scheint das ein merkwürdiger Zufall zu sein. Ich weiß inzwischen, was für ein gerissener Bursche Sie sind.«

»Was sollte ich wohl für einen Grund haben, solche Mühen auf mich zu nehmen?«

»Das Mädchen ist eine reife Frucht, das ist Grund genug.« Über Brawleys Gesicht breitete sich ein laszives Grinsen aus. »Ich habe so eine Idee, als ob unsere liebe Lotte eine Jungfrau ist, und ich nehme das Privileg, sie zu entjungfern, für mich in Anspruch.«

Morgan widerte dieser Mann ob seiner Hinterhältigkeit, seiner Lüsternheit und seiner Unverschämtheit plötzlich an. »Ich arbeite für Sie als Losverkäufer, Brawley, aber das gibt Ihnen kein Recht, mir vorzuschreiben, mit wem ich Umgang haben darf.«

»Umgang?« Brawley grinste noch immer. »Ich rede von einer Frau. Wenn Sie wollen, können Sie sie haben, wenn ich mit ihr fertig bin.«

Morgan ballte die Fäuste und empfand das starke Verlangen, sie Brawley ins Gesicht zu schmettern. »Sie widern mich an, Brawley.«

Brawleys Gesicht lief rot an. »Wagen Sie nicht, so mit mir zu reden. Schließlich arbeiten Sie für mich.«

»Nicht mehr. Ich kündige sofort. Ich bekomme jederzeit Arbeit bei einer anderen Lotteriegesellschaft.«

»Es war ein Fehler, Sie zu nehmen«, sagte Brawley in

ersticktem Ton. »Maphis hat mir gleich gesagt, ich sei ein Trottel. Ausnahmsweise hat er recht gehabt.«

»Simon Maphis?« sagte Morgan überrascht. »Was haben Sie mit diesem Halunken zu tun? Lassen Sie besser die Finger von ihm. Er hat versucht, ›Carnahan's Cat‹ in Brand zu setzen.«

»Wie Sie so treffend bemerkt haben, Kane – auch ich lasse mir nicht vorschreiben, mit wem ich Umgang habe. Was Sie betrifft, so werde ich Ihnen das Dasein auf dem Erie zur Hölle machen. Ich rate Ihnen, sich für Ihre Arbeit einen anderen Kanal zu suchen.«

»Zufällig mag ich den Erie gern, also werde ich wohl hier bleiben.« Morgan grinste und begann die Situation zu genießen. »Vielleicht werde ich mich zu einer kleinen Konkurrenz für Sie entwickeln.«

»Sie haben keine Ahnung, wie schwer das werden kann«, sagte Brawley in hartem Ton. »Ich halte mich im Kampf an keine Regeln.«

»Wollen Sie mich vielleicht einschüchtern, Mr. Brawley? So leicht gelingt Ihnen das nicht. Ebensowenig wie Cat Carnahan, wie Ihr Freund Simon Maphis bereits herausgefunden hat.«

»Warum bringen Sie die Carnahan ins Gespräch?« Brawleys Stimme klang hämisch. »Sie hat einen neuen Freund, haben Sie noch nichts davon gehört? Ein junger Doktor – mit eigenem Boot und allem Drum und Dran. Soviel ich gehört habe, geben sie ein ansehnliches Paar ab.«

Morgan ließ sich nicht reizen. »Das ist ihre Angelegenheit, oder nicht? Sie ist nicht mein Eigentum.«

»Da habe ich aber was anderes gehört ...« Brawley brach ab, als Pryor und seine Tochter wieder auftauchten.

Der Reverend sagte: »Mr. Brawley, sollen wir Lotte mit hinunternehmen und ihr das Boot zeigen? Hoffentlich können wir bald anfangen. Die Arbeit des Herrn erlaubt keine müßigen Hände.«

»Aber natürlich, Reverend«, sagte Brawley in herzlichem Ton. »Ich bin bereit, Ihnen zu helfen, wo immer ich kann.«

Pryor neigte den Kopf in Richtung Morgan. »Leben Sie wohl, Sir.«

Lotte zeigte ihr Grübchen. »Und vielen Dank, daß Sie mich gerettet haben, Morgan.«

»Es war mir ein Vergnügen, Lotte.« Er warf Brawley einen

listigen Blick zu und fügte hinzu: »Reverend Pryor, darf ich demnächst einmal Ihrer schönen Tochter einen Besuch abstatten?«

Er sah, wie Brawley erstarrte und das Gesicht des Reverend Mißvergnügen ausdrückte.

»Bitte, Papa.« Lotte umklammerte den Arm ihres Vaters. »Bitte, bitte. Mr. Kane ist ein respektabler Gentleman.«

Pryor nickte widerwillig. »Ich werde es mir überlegen, Tochter. Aber im Augenblick, Mr. Kane, sind wir beide damit beschäftigt, unsere Kirche so herzurichten, daß sie für unsere neue Herde von Gläubigen Platz bieten kann.«

## 11

Cat, die sich wie ein Fisch auf dem Trockenen fühlte, betrat zögernd Albanys Geschäft für Damenmoden, verführt durch ein Kleid, das sie im Schaufenster draußen gesehen hatte; es paßte genau zum Blau ihrer Augen, war elegant geschnitten und hatte Spitzen am Halsausschnitt und den Schultern.

Nun, während sie sich in all der ausgestellten Pracht weiblicher Kleidung umsah, war sie überwältigt, und ihre Unerfahrenheit verursachte ihr Unbehagen.

Die Ladenbesitzerin, eine rundliche, hübsche Frau in einem weinroten Seidenkleid, kam herbeigeeilt. »Darf ich Ihnen helfen, Miß?«

Cat konnte nur nicken. Mit Sicherheit witterte diese weltgewandte Frau das ungehobelte Mädchen vom Kanal in ihr.

»Suchen Sie etwas Bestimmtes?« fragte die Frau.

Cat nickte erneut. »Das blaue Kleid im Schaufenster. Ich glaube, es hat ungefähr meine Größe.«

»Eine ausgezeichnete Wahl, meine Liebe. Ich habe es gerade heute erhalten. Ich werde es für Sie aus dem Fenster nehmen. Die Anprobekabine ist gleich dort hinter dem rosa Vorhang.«

Cat, froh, daß sie ihre Unterwäsche und den Unterrock gewaschen hatte, ließ sich mit etwas mehr Selbstvertrauen von der Ladenbesitzerin in das blaue Kleid helfen.

Als der letzte Knopf geschlossen war, drehte sich Cat langsam vor dem Spiegel, und ihre Wangen röteten sich vor Freude. Das Kleid war hinreißend, aber der Preis horrend.

Die Besitzerin strahlte sie mütterlich an. »Es sieht einfach großartig an Ihnen aus, Liebe. Es betont das Blau Ihrer Augen, und zudem paßt es hervorragend, es muß kaum etwas geändert werden.«

»Es gefällt mir, das muß ich zugeben«, sagte Cat. »Aber der Preis ... Es ist schrecklich teuer.«

»Aber dafür haltbar, das werden Sie merken. Der Stoff ist ausgezeichnet. Und die neueste Mode – direkt aus Paris.«

Letzteres bezweifelte Cat. Sie wußte genau, daß die ›neueste Mode‹, wenn sie am Erie eintraf, mindestens ein Jahr überholt war. Aber was spielte das schon für eine Rolle?

»Na schön, ich nehme es«, sagte sie, plötzlich entschlossen. Das Geschäft war in den letzten Wochen gut gewesen, sie hatte jetzt tatsächlich Geld zur Verfügung. »Und ich brauche auch noch ein Paar neue Schuhe und anderes, was zu dem Kleid gehört.«

»Wir können Sie mit allem ausstatten, was Sie brauchen, meine Liebe«, sagte die Ladenbesitzerin beglückt.

Als es dann soweit war, hatte Cat über fünfzig Dollar ausgegeben. Mengen von Paketen in beiden Armen strebte sie dem Ausgang zu. Eine Hutbox, die obenauf lag, verdeckte ihr den Blick, und sie stieß mit jemand zusammen. Die Päckchen fielen auf den Boden.

Ärgerlich starrte sie die junge Frau an, die ihr den Weg versperrte und erkannte Lotte Pryor. Hinter ihr stand Morgan Kane.

»Entschuldigung, Ma'am«, begann Morgan und brach dann ab, als er Cat erkannte. Sein Lächeln kam mit einiger Verzögerung. »Guten Tag, Cat. Wie geht's?«

Cat ignorierte ihn und bückte sich, um ihre Pakete aufzuheben.

Morgan trat vor. »Komm, laß mich dir helfen.«

»Das kann ich selbst, danke«, zischte sie. Aufs Geratewohl sammelte sie alles ein, und als sie sich aufrichten wollte, fielen die gesamten Pakete wieder zu Boden. »Verdammter Mist!«

»Du willst dir also nach wie vor nicht von einem Mann helfen lassen«, sagte er sarkastisch. Er bückte sich und griff seinerseits nach den Paketen. »Strecke die Arme aus.«

Mit zusammengebissenen Zähnen gehorchte Cat, und er stapelte alles ordentlich auf. »Danke, Mr. Kane«, sagte sie mürrisch.

»Gern geschehen, Miß Carnahan.« Er neigte leicht den Kopf. Und dann, als sie gerade hinausgehen wollte, fügte er hinzu: »Sind die neuen Kleider zur Freude deines Doktors gedacht, Cat? Für mich hast du das nie getan.«

Cat öffnete den Mund, um ihm zornig zu antworten, dann besann sie sich anders und stürmte hinaus.

Ein Teil ihres Zorns beruhte darauf, daß Morgan recht hatte. Sie hatte die neue Ausrüstung tatsächlich Anthonys wegen erstanden. Er war ebenfalls in Albany und hatte sie zum Abendessen eingeladen. Es war das zweite Mal, daß sie mit ihm ausging, und sie konnte nicht immer das gleiche Kleid tragen. Außerdem ging das Ganze Morgan nichts an, und es sah ihm ähnlich, seine Meinung zu äußern, obwohl er gar nicht danach gefragt wurde.

Morgan seinerseits beobachtete amüsiert Cats Abgang. Ungeachtet ihres Zorns war Cat einfach schön, und sie erregte ihn noch immer. Und nicht nur das, überlegte er melancholisch, er liebte sie auch nach wie vor. Daran hatte sich nichts geändert, und es würde wohl auch für lange Zeit noch so bleiben – wenn nicht für immer.

»Morgan?« sagte Lotte kläglich, »haben Sie mich ganz vergessen?«

Er wandte sich ihr zu. »Natürlich nicht, Lotte. Wieso denn?«

»Waren Sie und dieses Kanalmädchen ein Liebespaar?« fragte sie und verzog schmollend den Mund.

»Das wollen Sie doch eigentlich gar nicht so genau wissen, Lotte, oder? Außerdem, wenn je etwas zwischen uns war, so war es zu Ende, noch bevor ich Sie kennenlernte.«

Lotte lächelte ihm befriedigt zu. »Ich habe nur keine Lust, die zweite Geige zu spielen, das ist alles.«

Morgan hatte bereits erkannt, daß Lotte ein eitles Geschöpf war, scharf auf Schmeicheleien und männliche Aufmerksamkeit, und daß sie außerhalb ihrer eigenen Person und ihres eigenen Vergnügens über wenig Interessen verfügte. Aber andererseits war sie ein hübsches Ding und eine angenehme Begleiterin – solange keine ernsthaften Themen zur Debatte standen –, und er vermutete, daß sie auch leidenschaftlich war, obwohl ihre Beziehungen diesen Punkt noch nicht erreicht hatten. Jedenfalls war sie attraktiv genug, um neidische männliche Blicke auf ihn zu lenken, wenn sie miteinander gingen, und Morgan war seinerseits ausreichend eitel, das zu genießen.

»Sollten Sie sich nicht um Ihren neuen Hut kümmern?« sagte er jetzt. »Sie wissen, daß Ihr Vater Sie bei der Einweihung seiner schwimmenden Kirche heute abend erwartet. Und ich möchte Ihr Solo hören – diesen Vorzug habe ich bisher noch nicht gehabt.«

»O ja, Sie haben recht.« Lotte drehte sich um und ging zu der Ladenbesitzerin hinüber, mit der sie angeregt zu plaudern begann. Morgan lehnte gegen den Türrahmen und beobachtete das Mädchen belustigt. Er hatte dazu eine halbe Stunde Zeit, während Lotte einen Hut nach dem anderen probierte. Er fragte sich, ob Cat ebensoviel Zeit darauf verwandte und bezweifelte es.

Aber warum dachte er überhaupt an Cat? Das war zu Ende; wenn ihm das zuvor noch nicht bewußt gewesen war, dann war das mit Sicherheit heute klar geworden. Cat hatte ihre Gefühle deutlich gezeigt, und augenscheinlich hatte sie einen anderen Freund. Morgan beschloß in diesem Augenblick, sich innerlich nie mehr an eine Frau zu binden. Von heute an würde es nur noch angenehme Episoden geben.

Schließlich hatte Cat behauptet, sie brauche niemanden, dachte er düster. Wenn sie sich von emotionellen Bindungen frei hielt, so konnte er dasselbe tun.

Cat ihrerseits dachte auch an Morgan, während sie sich für ihre Abendessensverabredung mit Anthony umzog. Sie hatte sich oft gefragt, ob sie nicht zu voreilig gewesen war, weil sie ihn weggeschickt hatte, ohne sich seine Erklärungen anzuhören. Aber was hätte es da zu erklären gegeben? Was immer er gesagt hätte, es wäre nur eine neue Lüge gewesen. Und allem nach litt er weder an Gewissensbissen noch an einem Mangel an weiblicher Gesellschaft.

Sie trat vom Spiegel zurück und betrachtete sich kritisch. Kleid, Schuhe und Hut standen ihr sehr gut, und wie sie sich gedacht hatte, zollte ihr Vater ihrem Einkauf Beifall.

Er war alles andere als ein Knauser, und er hatte nicht einmal nach dem Preis gefragt, was sie bewog zu sagen: »Es war alles sehr teuer, Mick. Ich habe heute mehr Geld für Kleidung ausgegeben als insgesamt in meinem Leben zuvor.«

»Gott sei Dank, Catherine. Ich finde, es ist an der Zeit. Was das Geld betrifft, so hast du es dir verdient. All diese Jahre über hast du wie ein Mann gearbeitet und kaum je einen Penny für dich selbst ausgegeben.«

Cat rückte noch einmal ihren Hut eine Spur zurecht. Anthony mußte inzwischen wohl eingetroffen sein. In dem Augenblick, als sie die Kabinentür öffnete, stieg ihr der Geruch seiner Tabakspfeife in die Nase. Er stand am Heck bei Mick, der wieder einmal sein Seemannsgarn über den Erie spann.

Er unterbrach sich, als er Cat erblickte und wies stolz lächelnd mit dem Kopf auf sie. »Da ist sie, Dr. Mason. Meine Tochter – und sie ist ein hübsches Geschöpf, das müssen Sie zugeben.«

Anthony drehte sich um und nahm die Pfeife aus dem Mund. »Allerdings, Mr. Carnahan. Ihre Tochter ist eine Schönheit. Mein Kompliment, Cat...« Er verbeugte sich. »Ich bin stolz, Sie heute abend begleiten zu dürfen.«

»Nun hört schon beide auf«, schalt Cat. »Ihr bringt mich in Verlegenheit.«

Mick blinzelte übertrieben. »Wissen Sie, Anthony, Catherine ist nicht an Komplimente gewöhnt. Seit Jahren habe ich versucht, sie aus meinem abgelegten Zeug herauszubringen, und welcher Mann mit gesundem Menschenverstand hätte ihr darin wohl Komplimente gemacht?«

Cat ignorierte ihn mit geröteten Wangen und griff nach Anthonys Arm. »Gehen wir, Dr. Mason? Ganz gewiß wollen Sie sich Micks Märchen nicht mehr länger anhören.«

Micks Gelächter schallte hinter ihnen her, als sie das Boot verließen. Die ›Paradise‹ hatte weiter unten am Treidelpfad angelegt, und dort wollten sie zu Abend essen. Cat hätte fast jede andere Möglichkeit vorgezogen, aber sie konnte Anthony nicht gut erklären, sie wolle nicht hingehen, weil sie früher einmal mit Morgan da gewesen war.

Die Dämmerung brach gerade herein, als sie den Treidelpfad entlangschlenderten. Es war ein heißer Tag gewesen, und die schwache Brise, die vom Kanal herüberwehte, war angenehm. Cat konnte nicht umhin, Anthony mit Morgan zu vergleichen, und warf ihm gelegentlich heimliche Seitenblikke zu. Er sah nicht so blendend aus wie Morgan, aber sein dunkles Gesicht hatte etwas Anziehendes. Ihm fehlte Morgans Unbekümmertheit und sorgloser Charme; aber er strahlte Intelligenz, Güte und gutartigen Humor aus.

Samuel stand wie üblich an der Laufplanke, um seine Gäste zu begrüßen. Beim Anblick Catherines an Anthonys Arm weiteten sich zwar seine Augen, aber er sagte lediglich: »Catherine, Mädchen, du siehst heute abend aber schön aus.«

»Danke, Samuel«, erwiderte Cat ernsthaft. »Das hier ist Dr. Anthony Mason. Er ist neu auf dem Erie und hat eine Praxis auf seinem Kanalboot.«

Samuel streckte ihm seine große Hand hin, die Anthony ergriff. »Und ich bin Samuel O'Hara. Wir bieten hier das beste Essen weit und breit, wie Catherine bestätigen wird.« Er zwinkerte mit den Augen. »Vielleicht können wir mal unsere Dienste gegeneinander austauschen? Die Beschwerden des Alters, wissen Sie.« Er seufzte erbarmungswürdig.

Anthony lachte. »Durchaus möglich, Mr. O'Hara. Ich bin erst seit kurzem auf Ihrem Kanal, aber ich weiß bereits, daß Tauschhandel hier sehr beliebt ist.«

»Ja, das stimmt, das stimmt. Aber gehen Sie nur hinein, Sie sind hier sehr willkommen.« Als Cat an ihm vorübergehen wollte, erwischte er ihren Arm und flüsterte ihr ins Ohr: »Du bist aber neuerdings ein begehrtes Mädchen, weiß der Himmel!«

Verlegen, aber nichts desto weniger geschmeichelt trat Cat mit Anthony in das schwimmende Restaurant. Samuel hatte bereits einen Kellner herangewinkt, und sie wurden zu demselben Tisch geführt, an dem sie mit Morgan und ihrem Vater gesessen war. Zufall oder Absicht? Samuel O'Hara hatte den typisch verqueren Humor der Iren.

Cat war entschlossen, sich dadurch nicht irritieren zu lassen und konzentrierte sich völlig auf Anthony, der ihr gegenübersaß. Ihm fehlte Morgans legere Art, Wein und anderes zu bestellen, aber er erkundigte sich nach ihren Wünschen, als die Speisekarte gebracht wurde, was ihr gefiel. Sie einigten sich auf Forelle – frisch gefangen, wie ihnen der Kellner versicherte.

»Wo werden sie wohl gefangen, frage ich mich?« sagte Anthony, als der Kellner gegangen war. »Doch wohl nicht im Kanal?«

»Hoffentlich nicht – wenn ich an all den Unrat denke, der täglich dort hineingeworfen wird.« Cat schauderte übertrieben. »Nein, sie stammen sicher aus den umliegenden Seen.«

Wo immer die Fische herkommen mochten, sie schmeckten sehr gut, wie vorauszusehen gewesen war. Anthony war kein großartiger Unterhalter; er neigte dazu, vorwiegend über seinen Beruf zu sprechen und über sein Dasein auf dem Erie, das er noch immer faszinierend fand. Cats Gedanken irrten zeitweise ab. Als die Musik begann, klatschte sie in die Hände und sagte munter: »Tanzen wir, Anthony. Das hier ist so ziemlich die einzige Chance, die ich bekomme.«

Anthony blickte zweifelnd drein. »Ich habe nicht viel Übung im Tanzen, Cat. Das Medizinstudium läßt einem für solche Frivolitäten wenig Zeit.«

»Ehrlich gesagt, bin ich selbst nicht besonders gut darin.« Sie sprang auf. »Also haben wir die gleichen Chancen.« Sie ging um den Tisch herum und ergriff Anthonys Hand.

Zögernd stand er auf. »Gut, Cat, aber ich fürchte, es wird Ihnen leid tun.«

Die Kapelle spielte einen Walzer, und Anthony nahm sie ungeschickt in die Arme. Es stimmte – er war kein besonders guter Tänzer. Wieder kehrten ihre Gedanken zu dem Abend zurück, als sie in Morgans Armen getanzt hatte. Wie anmutig er gewesen war...

Verdammt – mußte sich Morgan den ganzen Abend über in ihre Gedanken einschleichen? Sie machte einen falschen Schritt, stolperte und klammerte sich haltsuchend an Anthonys Schulter.

»Entschuldigen Sie, Cat«, sagte er bedrückt. »Ich habe Ihnen ja gleich gesagt, daß ich ein miserabler Tänzer bin. Genau genommen fehlen mir fast alle gesellschaftlichen Fähigkeiten.«

»Es war nicht Ihre Schuld, Anthony. Es war heute ein langer, anstrengender Tag, und ich bin dahintergekommen, daß ich eigentlich doch nicht tanzen möchte. Gehen wir lieber.«

Anthony bezahlte die Rechnung, und sie verließen das Boot über die Laufplanke. Am Ufer angekommen, nahm Cat Anthonys Arm, und sie gingen den Treidelpfad entlang. »Es tut mir leid, daß Sie müde sind, Cat«, sagte Anthony.

»So müde bin ich gar nicht. Ich war nur nicht in der richtigen Stimmung zum Tanzen.« Impulsiv drückte sie seinen Arm. »Wo liegt eigentlich Ihr Boot, Anthony? Könnte ich es nicht einmal anschauen?«

Er sah erst überrascht, dann erfreut aus. »Ich zeige Ihnen mein Boot sehr gern, Cat. Es liegt in der Nähe Ihrer ›Carnahan's Cat‹. Ich habe viel daran herumgearbeitet und bin schrecklich stolz darauf.«

Schon von außen konnte Cat erkennen, daß er dazu allen Grund hatte. Das Boot gehörte eher in die Kategorie der Passagierschiffe, hatte in der Mitte eine hohe Kabine und mehr Fenster als üblich. Es war mit einer fröhlichen gelben Farbe gestrichen, und oben hinter der Laufplanke prankte ein Schild an der Kabine: DR. ANTHONY MASON, PRAKTISCHER ARZT UND CHIRURG.

Und an der Seite des Boots stand in kühnen Buchstaben der Name: PARACELSUS.

»Was bedeutet der Name?« erkundigte sich Cat.

»Paracelsus war ein Schweizer Arzt, der im sechzehnten Jahrhundert gelebt hat. Er war zu seiner Zeit sehr umstritten, aber heute wird er von vielen als der Vater der Medizin betrachtet.«

Cat mußte lächeln. »Ich bezweifle, daß viele ›Kanaler‹ wissen, was der Name bedeutet.«

»Wahrscheinlich nicht, aber sie mißtrauen Ärzten in jedem Fall. Früher gingen die Leute zu Hexen und Hebammen, wenn sie krank waren, und Aberglauben ist schwer zu überwinden. Aber ein paar Patienten habe ich schon überzeugt. Nicht eben viele, wie ich zugeben muß, aber ich hoffe, es wird sich herumsprechen, daß ich vertrauenswürdig bin.«

Oben an der Laufplanke angekommen, wies er auf das Hauptdeck. »Dort sind der Untersuchungsraum, der Operationsraum und das Büro. Die kleinere Kabine vorne – im Bug – ist mein eigenes Quartier.«

Die Räume im Kabinendeck waren pieksauber, das Wartezimmer in heller Farbe gestrichen und mit einigermaßen bequemen Stühlen versehen. Die wenigen Praxisräume, in denen sie je mit Mick gewesen war, waren immer dunkel und abweisend gewesen. »Sie haben allen Grund, stolz zu sein, Anthony«, sagte sie.

»Das hier ist der letzte Raum, den ich für meine wenigen chirurgischen Eingriffe benutze. Zumeist handelt es sich um Amputationen und irgendwelche Notfälle. Amputationen sind noch sehr umstritten unter Fachleuten, aber ich persönlich glaube, daß sie in Zukunft eine Rolle spielen werden.«

Im Operationsraum herrschte im Gegensatz zu den anderen Räumen ein starker Geruch, der bei Cat leichte Übelkeit hervorrief. Anthony bemerkte ihre Reaktion und entschuldigte sich. »Tut mir leid, Cat. Der Geruch ist durchdringend, ich weiß. Ich bewahre die meisten meiner Medikamente hier auf.« Er wies auf die Regale mit Flaschen und Phiolen. »Und manche Gerüche wie zum Beispiel Karbol sind einfach nicht völlig zu unterdrücken.«

Es gab einen großen Stuhl im Raum, ähnlich dem eines Barbiers, und einen schmalen hohen Tisch, mit einem dicken Polster belegt. Außerdem stand da noch ein großer Schrank mit Glastüren; dahinter auf den Regalen konnte Cat verschiedene Instrumente erkennen.

»Das ist meine dürftige Instrumentenausstattung«, bemerkte Anthony. »Da man über Chirurgie noch immer die Stirn runzelt, gibt es keine entsprechenden Geschäfte, es sei denn für Knochensägen oder andere für Amputationen erforderliche Dinge. Die übrigen habe ich entweder selbst entworfen und anfertigen lassen, oder es handelt sich um Kopien von Instrumenten, die andere Chirurgen entworfen haben.« Er brach ab. »Aber ich kann mir nicht vorstellen, daß Sie das wirklich sehen wollen. Gehen wir in den anderen Raum zurück, bevor Sie ohnmächtig werden.«

Cat erstarrte. »So leicht falle ich nicht in Ohnmacht«, sagte sie schroff.

Anthony sah sie ob ihres Tones erstaunt an, und Cat erinnerte sich zerknirscht, wie sehr ihre betonte Unabhängigkeit Morgan irritiert hatte. »Entschuldigen Sie«, sagte sie mit weicherer Stimme, »ich wollte Sie nicht kränken. Vermutlich sind die Gerüche doch ein bißchen stärker als ich gewohnt bin.«

»Schon gut, Cat.« Er ging voran in den größeren Raum und von da aus zur Ausgangstür. »Sie haben ohnehin alles gesehen – abgesehen von meinen eigenen Räumen, aber die wollen Sie vermutlich nicht anschauen?« Auf seinem Gesicht lag ein Ausdruck von Hoffnung.

»Warum denn nicht?«

»Man erachtet es im allgemeinen für nicht gehörig, wenn eine Dame die Wohnräume eines Herrn allein aufsucht.«

»Manche Leute halten mein Verhalten sowieso für ungehörig.« Dann, weil ihr bewußt wurde, wie das aufgefaßt werden konnte, fügte sie hastig hinzu: »Ich meine, ich fühle mich durch Ihren Vorschlag nicht gekränkt.«

Sein Gesicht erhellte sich. »Dann kann ich Ihnen dort ein Glas Portwein anbieten.«

»Das klingt verlockend. Sofern Sie mein Benehmen deshalb nicht für ungehörig halten.«

Er schüttelte heftig den Kopf. »Auf den Gedanken käme ich nie, Cat. Ich weiß nie, wie ich mich bei Frauen verhalten muß. Die einzige, die ich je gekannt habe... Ich meine intim gekannt habe, war meine Frau.«

»Erzählen Sie mir von Ihrer Frau, Anthony. Was war sie für ein Mensch?«

Seine Schultern wurden steif, und ein paar Sekunden lang befürchtete sie, ihn verletzt zu haben. Dann entspannte er sich wieder. »Verzeihen Sie, Cat. Seit ihrem Tod habe ich nicht mehr von ihr gesprochen.« Während er die Kabinentür öffnete, wandte er sich mit einem nachdenklichen Lächeln zu ihr um. »Ich wollte nie über sie sprechen, aber jetzt, ganz plötzlich, möchte ich Ihnen von ihr erzählen. Vielleicht erklärt Ihnen das manches.«

Wie das ganze Boot war auch sein eigener Raum tadellos sauber, hell und luftig. Offensichtlich waren zwei oder drei Kabinen zu einer einzigen großen umgebaut worden; sie war hübsch und bequem möbliert. Ein Holzofen und ein Herd waren durch einen Vorhang vom übrigen abgetrennt.

»Bitte setzen Sie sich, Cat. Ich hole den Wein.«

Er ging zum Kombüsenabteil hinüber und zog den Vorhang beiseite. Cat ließ sich nieder, und ihr Blick glitt zu dem Bett an der anderen Seite des Raums hinüber. Es war nicht die übliche Kanalboot-Koje, sondern ein reguläres Bett.

Anthony kehrte mit dem Wein und zwei Gläsern zurück, goß ein und setzte sich ihr gegenüber. Er hob sein Glas. »Auf einen wundervollen Abend, Cat. Ich habe ihn sehr genossen.«

»Ich auch.«

Sie nippten an ihrem Wein, dann stellte Anthony sein Glas hin, zündete sich die Pfeife an, und sein Gesicht wurde ernst. »Sie haben nach Laura gefragt. Sie war ein hübsches Mädchen, warmherzig und offen. Wir kannten einander seit unserer Kindheit.« Er lächelte flüchtig. »Vermutlich könnte man sagen, wir haben uns unser ganzes Leben lang geliebt. Laura hatte ein ganz besonderes Interesse an Medizin. Wir spielten immer Doktor zusammen, mit Puppen, die krank waren und die wir betreuten und pflegten. Als sie dann lesen konnte, fand sie ein altes Buch über Medizin, und sie studierte es, bis die Seiten herausfielen. Ich bin sicher, sie wäre eine ausgezeichnete Ärztin geworden.«

»Warum ist sie es dann nicht geworden?«

Er sah sie verblüfft an. »Eine Frau? Das ist so gut wie unmöglich. Ich schätze, daß im Westen draußen vielleicht ein halbes Dutzend Frauen praktizieren, aber ich bezweifle, daß eine von ihnen einen abgeschlossene medizinische Ausbildung hat. Wahrscheinlich haben die meisten als Krankenschwestern gearbeitet und verwenden ihre medizinischen Kenntnisse nun in der Praxis. Meines Wissens würde kein offizielles medizinisches College in den Vereinigten Staaten Frauen als Studenten annehmen. Sie, Cat, müssen doch selbst wissen, wie schwierig es für Frauen ist, irgendeinen Beruf zu ergreifen.«

Sie nickte düster. »Ja, das weiß ich sehr gut.«

»Laura half mir in meiner Praxis als Krankenschwester, und kurz bevor sie starb, verstand sie beinahe ebensoviel von Medizin wie ich.«

»Haben Sie jetzt auch eine Krankenschwester?«

»Nein. Gute Krankenschwestern sind schwer zu finden. Die meisten Ärzte stellen dafür ihre ›Lehrlinge‹ an. Außerdem«, er lächelte leicht, »können Sie sich vorstellen, wie die ›Kanaler‹ reagieren würden, wenn sie feststellten, daß ich mit einer Frau zusammenarbeite? Sie würden sich umdrehen und davonrennen.«

»Möglich. Aber es muß schwierig sein, alles allein zu machen.«

»Bisher habe ich ja noch nicht allzu viele Patienten.« Sein Lächeln wirkte eine Spur verkrampft. »Wenn meine Praxis einmal wirklich floriert, dann werde ich mir vielleicht überlegen, ob ich nicht doch eine Schwester anstelle.« Er sah sie eindringlich an. »Ich habe das seltsame Gefühl, daß Sie eine ausgezeichnete Krankenschwester abgeben würden, Cat.«

»Das soll doch nicht etwa ein Angebot sein, Anthony, oder?« fragte Cat leichthin.

Er schwieg eine Weile und sagte dann fast schockiert: »O nein, Cat. Nach so kurzer Bekanntschaft würde ich so etwas nie in Betracht ziehen.«

»Ein Bekannter hat einmal gesagt, Zeit hätte damit nur sehr

wenig zu tun. Ein Mann und eine Frau wüßten fast sofort, wenn sie sich voneinander angezogen fühlten.«

»Oh, ich fühle mich von Ihnen angezogen, Cat, sehr sogar. Ich glaube, das war gleich am Anfang so, als ich Ihr Gesicht nur im Mondlicht sah und Sie Männerkleidung trugen.«

Jetzt machte sie einen Rückzieher. »Sie halten mich hoffentlich nicht für dreist, weil ich über solche Dinge rede.«

»Überhaupt nicht.« Er lächelte erneut. »Ich bewundere derartige Aufrichtigkeit bei Frauen. Viele moderne Frauen sprechen heute ganz offen über Themen, die ihre Mütter vor noch gar nicht langer Zeit nicht über die Lippen gebracht hätten. Ich ziehe Offenheit bei weitem dem spröden Getue vor, das noch allzu viele Frauen an sich haben.«

Auf seinem Gesicht erschien plötzlich ein Ausdruck fester Entschlossenheit. Er stand auf, kam zu ihr herüber und zog sie hoch. Dann küßte er sie. Einigermaßen überrascht, verschlug es Cat vorübergehend die Sprache. Aber dies war etwas, das sie nicht nur erwartet, sondern auch herausgefordert hatte, oder nicht?

Sein Mund war leidenschaftlich und fordernd, die Kraft, mit der er sie umschlungen hielt, überraschend. Sie spürte ein starkes Verlangen in ihm. Ihr wurde bewußt, daß er ehrlich gewesen war, als er gesagt hatte, er habe nur zu seiner Frau bisher eine intime Beziehung gehabt.

In ihr war nichts von der sofortigen Erregung, dem starken, ja überwältigenden Verlangen, das Morgans Berührung in ihr hervorgerufen hatte; das enttäuschte sie ein bißchen.

Aber sie erwiderte seinen Kuß mit steigender Inbrunst, und sie war atemlos, als er sich schließlich von ihr löste. Sein Gesicht war im Lampenlicht gerötet, und er atmete schwer. »Verzeihen Sie mir, Cat. Ich habe das wirklich nicht beabsichtigt, aber es ist so lange her, seit ich eine Frau in den Armen gehalten habe, und Sie sind so schön und begehrenswert.«

»Kein Grund, sich zu entschuldigen, Anthony«, murmelte sie und berührte mit den Fingern sachte sein Gesicht.

Er ergriff ihre Hand und preßte sie gegen seine Lippen. »Willst du für eine Weile hierbleiben? Ich brauche dich, Cat – ich möchte dich haben.«

»Ja«, flüsterte sie. »Ja, Anthony, ich bleibe da.«

Ohne ein weiteres Wort führte er sie zum Bett und begann sie zu entkleiden. Trotz seines, wie sie wußte, drängenden

Verlangens ließ er sich damit Zeit; anders als Morgan zerrte er nicht hastig an ihrer Kleidung. Seine Chirurgenhände waren geschickt, er öffnete jeden Knopf und jeden Haken ohne herumzufummeln.

Und als sie nackt beisammen im Bett lagen, liebkosten die gleichen Hände sie sanft und wissend, seine Finger berührten ihren Körper sachte wie die Flügel eines Schmetterlings. Cat ließ nichts von der Kühnheit erkennen, die sie Morgan gegenüber gehabt hatte. Da sie im wesentlichen diese ganze Situation herbeigeführt hatte, fürchtete sie, Anthony mit weiteren Provokationen zu erschrecken.

Er schien zu spüren, daß sie unsicher war und ließ sich weiterhin Zeit, steigerte ihre eigene Leidenschaft langsam, aber mit Geschicklichkeit. Er war ein guter Liebhaber, gewiß nicht so ungestüm wie Morgan, aber unendlich viel sanfter und geduldiger. Und bald vergaß sie, daß sie dies alles eigentlich nur aus Zorn über Morgan begonnen hatte, und ihr Körper begann zu reagieren.

Und wieder schien er zu wissen, wann der richtige Zeitpunkt gekommen und sie voll erregt war, um in sie einzudringen. Seine Lippen auf die ihren gepreßt, stieß er erst langsam, aber dann in ständig schnellerem Rhythmus zu. Ihre Lust steigerte sich, bis nichts anderes mehr in ihren Gedanken war als das Verlangen nach jenem Höhepunkt, der, wie sie spürte, sich mit erstaunlicher Geschwindigkeit näherte. Dann war er da, eine ekstatische Explosion, die ihr einen unterdrückten Schrei entlockte; sie bäumte sich ein letztes Mal auf, ihm entgegen, und dann sanken beide ineinandergepreßt aufs Bett zurück.

Als der letzte Schauer der Lust verebbt war, streichelte Cat Anthonys Kopf. Er streckte sich neben ihr aus, und ihr wurde bewußt, wie angenehm es in seinem breiten Bett war.

Seine Stimme klang heiser. »Du hast wohl gemerkt, daß ich wirklich das erste Mal seit Lauras Tod mit einer Frau zusammen war. Weißt du, es ist wirklich seltsam.« Er griff nach ihrer Hand und hielt sie fest. »Nach ihrem Tod hatte ich einfach kein Verlangen nach einer Frau. Ich dachte, das würde nie mehr kommen.« Er lachte leise. »Aber das war, bevor ich dich kennengelernt habe, Cat. Da sieht man wieder, wie sehr man sich täuschen kann.«

»Ich freue mich, daß ich es war, Anthony.«

»Da ist nur eines ...« Seine Stimme änderte sich. »Ich bin im Augenblick nicht in der Lage, zu heiraten. Jeder Cent, den ich hatte, steckt in diesem Boot. Ich verdiene kaum genug, um mich selbst zu ernähren, geschweige denn zwei.«

Wie überflüssig, dachte sie ärgerlich. Sie wollte ihm eine hitzige Erwiderung zukommen lassen, besann sich dann jedoch anders. »Keine Sorge, Anthony. Glaube bloß nicht, daß ich mich in deine Kabine gedrängt habe, um dich in eine Heirat hineinzulocken.«

»So etwas würde ich nie denken, Cat«, sagte er erschrocken.

»Ich bin auch nicht zu einer Heirat bereit. Das Leben auf der ›Cat‹ stellt mich völlig zufrieden.«

»Gut.« Es lag Erleichterung in seiner Stimme. Dann fügte er ängstlich hinzu: »Aber wir sehen einander doch wieder?«

Sie drückte seine Hand. »Ganz sicher, Anthony. Und ich freue mich schon darauf.«

## 12

Morgan stand an der Ruderpinne von Reverend Luther Pryors schwimmender Kirche, die er ›Gewässer Christi‹ getauft hatte. Morgan hatte ein Segeltuch über das Heck gespannt, um einen gegen die Sonne geschützten Platz zu schaffen. Lotte saß dort neben ihm und hielt selbst im Schatten einen Sonnenschirm, den sie, während sie redete, herumwirbelte.

Morgan hörte kaum auf ihr Geplapper, sondern konzentrierte sich auf den Kanal vor ihm und dachte mit einiger Belustigung daran zurück, wie es gekommen war, daß er das Boot für die Pryors steuerte.

Als der Reverend schließlich das von ihm erworbene Postboot in eine Kirche umgewandelt hatte und seinen langgehegten Traum verwirklichen wollte, sah er sich einem Problem gegenüber – er verstand nicht das geringste vom Betrieb eines Kanalboots.

Morgan, der bei Lotte während der vergangenen paar Wochen Ritterdienste geleistet hatte, brachte sie eines Abends in die völlig fertiggestellte schwimmende Kirche zurück. Nachdem das Mädchen in seiner Kabine verschwunden war, näherte sich der Reverend Morgan mit einiger Zaghaftigkeit.

»Mr. Kane, ich befinde mich in einem gewissen Dilemma«, sagte er, nicht ohne einen gewichtigen Unterton.

»Und worum handelt es sich, Sir?«

»Als ich Pläne für meine schwimmende Kirche machte, habe ich versäumt, mir eines zu überlegen – ich verstehe nicht das geringste vom Lenken eines Wasserfahrzeugs.«

»Sie werden Hunderte von Männern finden, die Ihr Boot betreiben können. Auf dem Erie wimmelt es nur so von ihnen.«

»Das sind alles Grobiane und Diebe, Sünder der schlimmsten Sorte«, erklärte der Reverend mit erhabener Geringschätzung. »Denen könnte ich niemals vertrauen.«

Morgan schätzte, daß es auf den ›Gewässern Christi‹ kaum etwas von Wert zu stehlen gab, aber da er witterte, was kommen würde, verkniff er sich eine entsprechende Bemerkung.

»Außerdem ...« der Reverend Luther Pryor wandte verlegen den Blick ab, »habe ich nicht die Mittel, einen Steuermann zu bezahlen, jedenfalls derzeit nicht.«

»Was haben Sie also auf dem Herzen, Reverend?«

»Ich dachte, daß vielleicht Sie aus christlicher Barmherzigkeit heraus mir beim Werk des Herrn helfen würden.«

»Sie meinen, ich soll umsonst für Sie arbeiten?«

»Oh, für Unterkunft und Nahrung würde ich aufkommen«, sagte Pryor hastig. »Soviel ich gehört habe, haben Sie bei den Carnahans unter solchen Bedingungen gearbeitet.«

»Das war am Anfang. Als ich anfing, ihnen Ladungen zu beschaffen, wurde abgemacht, daß ich Provision erhalte.« Er sah den Reverend eindringlich an. »Und dann sind da natürlich meine Lotterielose. Sie wissen, daß ich damit meinen Lebensunterhalt verdiene.«

»Nun, auch das habe ich mir durch den Kopf gehen lassen«, sagte der Reverend, erneut verlegen. »Ich dachte, Sie könnten, solange wir den Erie hinauf und hinab fahren, weiterhin Ihre Lose verkaufen. Meine Kirche würde damit sogar für Ihren Transport sorgen.«

»Es würde Sie also nicht stören, wenn ich von Ihrem Boot aus Lotterielose verkaufe?«

»Ich könnte mir vorstellen, daß der Herr hier nachsichtig

sein würde, solange wir beide in seinem Sinn arbeiten. Schließlich ...« der Reverend gestattete sich ein kleines Lächeln, »hätte ich meine Kirche ohne Lotterielose nicht erwerben können.«

Morgan war kein ausgesprochen religiöser Mensch, aber er versuchte sich wenigstens an das zu halten, *was* er glaubte. Die Heuchelei mancher Leute versetzte ihn immer wieder in Erstaunen. Hier war nun der Reverend Luther Pryor, ein fanatischer Gottesdiener, der bereit war, seiner eigenen Bequemlichkeit wegen gegen die Gesetze zu verstoßen. »Was ist mit Tate Brawley?« erkundigte sich Morgan. »Wird er keine Einwände machen? Wir stehen nicht sonderlich gut miteinander, wie Sie wissen.«

»Ich bin dahintergekommen, daß Sie recht haben, was Mr. Brawley betrifft. Obwohl ich ihm dankbar für das bin, was er für mich getan hat, habe ich seither erfahren, daß er für jedes Lotterielos eine meiner Ansicht nach horrende Provision genommen hat.«

»Tate Brawley tut niemals etwas aus der Güte seines Herzens heraus, Reverend.«

»Außerdem hatte ich den Eindruck, daß er hinter Lotte her war«, sagte der Reverend entrüstet.

Wenn du wüßtest, Reverend, dachte Morgan grimmig. Laut sagte er: »Gut, Reverend, abgemacht. Ich will es eine Zeitlang versuchen, aber ich kann nicht versprechen, sehr lange zu bleiben. Ich muß Sie warnen – vielleicht muß ich Sie ganz plötzlich verlassen.«

Während Morgan nun auf den Kanal starrte, lächelte er kaum merklich. Brawley war also hinter Lotte her, ja? Ihm, Morgan, war es gelungen, mit Lotte kurz nach dem Tag, als er sie aus den Klauen des Händlers gerettet hatte, intim zu werden. Außerdem hätte er eine Neuigkeit für Brawley gehabt – Lotte Pryor war keineswegs die unberührte Jungfrau, für die der Gentleman sie gehalten hatte. Sie war nicht nur eine leidenschaftliche Frau, sondern sie verfügte auch über die Raffinesse einer Kurtisane. Woher sie ihre Erfahrung hatte, wußte Morgan nicht, er hatte auch nicht danach gefragt. Inzwischen war er seit fast einer Woche auf dem Kirchenboot und hatte zweimal mit ihr geschlafen, während der Reverend abwesend war. Morgan konnte an allen Anzeichen bemerken, daß es sie juckte, den Vorgang zu wiederholen.

Die ›Gewässer Christi‹ war einigermaßen geräumig – rund einundzwanzig Meter lang und drei Meter breit. Was einstmals eine Passagierkabine gewesen war, war nun in einen Gemeindesaal verwandelt worden, in dem es ziemlich viel Platz gab. Der vordere Teil war weitgehend so wie auf der ›Cat‹ – zwei Kabinen zum Schlafen und eine winzige Kombüse. Morgan schlief an Deck.

Er war zuversichtlich, daß der Reverend heute abend das Boot verlassen würde, wenn sie in Lockport hielten, bevor sie die Lockport-Five-Schleuse passierten. Pryor hegte die Absicht, an mindestens zwei Abenden Gottesdienst zu halten. Und wie in den anderen Städten, vor denen sie gehalten hatten, würde er das Boot für eine Stunde verlassen, um die Nachricht von seiner Ankunft zu verbreiten. Zudem war der Reverend immer begierig darauf, sich unter ›die Brüder‹ zu mengen.

Als sie nun die Außenbezirke von Lockport erreichten, kam Pryor an Deck. Morgan warf einen flüchtigen Seitenblick auf Lotte und stellte belustigt fest, daß sie ihre vorherige mehr als legere Haltung – gespreizte Knie, entblößte Knöchel – sofort aufgab und sich ordentlich und sittsam hinsetzte, die Hände im Schoß gefaltet.

»Wir sind angekommen, wie ich sehe«, bemerkte der Reverend salbungsvoll.

»Beinahe, Reverend. Wir werden in Kürze anlegen.«

Der Reverend rieb sich die Hände. »Ich kann es gar nicht erwarten, unter die Sünder zu gehen und ihnen mitzuteilen, daß heute abend hier das Wort Gottes verkündet wird.« Er war bereits schwarz gekleidet, der enge Kragen quetschte schmerzhaft die losen Fleischfalten seines Halses ein.

Vor sich konnte Morgan das letzte in der Reihe von Booten sehen, die darauf warteten, durch die Schleuse gelassen zu werden. Die Dunkelheit würde bald hereinbrechen, und dann wurden die Schleusentore immer geschlossen; wenn irgend möglich wollten die Kanalschiffer sie noch vorher passieren, um nicht die ganze Nacht über liegenzubleiben.

Morgan rief dem Mulitreiber und deutete auf eine Stelle, wo das Boot anlegen konnte, ohne den übrigen Schiffen im Weg zu sein.

Pryor wartete ungeduldig, bis die Laufplanke herabgelassen war. »Warte nicht mit dem Abendessen auf mich, Tochter. Ich werde heute zur Vorbereitung für morgen fasten. Ich habe niemals Hunger, wenn ich Gottes Arbeit tue.«

Während er schnell aus ihrer Sichtweite verschwand, schmollte Lotte: »Immer behandelt er mich wie ein Kind.«

»Aber wir beide wissen es besser, Lotte, oder nicht?« sagte Morgan mit verständnisvollem Lächeln.

»Ich habe keine Ahnung, was Sie damit meinen, Sir«, sagte sie verschmitzt.

Er antwortete nicht, sondern griff lediglich nach ihrer Hand. Sie ließ den Sonnenschirm mit Geklapper fallen und drängte sich eilig in seine Arme, den Mund erwartungsvoll erhoben.

»Ich glaube, wir warten besser einen Augenblick. Hier sind wir etwas im Blickpunkt der Öffentlichkeit.«

»Oh!« Sie zog sich von ihm zurück. »Daran habe ich gar nicht gedacht.«

Sittsam schritt sie vor ihm her, das Musterbild der Tochter eines Geistlichen. Aber kaum war die Kabinentür hinter ihr geschlossen, warf sie sich in seine Arme. Ihre Lippen waren heiß und fordernd, ihre Finger spielten aufreizend mit seinen Armmuskeln.

»Du bist so stark, Morgan«, flüsterte sie.

Dann wandte sie sich der Koje zu und zog sich aus. Während Morgan sich seinerseits entkleidete, sagte er: »Hoffentlich kommt der gute Reverend niemals unerwartet zurück. Das wäre in mehr als einer Hinsicht eine verteufelte Situation.«

Sie zuckte die Schultern. »Wenn Papa seine Herde sammeln geht, kommt er nie schnell zurück.«

»Es gibt immer ein erstes Mal.«

Sie antwortete nicht, und Morgan fragte sich, wie auch früher schon, ob Lotte sich deswegen überhaupt Sorgen machte. Vielleicht wollte sie sogar ganz unbewußt, daß ihr Vater sie ertappte. Möglicherweise hatte sie es satt, die züchtige Pfarrerstochter zu spielen und wäre erleichtert, wenn das Theater ein Ende und sie ihrer Wege gehen könnte.

Lotte lag schon bereit, als Morgan sich ausgezogen hatte; sie lag, ein Knie angezogen, auf der Koje und beobachtete ihn mit funkelnden, auffordernden Augen. Unter ihrer züchtigen Kleidung war ihr Körper überraschend üppig. Morgan konnte nicht umhin, sie immer wieder mit Cat zu vergleichen. Lottes Brüste waren größer, ihre Hüften breiter, und ihr Körper war weich, während der Cats fast mager und geschmeidig war, ohne ein Gramm überflüssigen Fleisches, die harte Arbeit auf dem Kanalboot hatte dafür gesorgt.

»Du hast mich lange genug angesehen«, sagte Lotte. »Komm her! Du bist für mich bereit, das ist deutlich zu sehen.«

Sie streckte die Hand nach seinem steifen Glied aus und zog ihn zu sich hinab. Bei Lotte bedurfte es kaum irgendwelcher Preliminarien. Sie schlang die Arme um seinen Hals, zog seinen Mund auf den ihren herab und hob die Hüften, als er in sie eindrang. Ein gutturales Stöhnen entrang sich ihr.

Sie erreichte fast sofort den Höhepunkt, warf den Kopf zurück und gab einen stockenden Schrei von sich; aber sie erschlaffte nur einen Augenblick, bevor sich ihr Körper erneut seinen Bewegungen anpaßte.

Morgan hielt sich im Zaum, aus Erfahrung wußte er, daß sie innerhalb kürzester Zeit zu einem zweiten Orgasmus kommen würde. Als er spürte, daß sich ihre Bewegungen wieder beschleunigten, gab er sich selbst nach und stöhnte, als er von einem mächtigen, ekstatischen Krampf geschüttelt wurde. Lotte umklammerte ihn, und ihr Körper begann erneut zu zucken.

Ihre Koje war eine Spur breiter als die in Cats Kabine, und so gab es ausreichend Platz für Morgan, um sich bequem neben dem Mädchen auszustrecken; sein Arm lag unter ihrem Kopf. Sie drehte das Gesicht gegen seine Brust, ihr warmer Atem bewegte die Haare auf seiner Brust.

»Morgan«, flüsterte sie, »du hältst mich wahrscheinlich für ganz schrecklich.«

»Wie kommst du denn darauf, Schätzchen?«

»Weil ich mich gar nicht wie die Tochter eines Geistlichen benehme. Du glaubst wahrscheinlich, ich gehe mit jedem ins Bett.«

»Das hoffe ich nicht.« Er lachte leise.

»So viele waren es gar nicht. Vor dir nur zwei. Das glaubst du mir hoffentlich.«

»Wenn du es sagst, glaube ich dir.«

»Es ist wahr«, sagte sie heftig. Sie bewegte sich unruhig. »Es ist kein leichtes Leben, wenn man die Tochter eines Missionars ist. Und mit Papa ... na ja, du kennst Papa.«

»O ja, ich kenne ihn«, sagte Morgan trocken.

»Das Leben in Afrika war entsetzlich. Kirche, jeden Tag Kirche. Ich mußte etwas tun, sonst wäre ich verrückt geworden. Da war dieser andere Missionar...« Sie streichelte sachte mit den Fingerspitzen Morgans Brust. »Er war jung, ledig und attraktiv. Er half Papa. Er war einsam, und er haßte das Leben dort auch. Nun ja... es passierte einfach. Die Sache dauerte ungefähr ein halbes Jahr, und ich hatte etwas gefunden, was die Langeweile ein bißchen erleichterte. Aber Paul wurde von Gewissensbissen fast zerrissen – er wollte mich heiraten, aber ich konnte nicht.« Sie schauderte. »Einen Missionar zu heiraten, wäre noch schlimmer gewesen, als die Tochter eines Missionars zu sein. Und dann...«, sie dämpfte die Stimme, »dann ging Paul in den Dschungel und kehrte nie mehr zurück. Er starb irgendwo dort draußen in der Hölle.« Sie schwieg kurz.

»Wenigstens hat Papa von allem keine Ahnung gehabt. Als wir in die Vereinigten Staaten kamen, lernte ich einen anderen Mann in Papas Gemeinde kennen. Ich hätte ihn vielleicht sogar geheiratet. Aber als ich eine Andeutung machte, lachte er mich aus und sagte etwas Schreckliches. ›Warum die Kuh heiraten, wenn die Milch gratis ist?‹«

Sie klammerte sich an Morgan. »Ich war schrecklich gedemütigt. Seit damals habe ich mich gut benommen – bis du gekommen bist.«

Morgan tätschelte mitfühlend ihre Schulter. Er begriff, wie leicht ihre Sinnlichkeit, ihre Eitelkeit und ihr Mangel an Welterfahrenheit sie zu katastrophalen Affären mit Männern verleiten konnten.

Sie fuhr fort: »Du warst wenigstens von Anfang an ehrlich zu mir. Du hast mir gleich gesagt, daß du an Heirat nicht interessiert seist. Das muß ich anerkennen.« Sie küßte ihn.

»Was ist mit Brawley?« fragte er. »Ich hatte das Gefühl, er hätte ein Auge auf dich geworfen, und du schienst ihn zu mögen.«

»Eigentlich nicht. Ich tat nur Papa zu Gefallen so. Brawley ist ein kalter Mensch. Er hat etwas Bösartiges an sich.«

Sie hat mehr gesunden Menschenverstand, als ich geglaubt habe, dachte Morgan überrascht.

»Ich mag Männer mit Wärme. So wie du, Morgan.« Sie küßte ihn erneut, und ihre Hände begannen über seinen Körper zu streichen. »Natürlich zählen auch noch andere

Dinge, Kraft und ...« Ihre kleine Hand hatte ihr Ziel gefunden, und sie lachte leise.

»Du bist unersättlich, Lotte, weißt du das?«

Sie lachte verschmitzt. »Bei dir ja, Morgan.«

Er richtete sich auf, und sie hieß ihn mit einem stöhnenden Seufzer willkommen.

Ein paar Stunden später hielt sich Morgan hinten im Gemeindesaal des Reverend auf und grinste in sich hinein, während Lotte neben dem kleinen Klavier auf dem Podest am anderen Ende des Raums stand. Sie war sittsam gewandet, hielt die Hände gefaltet, und ihr Blick war zum Himmel gerichtet, als sich ihr Vater ans Klavier setzte und einen Choral zu spielen begann.

Der Reverend Luther Pryor war ein armseliger Pianist, aber seine Tochter hatte eine prächtige Stimme, einen klaren, süßen Sopran. Sie sang wie ein Engel und sah aus wie ein Engel. Morgan, eingedenk ihres Verhaltens im Bett vor noch nicht langer Zeit, konnte kaum glauben, daß es sich um die gleiche Person handelte.

Der Raum war ungefähr zur Hälfte gefüllt, vorwiegend waren Frauen da. Selbst wenn die Damen von der Predigt des Reverend nicht inspiriert werden sollten, überlegte Morgan, so war der Abend schon Lottes Gesangs wegen nicht vergeudet.

## 13

Die schweren Zeiten waren endgültig vorüber, und entlang des Erie blühte das Geschäft. Die Carnahans erhielten jetzt so viel Ladung, wie sie nur bewältigen konnten. Neue Kanalboote tauchten auf, und alte, eigentlich schrottreife, wurden wieder aufgeputzt und erneut eingesetzt. Wieder einmal herrschte auf dem Kanal ein solcher Verkehr, daß man zeitenweise trockenen Fußes von einem Ufer des Erie zum anderen hätte gelangen können.

Cat war froh, daß sie von der Morgen- bis zur Abenddämmerung beschäftigt war. Manchmal fuhren sie sogar bei Nacht, von einer Schleuse zur anderen. Das hinderte sie daran, allzuviel an Morgan zu denken. Sie hatte sich zwar geschworen, ihn zu vergessen, aber natürlich war das unmöglich. Sie sehnte sich nach wie vor nach ihm, körperlich und seelisch. Sie wußte jetzt, daß sie ihn liebte. Oft, wenn sie in der nächtlichen Stille in ihrer Koje lag, dachte sie daran, ihm irgendwie Nachricht zukommen zu lassen und sich bereit zu erklären, seine Erklärungen anzuhören – und ihn, wenn diese Erklärungen nur einigermaßen plausibel waren, wieder zurück auf die ›Cat‹, in ihr Bett und ihr Herz zu holen.

Aber sobald es hell wurde, änderte sie ihre Ansicht. Sie wußte, daß Morgan auf dem Boot Reverend Pryors lebte und es für ihn fuhr. Sie hatte ihn mehrmals in diesem Sommer an der Pinne stehen sehen, und einmal waren sie so nahe aneinander vorbeigefahren, daß Morgan an seine Mütze gegriffen und ihr zugeblinzelt hatte.

Sie hatte den Blick abgewandt.

Es war ganz offensichtlich, daß er ob ihrer Trennung keinerlei Kummer empfand. Völlig ungebeten hatte sich ihr ein Gedanke aufgedrängt: Schlief er vielleicht mit der affektierten Miß Pryor? Machte er sie glücklich? Berührten seine Hände und sein Mund nächtlicherweise Lotte Pryor? Derartige Vorstellungen veranlaßten Cat, sich innerlich vor Eifersucht und Zorn zu winden.

Nein, sie wollte sich niemals mehr mit Morgan Kane versöhnen! Der Teufel sollte ihn holen!

Sie arbeitete mit solcher Inbrunst, daß selbst Mick eine Bemerkung darüber machte. »Du legst dich zu sehr ins Zeug, Catherine. Ich glaube, du hast sogar noch ein paar Pfund Gewicht verloren, was ich nicht mehr für möglich gehalten hätte.«

»Wir müssen Geld verdienen, solange wir es können, nun da die Zeiten wieder gut sind. Mach dir keine Gedanken um mich, Mick, mir geht's gut.«

»Ich glaube, dir geht's gar nicht so gut«, brummte er. Dann warf er ihr einen scharfen Blick zu. »Du vermißt den jungen Morgan, was?«

»Nein, ich vermisse den jungen Morgan überhaupt nicht«, fauchte sie.

»Dieser Doktor«, sagte er nachdenklich, »scheint mir wirklich ein feiner, vornehmer Bursche zu sein.«

»Mick, hör bitte auf, dir über mein Privatleben den Kopf zu zerbrechen. Dauernd willst du mich verheiraten. Was glaubst du denn, daß Dr. Mason das tut und glücklich und für alle Zeiten auf der ›Cat‹ leben wird?«

Mick richtete sich gekränkt auf. »Wenn du dir meinetwegen Sorgen machst, so laß das ruhig. Ich kann sehr gut selbst mit allem fertig werden.«

»Jetzt redest du genau wie ich.« Sie lachte liebevoll und gab ihm, was selten vorkam, einen Kuß. »Ich mag dich sehr gern, Mick. Nur hör auf, dir meinetwegen den Kopf zu zerbrechen.«

In Wahrheit war sie stolz auf ihren Vater. Obwohl er dem Alkohol noch immer nicht abgeschworen hatte, war er seit Morgans Weggang nicht einmal betrunken aufs Boot zurückgekehrt. Er leistete seinen Teil an der Arbeit und ergatterte den Großteil der Ladungen, die sie beförderten.

Was Anthony Mason betraf, so hatte ihn Cat seit jener Nacht auf seinem Boot nur zweimal getroffen; sie hatte einfach zu viel Arbeit zu bewältigen gehabt. Bei ihrem letzten Beisammensein hatte Anthony mit einem leicht verkrampften Lächeln gesagt: »Wir sind wie zwei Schiffe, die in der Nacht aneinander vorüberfahren.«

Bei keinem dieser beiden Treffen hatten sie miteinander schlafen können, sondern sich nur kurz unterhalten. Beide Male war die ›Cat‹ beladen gewesen und sollte so schnell wie möglich an ihren Bestimmungsort gebracht werden. Anthony seinerseits war auf dem Weg zu einem Patienten. Den wenigen Worten, die sie gewechselt hatten, entnahm Cat, daß seine Praxis nach wie vor weit davon entfernt war, zu florieren.

Cat sehnte sich danach, wieder einen Abend mit ihm zusammen zu sein. Sie fühlte sich einsam. Anthony war ein anregender Begleiter und ein guter Liebhaber. Außerdem ging der Sommer zur Neige, es war nun September geworden. Noch zwei Monate, und der Winter würde hereinbrechen. Ihr graute vor diesem Winter, wenn der Erie abgelassen würde und die Boote auf dem Trockenen lagen – drei Monate des Nichtstuns. Sie las zwar gern und hortete alles an Büchern, was sie ergattern konnte, aber entlang des Erie gab es davon nicht viel zu kaufen. Wenigstens würde es ihnen rein äußerlich an nichts fehlen; der Sommer war ihnen finanziell gut bekommen. Dies warf allerdings ein anderes Problem auf – in anderen Wintern waren die Geldmittel knapp gewesen, und Mick hatte nicht so viel trinken können. Cat fürchtete, daß er, wenn er reichlich Geld in der Tasche hatte, zu seinen alten Gewohnheiten zurückkehren würde.

Dann, als sie in Rochester angelegt und eine Ladung mit landwirtschaftlichen Geräten aus Albany abgeliefert hatten, sah Cat zu ihrer Freude Anthonys Boot am Kai liegen. Von ihm selbst konnte sie keine Spur entdecken, aber als sie dann dabei waren, das Boot in Ordnung zu bringen, sah sie ihn mit langen Schritten den Kai entlangkommen.

Sie begrüßte ihn mit einem erfreuten Ruf. »Anthony – wie schön, dich wieder zu sehen!«

Er ergriff ihre Hände. »Mir geht's auch so, Cat. Ich habe dich so vermißt.«

Sie sah ihn aufmerksam an. »Du scheinst in ungewöhnlich guter Stimmung zu sein.«

Sein Lächeln wurde breiter. »Bin ich auch, Cat, bin ich auch! Ich glaube, ich habe endlich den Durchbruch erzielt. Letzte Woche habe ich einer Frau das Leben gerettet. Sie hatte schreckliche Bauchschmerzen. Andere Ärzte hatten sie aufgegeben, behaupteten, sie hätte eine Darmverschlingung und gaben ihr nur noch ein paar Tage zu leben. Aber ich wußte, daß es ein durchgebrochener Blinddarm war. Ich überredete sie, sich operieren zu lassen. Damit nahm ich ein schreckliches Risiko auf mich, ich weiß. Es hat bisher erst ein paar solcher Operationen gegeben, und soweit ich weiß, verlief keine erfolgreich.«

Er lachte triumphierend. »Ihr Mann und ein Bekannter wollten nicht zulassen, daß sie operiert wurde, aber schließlich hatten nicht diese beiden ihre Schmerzen, und die Frau beharrte darauf. Während der Operation standen die beiden Männer die ganze Zeit über mit Pistolen vor meinem Operationsraum und schworen, sie würden mich umbringen, wenn sie stürbe. Aber sie blieb am Leben, sie lebte! Ich hatte Erfolg.« Er wurde etwas nüchterner. »Natürlich hatte ich auch Glück – ein anderer Arzt, ein Landarzt, der meiner Diagnose beistimmte, assistierte mir bei der Operation. Allein hätte ich das nie geschafft.«

»Ich nehme an, es handelte sich um eine Frau vom Kanal?«

»Natürlich. Es war die Frau eines Postbootkapitäns. Und siehst du, damit habe ich nun endlich das Vertrauen und den Respekt der ›Kanaler‹ erworben.« Er strahlte wieder. »Es macht sich bereits bemerkbar. Immer mehr Leute kommen in meine Praxis.«

»Das freut mich für dich, Anthony.« Sie drückte seine Hand.

Er schwenkte ihren Arm hin und her. »Ich freue mich so, daß du in Rochester bist, Cat. Für mich gibt es jetzt wirklich Grund zu feiern. Möchtest du heute abend mit mir zum Essen ausgehen?«

»Gern, sehr gern.«

»Ich weiß nicht, was Rochester an Eßlokalen zu bieten hat, aber das werden wir herausfinden. Ich hole dich um acht Uhr ab, ja?«

»Großartig, Anthony.«

Er winkte ihr noch einmal zu und ging dann energischen Schritts weiter den Kai entlang. Liebevoll lächelnd sah sie ihm nach, bis er verschwunden war. Sie mochte ihn wirklich sehr gern. Aber sie bezweifelte, daß daraus je mehr werden würde.

Sie hatte sich noch nicht ganz fertig umgezogen, als sie hörte, wie Mick Anthony auf dem Deck oben begrüßte und sofort anschließend sein Seemannsgarn zu spinnen begann. Sie kam dann herauf, hörte eine Weile geduldig zu und erklärte Mick schließlich, Anthony habe nun für einen Tag genug von seinen Schauermärchen gehört.

»Hören Sie das, Anthony? Was für eine undankbare Tochter ich habe, die in einem solchen Ton mit ihrem Vater redet.«

»Kommen Sie, Anthony, achten Sie nicht auf diesen Schwatzbeutel.«

Anthony bot ihr den Arm. Als sie das Boot verließen, warf Cat über die Schulter einen Blick auf Mick zurück, der ihr zublinzelte. Sie streckte ihm die Zunge heraus.

Zwei Stunden später waren sie nach einer nicht sonderlich befriedigenden Mahlzeit wieder auf der ›Paracelsus‹ und in Anthonys Kabine.

Während Anthony die Tür schloß, sagte er: »Tut mir leid, Cat. Ich muß so ziemlich das schlechteste Restaurant in der Stadt ausgesucht haben.«

»Ich bezweifle, daß es überhaupt ein gutes gibt. Mach dir keine Gedanken deshalb, Lieber.« Sie lachte leise und kam auf ihn zu. »Außerdem wissen wir beide, daß das Essen nicht wichtig war. Das hier ist wichtig.«

»Ich habe dich vermißt, Cat.« Er nahm sie in die Arme. Sie

ließ sich begierig von ihm küssen, genoß die Wärme und Weichheit seiner Lippen, die Härte seines Körpers.

Mit zarter Sorgfalt entkleidete er sie. Sie konnte sich vorstellen, wie diese sensiblen, geschickten Finger einen kranken Körper abtasteten, den Grund des Leidens erforschten; und diese Hände schenkten ihr nun die ganze Fülle des Lebens. Sie zitterte leicht und umklammerte ihn, als er sie auf sein Bett hinabließ. Seine Berührung erweckte in ihr nicht dieses sofortige brennende Verlangen, das Morgan in ihr hervorgerufen hatte, aber Anthony wußte, wie er ihre Leidenschaft allmählich anfachen konnte, bis sie ihn schließlich von Begierde erfüllt anflehte, in sie einzudringen.

»Ja, Cat«, murmelte er. »O ja.«

Sie seufzte sachte; mit einem langen Stoß war er in ihr, und sie glich sich wieder seinem Rhythmus an, der immer schneller wurde. Sie gab einen unterdrückten Schrei von sich, bäumte sich auf und umklammerte ihn, während sie von den ersten, ekstatischen Schauern geschüttelt wurde.

»Ahh, Anthony«, murmelte sie heiser. »Das ist es. Ah, ja.«

Ihre Herzen hämmerten beide mit der gleichen Heftigkeit, sie verschmolzen und wurden zu einem Körper, zu einem einzigen Wesen – für die Dauer eines herrlichen, sekundenlangen Höhepunkts.

Sie küßte ihn zwischen Hals und Schulter und spürte, wie sein keuchender Atem ihr Haar bewegte.

»Du bist eine leidenschaftliche Frau, Cat. Selbst Laura . . .« Er brach abrupt ab.

Cat drängte ihn nicht, den Satz zu beenden. Er lag neben ihr, sein Atem ging nun ruhiger, und Cat wurde von angenehmer Mattigkeit überfallen. Sie mußte eingeschlafen sein, denn sie fuhr hoch, als eine Faust derb gegen die Kabinentür schlug. Ihr erster Gedanke war, das könnte ihr Vater sein. Aber sie kannte Mick zu gut; selbst wenn er vermutete, daß Anthony ihr Liebhaber war, wäre er niemals zu solch einem ungelegenen Zeitpunkt so brutal bei ihnen eingedrungen.

»Doc?« sagte eine fremde Stimme draußen. »Sind Sie drinnen, Dr. Mason?«

Anthony richtete sich schlaftrunken auf. »Ja? Was ist?«

»Ich hab' meinen Freund hergebracht«, sagte die Stimme in drängendem Ton. »Er braucht unbedingt Ihre Hilfe, Doc. Er hat 'nen schlimmen Schnitt am Schenkel.«

Anthony war bereits aufgestanden und zog sich hastig an. »Ich komme gleich.« Cat flüsterte er zu: »Zieh dich besser an. Du kannst dich hinausschleichen, während ich den Mann im Operationsraum versorge.«

Er eilte hinaus, wobei er die Tür angelehnt ließ, und nahm eine Laterne mit sich. Ein Lichtschein drang herein, als er sie draußen anzündete.

Während Cat sich ankleidete, hörte sie ihre Stimmen draußen. Anthony sagte: »Das sieht böse aus. Wie ist das gekommen?«

Lautes Stöhnen war zu hören, während der andere Mann antwortete. »Wir waren draußen auf dem Land, um Holz für unseren Herd auf dem Boot zu schlagen, Doc. Es wurde dunkel, und Jed hier hackte an 'nem toten Baum rum. Dann rutschte er aus und fiel hin, und die Axt fuhr ihm in den Schenkel, Sie sehen ja ... Mein Gott, all das Blut!«

Cat hörte ein würgendes Geräusch.

»Wann ist das passiert?« fragte Anthony in scharfem Ton.

»Erst vor ein paar Minuten, Doc«, antwortete der Mann und würgte erneut. »Wir sind nur ein Stück weiter unten am Kanal.«

»Eine scheußliche Wunde, ich fürchte, die Arterie ist getroffen. Kommen Sie, helfen Sie mir, seine Oberschenkelarterie abzubinden, damit er nicht verblutet.«

»Ich kann nicht, Doc«, jammerte der andere. »Ich kann kein Blut sehen. Mir wird schlecht, das haben Sie ja gemerkt.«

Cat, nun völlig angezogen, trat aus der Kabine. »Ich werde Ihnen helfen, Dr. Mason.«

Anthony kniete neben dem Mann, der auf dem Deck lag. Die Hose des Verletzten war weggerissen, und Anthony preßte den Daumen gegen die Arterie an der Innenseite des Schenkels. Überall schien Blut zu sein. Der zweite Mann, bleich und zitternd, starrte auf Cat. Wenigstens handelte es sich bei ihm um niemand, den sie kannte.

Anthony warf ihr einen zweifelnden Blick zu. »Das möchte ich Ihnen nicht zumuten. Es ist nicht Ihre Verpflichtung ...«

»Sie sagten, er könne verbluten, wenn Sie keine Hilfe bekämen.«

Er nickte. »Das stimmt. Ich weiß sowieso nicht, ob er davonkommt. Ich weiß nicht, wieviel Blut er verloren hat. Aber wenn ich die Arterie nicht abklemme, bevor ich alles säubern und die Wunde zunähen kann, wird er mit Sicherheit sterben.«

»Dann sagen Sie mir, was ich tun soll.« Sie kniete neben ihm nieder.

»Hier, sehen Sie, wo ich meinen Daumen habe. Da ist die richtige Stelle. Drücken Sie darauf, so stark Sie können, bis ich etwas zum Abbinden des Schenkels geholt habe.«

Zaghaft griff Cat hinab auf die angegebene Stelle. Der süßliche Blutgeruch drehte ihr den Magen um, und die warme, schlüpfrige Flüssigkeit unter ihren Fingern veranlaßte sie beinahe, den Versuch aufzugeben. Sie riß sich zusammen, fand den Druckpunkt, den Anthony ihr gezeigt hatte, und preßte dagegen.

»Drücken Sie mit aller Kraft«, sagte er und stand auf. »Ich komme sofort zurück.«

Cat spürte, wie die Arterie heftig pulsierte, so als ob das Blut versuchte, sich einen Weg zwischen ihren Fingern zu bahnen. Sie schloß die Augen und preßte nach unten, bis ihr die Arme zu schmerzen begannen.

Zum Glück war Anthony binnen kurzem zurück. »Noch einen Augenblick.« Er kniete neben ihr nieder und legte schnell ein Stück Gummischlauch um den Schenkel des Mannes, kurz oberhalb der Wunde, und band es fest zusammen.

»Nun lassen Sie los, aber langsam, damit ich sehen kann, ob es funktioniert.«

Cat zog vorsichtig die Daumen zurück. Anthony hielt die Laterne dicht an die Verletzung. Gleich darauf nickte er befriedigt. »Gut.« Er stand auf und reichte Cat die Hand; sie richtete sich auf und schwankte ein bißchen. »Alles in Ordnung?« fragte er besorgt.

Sie holte tief Luft. »Ja, ja. Es ist nur ...«

»Ich weiß.« Er wandte sich dem anderen Mann zu. Mit energischer Stimme sagte er: »Sie müssen mir jetzt helfen, Ihren Freund in den Operationsraum zu schaffen. Hier kann ich ihn nicht behandeln.«

Der Mann nickte mürrisch.

»Gleich hinter der Tür dort ist eine Trage. Holen Sie sie. Schnell, verdammt – ich muß ihn *sofort* behandeln.«

Der Mann eilte in die Hauptkabine, und Anthony wandte sich Cat zu. »Kann ich dich noch ein bißchen länger in Anspruch nehmen? Ich brauche jemand, der die Laterne für mich hält. Wenn ich mich auf diesen Kerl verlasse, kippt er mir möglicherweise um, und ich stehe im Dunkeln da.«

»Natürlich, Anthony. Ich bin wieder völlig in Ordnung.« In Wahrheit war sie weit davon entfernt. Ihr Magen begehrte noch immer auf, und sie fühlte sich schwach. Aber sie wollte durchhalten.

Als der Mann mit der Trage zurückgekommen war, hoben die beiden Männer den Verletzten darauf. Er stöhnte, hob den Kopf und murmelte etwas, das Cat nicht verstehen konnte. Danach wurde er durch die Hauptkabine in den Operationsraum getragen, wo er auf den hohen Tisch gelegt wurde.

Anthony nahm eine Flasche Rum aus dem Arzneischränkchen und gab sie dem Mann. »Machen Sie, daß Sie hinauskommen und bleiben Sie im Raum nebenan. Mit der Flasche können Sie sich amüsieren.« Er schloß die Tür hinter ihm.

Anthony griff nach einem Stethoskop und hielt es dem Mann auf die Brust; er lauschte ein paar Sekunden. »Das Herz scheint gesund zu sein – zumindest im Augenblick noch. Obwohl er so viel Blut verloren hat.«

Danach nahm er eine kleine Phiole aus dem Schränkchen, hob den Kopf des Mannes an und zwang ihn, den Inhalt hinunterzuschlucken. »Laudanum«, erklärte er Cat. »Die Behandlung wird ihm ziemlich weh tun. Hoffen wir, daß er dabei nicht mehr bei Bewußtsein ist.«

Er zündete zwei Öllampen an und reichte sie Cat hinüber. »Stell dich ans Fußende und halte sie so tief, daß ich ein Maximum an Licht bekomme.«

Er ging zu einem Waschbecken in der Ecke, goß etwas Alkohol hinein und wusch sich gründlich die Hände. »Paracelsus hatte schon vor all diesen vielen Jahren die Theorie, daß viele Chirurgen ihre Patienten dadurch infizieren, daß sie Krankheitserreger von ihren schmutzigen Händen in die Wunden ihrer Patienten befördern. Damals wurde er deswegen verhöhnt, und viele Ärzte bezeichnen das heute noch als Blödsinn. Aber ich glaube, er hatte nicht unrecht, und vor allem bei meinen chirurgischen Eingriffen versuche ich meine Hände so gut wie möglich zu säubern.« Er trocknete sich die Hände an einem frischen Tuch ab.

Danach entnahm er dem Schränkchen eine Schere, eine Nadel, Faden und ein Skalpell und spülte alles in frischem Alkohol. Nachdem er die Instrumente abgetrocknet hatte, legte er sie auf ein sauberes Tuch neben den Mann, der inzwischen nicht mehr bei Bewußtsein war und angestrengt schnarchte.

Cat hielt die Lampen so, daß Anthony so viel Licht wie nur möglich hatte, während er sich über den Patienten beugte. Mit dem Skalpell entfernte er genügend Fleisch, so daß der Riß in der Arterie deutlich sichtbar wurde. Sachte, mit Fingern, die so sensibel waren, als ob sie über eigene Augen verfügten, reinigte er die Wunde vom Blut. Dann fädelte er die Nadel mit sehr feinem Faden ein und begann unendlich vorsichtig den Riß in der Ader zuzunähen. Danach richtete er sich auf, griff nach dem Skalpell und tauchte damit ein Stückchen weiches Tuch in den Alkohol. Schnell reinigte er damit erneut die Wunde, während der Mann auf dem Tisch zusammenzuckte und mehrfach stöhnte.

»Noch durch das Opium hindurch verspürt er Schmerzen«, bemerkte Anthony. »Ich muß mich beeilen.«

Mit Hilfe einer anderen Nadel und eines derberen Fadens nähte er schnell, aber systematisch die Wundränder zusammen. Cat staunte, daß er dies alles mit nur zwei Händen bewältigte. Schließlich richtete sich Anthony mit einem Seufzer auf. Erneut horchte er mit dem Stethoskop auf den Herzschlag des Mannes.

»Nach wie vor gut«, sagte er befriedigt. »Anscheinend hat er Glück gehabt und doch nicht zu viel Blut verloren. Wenn es keine Infektion gibt, wird er vermutlich wieder gesund.« Er sah Cat an, die noch immer dastand und die Lampen hielt. »Jetzt ist es vorüber, Cat.«

Sie fuhr leicht zusammen. »Ach ja.« Als sie die Lampen hinstellte, sah sie voller Entsetzen, daß die gesamte Vorderseite ihres Kleids mit Blut beschmiert war. »Um Himmels willen – was wird Mick denken, wenn er das sieht? Er wird überzeugt sein, daß ich überfallen und fast umgebracht worden bin.«

»Oh – tut mir leid, Cat. Hier ...« Er holte eine Schüssel mit Wasser und ein Tuch. »Das meiste wird damit wahrscheinlich verschwinden. Auch wenn du dann mit einem nassen Kleid nach Hause gehen mußt.«

Sie stand still, während er ihr Kleid reinigte. Ihre Bewunderung für Anthony war gestiegen. Nie zuvor hatte sie einen Chirurgen bei seiner Arbeit gesehen, und sie begriff instinktiv, daß sie hier einem Meister seines Faches zugesehen hatte.

»Ich bringe dich zurück auf dein Boot«, sagte Anthony, sobald er fertig war. »Dann muß ich hierher zurückkehren und für den Rest der Nacht auf den Patienten achtgeben. Wenn er aufwacht, muß ich ihm noch einmal eine Dosis Laudanum geben. Vielleicht muß ich ihn sogar am Tisch festbinden, um ihn so unbeweglich wie möglich zu halten, bis er in der Lage ist, sich zu bewegen, ohne die genähte Stelle wieder aufzureißen.«

»Du brauchst mich nicht zu begleiten, Anthony. Ich finde den Heimweg allein. Es ist ja nicht weit.«

»Davon will ich nichts hören. Keine Frau ist bei Nacht auf dem Kai sicher, wenn sie allein ist.« Er wandte sich dem Waschbecken zu und reinigte sich die Hände von dem geronnenen Blut.

In der Hauptkabine draußen hockte der Mann mit hängendem Kopf, die Rumflasche zärtlich in den Händen. Anthony weckte ihn mit einem leichten Fußtritt. »Ihr Freund wird sich wieder erholen. Er schläft jetzt, aber er kann jederzeit aufwachen. Ich muß die Lady heimbegleiten. Sie bleiben hier, und wenn Ihr Freund aufwacht, gehen Sie zu ihm und sorgen dafür, daß er sich ruhig verhält.«

Der Mann nickte und lächelte verschwommen. »Ich warte hier, Doc, ich verspreche es.« Er hielt die Rumflasche in die Höhe. »Und danke für die Medizin. Ich habe sie gebraucht.«

Anthony schnaubte verächtlich und ging mit Cat hinaus. Während sie den Kai entlanggingen, sagte er: »Ich möchte dir klarmachen, wie sehr ich deine Hilfe zu schätzen gewußt habe, Cat. Nicht viele Frauen hätten das getan, was du getan hast.« Seine Stimme wurde nachdenklich. »Du würdest eine ausgezeichnete Arztfrau abgeben. Der Gedanke hat sich mir heute abend aufgedrängt.«

## 14

Simon Maphis, den Bauch gefüllt mit Rum, bahnte sich lauthals brüllend seinen Weg durch den Side-Cut. Seine Taschen waren voller Geld, und er war bester Stimmung. Es war ein gutes Jahr für ihn gewesen, und obwohl nun Dezember war, hatte eine relativ milde Witterung geherrscht – jedenfalls bis heute.

Nun war es allerdings frostig, und Maphis war überzeugt,

daß der Eriekanal trockengelegt würde, bevor die Woche um war. Im Gegensatz zu den meisten anderen ›Kanalern‹ hatte er nichts dagegen, er konnte nach wie vor mit dem Verkauf von Lotterielosen seinen Lebensunterhalt verdienen.

Im Side-Cut hatte Maphis nichts zu fürchten. Er wußte, daß kein Dieb oder Wegelagerer es wagen würden, den ›König des Erie‹ anzugreifen. Er fühlte sich hier so sicher wie in jeder anderen Stadt am Kanal und konnte zudem tun und lassen, wonach ihm der Sinn stand.

Er schwankte die Straße von Schenke zu Schenke entlang und stieß alle Leute beiseite, die ihm im Weg standen. Heute war sein Abend – er hätte gern eine Frau gehabt, aber bisher hatte er keine gefunden, die ihm zusagte.

Also wanderte er hierhin und dorthin, geriet in zwei Raufereien hinein, von denen keine lange dauerte. Die erste war mit einem Mann, den er in Sadie's Bar mit einem einzigen Faustschlag zu Boden schmetterte; die zweite war mit zwei Männern in einer Spelunke, die bezeichnenderweise ›Eimer voll Blut‹ hieß. Er packte die Köpfe der beiden wie zwei Melonen und knallte sie gegeneinander. Damit war der Kampf zu Ende, der eine Mann stolperte zur Tür hinaus und ließ seinen Kumpan auf dem mit Sägemehl bestreuten Boden zurück.

Maphis brüllte vor Lachen, trat über den Körper des Mannes weg, schlenderte zur Bar hinüber und donnerte mit der Faust auf die Theke. »Eine Flasche von deinem besten Rum, Barkeeper.«

Der Mann stellte eine Flasche vor ihn hin, Maphis ergriff sie am Hals und trank daraus.

Eine Frauenstimme neben ihm sagte: »Du bist ein Schlachtroß, mein Lieber – aber wirklich.«

Maphis sah sich um. Die Frau, die neben ihm stand, war groß und üppig, ihre dreisten blauen Augen waren fast auf gleicher Höhe mit den seinen. Sie unterschied sich im Aussehen von den üblichen Frauen im Side-Cut, und Maphis wußte, das war die, die er haben wollte.

»Ich bin bei Gott der beste Mann auf dem Kanal«, dröhnte er. »Ich bin der König des Erie – Simon Maphis.«

»Und ich bin Bertha. Die dicke Bertha, wenn du so willst. König, wie? Ich hab' schon immer mal 'nen König sehen wollen.«

»Jetzt hast du einen kennengelernt, Frau. Wie wär's mit was zu trinken?« Er schwenkte die Rumflasche.

»Gern.«

»Ein Glas für die Dame, Barkeeper!« brüllte Maphis.

»Ich habe in meiner Wohnung selbst ein Glas.« Die dicke Bertha lächelte zugänglich. »Dort ist es bequemer.«

Er wurde eine Spur nüchterner. »Wieviel?«

»Für den König des Erie umsonst, Schätzchen.« Sie warf den Kopf zurück, das dichte schwarze Haar flog nach hinten. »Ich sehe es als eine Ehre an. Ein Mann wie du kommt nicht jeden Tag daher.«

Eine Hure, die nichts für ihre Gunstbezeugungen verlangte? Maphis konnte sein Glück kaum fassen. Er hätte ihr Angebot nicht einmal abgelehnt, wenn sie häßlich und pokkennarbig gewesen wäre, was entschieden nicht zutraf.

Er legte einen Arm um ihre Schultern, und sie verließen die Bar, die Rumflasche hielt er an sich gepreßt. Er nahm einen Schluck, dann bot er sie Bertha an. Sie griff danach und trank ebenfalls. »Starkes Zeug, König.«

Bertha wohnte in einem Haus weiter oben an der Straße. Von außen sah es nach nicht viel aus, aber nachdem sie ihn durch einen düsteren Flur in ein Zimmer geführt und eine Lampe entzündet hatte, war er überrascht, wie sauber und behaglich möbliert es war. Die Behausungen der anderen Huren aus dem Side-Cut, die Maphis bisher kennengelernt hatte, waren ebenso trübselig wie ihre Bewohnerinnen.

Die große Frau ließ ihm nicht viel Zeit, die Umgebung zu inspizieren. Sie nahm ihm seine Flasche ab und stellte sie auf ein Seitentischchen. »Die trinken wir später«, sagte sie heiser. »Wie ich dir da so zugesehen hab', König, hast du mir eingeheizt. Ich hab' im Cut nicht oft so einen brutalen Kerl wie dich gesehen, Schatz.«

»So was gefällt dir, ja?« brummte er.

»Ja, Schatz. Du kannst mit mir so brutal sein, wie du willst.«

Maphis war mit Sicherheit kein raffinierter Liebhaber. Er hatte es gern einfach und unkompliziert; und die meisten Frauen, mit denen er zusammen war, waren zumeist schlichte Nutten, die regungslos wie Holzklötze seine Aktionen über sich ergehen ließen.

Er fand schnell heraus, daß die dicke Bertha keiner der Huren glich, die er kannte. Sie hatte ebenfalls nichts für

Raffinessen übrig, aber sie lag keineswegs wie ein Holzklotz da. Sie ließ sich quer übers Bett fallen und zog ihre Röcke bis zur Taille hoch. Sie trug keinerlei Unterwäsche, und der Anblick ihres üppigen, milchweißen Fleisches erregte ihn unmäßig. Er entledigte sich hastig seiner Hosen und fiel über sie her. Sie empfing ihn mit einem Grunzen und wurde dann völlig verrückt unter ihm. Sie umklammerte ihn mit ihren mächtigen Schenkeln und kam jedem seiner Stöße entgegen, wobei sie schrie: »Gut so, König! So mag ich's!«

Als sie beide ihr Vergnügen gehabt hatten, wurde Maphis klar, daß er bei ihr auf eine gleichwertige Partnerin gestoßen war. Während er keuchend neben ihr zusammensackte, überlegte er, ob er sie nicht mit auf die ›King‹ nehmen sollte. Bei seinen ganzen Erfahrungen mit Frauen war dies die erste gewesen, die offenbar Vergnügen bei ihm gefunden hatte – die anderen hatten es bestenfalls vorgetäuscht. Aber bei dieser Frau war es echt gewesen, sie hatte das Ganze ebenso genossen wie er. Seltsamerweise fühlte er sich aus eben diesem Grund sogar etwas eingeschüchtert; er hatte das Empfinden, irgendwie würde ihr das ein gewisses Maß an Macht über ihn einräumen. Nein, entschied er, es war besser, sie hier im Side-Cut zu lassen. Außerdem wußte er ja, wo sie war, falls er sie wieder einmal haben wollte.

Bertha richtete sich auf dem Bettrand auf und strich ihre Röcke nach unten. »Ich geh mal schnell den Flur runter, Schatz. Dann trinken wir den Rum aus. Geh nicht weg, die Nacht ist bei weitem nicht vorbei. Ich möcht noch was von dem, was du mir grade verpaßt hast.«

Als sich die Tür hinter ihr geschlossen hatte, stand Maphis auf und sah sich neugierig im Zimmer um. Dann strebte er dem Tisch zu, um nach der Rumflasche zu greifen, und hielt dann inne. Hinter dem Tisch stand eine schwarze Reisetasche aus Leder – ziemlich teuer, allem Anschein nach. Neugierig bückte er sich und hob sie auf. Das Schloß war aufgebrochen, Maphis öffnete die Tasche ohne Schwierigkeit.

Innen befand sich ein Stapel Papiere. Maphis hatte nie richtig lesen gelernt. Er konnte Zahlen unterscheiden und Namen entziffern, die ihm geläufig waren, aber das war schon alles. Müßig blätterte er die Seiten durch. Sie waren vollgeschrieben, ein paar Zahlen waren zu erkennen, aber sie bedeuteten nichts für ihn. Dann fiel sein Blick plötzlich auf eine Unterschrift unten an der einen Seite – Morgan Kane!

In diesem Augenblick hörte er Bertha ins Zimmer zurückkehren. Er drehte sich um, den Papierstapel in der Hand. »Wo hast du die Tasche her, Bertha?« erkundigte er sich.

Sie zuckte gleichmütig die Schultern. »Vor zwei Wochen kam ein Kerl damit an. Er hatte nicht genügend Geld, um mich zu bezahlen, deshalb hat er mir das Ding dagelassen. Ich dachte, ich könnte es verkaufen und was Ordentliches dafür kriegen, aber ich hätt' mir ja gleich denken können, daß im Cut niemand so viel Geld hat oder so was Feines auch nur kaufen mag.«

»Hieß der Mann Morgan Kane?«

»Woher soll ich das wissen, Schatz? Ich frag' nie nach Namen. Ich hätt' nicht mal nach deinem gefragt. Du hast ihn mir gesagt, erinnerst du dich?«

»War er ein Gentleman – ich meine, elegant angezogen?«

»Du lieber Himmel.« Sie schnaubte leise. »Die Zeit ist lang vorbei, wo Gentlemen auf mich scharf waren – vor allem hier im Cut. Nein, das war 'ne kleine Ratte. Wenn ich's mir recht überlege, hat er auch so gerochen.«

»Ich kauf' dir die Tasche ab, Bertha. Hier.« Er grub eine Handvoll Münzen aus der Hosentasche. »Reicht das?«

»Klar.« Achtlos warf sie die Münzen auf den Tisch. »Nimm das Ding. Nun komm schon, trinken wir den Rum aus, und dann treiben wir noch ein bißchen Sport.«

Maphis war hin- und hergerissen. Einesteils hätte er gern die Reisetasche genommen und Tate Brawley damit aufgesucht. Er spürte genau, daß der Lotterievertreter an den Papieren interessiert sein würde. Andererseits hatte er keine Ahnung, wo sich Brawley im Augenblick aufhielt, und zudem verlangte es ihn nach diesem wilden Frauenzimmer. Brawley konnte warten.

Es dauerte mehrere Tage, bis Maphis auf Tate Brawley stieß – er kam auf die ›King‹, um mit Maphis, der ja seine Lose verkaufte, abzurechnen.

»Kommen Sie in meine Kabine, Tate. Ich muß Ihnen was zeigen.« Er führte Brawley hinein und wies ihm die Reisetasche vor. Brawley blickte von der Tasche zu Maphis hinüber.

»Was soll das, Simon? Ich habe keine Verwendung dafür.«

»Das, was drinnen ist, ist das Interessante.« Maphis drehte die Tasche um und schüttelte den Inhalt auf den Tisch.

Brawley warf ihm erneut einen zweifelnden Blick zu, dann nahm er ein paar der Blätter in die Hand und überflog das, was darauf stand. Maphis grinste, als er sah, wie sich der Gesichtsausdruck des Lotterievertreters veränderte.

Dann begann Brawley leise und wütend zu fluchen. »Dieses hinterhältige Schwein! Und dem habe ich vertraut! Ich hätte ihn schon längst um die Ecke bringen sollen.«

»Was steht denn auf den Papieren, Tate?« fragte Maphis begierig.

Brawley sah auf. »Wissen Sie das nicht? Haben Sie ... ach, Sie können ja nicht lesen.« Er fuchtelte mit einem Papierbogen unter Maphis' Nase herum. »Unser Mr. Kane treibt sich auf dem Eriekanal herum, um Nachforschungen über die Lotterieunternehmen anzustellen. Soweit ich das dem hier entnehmen kann, arbeitet er für irgendeinen Abgeordneten drüben in Pennsylvania.«

Maphis runzelte verblüfft die Stirn. »Aber das verstehe ich nicht. Das hier ist doch nicht Pennsylvania, sondern der Staat New York.«

»Aber die Union-Canal-Gesellschaft hat ihre Zentrale in Pennsylvania, Sie Idiot«, knurrte Brawley. »Und diesen Unterlagen zufolge ist sie die, an der Kane am meisten interessiert ist.«

Brawley fuhr in seiner Überprüfung der Papiere fort, wobei er wie üblich seinen Backenbart strich. Schließlich ließ er den Stapel in den Schoß sinken und starrte vor sich hin.

Nach einer Weile sagte Maphis ungeduldig: »Na schön, was unternehmen wir jetzt gegen den Kerl, Tate?«

Brawley wandte ihm das Gesicht zu. Seine Augen waren kalt und unerbittlich wie die eines Reptils. »Ihn umbringen, natürlich.«

»Gut, gut«, sagte Maphis überaus erfreut und rieb sich die Hände. »Dann können wir vielleicht auch gleich Lady Carnahan, das Luder, mit in die Mangel nehmen, was?«

»Das werden wir sehen«, erwiderte Brawley kurz. »Das Wichtigste zuerst.« Er stand abrupt auf. »Ich habe auf dem Weg hierher Pryors schwimmende Kirche in Albany gesehen.«

»Kann ich mit Ihnen gehen?« sagte Maphis schnell. »Vielleicht brauchen Sie Hilfe.«

»Mit Kane werde ich selbst fertig.« Brawley stopfte die Papiere in die Reisetasche zurück. »Sie können mitkommen, wenn Sie wollen. Aber was wollen Sie mit Ihrem Boot machen? Ich werde reiten – ein Kanalboot ist zu langsam.«

Maphis zuckte die Schultern. »Ach zum Teufel, das lasse ich hier. Gestern nacht war Eis auf dem Kanal. Wahrscheinlich werden sie ihn binnen kurzem doch ablassen, und ich müßte ohnehin während des Winters irgendwo liegen bleiben.«

»Na gut«, sagte Brawley mit harter Stimme. »Dann kommen Sie mit. Ich muß Kane in die Finger kriegen, bevor er nach Pennsylvania zurückkehrt und dort abliefert, was er an Informationen gesammelt hat.«

»Aber Morgan, du kannst nicht einfach weggehen und mich zurücklassen«, sagte Lotte kläglich. »Was soll ich denn ohne dich anfangen?«

»Oh, du kommst prächtig allein zurecht, meine Liebe«, sagte Morgan trocken. »Da hege ich nicht die geringsten Zweifel.«

»Aber ich liebe dich, Morgan, das weißt du doch.« Sie standen am Heck des vertäuten Boots; Lotte trat dicht an ihn heran und berührte seine Hand.

Er schüttelte belustigt den Kopf. »Nein, Lotte, das stimmt nicht. Du wirst leicht einen anderen Mann finden, der deinen Zwecken dient.«

Sie fuhr zurück, Tränen in den Augen. »Das ist grausam! Ich hätte nie gedacht, daß du so etwas zu mir sagen würdest!«

»Ich weiß, daß du eine gute Schauspielerin bist, Lotte, also versuche es mit deinen Künsten nicht bei mir. Eines habe ich an dir immer gemocht – du bist ehrlich gegen dich selbst, und bisher warst du es auch mir gegenüber...«

Er brach ab, als er den Reverend Luther Pryor sah, der sich ihnen vom Bug her näherte. Der Reverend blieb neben ihnen stehen und sah Morgan vergrämt an. »Stimmt das, Mr. Kane?«

»Leider ja, Sir. Ich sagte Ihnen gleich zu Anfang, daß ich Sie möglicherweise kurzfristig verlassen müßte. Nun ist der Zeitpunkt gekommen. Ich muß nach Pennsylvania reisen, weil ich dort dringende Geschäfte zu erledigen habe und außerdem Weihnachten bei meinem Onkel verbringen möchte. Er ist mein einziger lebender Verwandter.«

»Aber ich muß erst jemand finden, der Sie ersetzt!«

»Nein, das ist nicht nötig, Reverend. Es ist Winter, und demnächst wird man den Kanal ablassen, so daß Sie ohnehin nicht weiterfahren können. Sie werden bis Frühjahr auf Grund liegen, wenn der Kanal wieder mit Wasser gefüllt wird. Am besten ist es, wenn Sie den Winter hier verbringen. Die Leute wissen jetzt über Ihre schwimmende Kirche Bescheid und werden von überallher kommen.«

»Natürlich möchte ich einen Mann nicht von seinen Verpflichtungen abhalten«, sagte Pryor langsam. »Und ich möchte Ihnen danken für alles, was Sie für mich getan haben, Sir. Ich glaube nicht, daß ich ohne Sie zurechtgekommen wäre.« Er streckte ihm die Hand hin.

Morgan drückte sie freundlich. »Gern geschehen, Reverend. Es war mir eine große Freude, Sie und Ihre Tochter so gut kennenzulernen.«

»Aber Sie kommen doch zurück, Morgan, nicht wahr?« sagte Lotte besorgt. »Ich meine, wenn Sie Ihre Geschäfte erledigt haben?«

Morgan zögerte. »Da bin ich nicht so sicher, Lotte. Ich kann wirklich nichts versprechen. Wenn Sie mich jetzt beide entschuldigen wollen – ich muß meine Sachen packen.«

Während er damit beschäftigt war, grübelte Morgan über Lottes Frage nach. Ob er, sobald er Onkel Shermans Auftrag erledigt hatte, zum Erie zurückkehren würde, war mehr als fraglich. Die Erinnerung an Cat und die kurze Liebesaffäre war noch immer schmerzlich. Vielleicht würde er eher in den Westen gehen, wo es gute Möglichkeiten für Leute mit Initiative gab.

Er hob die Tasche an, in der seine Notizen verstaut waren. Die Lotterieunternehmen hatten überall entlang des Erie ruinierte Menschen hinterlassen. Viele hatten sich durch den Kauf von Lotterielosen um Kleidung und Essen gebracht, immer in der Hoffnung auf den großen Gewinn, sobald im Januar die Ziehung stattfinden würde; aber wenn sein Onkel die Union-Canal-Lotteriegesellschaft richtig einschätzte, würde es nur sehr wenige Gewinne geben – wenn überhaupt welche. In der Tasche hatte Morgan Unterlagen über ungezählte Fälle von Leuten, die völlig dem Elend anheimfielen, wenn der große Gewinn nicht eintraf. Das würde mit Sicherheit ausreichen, um das Parlament von Pennsylvania davon zu überzeugen, daß es an der Zeit war, gegen die Union-Canal-Lotteriegesellschaft vorzugehen.

Es war später Nachmittag, als Brawley und Simon Maphis zur ›Gewässer Christi‹ geritten kamen. Das Deck war leer, nicht weiter verwunderlich, da es ein grauer und kühler Tag war.

Die beiden Männer gingen über die Laufplanke, und Brawley klopfte an die Kabinentür.

Sie wurde geöffnet, und der Reverend sagte: »Wie kann ich Ihnen behilflich sein, Gentlemen?« Dann erkannte er Brawley, und sein einladendes Lächeln verwandelte sich in Stirnrunzeln. »Was haben Sie auf meinem Boot zu suchen, Sir? Ich habe Ihnen doch deutlich klargemacht, daß ich keine weitere Verbindung mehr mit Ihnen wünsche.«

Brawley machte eine ungeduldige Handbewegung. »Wo ist Morgan Kane?«

»Mr. Kane hat uns vor rund zwei Stunden verlassen.«

»Wann wird er zurück sein?«

»Ich habe keine Ahnung, Sir. Allem nach, was er gesagt hat, kehrt er vielleicht gar nicht zurück.«

Brawley erstarrte. »Was soll das heißen?«

»Allem nach, was ich gehört habe, hat er anderweitig Geschäfte zu erledigen, und zudem hegt er die Absicht, den Geburtstag unseres Herrn bei Verwandten zu verbringen.«

»Wo hat er denn Geschäfte, verdammt?«

»Fluchen Sie nicht, Sir.« Pryors Stimme klang ebenso entrüstet wie würdevoll. »Aber um Ihre Frage zu beantworten, ich glaube, Mr. Kane wollte nach Pennsylvania reisen. Wohin genau, darüber hat er mich nicht informiert.«

»Der Teufel soll ihn holen, gottverdammt!« Brawley schlug mit der Faust gegen das Schott.

Der Reverend richtete sich kerzengerade auf. »Keine Blasphemie auf meinem Boot, Mr. Brawley. Das hier ist geheiligter Boden.«

»Geheiligter Boden! Ohne mich hätten Sie das verdammte Boot gar nicht bekommen, also kommandieren Sie mich nicht herum.« Er trat drohend näher an Pryor heran.

Der Reverend blieb fest. »Das bestreite ich nicht, und der

Herr und ich sind Ihnen dankbar. Aber nun muß ich Sie bitten, meine Kirche zu verlassen.«

»Ich könnte Sie und Ihr verdammtes Boot wie eine Wanze zerquetschen. Aber zum Teufel, ich habe jetzt keine Zeit, hier mit Ihnen herumzutrödeln. Kommen Sie, Simon.« Er wanderte mit langen Schritten davon, so daß Maphis in Trott verfallen mußte, um ihm zu folgen.

»Was wollen Sie jetzt tun, Tate?« fragte er.

»Ich werde nach Pennsylvania reiten und diesen verdammten Kane zu Brei schlagen. Zur Ziehung muß ich ohnehin dorthin. Ich weiß schon, was er vorhat – er versucht, die Union Canal fertigzumachen. Na ja, das haben auch schon andere ohne Erfolg versucht. Aber ich werde dafür sorgen, daß er für das, was er mir angetan hat, bezahlt.« Brawley beschleunigte seine Schritte noch, als vor ihm die Lichter einer Schenke auftauchten. »Im Augenblick brauche ich was zu trinken.«

Maphis schwieg, bis sie an der Theke lehnten und vor Brawley ein Glas Whisky und vor ihm ein Glas Rum stand.

»Aber was ist mit den Carnahans?« fragte Maphis dann. »Sie haben versprochen, was zu unternehmen, und jetzt ist der Winter da. Wenn der Kanal abgelassen ist und sie bis zum Frühjahr festliegen, wird es schwieriger sein, etwas zu tun.«

Brawley starrte ihn wütend an. »Ich habe jetzt mit meinen eigenen Problemen genug zu tun.«

»Aber Sie haben versprochen, sich was auszudenken«, sagte Maphis weinerlich. »Außerdem sagten Sie, Sie schuldeten ihnen selbst was, vor allem dem Mädchen. Und vergessen Sie nicht, wenn die Kleine Kane nicht das Leben gerettet und ihn auf ihrem Boot aufgenommen hätte, so wäre er jetzt gar nicht da und könnte Ihnen das Leben schwer machen.«

Brawley sah gedankenvoll drein und strich sich durch die Koteletten. »Darin haben Sie recht, der Carnahan habe ich noch was heimzuzahlen. Und vermutlich machen ein, zwei Tage nicht mehr viel aus. Kane hat sowieso schon einen erheblichen Vorsprung. Ihn zu finden, wird keine Mühe machen, weil ich ja weiß, wohin er geht. Ganz sicher wird er bei der Gewinnziehung dabei sein, um so viele Scherereien zu machen wie nur möglich.« Er nahm einen Schluck Whisky und sah dann Maphis an. »Sie haben doch ein gutes Jahr gehabt, oder nicht? Zumindest haben Sie bei mir gut verdient.«

»Ich hab' ein paar Dollar in der Tasche, ja«, antwortete Maphis vorsichtig. »Aber was hat das mit dem Plan zu tun?«

»Es hat sehr wohl damit zu tun. Ich habe vor, ein paar rauhe Burschen aus dem Side-Cut anzuheuern. Aber sie kommen billig, und meine Hälfte zahle ich selbst. Die Carnahans aus dem Geschäft zu drängen, kommt Ihnen finanziell zugute, Simon. Für mich springt lediglich dabei heraus, daß ich es dieser hochnäsigen Cat heimzahle, aber trotzdem werde ich für meinen Anteil aufkommen.« Er betrachtete Maphis gedankenvoll. »Einverstanden?«

Maphis nickte zögernd.

Brawley nickte und beugte sich zu ihm hinüber. »Hören Sie gut zu.« Seine Stimme klang leise und vertraulich. »Ich habe mir was ausgedacht. Das Gute daran ist, daß keiner von uns unmittelbar an der Sache beteiligt ist. Die Schmutzarbeit erledigen andere ...«

›Carnahan's Cat‹ hatte ungefähr achthundert Meter von der ›Gewässer Christi‹ entfernt angelegt, und Cat und Mick diskutierten darüber, wo sie am besten den Winter verbringen würden. Sie hatten eben gehört, daß der Eriekanal in drei Tagen abgelassen werden sollte. Sie einigten sich schließlich darauf, in Albany zu bleiben.

Es war ein kalter Abend, und sie saßen in Cats Kabine; die Kombüsentür war geöffnet, so daß die Wärme vom Holzherd draußen hereindrang. Cat flickte an einigen ihrer älteren Kleidungsstücke herum, und Mick genoß eines seiner seltenen Gläser Bier. Nachdem er es ausgetrunken hatte, lehnte er sich zurück und döste. Cat beobachtete ihn liebevoll. Auf der ›Cat‹ ging es jetzt wesentlich erfreulicher zu, seit er sich am Riemen riß – wenigstens meistens.

Schritte auf dem Deck oben veranlaßten Cat, den Kopf zu heben. Timmie verbrachte angeblich die Nacht bei Verwandten. »Mick«, flüsterte sie, »ich glaube, da ist jemand an Deck.«

Mick sprang aus seinem Stuhl hoch, als von oben ein Geräusch herunterdrang, das wie Splittern von Holz klang. Sie lagen an einem Seitenarm des Kanals außerhalb von Albany fest, an einer Stelle, die sie für ideal erachtet hatten – nicht zu weit von anderen Booten entfernt, aber weit genug außerhalb der Stadt, um vor Halunken sicher zu sein, die sich im Hafen herumtrieben.

Mick griff nach dem Axtschaft, den er für alle Fälle immer bereithielt. Cat hatte ihren Colt unter ihrer Koje versteckt. Als sie gerade dorthin gehen wollte, fuhr die Kabinentür auf, und ein grinsender Kerl stand auf der Schwelle. In einer Hand trug er eine riesige Keule.

»Was hast du hier zu suchen?« brüllte Mick. »Verdammt, ich schlag dir den Schädel ein!« Er holte mit dem Schaft aus.

Der Mann, kleiner als er, trat einen Schritt vor, benutzte seine Keule wie ein Rammbock und trieb ihn Mick in den Bauch. Mick gab einen stöhnenden Schmerzenslaut von sich.

Cat war nun an der Koje angelangt und kroch halb darunter, um die Waffe hervorzuholen; aber als sie damit herumfuhr, platzte ein weiterer Mann in die Kabine. Mit einem hämischen Lachen schlug er ihr den Colt aus der Hand, umschlang sie mit mächtigen Armen und schleppte sie aus der Kabine. Sie wehrte sich mit allen Kräften, aber das nützte nichts. Währenddessen hatte sie ein dauerndes Krachen auf dem Deck gehört, und beim Anblick dessen, was da geschah, war sie entsetzt.

Vier weitere Männer rannten umher, Äxte in den Händen, und schlugen auf alles ein, was sie sehen konnten. Das eine Ende des Laderaums war bereits zerstört, und nun kletterte ein anderer auf das Kabinendeck und begann blindlings drauf loszuhauen.

Cat schrie so laut sie konnte und hoffte, damit jemandens Aufmerksamkeit zu erregen. Der Mann, der sie festhielt, preßte seine eine Hand auf ihren Mund; sie biß sofort zu, und er schrie auf. Er drehte sich mit ihr zusammen um und schlug ihren Kopf brutal gegen das Schott. Der Schmerz explodierte in ihrem Kopf wie eine Bombe, und vorübergehend verlor sie das Bewußtsein. Als sie wieder zu sich kam, sah sie als erstes Mick, der aufs Deck getaumelt kam.

Er sah sich ein paar Sekunden lang benommen um, dann, als er sah, was mit der ›Cat‹ geschah, brüllte er wie ein Stier. »Ihr elenden Schweine, was macht ihr mit meinem Boot? Ich werde euch alle der Reihe nach erwürgen!«

»Du wirst überhaupt niemanden erwürgen, Alter«, sagte der Mann, der Cat niedergeschlagen hatte. Er hob die Stimme. »Caleb, kümmere dich um den alten Knacker, damit er still ist.«

»Alter Knacker – ich?« Mick blickte in Richtung der Stimme und sah Cat auf dem Deck liegen. »Catherine, was hat er dir angetan?«

Er stolperte auf das Mädchen zu. Cat sah den Mann namens Caleb auf ihren Vater zukommen und schrie: »Mick – Vorsicht!«

Ihre Warnung kam zu spät. Caleb schwang seine Keule und traf Mick am rechten Arm; Cat hörte den scheußlichen Laut, als der Knochen brach. Caleb holte erneut aus und traf diesmal Mick seitlich am Kopf, so daß er der Länge nach aufs Deck stürzte. Cat schrie erneut und versuchte, auf ihn zuzukriechen. Der Mann neben ihr packte sie am Haar, riß sie hoch und schlug ihr mit der Faust ins Gesicht. Erneut wurde sie bewußtlos.

Als sie diesmal wieder zu sich kam, stieg ihr Brandgeruch in die Nase. Das Deck war völlig in Rauch gehüllt wie in dichten Nebel, dann sah sie Flammen in die Höhe züngeln. Das Deck, auf dem sie lag, war schräg geneigt. Sie hatten den Boden der ›Cat‹ angebohrt und Feuer gelegt!

Es gelang ihr, sich auf Hände und Knie aufzurichten und dorthin zu kriechen, wo sie die Laufplanke vermutete.

Dann erstarrte sie. Mick! Er mußte irgendwo hinter ihr liegen – bewußtlos oder tot. »Mick, kannst du mich hören?« schrie sie.

Keine Antwort. Sie wartete. Die Entfernung zu den Kabinen konnte nicht groß sein, aber Cat wußte nicht, wieviel Zeit sie haben würde, bevor das Boot sank oder vollends in Flammen aufging.

Sie kroch weiter, während ihr Tränen der Verzweiflung übers Gesicht rannen. »Mick!« schrie sie erneut.

Diesmal glaubte sie etwas zu hören – ein Stöhnen. Ja, da war es wieder.

Sie kroch weiter, streckte die Hände immer wieder tastend vor sich aus. Schließlich berührte sie einen Körper. Es war Mick, der völlig regungslos dalag. »Mick, bitte wach auf!«

Ihr Vater rührte sich nicht. Sie schob beide Hände unter seine Achseln und begann ihn wegzuschleppen. Es bedurfte ihrer ganzen Kraft, ihn ruckweise fortzubewegen. Nie war ihr bewußt geworden, wie schwer er war, und natürlich war sie selbst sehr schwach. Sie hustete krampfhaft, spürte sengende Hitze und sah, wie sich ihnen Flammenzungen über das Deck weg näherten. »Hilfe!« schrie sie verzweifelt, so laut sie nur konnte.

Diesmal – es schien ihr wie ein Wunder – antwortete eine Stimme. »Ist dort jemand an Bord?«

»Ja! Mein Vater ist bewußtlos. Bitte helft mir!«

Schritte donnerten auf der Laufplanke, und zwei Männer tauchten aus dem Rauch auf. Einer von ihnen half Cat auf die Beine. »Hier, Miß, ich helfe Ihnen runter. Bob, nimm du den großen Kerl, du bist stärker als ich.«

Der Mann führte Cat zur Laufplanke und dann hinüber ans Ufer. Sie blickte über die Schulter zurück, und ihr wurde schwach vor Erleichterung, als sie sah, wie der große Mann Mick halb trug, halb über die Laufplanken schleifte.

Dann waren sie am Kai, mehrere Meter von dem brennenden Boot entfernt. Cat kniete neben ihrem bewußtlosen Vater und blickte zu ›Carnahan's Cat‹ hinüber, die soeben zu sinken begann. Mit einem Gefühl der Übelkeit wußte sie, daß da nichts mehr zu retten war. Und dann fiel ihr noch etwas ein – ihr gesamtes Geld, das Geld, für das sie so hart gearbeitet hatten, das sie durch den Winter hatte retten sollen, war in ihrer Kabine. Auch das war weg.

Sie wandte sich wieder Mick zu. Er lag bleich und still da, Blut rann aus einer dicker Schwellung an seinem Kopf. Sie wußte nicht, ob er noch atmete.

Sie hob das Gesicht zu den Männern, die sich um sie beide versammelt hatten, und sagte in flehendem Ton: »Bitte, jemand muß Dr. Mason holen. Sein Boot liegt hundert Meter weiter unten im Kanal.«

Maphis hatte sich in einem dunklen Winkel eines Lagerhauses in einiger Entfernung der ›Cat‹ versteckt gehalten und zugesehen, wie die Strolche, die er und Brawley angeheuert hatten, an Bord schlichen, um ihr Vernichtungswerk zu beginnen.

Nachdem die sechs Männer beauftragt worden waren, hatte sich Tate Brawley sofort auf den Weg nach Pennsylvania gemacht. Er hatte Maphis noch gewarnt. »Bleiben Sie ja von dort weg, Simon. Diese Strolche erledigen ihre Arbeit auch ohne Aufsicht. Wenn man Sie sieht, kriegen Sie Schwierigkeiten. Man wird sofort eine Verbindung zwischen Ihnen und den Burschen herstellen.«

Aber Maphis hatte doch nicht widerstehen können. Mit wilder Schadenfreude sah er zu, wie die Flammen anfingen, das Boot zu vernichten, das bereits schräg im Wasser lag. Er wartete ab, bis die Burschen hintereinander vom Boot herunterrannten. Auch dann blieb er noch da, den Blick auf die Laufplanke gerichtet; aber niemand tauchte mehr auf. Cat und ihr Vater waren erledigt!

Dann sah er plötzlich Männer auf das brennende Boot zurennen und entschied, daß es an der Zeit war, zu verschwinden. Mit einem letzten triumphierenden Blick auf die ›Cat‹ schlich Maphis davon.

## 15

Es war ein kalter, schneereicher Weihnachtstag in Pittsburgh, und Morgan war sehr befriedigt, daß er im Salon seines Onkels vor einem hellodernden Feuer sitzen konnte. Sie hatten gerade ein üppiges Feiertagsmahl zu sich genommen, und Morgan war gesättigt bis zum Punkt leichter Schläfrigkeit.

Jeder der beiden hatte ein Glas Brandy vor sich stehen, und Sherman Morrison rauchte eine Zigarre. »Die verdammten Doktoren predigen mir zwar ewig, ich sollte das Rauchen bleiben lassen«, hatte er vorher gemurrt. »Aber ich genieße schließlich sonst nicht mehr allzuviel Freuden des Daseins.«

Er begann sich intensiv in Morgans Notizen zu vertiefen; seine Kommentare bestanden lediglich aus einem gelegentlichen angewiderten Knurren. Morgan döste vor dem Feuer. Er war müde; es war eine lange Fahrt nach Pittsburgh gewesen, und er war am vergangenen Abend sehr spät eingetroffen.

Während er auf das Heulen des Windes hörte, schweiften seine Gedanken zum Erie zurück. Dort war es sehr kalt gewesen, als er den Kanal verlassen hatte, und sicher war er inzwischen abgelassen worden. Als letztes hatte er gehört, daß die ›Cat‹ in Albany war, und vermutlich würden die Carnahans den Winter dort verbringen. Es wäre hübsch gewesen, wenn Cat jetzt bei ihm gewesen wäre und gemeinsam mit ihm ins Feuer gestarrt hätte. Er vermißte sie schrecklich, verdammt, und empfand jedesmal, wenn er an sie dachte, etwas wie Trostlosigkeit.

Sherman Morrison sagte zornig: »Es ist eine Schande, wie diese Lotteriegesellschaften Leute ausnehmen, die sich das nicht leisten können. Zum Teufel, ich habe selbst was für einen guten Poker übrig, und wenn ein Mann mit viel Geld dumm genug ist, es zu verspielen, dann ist das seine Sache. Aber das hier...« Er hob den Stapel Papiere in seiner Hand hoch. »Du hast gute Arbeit geleistet, Morgan. Das ist ziemlich brisantes Material.«

»Aber wird es irgend etwas bewirken?«

»Es wird hilfreich sein, so viel ist sicher.«

»Was willst du nun mit den Unterlagen anfangen?«

»Zuerst werde ich sie meinem Komitee vorlegen, dann dem Parlament. Jedes Wort muß ins Protokoll aufgenommen werden«, erwiderte Morrison grimmig. »Wenn sonst nichts, so wird es wenigstens in der Öffentlichkeit bekannt werden. Ich denke, ich kann einige Zeitungen dafür interessieren.«

»Glaubst du, das Parlament oder dein Komitee werden aufgrund dieser Notizen etwas unternehmen?«

»Wer kann das voraussagen? Die Lotterieunternehmen haben mächtige Fürsprecher in der Hauptstadt, und ich bin sicher, einige meiner Kollegen werden von ihnen bestochen. Aber ich glaube, es besteht doch eine gute Chance, daß irgendwelche Konsequenzen gezogen werden.«

»Du setzt mehr Vertrauen in Politiker als ich, Onkel Sherman.«

»Kein Vertrauen in Politiker per se, Neffe, aber in mich selbst. Angesichts dessen, was du mir da beschafft hast, glaube ich zuversichtlich daran, im Parlament ausreichend Einfluß zu erlangen, um die Sache in Gang zu bringen.« Morrison trank einen Schluck Brandy. »Übrigens – was für Pläne hast du jetzt?«

Morgan zuckte die Schultern. »Eigentlich keine. Ich dachte daran, in den Westen zu gehen – in den ›Wilden Westen‹.«

»Dort könntest du es wahrscheinlich zu etwas bringen. Es ist eine rauhe Gegend, aber du verfügst über den nötigen Mut und die erforderliche Intelligenz.« Er zog an seiner Zigarre. »Aber ich würde dir gern eine Alternative anbieten. Ich könnte dich in meinem Stab brauchen. Die Bezahlung ist gut und die Arbeit meistens nicht allzu schwer.«

Morgan schüttelte den Kopf. »Nein, das klingt mir zu zahm.«

»Ah, ihr jungen Hitzköpfe.« Morrison seufzte. »Aber mir wäre es recht, wenn du in dieser Sache noch eine Weile hier bliebest. Zum Beispiel findet im Januar, wie du weißt, die Ziehung der Union-Canal-Lotteriegesellschaft statt.« Morrison lachte kurz. »Sie wird im Zwischenstock des Parlamentshauses in Harrisburg abgehalten. Das beweist die Dreistigkeit der Gesellschaft. Man hofft dort, dadurch würde das Ganze einen Anstrich von Legitimität bekommen, und die Regierung würde dieses ganze Theater dulden. Seit Jahren habe ich versucht, dem einen Riegel vorzuschieben – ohne Erfolg. Jedenfalls hätte ich gern, daß du dort bist, Morgan.«

Morgan machte eine verärgerte Geste. »Onkel Sherman, was könnte ich dabei nützen? In dieser Sache habe ich alles getan, was mir möglich war.«

»Ich möchte dich aus zwei Gründen dort haben. Erstens sollst du persönlich vor meinem Komitee aussagen. Und zweitens möchte ich, daß du die Ziehung der Lose beobachtest. Vielleicht kannst du irgendwelche Unregelmäßigkeiten feststellen. Ich habe dir ja schon gesagt, daß angeblich die Hälfte der Losabschnitte in der Trommel von der Gesellschaft selbst zurückbehalten worden sind – die Losinhaber sind ihre eigenen Angestellten. Wenn wir sie dabei ertappen können ... Nun ja, das wäre eindeutig ein Delikt.«

Morgan zuckte die Schultern. »Na schön, das werde ich tun. Aber ich weiß nicht, mit welcher Methode ich sie bei diesen Machenschaften erwischen sollte – und es beweisen könnte.«

»Manche der betrügerischen Losinhaber kennst du vielleicht, möglicherweise gehören einige von ihnen zu den Lotterievertretern, die du auf dem Erie getroffen hast.«

»Sie müßten schon verdammt blöde sein, Onkel, wenn sie die Dreistigkeit hätten, so etwas zu tun.«

»Morgan, ich bin ein alter Mann und ich habe im Verlauf der Jahre ausreichend Erfahrungen mit gierigen Halunken gesammelt. Sie neigen zu Tollkühnheiten, wenn sie ein paar Jahre lang ungeschoren davongekommen sind.«

»Das stimmt, es ist mir selbst aufgefallen.« Morgan dachte an Tate Brawley. Würde er selbst mit einer Handvoll falscher Losabschnitte anrücken? Dem Gesetz zufolge war es jedem Losvertreter oder -verkäufer verboten, an der Lotterieziehung teilzunehmen, für die er Lose verkauft hatte; aber Brawley war arrogant; möglicherweise würde er dort sein. Der Gedanke, ihn bei einer krummen Handlung zu ertappen, die ihn ins Gefängnis bringen könnte, war für Morgan ein triftiger Grund, nach Harrisburg zu reisen.

Als Morgan und sein Onkel in Harrisburg eintrafen, war das Wetter etwas milder geworden. Noch immer war es kalt, aber wenigstens klar und sonnig. Sie trafen drei Tage vor der Lotterieziehung ein, da Morrison sein Komitee einberufen hatte, nicht nur damit sie das von Morgan gesammelte Beweismaterial in ihre Überlegungen einbeziehen, sondern sich auf Wunsch auch den mündlichen Bericht seines Neffen anhören konnten. Morrison hatte in einem Hotel in der Nähe des Parlaments für das ganze Jahr eine Suite für sich reservieren lassen.

Am ersten Tag schlenderte Morgan durch die Straßen, während sein Onkel bei einer Komiteesitzung war; er stellte fest, daß bereits etwas wie Karnevalsatmosphäre in der Stadt herrschte. In Scharen waren Leute zur Lotterieziehung eingetroffen.

Er grübelte über die Gier und die Einfalt des menschlichen Geschlechts nach. Die Totalausschüttung sollte angeblich achtzigtausend Dollar betragen, und diese sollten auf zweihundert Arten aufgeteilt werden, beginnend mit zehn Hauptpreisen, deren genaue Höhe erst bekannt wurde, wenn die Ziehung ihren Anfang nahm. Danach folgten weitere Abstufungen bis hinab zu den hundert kleinen Gewinnen von je fünf und zehn Dollar. Da ein Los fünf Dollar kostete, konnten die zweihundert Gewinner kaum mehr als ihr ausgegebenes Geld zurückerhalten. Die Chance, einen großen Gewinn einzuheimsen, war von einer astronomischen Unwahrscheinlichkeit. Wenn Onkel Sherman recht hatte, würde die Ziehung ohnehin manipuliert werden, so daß die zehn Hauptgewinne von Leuten der Lotteriegesellschaft gezogen wurden, die alles in die Kassen ihrer Firma zurückfließen ließen.

Also würde der weitaus größte Teil der Tausenden, die sich hier zur Ziehung versammelten, mit leeren Händen und vernichteten Hoffnungen von dannen gehen. Unglücklicherweise hatte Onkel Sherman auch in anderer Hinsicht recht – reiche Leute erwarben nur selten Lotterielose; im allgemeinen waren die Käufer diejenigen, die es sich eigentlich nicht leisten konnten.

Als Sherman Morrison von seiner Komiteesitzung zurückkehrte, war er düster gestimmt. »Sie haben deine Unterlagen durchgelesen, und trotz all deiner gesammelten Fakten konnte ich nicht genügend Stimmen mobilisieren, um das Komitee dazu zu bringen, dem Parlament einen Antrag vorzulegen, dem zufolge die Lotterien insgesamt verboten werden sollen. Der Teufel soll diese engstirnigen Idioten holen!«

»Dann haben wir beide also unsere Zeit verschwendet«, sagte Morgan bitter.

»Ich will, daß du morgen persönlich aussagst. Sie haben wenigstens zugestimmt, dich anzuhören.«

Morgan warf die Hände in die Luft. »Onkel Sherman, was soll ich ihnen denn noch erzählen? Es steht doch alles in meinen Unterlagen.«

Am Ende erklärte sich Morgan dann doch bereit, auszusagen. Er stellte fest, daß das Komitee, grob gerechnet, im Verhältnis vierzig zu sechzig gespalten war, wobei die Mehrheit gegen Morrisons Ansichten war.

Die Fragen, die ihm vorgelegt wurden, waren teils feindselig, teils freundlich, so wie es zu erwarten war. Was Morgan nicht bemerkte, war der irgendwie selbstzufriedene Ausdruck auf dem Gesicht seines Onkels, das zumeist hinter Wolken von Zigarrenrauch verborgen war.

Einer der ebenso feindseligen wie beharrlichen Fragesteller war ein Senator namens Corrigan. Er hatte die meisten von Morgans Notizen über die Ausbeutung der Loskäufer als übertrieben bezeichnet. Nun sagte er: »Wissen Sie, Mr. Kane, ich bin Ire wie die meisten der Leute, die in Ihrem Bericht erwähnt werden. Meine Eltern sind aus Irland eingewandert. Ich persönlich habe hart gearbeitet und es dadurch zu dem gebracht, was ich heute bin. Aber die meisten dieser Iren sind ein windiges Pack, deren Hauptbeschäftigung im Leben aus Saufen, Herumhuren und Spielen besteht. Wenn Sie sie um die Möglichkeit des Glücksspiels bringen, so werden sie eine andere finden. Würden Sie mir darin recht geben?«

Morgan zuckte die Schultern. »Keine Ahnung, Senator. Ich beurteile Menschen nicht nach ihrer Rasse oder ihrer Herkunft. Ich habe einen Auftrag bekommen, und den habe ich erledigt. Sie können daraus nach Belieben Ihre Schlüsse ziehen. Schließlich«, er lächelte flüchtig, »haben Sie selbst gesagt, es seien *Ihre* Leute. Sie sollten sie besser kennen als ich.«

Corrigan sträubte die Federn. »Nun hören Sie mal, Sie junger Kerl – werden Sie nicht unverschämt. Das habe ich keineswegs...«

Der Mann, der rechts neben Corrigan saß, lachte. »Mir scheint, genau das haben Sie gesagt, Corrigan. In der Bibel steht: ›Richtet nicht, auf daß ihr nicht gerichtet werdet.‹«

Corrigan warf ihm einen wütenden Blick zu. »Zitieren Sie mir gegenüber nicht die Bibel, Bartlett. Ich bin ein besserer Christ als Sie.«

Bartlett ignorierte ihn und sah Morgan an. »Der springende Punkt ist, Mr. Kane, daß Sie viele Fälle von Ausbeutung bei den Losverkäufen festgestellt haben?«

Morgan nickte. »Ja, sehr viele.«

Corrigan schnaubte. »Fünf Dollar sind ›Ausbeutung‹?«

»Für viele Leute auf dem Eriekanal ja«, erwiderte Morgan ungerührt. »Und aufgrund der Verkaufspraktiken der skrupelloseren Verkäufer erstehen die meisten mehr als ein Los im Verlauf eines Jahres. Erst gestern bin ich durch die Straßen von Harrisburg gegangen. Ist Ihnen, Gentlemen, klar, wie viele Hunderte, ja vielleicht Tausende von Leuten Geld ausgegeben haben, um zur Ziehung hierherzukommen – in der Erwartung, einen Hauptgewinn abholen zu können?«

»Das ist ihr Problem«, brummte Corrigan. »Die meisten von ihnen kamen hier aus dem Staat New York. Weshalb sollen wir uns irgendwelcher Leute wegen, die von außerhalb kommen, den Kopf zerbrechen? Ich jedenfalls fühle mich in keiner Weise betroffen.«

Ein kurzes Schweigen entstand, das schließlich von Sherman Morrison unterbrochen wurde. »Was das betrifft, Senator, so habe ich heute früh etwas Interessantes gehört – für Sie alle hier interessant.«

Corrigan betrachtete ihn mißtrauisch. »Und was ist das?«

»Die ›Union Canal‹ ist ein Pennsylvania-Projekt, darin sind wir uns doch wohl einig? Und ihr Wohlergehen liegt uns hier doch wohl allen am Herzen, oder nicht?«

»Na, und? Das ist ja der Sinn der Union-Canal-Lotteriegesellschaft – die Mittel für die ›Union Canal‹ zu beschaffen.

Meiner Ansicht nach hat sie ihren Zweck sehr gut erfüllt. Worauf wollen Sie also hinaus, Morrison?«

»Demnach, was ich gehört habe, hat die Lotteriegesellschaft in diesem vergangenen Jahr rund eine Million Dollar eingenommen, und doch hat die ›Union Canal‹ nur ungefähr sechzigtausend erhalten, wobei meiner Berechnung nach neunhundertvierzigtausend Dollar übrig bleiben, deren Verbleib unbekannt ist. Abzüglich natürlich die Gewinnausschüttung, die sich gewiß nicht auf diese Summe beläuft. Wo also ist der Rest all des Geldes geblieben?«

Corrigans Gesicht rötete sich, während sich rund um den Tisch allgemeines Gemurmel erhob. »Woher haben Sie Ihre Informationen, Morrison?«

»Eine geheime Quelle«, sagte Morrison prompt. »Ich bin nicht ermächtigt, sie jetzt schon zu nennen.«

»Eine geheime Quelle! Wie oft habe ich das nun schon gehört! Nichts weiter als die üblichen Gerüchte«, höhnte Corrigan. »Ein weiterer Versuch, die Union-Canal-Lotteriegesellschaft zu diskreditieren. Nein, das funktioniert nicht, Morrison.«

Morrison schüttelte den Kopf. »Die Geschichte stimmt diesmal eindeutig. Ich kann alles im Augenblick noch nicht belegen, aber das wird demnächst der Fall sein, seien Sie dessen versichert.«

Corrigan schlug zornig mit der Faust auf den Tisch und erhob sich. »Nun gut, bis Sie mir keine soliden Beweise vorgelegt haben, werde ich jedenfalls nicht für Ihren Antrag stimmen.« Er stolzierte aus dem Saal und schlug die Tür hinter sich zu.

»Ist es wirklich wahr, Sherman?« fragte Senator Bartlett. »Oder haben Sie das nur gesagt, um Corrigans Grundfesten ein bißchen zu erschüttern?«

»Meine Information ist solide. Sie stammt aus einer Quelle innerhalb der ›Union Canal‹. Man hat dort den vorläufigen Bescheid von der Lotteriegesellschaft bekommen, daß nach der Ziehung morgen lediglich ein Betrag von sechzigtausend für die ›Union Canal‹ zu erwarten sei. Mit Sicherheit werden wir die tatsächlichen Fakten wenige Tage nach der Ziehung erfahren, und dann ist der Zeitpunkt für die Lotteriegesellschaft gekommen, eine Endabrechnung zu machen.«

Bartlett begann zu lächeln. »Wenn das stimmt, dann ist hier

etwas maßgeblich faul an der Sache, und die öffentliche Empörung wird wohl ausreichen, um die zögernden Mitglieder unseres Komitees dazu zu bewegen, endlich zu Taten zu schreiten.« Er sah sich grinsend um. »Sind Sie nicht meiner Meinung, Gentlemen?«

Morgans Blick glitt von einem Gesicht zum anderen. Inzwischen konnte er die, welche auf der Seite seines Onkels standen, von denen unterscheiden, die gegen ihn waren. Den düsteren Gesichtern der Opposition nach zu schließen, wußte er, daß Bartlett recht hatte – die Tage der Union-Canal-Lotteriegesellschaft waren gezählt.

Morrison klopfte mit den Fingerknöcheln auf den Tisch. »Ich glaube, das reicht für heute, Gentlemen. Falls nicht jemand noch etwas hinzuzufügen hat, schlage ich vor, die Sitzung zu beenden.«

Die Komiteemitglieder standen auf und verließen geschlossen den Saal. Morrison und Morgan blieben allein zurück.

Sein Onkel betrachtete ihn mit selbstzufriedenem Lächeln. »Es sieht ganz so aus, als ob unsere Seite gewinnen würde, Morgan. Also könntest du nun vermutlich weggehen, wann immer du willst, ohne die Ziehung morgen abwarten zu müssen.«

»Ich glaube, daß ich doch noch bleibe, bis die Ziehung vorüber ist, Onkel Sherman. Da gibt es einen bestimmten Burschen, den ich gern beobachten würde. Ich bin überzeugt, daß er bei der Ziehung dabei sein wird.«

In der Hoffnung, auf Tate Brawley zu stoßen, ging Morgan bewaffnet zu der Ziehung; aber als er die Menschenmenge sah, die sich angesammelt hatte, zweifelte er, daß er Brawley überhaupt ausfindig machen könnte. Die Leute drängten sich bis vor das Parlamentsgebäude hinaus auf die Straße. Morgan bahnte sich langsam seinen Weg durch die Menschen und wurde zum Ziel unwirscher Beschwerden derjenigen, die er beiseite schob.

Die Ziehung begann gerade, als es ihm gelang, sich ins Gebäude zu drängen. Zwei Vertreter der Union-Canal-Lotteriegesellschaft standen neben einer großen Trommel. Einer von ihnen drehte sie ausgiebig; als sie anhielt, griff der zweite Mann hinein und holte einen Losabschnitt heraus. Er las die Nummer und gab sie mit lauter, tragender Stimme bekannt;

ein dritter Mann, der an der Tür stand, verkündete diese Nummer denjenigen, die draußen warteten. Jedesmal wenn eine Nummer aufgerufen wurde, ertönten Hochrufe auf den glücklichen Gewinner und Stöhnen und Flüche von den Verlierern.

Morgan schob sich unentwegt weiter nach vorne, seine Augen suchten Brawley in der Menge. Er wußte, daß die zehn Hauptgewinne als letzte gezogen würden, teils, um die Spannung zu erhalten, teils um mögliche Krawalle zu verhindern. Er war überzeugt, daß die Männer im Zwischenstock, sobald der letzte Losabschnitt mit dem Hauptgewinn gezogen war, sich mit der Trommel aus dem Staub machen würden, um eventuellen Reaktionen aus dem Publikum zu entgehen. Morgan hegte zudem den Verdacht, daß der Mann, der in die Trommel griff, die Losabschnitte für die Hauptgewinne irgendwie sicherstellen würde – nämlich die Abschnitte mit den Nummern, die mit denen übereinstimmten, welche die Mitarbeiter der Gesellschaft in der Menge in ihren Händen hielten – um sie dann ähnlich einem Falschspieler als Trumpf im richtigen Augenblick aus dem Ärmel zu ziehen.

Inzwischen war er am Fuß der breiten Treppe angelangt, und die Lotterieangestellten waren dabei, den letzten Abschnitt zu ziehen. In diesem Augenblick erblickte Morgan Brawley. Er stand auf der dritten Treppenstufe von unten, und natürlich hielt er ein Lotterielos in der Hand. Morgan hätte seinen letzten Dollar darauf gewettet, daß die Nummer auf seinem Abschnitt mit der übereinstimmte, die oben als letzte ausgerufen wurde. Morgan arbeitete sich bis zu der zweiten Stufe hoch, machte sich jedoch noch nicht bemerkbar. Brawley, dessen Blick eindringlich auf die Männer an der Trommel gerichtet war, sah ihn nicht. Morgan zog seine Pistole heraus, hielt sie jedoch unter seiner Jacke verdeckt.

Der Losabschnitt wurde gezogen und die Nummer abgelesen. Brawley schwenkte sein Los und öffnete den Mund, um zu rufen.

»Das würde ich nicht tun, Brawley«, sagte ihm Morgan ins Ohr. »Wir wissen beide, alles ist so hingedreht worden, daß Sie gewinnen.«

Brawley erstarrte mit offenem Mund. »Kane!« Er wollte sich umdrehen.

Morgan trat eine Stufe höher neben ihn und rammte ihm

die Pistole in die Seite. »Drehen Sie sich nicht um und rufen Sie Ihre Nummer ja nicht aus.«

»Sie Drecksack«, flüsterte Brawley erstickt. »Ich weiß alles über Sie. Ich habe die Reisetasche, die Sie verloren haben, mit all Ihren Unterlagen in die Finger bekommen. Sie haben die ganze Zeit über gegen mich und die Gesellschaft gearbeitet.«

»Ganz recht. Ich weiß alles über die krummen Machenschaften. Und wenn Sie die Nummer auf dem Losabschnitt in Ihrer Hand ausrufen, so werde ich allen Anwesenden hier verkünden, daß Sie Vertreter für die Union-Canal-Lotteriegesellschaft sind und daß die Ziehung für die Hauptgewinne manipuliert worden ist. Was, glauben Sie, wird man mit Ihnen tun? Ich kann es Ihnen sagen ... Man wird Sie in Ihre Bestandteile zerlegen.«

»Als ich diese Tasche in die Hände bekam, habe ich mir geschworen, Sie umzubringen, Kane.«

Morgan lachte. »Im Augenblick sind Sie wohl kaum dazu in der Lage, oder? Was wir nun tun werden, Brawley, ist, uns beide unseren Weg hinaus ins Freie zu bahnen. Dann können Sie entscheiden ...«

Er wurde von dem Mann im Zwischenstock unterbrochen, der, unverkennbar mit einem verzweifelten Unterton in der Stimme, die Nummer wiederholte. »Ist der Betreffende mit der Gewinnummer nicht hier?« Eine kurze Stille entstand, als alles den Atem anzuhalten schien. Der Angestellte von der Lotteriegesellschaft lachte nervös. »Nun, es scheint so, als ob der Gewinner nicht da ist. Den Vorschriften zufolge müssen wir den Gewinn zurückhalten bis er angefordert wird ...«

Zornige Stimmen erhoben sich. »Nein! Wenn er nicht hier ist, dann ziehen Sie eine andere Nummer!« Solche und ähnliche Zurufe mehrten sich.

Der Mann im Zwischenstock hob beschwichtigend die Hände.

Als sich die Menge allmählich zu beruhigen begann, flüsterte Morgan in Brawleys Ohr: »Ich wollte sagen, Sie können sich entscheiden, ob Sie vor Gericht gestellt und wegen Betrugs verurteilt werden oder ob Sie lieber mit mir zu Senator Morrison gehen und sich bereit erklären wollen, über die betrügerischen Machenschaften Ihrer Gesellschaft auszusagen. Wenn Sie die Wahrheit zugeben, wird er Ihnen Straffreiheit garantieren.«

»Nein. Der Teufel soll Sie holen, Kane, ich tue nichts dergleichen.«

Bevor Morgan sich äußern konnte, sprach der Mann im Zwischenstock erneut. »Es tut mir leid, gute Leute, aber unseren Vorschriften zufolge muß der Gewinner, sofern er nicht anwesend ist, benachrichtigt werden. Das ist die einzige korrekte ...«

»Nein, es ist nicht korrekt!« schrieen verschiedene Stimmen. »Einen neuen Abschnitt ziehen! Wir wollen alle eine Chance haben.« Die Leute drängten nach oben und fluchten.

Plötzlich war ein Schuß zu hören. Morgan blickte über die Schulter weg nach unten. Er sah einen Mann, der eine Pistole schwenkte. Die Leute wichen vor ihm zurück, und auf der freigewordenen Stelle sah Morgan einen Mann liegen, aus dessen Brust Blut quoll. Der Mann mit der Waffe warf wilde Blicke um sich, dann, ganz unvermittelt, hob er die Pistole an seine Schläfe und drückte ab. Er stürzte neben den anderen auf den Boden.

Morgans kurze Unaufmerksamkeit gab Brawley die Chance, auf die er gewartet hatte. Er stieß Morgan zur Seite und bahnte sich brutal seinen Weg durch die Menge. Der Stoß brachte den jungen Mann aus dem Gleichgewicht, und als er es wiedererlangt hatte, war Brawley schon fast am Ausgang angelangt.

Das gesamte untere Geschoß glich nun einem Inferno – Leute kreischten und schrieen und gerieten miteinander ins Handgemenge.

Obwohl Morgan wußte, daß es wahrscheinlich hoffnungslos war, machte er sich an die Verfolgung Brawleys. Wütend auf sich selbst, mußte er sich seinen Weg zum Ausgang förmlich erkämpfen. Der Tumult vor dem Gebäude war nicht geringer als der im Innern. Morgan blieb auf der obersten Treppenstufe stehen und sah sich nach allen Seiten um. Nirgendwo konnte er Brawley entdecken. Ihm fiel auf, daß einige Leute ihn seltsam anblickten, und er stellte fest, daß er noch die Pistole in der Hand hielt. Hastig steckte er sie in den Gürtel und wanderte dann ziellos durch die Menge; aber er wußte, daß es hoffnungslos war, Brawley war endgültig verschwunden.

Als Morgan ins Hotel zurückkehrte, wartete sein Onkel bereits in der Halle auf ihn. Sie gingen gemeinsam in die Bar, um etwas zu trinken, und Morgan erzählte ihm von der Szene im Parlamentsgebäude.

Morrison hatte bereits davon gehört. »Ja, das wird das Ende der Union-Canal-Lotteriegesellschaft sein. Nach dem Zwischenfall heute morgen, verbunden mit der Tatsache, daß der größte Teil des in diesem Jahr eingenommenen Geldes spurlos verschwunden ist, werde ich keine Schwierigkeit mehr haben, das Verbot von Lotterien in Pennsylvania vor meinem Komitee und dem Parlament durchzusetzen. Es sollte mich nicht wundern, wenn wir in einem Monat schon soweit wären. Dank dir, Morgan – du hast hervorragende Arbeit geleistet.« Sein Onkel zog eine Zigarre heraus und zündete sie an. Dann blies er den Rauch aus und sah Morgan eindringlich an. »Was für Pläne hast du nun also? Hast du dich schon entschieden?«

»Ja, eigentlich.« Morgan nickte. »Ich weiß dein Angebot, bei dir zu arbeiten, zu schätzen, Onkel Sherman, aber das ist nichts für mich. Und am Erie ist für mich auch nichts mehr zu holen.« Er dachte flüchtig an Cat, dann verbannte er sie entschlossen aus seinen Gedanken. »Ich glaube, ich werde mich nach Westen aufmachen, irgendwohin noch über den Mississippi hinaus.«

»Es ist Winter, Morgan. Ein bißchen kalt zu dieser Jahreszeit im fernen Westen, meinst du nicht auch?«

»Ich werde wahrscheinlich in New Orleans überwintern. Dort bin ich noch nie gewesen. Dann, im Frühjahr, werde ich mich in nordwestlicher Richtung auf den Weg machen.«

## 16

Es wurde ein langer, trübseliger Winter für Cat. Das Boot war vernichtet, ihr Geld verschwunden, und Mick war schwer verletzt. Er hatte einen gebrochenen Arm, der langsam heilte, und außerdem eine Gehirnerschütterung. Tagelang hatte er im Koma gelegen, und Cat war überzeugt, daß ihr Vater ohne Anthonys ärztliche Fähigkeiten gestorben wäre.

Sie wohnten jetzt in einem armseligen Hotel in Albany, nicht zu weit von der ›Paracelsus‹ entfernt, so daß sie Mick ein- oder zweimal in der Woche zu Dr. Mason bringen konnte.

Anthony hatte sie beide bei sich an Bord behalten wollen, aber das ließ Cats Stolz nicht zu; und obwohl Mick auf dem Arztboot blieb, bis er sich wieder einigermaßen gut bewegen konnte, war er in seiner Ablehnung von Anthonys großzügigem Angebot ebenso eisern wie seine Tochter.

Cat hatte eine Stelle als Bedienung in einer Schenke in der Nähe des Hotels bekommen. Es war ein erniedrigender Beruf, da die Rowdys aus dem Hafen ihr zusetzten – ihrer Meinung nach waren alle Serviererinnen Freiwild. Immerhin brachte Cat nach ein paar Wochen genügend Energie und Geschicklichkeit auf, um sich bei ihnen Respekt zu verschaffen.

Die andere Serviererin, Amy, war derb und vulgär und flirtete mit jedem Mann, der hereinkam. Cat wußte zudem, daß sie sich oft mit Männern verabredete, sobald die Taverne geschlossen wurde. Amy betrachtete Cat mit Verachtung und verspottete sie, weil sie ›offenbar zu gut für unsereiner‹ sei. Ihre gegenseitige Abneigung bewog schließlich beide, nur noch das Unerläßliche über ihre Arbeit miteinander zu besprechen.

Da Mick bis zur Mitte des Winters praktisch außer Gefecht gesetzt war, nahm er die Umgebung, in der seine Tochter arbeitete, gar nicht wirklich wahr. Anders Anthony. Er kam in die Taverne, wann immer er konnte, nippte stundenlang an einem Glas Bier und behielt sie im Auge. Wann immer es möglich war, brachte er sie nach Hause oder auf sein Boot, damit sie einander, wenn auch nur kurz, lieben konnten. Es geschah nicht allzuoft; Cat war zumeist erschöpft nach ihrer Arbeit und Anthony müde, da sein Tag sehr früh begann.

Eines Abends, nachdem sie miteinander geschlafen hatten, brach es aus ihm heraus. »Ich kann es nicht mehr ertragen, dich dort arbeiten zu sehen, Cat!«

»Ich habe kaum eine andere Wahl, Anthony«, sagte sie müde. »Ich habe mich um andere Stellen bemüht, aber es gab nichts. Du weißt, wie wenig Möglichkeiten Frauen haben. So gesehen habe ich Glück gehabt, diese hier zu bekommen, und ich muß das Beste daraus machen. Zumindest verdiene ich genügend, um unser Zimmer bezahlen und uns ernähren zu können. Mir tut nur leid, daß ich nicht ausreichend Geld habe, um dir dein Honorar zu zahlen.«

Er tastete nach ihrer Hand. »Cat, ich dachte, wir bedeuteten einander mehr, als daß wir das diskutieren müßten.«

Sie entzog ihm ihre Hand. »Du meinst, daß ich in deinem Bett liege, ist Bezahlung genug?«

»Cat...« Er seufzte. »Manchmal bist du wirklich eine Heimsuchung. Natürlich meine ich nichts dergleichen, und das weißt du auch ganz genau. So wie ich dich kenne, wirst du darauf bestehen, mir jeden Penny zu bezahlen, sobald ihr wieder auf eigenen Füßen steht...«

»Das wird vielleicht nie mehr der Fall sein«, sagte sie düster. »Ich sehe nicht, wie Mick und ich je genügend Geld zusammenscharren können, um die ›Cat‹ zu ersetzen.«

»Irgendwie habe ich das Gefühl, daß wir vom Thema abgekommen sind«, sagte er trocken, »und daß du das absichtlich getan hast. Wir sprachen von deiner Arbeit in der Taverne.«

»Und ich sage dir noch einmal, ich habe keine Wahl.«

»Cat...« Er betrachtete sie nachdenklich. »Es sieht dir gar nicht ähnlich, einfach aufzugeben.«

»Ich weiß...« Sie legte eine Hand über die Augen. »Ich bin ja auch nicht immer so mutlos. Manchmal bin ich sicher, daß wir ja doch irgendwann einmal einen Ersatz für die ›Cat‹ herbeischaffen können. Ein andermal fühle ich mich so wie heute. Vielleicht liegt es an diesem verdammten Winter.«

»Es gibt da etwas, das du dir bitte gründlich überlegen solltest. Ich hätte schon früher damit anfangen sollen, aber ich wußte nicht, wie du reagieren würdest – ich kenne deinen Stolz. Aber es handelt sich um ein völlig legitimes Angebot, ohne jeden Hintergedanken an Wohltätigkeit.«

Sie sah ihn mit unverhülltem Mißtrauen an. »Was für ein Angebot?«

»Eine Stellung. Ich möchte, daß du als Krankenschwester bei mir arbeitest.«

»Als deine Krankenschwester?« Sie starrte ihn an. »Ich habe nicht die geringste Ausbildung, wie du weißt.«

»Ich bin jetzt an einem Punkt angelangt, wo ich jemand brauche, und was die Ausbildung betrifft, so gibt es zumindest hierzulande überhaupt keine ausgebildeten Krankenschwestern. Was du wissen mußt, kann ich dir beibringen. Damals, als du mir dabei geholfen hast, den Schenkel von dem Kerl auszuflicken, war mir klar geworden, daß du eine ausgezeichnete Schwester abgeben würdest.« Er schwieg einen Augenblick. »Und außerdem bin ich jetzt in der Lage, eine

Krankenschwester zu bezahlen. Wie immer fallen im Winter mehr Krankheiten an, Grippe, Lungenentzündung und anderes. Willst du es dir nicht überlegen, Cat?«

Sie war noch immer mißtrauisch, was seine Motive betraf, aber es gab einen zwingenderen Grund, weshalb sie glaubte, ablehnen zu müssen. »Ich glaube, es würde deinem Ruf nicht gut tun, mit mir zusammenzuarbeiten, Anthony. Es ist schwierig, auf dem Erie ein Geheimnis zu bewahren, und ich wette, eine ganze Reihe von Leuten weiß bereits, daß wir ein Liebespaar sind. Wenn sich das vollends herumspricht, büßt du vielleicht Patienten ein.«

Er lachte. »Für gewöhnlich ist es die Frau, die sich um ihren Ruf Sorgen macht, nicht der Mann.«

»Aber du bist Arzt, das ist ein Unterschied. Was mich angeht, so ist mir das gleichgültig.«

»Wenn du dir also deinetwegen keine Sorgen machst – ich kümmere mich ganz gewiß nicht darum, was die Leute von mir halten.«

»Aber du solltest das tun, das ist der springende Punkt. Nein, ich möchte nicht dafür verantwortlich sein, wenn deine Praxis, die du so mühsam aufgebaut hast, Schaden erleidet.«

»Aber, Cat...«

»Pst, Anthony.« Sie legte ihm die Hand auf den Mund. »Wir reden nicht mehr darüber. Liebe mich jetzt.«

Sie zog ihre Hand zurück und küßte ihn herausfordernd.

Zwei Abende später sah Cat in der Taverne einen neuen Gast hereinkommen; er setzte sich in eine der hinteren Nischen. Sie hatte ihn erst nur von hinten gesehen und wußte nicht, wer er war, bis sie mit ihrem Tablett in die Nische trat und dem Neuankömmling ins Gesicht sah. »Sie!« Sie schnappte nach Luft und fuhr zurück.

»Ich hörte, daß Sie hier arbeiten, Missy«, sagte Simon Maphis grinsend. »Das mußte ich mir selbst ansehen. Cat Carnahan als Dienstbolzen in einer Hafenkneipe. Endlich sind Sie nichts Besseres mehr als wir anderen, wie?«

»Sie stecken hinter der Zerstörung unseres Boots, davon bin ich überzeugt! Und mein Vater ist dabei fast umgekommen.«

»Sie haben mich aber nirgendwo in der Nähe gesehen, Missy, oder?« Seine Stimme klang selbstzufrieden. »Sie können überhaupt nichts beweisen.«

»Vielleicht nicht, aber trotzdem weiß ich, daß Sie dahinterstecken, Maphis. Wer sollte es sonst gewesen sein? Sie sind der widerwärtigste Kerl, der mir je in meinem Leben begegnet ist.«

Sein Ausdruck wurde gehässig. »Werden Sie nicht unverschämt, Missy Carnahan! Das werde ich nicht dulden.«

Wortlos wollte sie sich abwenden.

»Augenblick mal.« Er packte sie am Arm. »Ich bin hergekommen, um eine Flasche Rum zu bestellen. Nun holen Sie sie also.«

Sie versuchte vergeblich, ihren Arm loszureißen. »Holen Sie sie selbst. So jemand wie Sie bediene ich nicht.«

»Sie sind hier Kellnerin, oder nicht?« Er grinste erneut und verdrehte ihr den Arm, daß sie fast auf die Knie sank. »Sie bringen mir eine Flasche, sonst werden Sie gleich vor mir knien.«

Der Druck nahm stetig zu, und Cat wußte, daß sie tatsächlich demnächst vor Maphis' Füßen im Sägemehl knien würde. In einer Aufwallung von Zorn nahm sie alle ihre Kräfte zusammen und entriß ihm ihren Arm. Aber statt wegzurennen, schmetterte sie das Tablett in ihren Händen mit der Kante auf seinen Arm, der auf dem Tisch lag. Er schrie vor Schmerz auf, und sie begann mit dem Tablett auf seinen Kopf einzuschlagen. Maphis, in der Nische eingekeilt, konnte sich nur mit Händen und Armen schützen.

Der Aufruhr hatte allgemeine Aufmerksamkeit erregt, und Cat konnte durch ihren Zorn hindurch Gelächter und Spottrufe hören.

»Was ist, König vom Erie? Läßt du dich von einem kleinen Mädchen vertrimmen?«

»Da schau mal – der stärkste und ausgekochteste Kerl vom Erie! Simon, brauchst du Hilfe?«

Dann stand Amy neben Cat, packte das Tablett und versuchte, es ihr zu entreißen. Sie zischte: »Für wen hältst du dich eigentlich? So kannst du nicht auf einen Gast einschlagen!«

Dann wurde sie plötzlich von einem Mann festgehalten. Cat drehte sich um und sah, daß es Prudhomme war, der Besitzer der Taverne. Sein normalerweise gutmütiges Gesicht war jetzt rot vor Zorn. »Amy hat recht. Es ist egal, was er dir angetan hat, Mädchen. Simon Maphis ist hier mein Gast. Keines meiner Mädchen beleidigt einen meiner Gäste.«

Cat erschlaffte unter seinem Zugriff, der Zorn verließ sie.

Maphis zwängte sich aus der Nische. »Überlaß mir das Luder! Sie hat mich vor meinen Freunden bloßgestellt. Ich werde ihr eine Lektion erteilen, die sie nie mehr vergißt.«

Prudhomme trat zwischen sie. »Nein, Simon, dem Mädchen wird nichts geschehen. Ich bitte dich um Entschuldigung für ihr Benehmen, aber du wirst ihr nichts antun. Sie ist ab sofort entlassen, und damit wirst du dich zufriedengeben müssen.«

Maphis war keineswegs beruhigt. »Ich darf ihr nichts antun, aber sie kann mich vertrimmen wie sie mag, wie?« Er trat drohend einen weiteren Schritt vor.

»Ich dulde nicht, daß in meinem Lokal Frauen mißhandelt werden, Maphis«, knurrte Prudhomme. »Nun setz dich, und du kriegst deine Flasche Rum auf Kosten des Hauses. Amy, hol sie.«

Damit führte Prudhomme Cat davon. Sie spürte förmlich Maphis' mörderische Blicke in ihrem Rücken; aber sie war jetzt weit mehr um ihre Stellung besorgt.

»Sie werden mich doch nicht wirklich entlassen, Mr. Prudhomme, oder?«

»Sie lassen mir keine andere Wahl, Miß Carnahan«, sagte er mürrisch. »Ich kann es nicht dulden, daß meine Kellnerinnen Gäste mißhandeln. Das bringt mir am Erie einen schlechten Ruf ein, und das kann ich mir nicht leisten.«

Sie lachte schrill. »*Ihn* mißhandeln? Er ist dreimal so schwer wie ich! Und Sie wissen nicht, was er mir angetan hat. Ich bin ganz sicher, daß er hinter der Zerstörung unseres Boots steckt – und dahinter, daß mein Vater halb totgeschlagen wurde!«

»Ich weiß, daß Simon Maphis ein Lump ist. Und wahrscheinlich haben Sie recht mit dem, was Sie sagen. Aber in meinem Lokal darf Ihr Streit nicht ausgetragen werden. Es tut mir wirklich leid, Catherine, aber ich kann es nicht ändern.«

Als sie ins Hotelzimmer zurückkehrte, war Mick überrascht. »Wieso bist du so früh zurück, Catherine?«

Sie versuchte tapfer zu sein, brach jedoch zu ihrem Ärger in Tränen aus. »Ich bin entlassen worden, Mick.«

»Ah – das tut mir leid.«

Sie bewohnten gemeinsam ein kleines Zimmer. Mick ging es jetzt gut genug, um umhergehen zu können, sein Arm war fast geheilt. Er umarmte seine Tochter, und Cat weinte sich an seiner Schulter aus, was seit dem Tod ihrer Mutter nicht mehr geschehen war.

Als sie schließlich zu schluchzen aufgehört und sich hingesetzt hatte, fragte Mick: »Was ist geschehen, Catherine? Ich verstehe nicht, warum dich jemand entlassen sollte. Niemand arbeitet härter als du.«

»Es hatte nichts mit meiner Arbeit zu tun.« Ganz plötzlich brach alles aus ihr heraus. Nun, da sie nicht mehr in der Taverne arbeitete, spielte es keine Rolle mehr, ob er alles erfuhr.

»Dieser elende, dreckige Maphis!« Er schlug mit der Faust des gesunden Arms auf das Bett. »Verfolgt uns denn dieser Schuft für den Rest unseres Lebens?« Dann kam er zu ihr herüber und legte den Arm um ihre Schulter. »Aber mach dir keine Sorgen. Mein Arm ist bald geheilt, und dann finde ich Arbeit.«

Cat wußte genau, daß ihn in seiner körperlichen Verfassung niemand anstellen würde, auch wenn es reichlich Arbeit gegeben hätte, aber sie schwieg. Sie wollte ihn nicht entmutigen.

Ein kräftiges Klopfen an der Tür ließ sie beide zusammenfahren. Eine Stimme sagte: »Cat – sind Sie da? Mick, ist Cat da?«

Es war Anthonys Stimme. Erleichtert antwortete Cat: »Ja, ich bin da. Kommen Sie herein.«

Er kam förmlich hereingestürzt. »Ich war in der Taverne, um Sie heimzubegleiten. Sie waren nicht da, und alles, was ich herausbekommen konnte, war, daß es irgendwelche Handgreiflichkeiten gegeben hat. Sind Sie verletzt?«

»Nur mein Stolz«, sagte sie mit unsicherem Lachen und stand auf. »Ich bin heute abend entlassen worden, Anthony.«

»Erzählen Sie mir, was vorgefallen ist.«

So knapp wie möglich berichtete sie.

»Dieser Maphis ist ein Scheusal«, sagte Anthony zornig. »Man sollte ihn für seine Schurkereien zur Verantwortung ziehen – die Behörden informieren.«

»Das wäre vergebliche Liebesmühe, Anthony. Den Behörden ist so etwas gleichgültig. Sie gehören nun zu uns und wissen, wie wenig Beachtung dort den ›Kanalern‹ geschenkt wird. Außerdem können wir nichts beweisen«, fügte sie verbittert hinzu.

»Ich kenne die Situation, aber es ist einfach nicht recht.«

»Wir nehmen hier unsere Probleme selbst in die Hand. Irgendwann werde ich es Simon Maphis schon heimzahlen«, sagte sie mit harter Stimme. Dann wandten sich ihre Gedanken einem näherliegenden Problem zu. »Im Augenblick muß ich irgendeine Möglichkeit finden, unseren Lebensunterhalt zu verdienen.«

»Mein Angebot steht noch immer. Es wäre die Lösung für alle Ihre Probleme.«

Mick legte den Kopf schief. »Was für ein Angebot?«

»Hat Cat Ihnen nichts davon erzählt? Nein, offensichtlich nicht. Ich brauche eine Krankenschwester auf der ›Paracelsus‹. Cat wäre hervorragend geeignet dafür. Nein, warten Sie, Cat.« Er hob die Hand, als sie Einwendungen erheben wollte. »Sowohl Ihr Vater als auch Sie können auf meinem Boot wohnen. Es ist dort ausreichend Platz. Wenn Mick bei uns ist, kann es keinen Skandal geben.«

Mick runzelte die Stirn. »Was für einen Skandal?«

Anthonys Antwort kam schnell. »Sie fürchtet, es könne Gerede geben, wenn sie für mich arbeitet.«

»Bei allen Heiligen«, sagte Mick wütend, »wenn jemand wagt, den guten Namen meiner Tochter in den Dreck zu ziehen, dann reiße ich ihm die Zunge heraus!«

»Das würde wenig nützen, den Tratsch zu unterdrücken«, sagte Cat. »Aber Ihre Idee ist vielleicht wirklich eine Lösung, Anthony. Wenn Mick und ich auf Ihrem Boot wohnen, finden die Leute möglicherweise an der Situation nichts auszusetzen.«

»Ich sehe nicht, daß sich die Situation wesentlich von der unterscheidet, als Morgan Kane auf der ›Cat‹ gelebt hat«, sagte Anthony nicht ohne Schärfe.

Cat spürte, wie sie rot wurde, und wußte keine Antwort darauf.

Mick brach in schallendes Gelächter aus. »Da hast du's, Catherine! Was mich betrifft, ich fände es großartig, wieder auf einem Boot zu leben, statt in dieser Flohkiste hier. Und ich finde, wir sollten dem Doktor dankbar sein. Es ist ja keine Mildtätigkeit, denn du arbeitest für ihn, und bald werde auch ich wieder was tun können, da bin ich ganz sicher.«

Cat seufzte; sie wußte, daß ihr keine Einwände mehr blieben. Es hatte nie einen logischen Grund für ihre eigensinnige Weigerung gegeben, Anthonys freundliches Angebot anzunehmen – nur war es ihr auf eine seltsame und verrückte Weise wie ein Verrat an Morgan vorgekommen. Auf sich selbst zornig, sagte sie: »Na schön, ich nehme Ihr Angebot an, Anthony. Und wir sind Ihnen dankbar.«

Morgan war froh, daß er New Orleans als Bleibe für den Winter ausgesucht hatte. Es war eine vergnügliche Stadt, vor allem das French Quarter.

Er verdiente seinen Lebensunterhalt dadurch, daß er zu seinem früheren Beruf zurückgekehrt war – dem Spiel. Und er verdiente nicht schlecht. Sein Gewissen drückte ihn dabei nicht. Fast jeden Abend gab es in diesem oder jenem Hotel Poker mit hohen Einsätzen, und die Spieler waren durchweg reiche Männer, die ihre Verluste leicht verschmerzen konnten. Manche schienen es förmlich zu genießen, wenn sie verloren.

Er gewann regelmäßig genug, um bequem davon leben und sogar etwas Geld beiseite legen zu können. Sherman Morrison hatte ihn für seinen Auftrag gut bezahlt, jedenfalls reichte es für einen sehr guten Einsatz. Morgan hatte einen Brief von ihm erhalten, in dem ihm sein Onkel mitteilte, daß seine Bemühungen, die Lotterien zu verbieten, in Pennsylvania erfolgreich gewesen waren. Das Parlament hatte prompt reagiert, und die Union-Canal-Lotteriegesellschaft war aufgelöst worden.

Morgan dachte sogar gelegentlich daran, endgültig in New Orleans zu bleiben. Er hatte eine Suite in einem der besseren Hotels im French Quarter, er aß und trank gut und hatte eine angenehme Beziehung zu einer Kreolin namens Marie Renaud aufgenommen. Sie war schlank und sehr attraktiv, zog sich wunderbar an und war eine vollendete Künstlerin im Bett. Marie gab nicht vor, irgend etwas anderes als eine Frau zum Vergnügen zu sein, eine Kurtisane der alten Schule; sie war dazu erzogen worden, den Bedürfnissen der Männer nachzukommen. Ihre Neigungen kamen teuer, aber Morgan wußte, daß er sie sich leisten konnte.

Trotz allem wurde er rastlos, bevor der Winter zu Ende war. Obwohl er keinerlei Schaden anrichtete, wenn er mit hohen

Einsätzen gegen Männer spielte, die das leicht verkraften konnten, wußte er zutiefst in seinem Innern, daß er sich mit Glücksspiel als Möglichkeit, seinen Lebensunterhalt zu verdienen, nicht auf die Dauer zufriedengeben würde. Es war ein angenehmes, leichtes Dasein, enthielt keinerlei physische Herausforderung, und er hatte genügend professionelle Spieler kennengelernt, um zu wissen, daß dieses Leben an der moralischen Struktur eines Menschen zehrte. Früher oder später verlor der Spieler zuviel Geld, um nicht zu betrügen anzufangen. Es war nur eine Frage der Zeit.

›Mardi Gras‹ kam und unterbrach die Eintönigkeit bis zu einem gewissen Maß. Das Viertel wimmelte von Besuchern dieses eine Woche lang dauernden Karnevals. Gesellschaften wurden rund um die Uhr gegeben, und alle amüsierten sich köstlich.

In der letzten Nacht besuchte Morgan mit Marie einen der vielen großen Bälle. Sie hatte sich für sie beide Kostüme ausgedacht, die einen hübschen Batzen Geld kosteten, aber dagegen hatte er nicht viel einzuwenden – zwei Tage zuvor hatte er fünftausend Dollar beim Pokern gewonnen, bisher sein größter Gewinn.

Marie trat auf dem Ball als Marie Antoinette auf. »Als wer sonst, chéri?« hatte sie mit verschmitztem Lächeln gesagt. »Schließlich bin ich nach ihr getauft worden.«

Sie überredete Morgan, sich als Napoleon zu verkleiden, komplett mit Perücke und Dreispitz. »Ich bin ein bißchen zu groß für Napoleon«, hatte er trocken bemerkt. »Aber was würde ich nicht für dich tun, liebstes Mariechen?«

Sie hatten ein blendendes Paar abgegeben, hatten bis zur Morgendämmerung Champagner getrunken und getanzt, und als sie bei den ersten Strahlen der Sonne ins Hotel zurückkehrten, war ihre Stimmung nach wie vor ausgezeichnet.

In der Hotelhalle stand ein riesiger Kübel voller Eisbrocken, in dem Champagnerflaschen für die Gäste lagen. Marie fischte sich eine davon heraus und nahm sie wie ein Baby in den Arm.

»Meinst du nicht, du hast genug davon gehabt?« fragte Morgan. »Wir haben die ganze Nacht über Champagner getrunken.«

»Weißt du noch immer nicht, daß ich von *nichts* jemals

genug bekomme?« sagte sie verschmitzt. »Ich bin gierig, ja, aber man lebt nicht ewig, und solange ich kann, möchte ich alle guten Dinge des Daseins genießen.«

Sie schob ihren Arm durch den seinen, während sie die Treppe hinaufgingen. Marie war ungefähr zehn Jahre älter als Morgan, und sie hegte die allgemein verbreitete Angst aller Frauen, die ausschließlich dem Vergnügen lebten – die vor dem Alter.

Seine Suite lag im ersten Stock, nach Osten zu, und blasser Wintersonnenschein flutete herein, als sie eintraten. Marie holte Gläser,während Morgan die Tür verriegelte. Als er sich umdrehte, hatte Marie bereits Kleid und Schuhe ausgezogen und goß in ihren dünnen Untergewändern Champagner ein. Der durchsichtige Stoff ließ deutlich die Schwellung ihrer Brüste und die weichen Konturen ihrer Figur sehen. Das Blut begann ihm in den Kopf zu steigen.

Marie reichte ihm sein Glas und hielt das ihre in die Höhe. »Ich trinke auf den Rest der Nacht«, sagte sie herausfordernd. »Möge er ebensogut werden wie der Anfang war.«

Morgan lachte. »Die Nacht ist längst vorbei, Marie.«

Ihre Stimme klang heiser. »Sie ist nicht vorbei, bevor du mich nicht geliebt hast.«

»Darum werden wir uns sofort kümmern.« Er trank das Glas halb leer und begann sich auszuziehen. Mit einer Grimasse entledigte er sich der Perücke. »Ich muß schon betrunken gewesen sein, als ich darauf eingegangen bin, dieses verdammte Ding aufzusetzen. Wer weiß, wer das vor mir auf dem Kopf gehabt hat.«

»Ich fand dich heute nacht sehr attraktiv, Morgan.«

»Wenn du nach Komplimenten angelst, was du vermutlich tust, so rechne ich es mir als hohe Ehre an, heute nacht mit der schönsten Frau des Balls zusammen gewesen zu sein.«

»Ich weiß, daß du lügst, Morgan«, sagte sie, und ihre Augen waren plötzlich feucht. »Aber ich weiß es trotzdem zu schätzen.« Sie machte einen flüchtigen Knicks, trank ihren Champagner aus und begann sich vollends zu entkleiden. Sie war im Begriff, die weißen Strümpfe abzustreifen und hielt dann inne. »Soll ich sie anlassen? Ich erinnere mich, daß ich das in einer Nacht einmal getan habe, und es hat dir gefallen.«

»Ich muß zugeben, daß es einen zusätzlichen Reiz bietet.«

Sie ließ sich aufs Bett zurückfallen. Als Morgan zu ihr kam, umschloß sie ihn mit den Armen, ihr Mund suchte fieberhaft den seinen. Sie preßte ihn wild an sich, und Morgan spürte die Weichheit ihrer Brüste und das Prickeln ihrer Schamhaare, die sich gegen seinen Unterkörper drückten. Nach einer Weile drängte sie ihn, sich auf den Rücken zu legen. »Lieg still«, befahl sie.

Amüsiert wie immer, wenn sie dies tat, beobachtete Morgan fast gleichmütig, wie sie ihn mit Lippen, Händen und unglaublicherweise auch mit ihren Brüsten liebkoste. Sie kannte all die geheimen Stellen am Körper eines Mannes, die das Verlangen anfachten. Ihr langes Haar streifte über seine Haut, kitzelte und erregte ihn.

Bald war aller Gleichmut verschwunden, ebenso wie die Belustigung, und sein gesamter Körper brannte vor Verlangen; aber als er Anstalten traf, sich aufzurichten, drückte sie ihn zurück und murmelte tief aus der Kehle heraus: »Noch nicht...«

Sie fuhr mit ihrem Spiel fort, bis er keinen Gedanken mehr im Kopf hatte, nur noch aus Empfindung bestand, blind und taub gegen alles, außer der Lust, die sie ihm bot.

»Jetzt«, sagte sie heiser.

Sie erhob sich, rollte sich auf den Rücken, und Morgan warf sich über sie. Sie war die einzige Frau, die er kannte, die einen Mann so erregen konnte, daß der Akt des Eindringens schon fast nicht mehr den Höhepunkt bildete. Sie warf sich gegen ihn, schrie ekstatisch auf, und Morgan antwortete mit einem lauten Stöhnen, als ihn die ersten lustvollen Empfindungen des Orgasmus packten.

Sie blieben ineinander verschlungen, bis der letzte Schauer ihrer Leidenschaft verebbt war. Dann hob sie den Kopf, um ihn hinhaltend zu küssen und lachte befriedigt. »Jetzt, Liebling, *jetzt* ist die Nacht vorüber.«

Sie drehte sich auf die andere Seite, und Morgan wußte, daß sie innerhalb von Sekunden einschlafen würde. Er lag still neben ihr, aber er konnte noch nicht schlafen. Nach einer Weile stand er auf, zog seine Hose an und trat hinaus auf den kleinen, von einem Eisengitter geschützten Balkon vor dem Zimmer.

Die Sonne war jetzt voll aufgegangen. Die Straßen des Viertels waren so gut wie verlassen, nur ein paar Betrunkene lagen in den Toreinfahrten wie gefällte Baumstämme. Mit der vergangenen Nacht war ›Mardi Gras‹ zu Ende, und Morgan wußte, daß der Großteil der Besucher die Stadt binnen kurzem verlassen würde.

Während er auf die leeren Straßen hinabblickte, schienen sie Morgan wie der Anblick eines Schlachtfeldes nach einem heftigen Kampf. Und ihm wurde bewußt, daß er sich ebenso trostlos fühlte. Das Spiel, das üppige Essen und Trinken, die Liebesakte – nichts hatte ihn innerlich wirklich berührt. Seit den Tagen mit Cat auf dem Carnahanschen Boot hatte er sich nicht mehr eigentlich lebendig gefühlt.

Es war an der Zeit, New Orleans zu verlassen. Der Winter war fast vorüber. Er reiste mit leichtem Gepäck, es gab nicht viel, was er mitnehmen mußte, außer seinen Gewinnen, die inzwischen zu einer beachtlichen Summe aufgelaufen waren.

Aus dem Zimmer drang Maries verschlafene Stimme: »Liebling, kommst du denn nicht wieder einmal ins Bett zurück?«

Nun ja, warum nicht? Noch einmal ein bißchen Herumtoben und dann Schluß.

»Ich komme gleich, Marie.«

## 17

Cats Gefühle, soweit sie ihr Leben an Bord der ›Paracelsus‹ betrafen, waren gespalten. Sie arbeitete sehr gern als Anthonys Krankenschwester und entdeckte, daß sie dafür eine ausgesprochene Begabung hatte. Unter Anthonys Anleitung wurde sie bald eine große Hilfe für ihn. Und Mick hatte sich inzwischen gut erholt.

Andererseits erschwerte das gemeinsame Leben auf dem Boot mit ihrem Vater es ihr und Anthony, ungestört beisammen zu sein. Das Ganze bekam einen Anstrich von Heimlichkeit, und wenn sie zuvor niemals Gewissensbisse gehegt hatte, so empfand sie jetzt eine vage Scham, wann immer sie mit ihm schlief.

Eines Nachts, als Mick für ein paar Stunden in die Stadt gegangen war, vertraute sie ihre Empfindungen Anthony an. Cat hatte das Gefühl, daß Mick, der alles andere als dumm war, eigens eine Ausrede erfunden hatte, um ihnen ein paar Stunden Alleinsein zu verschaffen.

Anthony zuckte die Schultern. »Da gibt es immer einen Ausweg, Cat. Heirate mich. Weiß der Himmel, ich habe dich oft genug darum gebeten.«

»Und ich gebe dir dieselbe Antwort, Anthony. Nein, ich werde dich nicht heiraten.«

»Und ich verstehe nach wie vor nicht, warum«, sagte er verzweifelt. »Ich liebe dich, und du mußt doch wenigstens etwas für mich empfinden. Das hast du schon einigemal bewiesen.«

»Ich mag dich wirklich gern, Anthony.« Aber doch nicht genügend, fügte sie schweigend hinzu, um dich zu heiraten. Sie berührte mit dem Handrücken seine Wange. »Ich mag dich sehr gern, Lieber. Aber ich bin einfach noch nicht zu einer Ehe entschlossen. Jetzt muß ich erst einmal versuchen, für mich und Mick ein neues Boot zu beschaffen, sobald der Kanal wieder offen ist.«

»Vermutlich nimmst du an, ich böte dir eine Heirat nur aus reiner Nächstenliebe an«, knurrte er.

»Nein, das glaube ich gar nicht.«

»Oder es liegt daran, daß ich dir beim erstenmal, als wir einander liebten, sagte, ich könne mir keine Frau leisten.«

»Anthony, bedarf es denn über die Tatsache hinaus, daß ich im Augenblick nicht heiraten möchte, eines weiteren Grundes? Höre, wenn der Zeitpunkt je kommen sollte, werde ich es dir sagen.«

Und bevor er etwas erwidern konnte, verschloß sie seinen Mund mit ihren Lippen. Tief in ihrem Innern wußte Cat, daß sie einem Nachgeben immer näher kam und wohl irgendwann seinen Antrag annehmen würde. Es wäre kein schlechtes Leben an Dr. Masons Seite, aber irgend etwas hielt sie ab – vielleicht die Furcht vor dem Verlust ihrer Unabhängigkeit; vielleicht lag es aber auch daran, daß sie ihn einfach nicht genügend liebte.

Dann, während sich ihre Leidenschaft unter seinen Liebkosungen steigerte, wurden alle Gedanken beiseite gedrängt, und sie suchte Vergessen in seiner Umarmung. Sie hieß ihn mit einem leisen Stöhnen willkommen und gab sich völlig ihrer Lust hin.

Danach versank sie in angenehmen Schlaf. Sie hatten einen

langen, anstrengenden Tag hinter sich; es hatte den Anschein, daß die Zahl der Patienten ständig zunahm.

Als sie erwachte, roch sie Anthonys Pfeifenrauch. Sie blieb eine Weile ruhig liegen und hörte ihn gelegentlich seufzen.

»Anthony?« fragte sie. »Bedrückt dich etwas?«

»Ja – ich bin nicht ganz sicher, aber ich glaube, ich hatte gestern einen Cholerafall.«

»Cholera?« Sie richtete sich erschrocken auf. »Ich habe entsetzliche Dinge über Cholera gehört. Hat es nicht vor gar nicht langer Zeit einmal eine Epidemie gegeben?«

»Ja, in New York, in Virginia und noch an anderen Orten – im vergangenen Sommer. Fast viertausend Menschen sind in New York gestorben und sechstausend in New Orleans. Es gibt nichts, was eine Epidemie so schnell weiter verbreitet wie ein Boot, das von einem Ort zum anderen fährt. Cholera ist eine Erkrankung des Verdauungstrakts und kann durch Essen oder Trinken weitergegeben werden. Und wenn sie zufällig mit Hilfe eines Kanalboots auf den Erie verschleppt wurde, so kann sie sich ausbreiten wie ein Buschfeuer.«

»Aber ich verstehe nicht, Anthony. Wie kann die Seuche durch Boote verbreitet werden, wenn kein einziges seit Weihnachten auf dem Erie gefahren ist?«

»Das hat nicht viel zu bedeuten. Es kann sich um infiziertes Wasser oder um Nahrungsmittel handeln, die schon früher hierhergebracht wurden. Die Cholera existiert seit Tausenden von Jahren in bestimmten Teilen Asiens. Indien hatte viele Choleraepidemien. Man nimmt an, daß die Cholera im letzten Sommer durch ein Schiff, das aus Indien kam und im New Yorker Hafen anlegte, herübergebracht wurde.«

»Dieser Patient gestern ... woher weißt du, daß er Cholera hat? Oder war es eine Frau?«

»Es war ein Mann und, wie gesagt, ich bin mir nicht sicher. Aber er hatte viele der Symptome – starken Durchfall, Muskelkrämpfe und hohes Fieber. Das Stadium des Erbrechens hatte er noch nicht erreicht. Damit tritt für gewöhnlich der Tod ein – ausgelöst durch übermäßiges und konstantes Erbrechen und völligen Wasserentzug. Die Inkubationszeit ist kurz, meistens zwei bis drei Tage nach der eigentlichen Ansteckung. Ich versuchte aus ihm herauszubekommen, was er in den letzten paar Tagen gegessen hat, aber er wurde störrisch, bevor ich mit ihm fertig war, und ging.«

»Und wie willst du das nun in Erfahrung bringen?«

»Erstens verläuft ein Cholerafall sehr schnell. Wenn er wirklich Cholera hat, wird er binnen kurzem tot sein, falls er nicht behandelt wird. Und zweitens werden wir erfahren, ob er jemand anderen angesteckt hat. Cholera ist eine äußerst infektiöse Krankheit, und die Wahrscheinlichkeit, daß es sich um einen vereinzelten Fall handelt, ist sehr gering.«

»Und das würde die Epidemie bedeuten, die du fürchtest?«

»Ja.« Seine Pfeife glühte auf, als er daran zog. »In unbehandelten Fällen rechnet man mit fünfzig Prozent Todesfällen – und ich habe gelesen, daß es bei manchen Epidemien bis zu neunzig Prozent sind.«

»Gibt es keine wirkungsvolle Behandlung?«

»Eigentlich nicht. Wie gesagt, der Tod tritt durch völligen Flüssigkeitsentzug durch Durchfall und Erbrechen ein. Diese Körperflüssigkeit zu ersetzen, ist absolut lebensnotwendig. Ich habe gehört, daß die bisher wirkungsvollste Methode darin besteht, eine Lösung aus Salz und Wasser direkt in die Vene zu spritzen. Ich habe auch in medizinischen Zeitschriften von einer Theorie gelesen, derzufolge Choleraerreger, die einer Person injiziert werden, die Krankheit verhindern, wenngleich sie sie nicht heilen können. Allerdings wird diese Theorie von den meisten Ärzten als Quatsch abgelehnt.«

»Dann können wir vermutlich nur warten und beten. Weißt du noch den Namen des Mannes, der zu dir gekommen ist?«

»Ja. Ein gewisser Henry Jenks.«

Zwei Tage später erfuhr Anthony, daß Henry Jenks am Tag nach seinem Besuch auf dem Praxisboot gestorben war. Anthony verließ das Boot, um irgendwelche Verwandte oder Bekannte aufzusuchen, die mit Jenks in Kontakt gewesen waren oder mit ihm die gleichen Speisen zu sich genommen hatten. Nach Einbruch der Dunkelheit kehrte er auf die ›Paracelsus‹ zurück. Mit einem erschöpften Seufzer ließ er sich nieder, ein Glas Whisky vor sich – was eine Seltenheit war.

»Was ist passiert, Anthony?« fragte Cat.

»Ich habe herausgefunden, daß Henry Jenks erst vor kurzem aus dem Side-Cut hier eingetroffen ist. Er hat als Barkeeper in einer der Tavernen gearbeitet. Ich bin jetzt ganz sicher, daß er an der Cholera gestorben ist, und ebenso sicher, daß er sie sich im Side-Cut geholt hat.«

»Wie kommst du darauf?«

Anthony füllte seine Pfeife. »Es gibt da eine Theorie, die ich teile, derzufolge die Cholera am schlimmsten in den übervölkerten Gegenden wütet, wo die Leute unter den ärmlichsten Verhältnissen leben, gemeinsam schmutzige Abtritte benutzen, unreines Wasser trinken, und wo der Unrat auf der Straße herumliegt. Dazu kommt, daß diese Elendsviertel die Behausung von Prostituierten, Verbrechern und anderen gesellschaftlichen Außenseitern bilden.«

»Du meinst also, da der Side-Cut voll von solchen Leuten ist, hat dort irgend jemand die Cholera aus New York eingeschleppt?«

Anthony nickte. »Genau das, Cat. Der Himmel weiß, warum es so lange gedauert hat, da die Inkubationszeit sehr kurz ist. Ich kann nur annehmen, daß jemand den Erreger mit Nahrungsmitteln, irgendeiner Flüssigkeit oder sogar an der Kleidung eingeschleppt hat. Und nun wird sie sich ausbreiten, sowohl im Cut als auch hier in Albany. Es gibt nur einen Hoffnungsschimmer – Cholera ist im allgemeinen eine Warmwetter-Seuche. Man muß hoffen, daß sie sich jetzt, im Winter, nicht allzuweit ausbreitet.«

»Aber das erklärt noch nicht, weshalb du so deprimiert bist.«

»Keiner will auf mich hören.« Er schlug mit der Handfläche auf die Armlehne seines Stuhls. »Oh, ein paar Leute glauben auch, daß Jenks möglicherweise an Cholera gestorben sei – aber weißt du, was sie dann weiter sagten? Daß dies Gottes Wille sei.«

»Gottes Wille? Das verstehe ich nicht.«

»Bei der Epidemie im letzten Sommer glaubten die Leute, die Ursache läge an der moralischen Verkommenheit der Elendsviertel und nicht an den dortigen Bedingungen. Arme Leute und von der Gesellschaft Ausgestoßene wohnen dort. Ergo war es ihre moralische Fäulnis, die das Leiden über sie brachte.« Er lachte kurz. »Geistliche predigten von ihren Kanzeln, es sei Gottes Wille. Gottes Fluch sei auf die Bösen gefallen, damit ihnen eine Lektion erteilt würde. Und sie predigten weiterhin, daß es nicht nur nutzlos sei, gegen

Gottes Willen anzukämpfen, sondern auch sündig. Das Entsetzliche an der Sache ist, daß die armen Leute diesen Unsinn auch noch glauben. Und damit wurde ich heute konfrontiert.«

Anthonys düstere Stimmung erwies sich als gerechtfertigt. Gleich am nächsten Tag kamen drei Leute zu ihm. Nachdem er sie untersucht hatte, zog er Cat in seinen winzigen Praxisraum und sagte: »Sie haben Cholera. Die Symptome sind eindeutig.«

»Merkwürdig, Anthony. Sie wollten nicht auf dich hören, und doch kommen sie jetzt zu dir.«

»Krankheiten ändern gelegentlich die Standpunkte der Menschen – Gottes Wille hin oder her. Aber sie hoffen auf ein Wunder, und ich habe ihnen keines zu bieten.«

»Was willst du tun?«

»Ich werde sie hierbehalten, sie auf den Boden in der Hauptkabine auf Matratzen legen und das wenige für sie tun, was ich tun kann. Ich kann nicht zulassen, daß sie die Krankheit noch weiter verbreiten, als sie es bisher schon getan haben.« Er sah Cat stirnrunzelnd an. »Ich mache mir aber deinetwegen Sorgen. Ich finde, du und dein Vater sollten das Boot verlassen, bis die Epidemie abgeklungen ist.«

»Fortgehen?« sagte sie bestürzt. »Und wie steht es mit dir?«

»Ich bin Arzt.«

»Du bist Arzt, schön. Aber ich bin Krankenschwester, jedenfalls hast du mich dazu gemacht. Ich könnte es niemals vor mir selbst verantworten, wenn ich dich deinem Schicksal überließe. Nein, ich bleibe hier.«

»Aber, Cat...« Dann streckte er die Arme aus und zog sie an sich. »Ach Cat, ich liebe dich!«

Ohne zu antworten, umarmte sie ihn. In Wirklichkeit hatten seine Worte sie erschreckt. Was, wenn sie die Krankheit bekam? Aber sie konnte und wollte ihn nicht im Stich lassen.

Am Ende der Woche lagen zehn Leute auf Matratzen in der Hauptkabine. Anthony und Cat arbeiteten unermüdlich oft bis tief in die Nacht hinein, und auch Mick tat, was er konnte. Vier Patienten waren gestorben, drei hatten sich erholt.

»Viel tun können wir nicht«, sagte Anthony. »Mit kaltem Wasser abwaschen, um das Fieber zu dämpfen, und ihnen so viel wie möglich zu trinken geben. Was dich betrifft, Cat, solltest du jeden Tag eine Menge Wasser mit einer kleinen Portion Salz darin trinken.«

Zusätzlich hatte Anthony eine Art Maske für sie beide entworfen – mehrere Lagen weichen, porösen Stoffs, die mit mildem Alkohol getränkt waren. Sie wurden über Mund und Nase gelegt und hinter dem Kopf zusammengebunden. »Ich habe keine Ahnung, ob uns das irgendwie vor Ansteckung schützt, aber vielleicht nützt es.«

Für Cat war die Hauptkabine wie eine tägliche Szene aus der Hölle. Es stank nach Kot, Schweiß und Erbrochenem, und niemals herrschte Stille. Die Kranken schliefen wenig, sondern warfen sich stöhnend von einer Seite zur anderen. Diejenigen, die sich still verhielten, waren entweder bewußtlos oder tot.

In der Mitte der zweiten Woche waren fünf weitere Menschen gestorben. Cat war entmutigt und erschöpft. Sie ging von Patient zu Patient, kniete neben ihnen, wusch sie mit kaltem Wasser ab und reinigte alles um sie herum. Sie brachte sie dazu, Wasser oder andere Flüssigkeiten zu schlucken, wobei sie und Anthony meistens zusammenarbeiteten – Anthony hielt den Patienten still und zwang ihn, den Mund zu öffnen, während Cat ihm so viel einflößte wie möglich.

Zu Cats Erstaunen war Anthony von vorsichtigem Optimismus erfüllt. »Ich hätte erwartet, daß viel mehr Leute betroffen sein würden, so viele, daß wir sie nicht alle auf der ›Paracelsus‹ würden unterbringen können. Natürlich bin ich traurig über die, die wir verloren haben, aber die Mehrzahl überlebt; und vielleicht hast du es gar nicht bemerkt, Cat, aber in dieser Woche sind weniger Patienten gekommen als in der letzten.«

»Nein, das ist mir nicht aufgefallen«, sagte sie dumpf und wischte sich die Stirn. »Es war keine Zeit, sie zu zählen.«

»Arme Cat, du hast schwer gearbeitet«, sagte Anthony. »Ich weiß nicht, was ich ohne dich gemacht hätte.«

Sie hatten ein paar Minuten Pause in Anthonys Praxisraum. Er küßte sie zärtlich auf die Stirn. Cat empfand plötzlich eine Aufwallung von Verlangen; sie hatten einander nicht mehr geliebt, seit der erste Cholerapatient an Bord gekommen war. Sie drückte sich gegen Anthony und hob das Gesicht. Aber er umfaßte ihre Schultern und schob sie sachte von sich.

Seine Stimme klang heiser. »Cat – so sehr ich dich haben möchte, ich glaube nicht, daß es klug wäre. Wenn einer von uns sich angesteckt hat, können wir die Krankheit aufeinander übertragen. Und bis der letzte Patient sich erholt hat, dürfen wir in unserer Vorsicht nicht nachlassen.«

Auf der Kanzel seines Kirchenboots war der Reverend Luther Pryor in seinem Element. »Der Herr hat uns eine Seuche geschickt«, predigte er. »Das ist eine Strafe für diejenigen unter euch, die gesündigt haben. Es ist Gottes schreckliche Warnung, daß ihr eure Wege ändert oder die schreckliche Krankheit erleidet. Wenn ihr von ihr dahingerafft werdet, dann werdet ihr in die Tiefen der Hölle hinabfahren und der ewigen Verdammnis anheimfallen.«

Er sah über die Gemeinde hinweg. Der Gottesdienst war heute abend spärlich besucht. Viele Leute fürchteten sich davor, ihre Behausungen zu verlassen, um nicht mit Cholerakranken in Berührung zu kommen. Pryor, getreu seinem Schwur, ihnen beizustehen, war mitten unter sie gegangen, um ihnen Gottes Wort zu verkünden, und er hatte Lotte mitgenommen, damit sie ihnen einen Choral vorsingen konnte, der ihren Geist erhellte. Er warf einen Blick über die Schulter weg auf seine Tochter und machte sich Sorgen um sie. Sie hatte sich in den vergangenen beiden Tagen elend gefühlt.

Dann wandte er sich wieder der Gemeinde zu. »Ich sehe, daß viele unserer Brüder und Schwestern heute abend nicht gekommen sind. O diese Kleingläubigen! Unser Herr wird seinen Fluch nicht auf diejenigen herabschleudern, die kommen, um ihn anzubeten. Verkündet es allen, meine Brüder und Schwestern: Wer hierherkommt, dem wird nichts zustoßen. Gott breitet seinen Mantel über sie aus.« Er wandte sich um. »Nun wird Lotte einen Choral für uns singen, um den Herrn zu preisen.«

Er ging schnell zum Klavier, setzte sich und hob die Finger über die Tastatur; er warf einen Blick auf Lotte, aber sie saß mit gesenktem Kopf da, so als ob sie ihn gar nicht gehört hätte.

»Tochter«, sagte er in scharfem Ton, »es ist Zeit.«

Lotte fuhr zusammen und hob den Kopf. Sie stand auf, aber als er die ersten Akkorde anschlug, begann sie zu schwanken. Dann stieß sie einen gequälten Schrei aus, beugte sich vor und begann zu würgen. Bevor Pryor reagieren konnte, stürzte sie auf den Boden, wo sie zusammengekrümmt liegen blieb. Als der Reverend niederkniete, war sie bereits bewußtlos.

»Lotte! Was ist mit dir los, Tochter?« Er berührte ihre Stirn und stellte fest, daß sie brennend heiß war.

»Ich hab' meinen Wagen hier, Reverend Pryor«, sagte ein Mann. »Wir könnten sie zu Dr. Masons Boot bringen. Es ist nicht weit.«

Pryor, der nicht wußte, was sonst zu tun war, nickte. Gleich darauf saß er zusammen mit seinem Gemeindemitglied im Wagen, Lottes Kopf lag in seinem Schoß. Auf der ›Paracelsus‹ brannten am Ende der Laufplanke zwei Fackeln.

Die beiden Männer trugen die bewußtlose Lotte an Bord. Dr. Mason kam ihnen oben an der Laufplanke entgegen. »Reverend Pryor! Was ist los? Hat Ihre Tochter einen Unfall gehabt?«

Noch während er sprach, ging Anthony ihnen voran in die Hauptkabine. Der Reverend erklärte so gut er konnte, was vorgefallen war. In der Kabine blieb er stehen, entsetzt über den Anblick. Menschen lagen in ordentlichen Reihen nebeneinander auf Matratzen, und nun erhob sich eine Frau neben einem von ihnen von den Knien und kam auf sie zu, während sie eine merkwürdig aussehende Maske vom Gesicht nahm. Pryor erkannte sie als die Frau, die früher einmal ein Kanalboot gelenkt hatte. Er fühlte sich spontan versucht, Lotte sofort wieder mit hinauszunehmen; in gewisser Weise war sie ein schwaches Geschöpf und konnte möglicherweise durch die Anwesenheit einer Frau wie Catherine Carnahan verdorben werden. Aber Dr. Mason hatte bereits mit der Untersuchung von Lotte begonnen.

Pryor verharrte bedrückt. Als Dr. Mason den Kopf schüttelte und aufstand, fragte der Reverend: »Was ist es, Doktor? Irgendein weibliches Unwohlsein, nehme ich an?«

»Leider nicht, Reverend. Ihre Tochter hat Cholera.«

Pryor war wie erstarrt. »Nein – das ist doch nicht möglich!«

»Es besteht nicht der geringste Zweifel, Reverend. Sie müssen sie hierlassen. Wir werden für sie tun, was wir können.« Er wandte sich an Cat. »Bereiten Sie ein weiteres Lager vor, Miß Carnahan.«

Pryor fiel neben der bewußtlosen Lotte auf die Knie. »Wie konnte das geschehen, Mädchen? Du mußt in den Augen unseres Herrn gesündigt haben, und nun trifft dich seine gerechte Strafe.« Er faltete krampfhaft die Hände über der Brust und blickte himmelwärts. »Vergib meiner Tochter, Herr, die vom rechten Weg abgekommen ist. Sie ist nur ein schwaches Geschöpf und ist sich der Schwere ihrer Missetaten nicht bewußt. Ich flehe dich demütig an, sie nicht zu hart zu bestrafen.«

Benommen vor Erschöpfung realisierte Cat nicht sogleich, wer Lotte war. Als es ihr dämmerte, war sie am Rand der Rebellion. Dies war die Frau, die sie in Morgans Zuneigung ersetzt hatte; das war die Frau, von der sie überzeugt war, daß Morgan sie umarmt hatte. Das ist zuviel von mir verlangt, schrie sie innerlich.

Aber sie war so sehr gewöhnt, Anthonys Anweisungen zu befolgen, daß sie bereits auf Lotte und ihren knienden Vater zuging, während ihr noch die rebellischen Gedanken durch den Kopf fuhren. Sie hörte gerade noch die letzten Worte des Reverend, und schlagartig empfand sie Mitleid mit dem kranken Mädchen. Es war schon schlimm genug, von der Cholera befallen zu sein, aber daß ihr Vater sie ihrer Sünden wegen selbst dafür verantwortlich machte, war noch schlimmer!

Nun stand der Reverend auf und marschierte hinaus, nachdem er Cat einen verachtungsvollen Blick zugeworfen hatte. Sie schob die Maske über Mund und Nase und kniete neben Lotte nieder. Dann machte sie sich daran, sie zu entkleiden. Lotte war glühend heiß vor Fieber und stöhnte unausgesetzt, obwohl sie bewußtlos war.

Cat holte weiche Tücher und einen Eimer Wasser und begann Lotte abzuwaschen. Sie deckte sie mit einem reinen Laken zu, dann betupfte sie weiterhin ihr heißes Gesicht. In einem anderen Eimer drückte sie ein Tuch aus und preßte dann daraus Wassertropfen in den geöffneten Mund des Mädchens. Lotte schluckte krampfhaft. Dann öffnete sie plötzlich die Augen und starrte Cat an, ohne sie wirklich zu sehen.

»Schon gut«, sagte Cat. »Wir machen Sie wieder gesund, meine Liebe.«

»Morgan, Morgan«, murmelte Lotte. »Bitte komm zu mir zurück. Ich bin krank. Ich brauche dich.«

Cat stand hastig auf und zog sich zurück, wobei sie heldenhaft dem Drang widerstand, dem Mädchen eine Ohrfeige zu geben.

Am nächsten Morgen war Lotte bei Bewußtsein, als Cat die Hauptkabine betrat, um ihr Wasser zu bringen. Lotte sah sie mit völlig klaren Augen an und runzelte dann leicht die Stirn. »Ich kenne Sie – Sie sind Catherine Carnahan.«

Cat nickte und zwang sich zu einem Lächeln. »Ganz recht, Lotte.«

Lotte sah sich um. »Wo bin ich?«

»Erinnern Sie sich nicht?« Lotte schüttelte den Kopf. »Sie sind auf Dr. Masons Boot. Ihr Vater hat Sie gestern abend hergebracht. Sie waren sehr krank. Offenbar sind Sie während seiner Abendandacht ohnmächtig geworden. Aber heute scheint es Ihnen besser zu gehen. Möchten Sie etwas essen?«

Lotte schüttelte vehement den Kopf. »Lieber Himmel, nein. Allein der Gedanke an Essen bringt mich zum...«

Cat nickte und empfand wider Willen Mitleid. »Ich weiß. Aber Sie sollten Wasser trinken, und zwar so viel wie möglich.« Sie hielt ihr eine Tasse mit Wasser hin. Lotte versuchte vergeblich, den Kopf zu heben. Cat stützte ihren Hinterkopf mit der einen Hand und hielt ihr mit der anderen die Tasse an den Mund. Lotte trank langsam, aber begierig. Als sie fertig war, sagte Cat: »Ich muß Sie jetzt waschen.« Sie griff nach dem Laken, aber Lotte hielt es krampfhaft fest. »Das ist Anweisung des Doktors, Lotte. Es ist wichtig, daß Sie häufig gewaschen werden.«

»Haben Sie mich gestern abend ausgezogen?« fragte Lotte, noch immer das Laken umklammernd.

»Ja, natürlich«, antwortete Cat ungeduldig. Für Morgan hast du dich bereitwillig genug ausgezogen, dachte sie wütend. Trotzdem fügte sie so sanft wie möglich hinzu: »Lotte, das ist nicht der Zeitpunkt für unangebrachte Schamhaftigkeit. Außerdem bin ich Krankenschwester. Ich habe hier alle Leute ausgezogen und gewaschen, ob Mann, ob Frau.«

»Sie haben recht – ich bin albern«, sagte Lotte mit einem leisen Seufzer.

Cat zog das Laken herab. Lotte hatte wirklich einen schönen Körper, alles war gerundet und weich, rosig und weiß. Cat konnte durchaus begreifen, daß Morgan oder irgendein anderer Mann sie attraktiv fand.

Sie hatte Lotte gerade wieder zugedeckt, nachdem sie fertig gewaschen war, als Anthony in die Kabine trat, das hölzerne Stethoskop baumelte um seinen Hals.

»Oh, wie ich sehe, sind Sie wach«, sagte er munter. »Offiziell haben wir uns noch nicht kennengelernt, Miß Pryor. Ich bin Dr. Anthony Mason.«

»Guten Tag, Doktor«, sagte Lotte sittsam.

»Wie fühlen Sie sich denn heute morgen?«

»Besser, glaube ich. Gestern ging es mir sehr schlecht. Ich wollte es Papa schon sagen, aber ich fürchtete, er würde mich ausschelten. Er hält nichts davon, wenn Leute krank werden.«

»Nun, gestern abend waren Sie sehr krank, und das habe ich Ihrem Vater auch gesagt. Wie wär's, wenn ich Sie jetzt untersuchte, Miß Pryor?«

Cat wandte sich den anderen Patienten zu, während Anthony Lotte gründlich untersuchte. Als sie sah, daß er damit fertig war, kehrte sie zurück. Anthony nickte ihr befriedigt lächelnd zu. »Ich glaube, Miß Pryor gehört zu denen, die Glück haben, Miß Carnahan. Sie scheint das Schlimmste schon überstanden zu haben. Ihr Fieber hat nachgelassen, und die Darmkrämpfe sind nicht so gefährlich. Sorgen Sie dafür, daß sie viel Wasser bekommt.«

Cat drehte sich um und wollte Lotte weiteres Wasser geben, sah aber dann, daß das Mädchen ruhig schlief; sie beschloß, sie nicht zu stören – Schlaf war für sie im Augenblick das Allerbeste. Sie folgte Anthony, während er von Patient zu Patient ging.

Nach seiner Runde führte Anthony Cat in seinen Praxisraum und schloß die Tür. »Ich glaube, die Epidemie nähert sich dem Ende. Alle hier scheinen außer Gefahr zu sein. Genau genommen, ist ›Epidemie‹ ein allzu starker Ausdruck dafür. Wir scheinen hier glimpflich weggekommen zu sein. Ich weiß nicht, wie es bei den anderen Ärzten ist, aber wir haben verhältnismäßig wenige Patienten verloren. Nicht, daß das für die armen Teufel, die es nicht überstanden haben, ein Trost ist. Aber ganz gewiß läßt sich das hier nicht mit der echten Epidemie in New York und anderen Orten im vergangenen Sommer vergleichen. Was dazu beigetragen hat, ist sicher der Winter. Wir sollten heilfroh sein, daß es uns nicht im Sommer getroffen hat.«

Die gesundheitlichen Fortschritte waren am nächsten Morgen noch ausgeprägter, vor allem bei Lotte.

Ihre Augen funkelten, ihr langes Haar war gekämmt und glänzend, als Cat hereinkam. Sie saß gegen einige Kissen gestützt da und lächelte Cat strahlend an. »Guten Morgen, Miß Carnahan.«

»Guten Morgen, Lotte. Wie fühlen Sie sich?«

»Ich bin noch ein bißchen schwach, aber mir geht es viel besser. Der Doktor war gerade da, um mich zu untersuchen, und er meinte, ich könnte in ein paar Tagen heimgehen.«

»Das freut mich für Sie, Lotte«, sagte Cat aufrichtig. Sie hatte ihre Gereiztheit überwunden, was das Mädchen betraf. »Sie sind wahrscheinlich hungrig. Ich werde Ihnen etwas bringen.«

»Catherine ...« Lotte lächelte anmutig. »Darf ich Sie Catherine nennen?«

»Natürlich, oder Cat, wenn Sie wollen.«

»Können wir uns ein bißchen miteinander unterhalten?«

Cat zögerte, aber sie durfte einer Patientin gegenüber nicht unhöflich sein. »Natürlich.« Sie zog einen Stuhl heran und setzte sich.

Lotte sah sich um und senkte die Stimme. »Sie kennen Morgan Kane, glaube ich?«

»O ja«, erwiderte Cat trocken. »Ich kenne ihn.«

»Waren Sie ... Ich weiß, es ist unverzeihlich von mir, aber ich muß es wissen. Waren Sie ...?« Wieder stockte sie.

»Ein Liebespaar?« sagte Cat rundheraus. »Es geht Sie wirklich nichts an, aber ich sage es Ihnen trotzdem. Ja, Morgan und ich waren ein Liebespaar.«

Lotte wurde feuerrot. »Ich wollte es unbedingt wissen. Ich habe Morgan danach gefragt, aber er ist mir ausgewichen.«

»Das überrascht mich, offen gestanden. Ich hätte gedacht, er hätte überall damit herumgeprahlt.«

»O nein – so was würde Morgan nie tun. Er ist ein Gentleman«, sagte Lotte schockiert. Dann sah sie bedrückt drein. »Sie glauben doch nicht im Ernst, daß er herumgeht und den Leuten alles erzählt, oder doch?«

Cat lächelte leicht. »Sie meinen – über Sie und ihn?«

»Woher wissen Sie das? Oh!« Lotte schlug sich leicht mit der Hand auf den Mund.

»Ich wußte es nicht – jedenfalls bis zu diesem Augenblick nicht mit Sicherheit. Aber es war nicht schwer zu erraten. Sie haben an dem Abend, als Sie hierher gebracht wurden, seinen Namen ausgesprochen.«

»Wirklich? Das tut mir leid, es muß schrecklich für Sie gewesen sein.«

»Eigentlich nicht. Morgan Kane bedeutet mir nichts mehr.« Zu ihrer Verblüffung stellte Cat fest, daß sie dieses Mädchen ganz gut leiden konnte. Die Kleine war eitel, sie war nicht die Intelligenteste auf der Welt und mit ihren moralischen Qualitäten stand es, wie Cat vermutete, nicht zum besten, auch wenn sie die Tochter eines Geistlichen war – oder vielleicht deshalb? Und trotzdem wirkte sie liebenswert und kleinmädchenhaft. Und wenn wir schon von moralischen Qualitäten sprechen, Catherine Carnahan, ermahnte sie sich, hast du kaum ein Recht, über sie zu richten.

»Haben Sie etwas von Morgan gehört, seit er den Erie verlassen hat?« fragte Lotte jetzt.

»Nicht das geringste, und ich erwarte es auch nicht.«

»Ich auch nicht«, sagte Lotte mit Schmollmund. »Ich dachte, er würde zurückkommen, sobald seine Geschäfte in Pennsylvania zu Ende seien, oder er würde zumindest schreiben. Aber – nichts!«

»Was für Geschäfte hatte er denn in Pennsylvania?« fragte Cat beiläufig.

Lotte zuckte die Schultern. »Ich weiß nicht. Er hat es mir nicht gesagt, ich weiß nur, daß er Weihnachten bei seinem Onkel verbringen wollte – oder so jemand.«

»Nun, ich nehme an, daß wir von Morgan Kane nichts mehr zu sehen bekommen werden«, sagte Cat, plötzlich deprimiert.

Lotte bewegte sich unruhig hin und her. »Ich habe Papa nicht ein einziges Mal gesehen – Sie?«

»Nicht mehr, seit er Sie hierhergebracht hat.«

»Papa mag Krankheit nicht. Er hält sie für eine Schwäche.« Lotte seufzte. »Er predigt immer über die Cholera, wissen Sie. Er glaubt, es sei Gottes Strafe für die Sünden der Menschen.

Ich vermute, das nimmt er auch bei mir an. Nun wird Papa wahrscheinlich glauben, daß zwischen mir und Morgan etwas passiert ist, als er bei uns an Bord war, und mir das Leben schwer machen.« Sie hielt plötzlich inne und sah Cat eindringlich an. »Aber das *kann* doch nicht stimmen, oder? Sie haben die Cholera ja auch nicht bekommen.«

»Was?« Dann ging ihr auf, was Lotte meinte. Sie begann zu lächeln. »Sie haben recht, ich habe sie nicht bekommen. Also muß die Theorie Ihres Vaters falsch sein.«

Sie begann zu lachen, und Lotte stimmte mit ein. Als Anthony gleich darauf eintrat, traf er die beiden einander umarmend und hilflos lachend an.

## 18

Als Morgan am Erie ankam, herrschte Frühlingstauwetter.

Die Reinigungsboote waren unterwegs, um den Kanal von Unrat zu reinigen, Arbeiter wanderten die Treidelpfade entlang, um eventuelle Winterschäden ausfindig zu machen.

Morgan hielt nach Mick Ausschau und hoffte, ihn irgendwo allein anzutreffen, damit er unter vier Augen mit ihm reden konnte. In Buffalo hatte er gehört, daß die ›Cat‹ den Winter über in Albany angelegt hatte. Irgendwo anders hatte er dann erfahren, daß die ›Cat‹, kurz nachdem er nach Pennsylvania aufgebrochen war, durch Feuer zerstört worden war. Einer der Kanalarbeiter bestätigte ihm das, als er, Morgan, den Treidelpfad in Richtung Albany entlangritt.

»Mhm, die Carnahans haben ihr Boot kurz vor Weihnachten verloren«, sagte der Mann. »Es hat gebrannt und ist dann im Schlamm versunken. Es heißt, es seien irgendwelche Burschen an Bord gekommen und hätten alles kurz und klein geschlagen. Das stimmt wahrscheinlich, denn der alte Carnahan hat fast den ganzen Winter über im Bett gelegen.«

»Ist Cat ... Ist Miß Carnahan etwas zugestoßen?«

»Davon habe ich nichts gehört.«

»Wo sind sie jetzt?«

»Das letzte, was ich gehört habe, war, daß sie auf dem Arztboot von Doc Mason wohnen.«

Morgan blieb ein paar Sekunden lang unschlüssig auf

seinem Pferd sitzen. Sein erster Impuls war, das Pferd nach Westen zu wenden und sich davonzumachen. Vor fast einem Monat war er aus New Orleans weggeritten, in der Absicht, den Mississippi entlang nach Norden bis zum Missouri zu folgen und dann in westlicher Richtung am Fluß entlangzureiten, bis er fand, was er suchte.

Aber als er St. Louis erreicht hatte, änderte er seine Absicht. Er liebte Cat Carnahan noch immer, verdammt! Wenn er noch einmal einen Versuch unternahm, hatte sie sich vielleicht inzwischen soweit beruhigt, daß sie ihn anhörte und ihm verzieh – obwohl er keineswegs fand, daß es da etwas zu verzeihen gab. Was hatte er denn schon Schlimmes getan, abgesehen davon, daß er sie, was sein Gedächtnis betraf, angeschwindelt hatte?

Aber nun hatte er erfahren, daß sie auf dem gleichen Boot wie Anthony Mason lebte!

Der Kanalarbeiter hatte sich zum Gehen gewandt. »Sind Cat und dieser Doktor verheiratet?« rief Morgan ihm nach.

»Wenn sie's sind, hab' ich nichts davon gehört. Soviel ich weiß, arbeitet sie als Krankenschwester bei ihm.«

Krankenschwester! Morgan war so verblüfft, daß es ihm die Sprache verschlug. Aber schließlich, dachte er dann, warum sollte das so erstaunlich sein? Cat war eine begabte Person, und wahrscheinlich gab sie eine ausgezeichnete Krankenschwester ab.

Nun war er schon bis hierher geritten, also konnte er auch den Rest des Weges zurücklegen. Die Bäume, an denen er vorüberkam, begannen schon grün zu werden, und auf dem Kanal herrschte bereits viel Betrieb, abgesehen von den Reinigungsbooten. Als er in die Außenbezirke von Albany einritt, fing er an, Ausschau nach dem Arztboot zu halten. Der Gedanke kam ihm, daß er noch nicht einmal den Namen des Bootes kannte. Er erkundigte sich und erfuhr, daß es ›Paracelsus‹ hieß und nur ein kurzes Stück weiter unten am Kanal angelegt habe.

Er stieg ab und führte sein Pferd den Rest des Weges. Als das Boot in Sicht kam, überfiel ihn erneut Unentschlossenheit. Sollte er einfach an Bord gehen und Cat aufsuchen? Wenn er nur zuerst ein paar Worte mit Mick hätte wechseln können...

Das Problem löste sich schließlich von selbst. Er sah, wie Mick Carnahan allein das Boot verließ und über die Laufplanke auf den Kai hinaustrat. Morgan, nur noch ein paar Meter von ihm entfernt, rief: »Mick?«

Mick drehte sich um.

»Ich bin es, Mick – Morgan Kane.«

Micks Gesicht erhellte sich. »Morgan! Mein Gott, freue ich mich, Sie zu sehen!« Seine Stimme dröhnte laut über den Kai.

Morgan machte eine Handbewegung. »Nicht so laut. Ich würde gern ein paar Worte mit Ihnen sprechen, bevor Ihre Tochter erfährt, daß ich hier bin.«

»Oh, ich bin ganz sicher, daß Catherine genauso glücklich sein wird, Sie zu sehen, wie ich.«

»Wirklich?« sagte Morgan trocken. »Da bin ich nicht so überzeugt – wenn ich bedenke, was sie mir als letztes an den Kopf geworfen hat.«

»Sie kennen Catherines Temperament...«

»O ja, das kenne ich.«

»Aber so was hält bei ihr nicht an. Sicher hat sie es jetzt überwunden.«

»Hat sie Ihnen das vielleicht gesagt?«

Mick sah verlegen drein. »Hm – nein, das nicht.«

»Dann will ich das Risiko nicht auf mich nehmen, bevor wir beide nicht miteinander gesprochen haben. Wo ist die nächste Taverne?«

Als sie dann, zwei gefüllte Bierkrüge vor sich, in der fast leeren Schenke saßen, blickten die beiden Männer einander an.

»Bei Gott, Junge, ich hab' Sie vermißt.« Mick schlug mit der flachen Hand auf den Tisch. »Warum sind Sie einfach verschwunden? Ich wollte Sie dazu bringen, mir alles zu erklären, aber Sie waren ja zugeklemmt wie eine Auster.«

»Mick, damals hielt ich es für das beste, nichts zu erklären. Es hätte auch, was Cat betrifft, nichts genützt. Aber jetzt...« Er zuckte die Schultern. »Jetzt kann ich alles erklären, und das schulde ich Ihnen auch.«

In Kürze teilte er Mick den Grund für seinen Aufenthalt auf dem Kanal mit und schilderte ihm die Resultate seiner Nachforschungen.

»Aber warum wollten Sie uns das nicht sagen, Junge? Ich finde, Sie haben da großartige Arbeit geleistet.«

»Mick, ich mußte so verschwiegen wie möglich sein, und ich fürchtete...« Er brach verlegen ab.

Mick sah ihn scharf an. »Sie fürchteten, ich würde alles ausposaunen, sobald ich einen in der Krone hatte? Na ja, da hatten Sie recht.« Er hob die Hand. »Wenn ich zuviel trinke, plappere ich zuviel. Aber Catherine hätten Sie es doch erzählen können.«

»Das habe ich ja versucht, aber sie wollte nicht hören. Wahrscheinlich hätte sie mir sowieso nicht geglaubt, denn ich hatte sie angelogen, als ich behauptete, mein Gedächtnis verloren zu haben.«

»Und *warum* haben Sie uns in dem Glauben gelassen?«

»Nun ja, ich habe die Wahrheit so lange hinausgeschoben, bis es zu spät war. Um ehrlich zu sein – vermutlich habe ich vor allem gelogen, um Cats Mitgefühl sicher zu sein. Außerdem glaubte ich, daß ich, wenn ich es ihr sagte, die ›Cat‹ verlassen müßte und ... Aber das ist ja alles Vergangenheit«, sagte er leichthin. »Mick, was ist mit der ›Cat‹ geschehen?«

Mick berichtete in allen Einzelheiten.

»Und was ist seither geschehen? Soviel ich gehört habe, wohnen Sie beide auf Dr. Masons Boot«, sagte Morgan.

»Na ja, ich bin ja nun lange gelegen, und so mußte Catherine uns irgendwie erhalten«, sagte Mick fast entschuldigend. »Zuerst hatte sie eine Stelle als Serviererin in einer Taverne. Dort wurde sie wegen Simon Maphis, dem Dreckskerl, entlassen. Dann hat ihr Dr. Mason freundlicherweise angeboten, sie als Krankenschwester zu nehmen.« Mick beugte sich angeregt vor. »Sie ist gut, meine Catherine. Haben Sie von unserer Epidemie gehört?«

Morgan schüttelte den Kopf. »Nein, ich war weit drunten in New Orleans.«

»Es war die Cholera. Ein paar arme Tröpfe sind gestorben, aber Anthony und Catherine haben Tag und Nacht gearbeitet und vielen das Leben gerettet. Ich bin stolz auf sie, Junge.«

»Das glaube ich«, sagte Morgan bedächtig. »Was diesen Arzt betrifft ... Haben die beiden was miteinander?«

»Nichts Ernsthaftes, glaube ich. Er hat sie gebeten, ihn zu heiraten, soviel ich weiß, und Catherine weigert sich nach wie vor.«

Morgan empfand eine Spur von Hoffnung, aber er bemühte sich unter Micks scharfen Blicken um ein undurchdringliches Gesicht.

»Das Mädchen hat noch immer eine Schwäche für Sie, glaube ich.«

Morgan erwiderte nichts darauf. Statt dessen sagte er: »Sie haben keine Ahnung, wer hinter der Zerstörung der ›Cat‹ steht?«

»Eine Ahnung schon. Simon Maphis, der Teufel soll den üblen Kerl holen.«

»Wahrscheinlich haben Sie recht. Und ich bin überzeugt, daß auch Tate Brawley irgendwie die Hand im Spiel hat. Die beiden kleben ja ewig zusammen. Ist Brawley wieder am Erie?«

»Ich habe gehört, er sei wieder hier und vertrete eine Lotteriefirma. Aber gesehen habe ich ihn noch nicht.« Er sah Morgan scharf an. »Warum soll Brawley was damit zu tun haben?«

»Er ist ein rachsüchtiger Bursche, und Cat hat ihn einmal abfahren lassen – damals im Sommer auf dem Restaurantboot. Und möglicherweise hat er gedacht, er träfe mich damit, wenn Cat etwas zustieße.«

»Sie sagten, Sie seien in New Orleans gewesen. Warum sind Sie jetzt an den alten Erie zurückgekommen?«

»Um ehrlich zu sein, das hatte ich ursprünglich nicht vor. Aber dann habe ich meine Absichten doch geändert. Ich mußte Cat noch einmal sehen, Mick. Sie müssen doch wissen, was ich für Ihre Tochter empfinde.«

»Ich habe es jedenfalls vermutet.« Mick beugte sich vor. »Dann kommen Sie jetzt mit mir – sie ist auf dem Boot des Doktors.«

»Nein.« Morgan schüttelte den Kopf. »Ich halte das nicht für den richtigen Zeitpunkt. Ich würde lieber woanders mit ihr sprechen als auf dem Boot.«

»Da wird sich aber vielleicht keine Gelegenheit ergeben, Freund. Sie bleibt so gut wie immer auf dem Boot.«

Morgan runzelte die Stirn. »Sie werden doch wohl nicht die Absicht haben, für alle Zeiten dort zu wohnen?«

»Im Augenblick bleibt uns kaum was anderes übrig.« Mick spreizte die Hände. »Wir hofften, wir könnten ein anderes Boot kaufen, um die ›Cat‹ zu ersetzen, aber das wird wohl noch lange nicht soweit sein. Im Augenblick könnten wir nicht einmal ein Ruderboot kaufen.«

Schlagartig wußte Morgan, was zu tun war. »Wenn ich

nun ... nein, da gehen Sie gleich wieder in die Luft, das weiß ich. Wenn ich Ihnen nun das Geld für ein Boot *leihen* würde?«

Mick starrte ihn ungläubig an. »*Sie?* Woher wollen Sie das Geld nehmen?«

»Das ist unwichtig. Ich habe es jedenfalls.«

»Aber *warum* wollen Sie das tun?«

»Die Antwort darauf wissen Sie, Mick.«

Mick nickte bedächtig. »Catherines wegen natürlich. Aber ich weiß nicht, wie sie das aufnehmen wird. Wahrscheinlich sträubt sie sämtliche Federn.«

»Ich will nicht, daß sie es erfährt. Jedenfalls noch nicht jetzt. Sie würde sich mit Sicherheit weigern. Einstweilen bin ich also so etwas wie Ihr stiller Teilhaber, ja?«

»Aber sie wird wissen wollen, woher ich das Geld habe. Was soll ich ihr sagen? Man bekommt kein gutes Frachtboot unter fünfzehnhundert Dollar.«

»Sagen Sie ihr, Sie hätten jemand gefunden, der genügend Vertrauen zu Ihnen beiden habe, um Ihnen das Geld vorzustrecken und es in Raten abzahlen zu lassen. Daran ist nichts Ungewöhnliches. Bootsbauer machen so etwas die ganze Zeit. Solange sie nicht weiß, daß ich etwas mit der Sache zu tun habe, wird sie sicher glücklich sein, wieder ihr eigenes Boot zu haben.«

Mick nickte nachdenklich. »Ja, das ganz sicher.« Er grinste plötzlich. »Und ich auch, Morgan, mein Junge, ich auch!«

Morgan nahm seine Börse heraus. »Ich werde Ihnen einen Scheck von einer Bank in St. Louis über drei ... nein, viertausend Dollar herausschreiben.«

Mick fuhr zurück. »Soviel brauche ich nicht. Ich kann für die Hälfte ein brandneues Frachtboot bekommen.«

Morgan, damit beschäftigt, den Scheck auszuschreiben, sagte: »Ich habe an ein Passagierboot gedacht.«

»Aber dazu braucht man eine vier- oder fünfköpfige Mannschaft«, protestierte Mick. »Und keiner von uns weiß, wie man mit einem Passagierboot umgeht.«

»Das können Sie doch lernen, oder nicht? In jedem Fall ist es ein saubereres Geschäft.«

»Aber nicht immer einträglich. Man kann nicht an Land gehen und Passagiere einladen wie eine Fracht. Wenn man das Boot nicht vollbekommt, muß man mit den Leuten fahren, die man hat. Kein zuverlässiges Geschäft, mein Junge.«

»Da habe ich eine Idee.« Morgan reichte Mick den Scheck über den Tisch und beugte sich dann vor, um ihm klarzumachen, welcher Art sein Plan war.

Mick blickte zweifelnd drein. »Wenn Sie das fertigbringen, wäre es großartig. Aber wird es Ihnen gelingen?«

»Alles ist möglich. Jedenfalls kann ein Versuch nicht schaden. Ich werde sofort meinen Onkel aufsuchen. In zehn Tagen, äußerstenfalls zwei Wochen, bin ich zurück. Inzwischen erstehen Sie das Boot, Mick. Und kein Wort zu Cat.«

Sherman Morrison sah Morgan erstaunt an. »So bald habe ich dich hier nicht wieder erwartet, Neffe. Was ist mit deinen Plänen, in den Westen zu gehen?«

»Ich habe es mir anders überlegt, Onkel Sherman. Erinnerst du dich – ich habe dir erzählt, daß ich eine Zeitlang während meiner Nachforschungen auf einem Kanalboot auf dem Erie gearbeitet habe?«

Morrison nickte und griff nach einer Zigarre.

»Was ich dir nicht erzählt habe, ist, daß das Boot von einer Frau gesteuert wurde, Cat Carnahan. Ich verliebte mich in sie, aber dann bekamen wir Streit, um es milde auszudrücken, und ich schwor mir, sie nie wiederzusehen.«

»Aber nun hast du es doch getan. Kann man gratulieren?«

»Kaum«, sagte Morgan. »Cat ist mit Sicherheit dickköpfig und starrsinnig, und ich weiß nicht, ob Gratulationen in irgendeiner Form angebracht sind. Ich bin zwar zum Erie zurückgeritten, aber ich habe sie noch nicht gesehen.«

Morrison blickte verwirrt drein. »Nein?«

»Ich erfuhr, daß die Carnahans ihr Boot verloren hatten, während ich weg war. Ich vermute, daß Tate Brawley da die Hand im Spiel hatte. Und den Winter über war ich in New Orleans und habe wieder gespielt ...«

»Zurück zu den alten Gewohnheiten, wie?«

»Nur vorübergehend. Aber ich hatte Glück – ich habe eine Menge Geld gewonnen. Letzte Woche sprach ich in Albany mit Cats Vater und hörte von der Affäre mit ihrem Boot. Ich gab ihm das Geld, sich ein neues zu kaufen.«

»Du bist ein großzügiger Bursche, das muß man dir lassen«, brummte Morrison. »Und warum bist du jetzt zu mir gekommen? Wenn du so blöde bist, all dein Geld zu verschenken, dann erwarte nicht, daß ich ...«

»Nein, nein.« Morgan hob die Hand. »Das ist es nicht. Ich habe noch Geld übrig. Ich möchte dich nur um einen Gefallen bitten.«

»Was für einen Gefallen?« Morrison sah nach wie vor mißtrauisch drein.

»Du hast einmal erwähnt, daß du in Washington einigen Einfluß hast.«

»Ein bißchen«, gab Morrison zu. »Ein paar Leute schulden mir von früher her einen Gefallen.«

»Die Post in Amerika ist miserabel, findest du nicht auch?«

Morrison knurrte verächtlich. »In einem absolut miserablen Zustand. Wie alles andere, was die föderale Regierung unternimmt, ist auch das eine Katastrophe. Manchmal dauert es einen Monat, bis ein Brief von hier nach Washington City kommt.«

»Wie steht es mit der Möglichkeit, daß Kanalboote die Post befördern, Onkel?«

»Post auf einem Kanalboot?« sagte Morrison in ungläubigem Ton. »Du bist wohl nicht ganz bei Trost, Morgan. Was legen sie denn durchschnittlich zurück – vier, fünf Meilen pro Stunde?«

»Ich rede nicht unbedingt von Schnelligkeit. Ich spreche von Zuverlässigkeit. Im Augenblick wird die Post aufs Geratewohl befördert, per Pferd, per Kutsche, manchmal sogar zu Fuß. Nichts ist organisiert. Ein Wechsel von einer Transportmethode zu einer anderen findet selten statt. Oft liegt die Post über eine Woche an einem Ort, bevor sie weiterbefördert wird. Außerdem gibt es eine Möglichkeit der Beschleunigung bei einem Kanalboot, vor allem, wenn es nicht mit Fracht beladen ist.«

»Ich verstehe zwar noch immer nicht, worauf du hinauswillst, aber offensichtlich hast du dir eine Menge Gedanken gemacht.«

»Ja, das stimmt. Es gibt jetzt ausreichend Kanalverbindungen, um Post durch einen großen Teil dieses Landes zu befördern. Du weißt, wie schlecht die Straßen sind, wenn man weiter nach Westen kommt. Es gibt zum Beispiel kein zusammenhängendes Straßennetz entlang des Erie. Aber wenn die Post am Hudson auf ein Kanalboot gebracht wird, so könnte sie ohne weiteres nach Buffalo, ja sogar nach

Chicago befördert werden, ohne daß andere Transportmethoden eingeschaltet werden müßten.«

»Du denkst an das Boot, das du für deine Freunde gekauft hast?«

»Ja.«

»Aber ich begreife noch immer nicht, was du von mir willst.«

»Du hast Freunde in Washington. Ich dachte, du könntest sie vielleicht an die Gefallen erinnern, die sie dir schulden, und den Carnahans einen Vertrag zur Beförderung von Post beschaffen. Verstehst du, Onkel, sie werden ein Passagierboot anschaffen, aber die Beförderung von Fahrgästen ist ein unsicheres Geschäft, einmal quillt das Boot über vor Passagieren, einmal ist es halb leer. Ein Vertrag wie dieser würde ihnen eine gewisse Garantie bieten, etwas, das ihnen ein Einkommen sichert.«

»Ich weiß nicht recht«, sagte Morrison. »Einen sturen Beamten dazu überreden, Post durch ein Kanalboot befördern zu lassen ...«

»Ich könnte mir vorstellen, daß die Regierung entzückt über so etwas sein wird. Es kostet nicht viel, zumal es nicht die einzige Einkommensquelle der Carnahans sein würde. Im übrigen befördern ja auch die Kutschen Fahrgäste. Und solange keine Straßen gebaut werden, ist ein Boot die vernünftigste Transportmöglichkeit.«

»Vernünftig? Seit wann handelt irgendeine Regierung vernünftig, vor allem eine föderale?« schnaubte Morrison. »Aber ich will es versuchen. Ob ich etwas erreiche, ist eine andere Frage.«

Seit Tagen war Cat völlig verwirrt über Micks Verhalten. Er verschwand für Stunden, manchmal für einen ganzen Tag; und wenn er da war, lächelte er vor sich hin, so als berge er ein köstliches Geheimnis in der Brust. Nun, seit das Frühjahr angebrochen war, kamen weniger Patienten zu Anthony, was bedeutete, daß Cat nicht mehr so viel zu tun hatte. Deshalb war sie gelangweilt und mißgestimmt. Und die ständige Abwesenheit ihres Vaters, dazu sein geheimnisvolles Lächeln, verstärkte diesen Zustand noch.

»Mick«, sagte sie eines Nachmittags verärgert, »was ist eigentlich los? Du bist dauernd fort, und wenn du da bist, siehst du aus wie eine Katze, die vom Rahm genascht hat. Zuerst dachte ich, du hättest wieder angefangen zu trinken, aber...«

»Einmal in deinem Leben, mein Mädchen, mußt du Geduld haben. Ich kann dir noch nichts sagen.«

»Verdammt, dann behalte eben dein Geheimnis für dich. Mir ist es egal.« Sie warf ärgerlich den Kopf zurück.

»Es wird dir nicht egal sein, wenn ich dir's erzähle.«

Es war ein Nachmittag im März, als er endlich auspackte. Cat stand an Deck der ›Paracelsus‹, als sie Mick munteren Schritts den Kai entlangkommen sah. Er erblickte sie und blieb vor der Laufplanke stehen. Grinsend winkte er ihr zu. »Jetzt ist es soweit, Catherine. Komm mit mir.«

»Was ist soweit? Und wohin soll ich mit dir gehen?«

»Es ist soweit, dir zu erzählen, was ich getan habe. Nun komm schon.«

Ihr Eigensinn bewog sie beinahe, sich zu weigern, aber die Neugier war stärker. »Na schön. Hoffentlich lohnt es sich.«

»Oh, ich glaube schon.« Sein Grinsen wurde noch breiter.

Sie ging über die Laufplanke, und er ergriff ihren Arm. Bis sie beinahe am Ende des Kais angelangt waren, schwiegen beide. Dann blieb Mick vor einem brandneuen Passagierboot stehen. Es war blau und golden gestrichen, die Fenster funkelten in der Nachmittagssonne.

»Na, Mädchen, was hältst du von diesem Boot?« fragte Mick stolz.

Cat war verblüfft. »Ein schönes Boot, aber warum hast du mich hierhergebracht, nur um mir...« Sie brach ab und schnappte nach Luft, als sie die Inschrift an der Seite der Kabine sah: ›Cat II‹. Sie starrte ihren Vater an. »Soll das ein Witz sein?«

»Kein Witz, Catherine. Die ›Cat II‹ gehört uns.«

»Ich verstehe überhaupt nichts.« Cat war völlig verwirrt. »Wem gehört dieses Boot nun wirklich?«

»Nun, uns natürlich. Normalerweise bist du nicht so begriffsstutzig, Mädchen.«

Sie riß ihren Arm aus dem seinen. »Woher hast du das Geld gehabt, um das hier zu kaufen? Wir hatten doch keines.«

»Ich habe kein Geld gebraucht. Du weißt, wie viele Bootsbauer bereit sind, auf Abzahlung an Leute mit gutem Ruf zu liefern. Und es ist auf dem ganzen Erie bekannt, daß die Carnahans solide, verläßliche ›Kanaler‹ sind.«

»Aber wir verstehen überhaupt nichts vom Umgang mit einem Passagierboot.«

»Was wir noch nicht wissen, können wir lernen.«

Cat schüttelte den Kopf. »Irgend etwas ist da nicht in Ordnung. Da haben wir uns das Gehirn zermartert, wie wir wieder zu einem Frachtboot kommen, und hier ist etwas, das doppelt soviel kostet und plötzlich uns gehört.«

Gegen ihren Willen starrte sie sehnsuchtsvoll zu dem Boot hinüber. Es war so schön. Sie hätte sich gern in den Arm gezwickt, um sicher zu sein, daß sie nicht träumte. Konnte es wirklich wahr sein? Waren sie und Mick Besitzer dieses Boots? Aber wie war das nur möglich?

Nach wie vor war sie mißtrauisch – irgend etwas *konnte* nicht stimmen –, aber einmal in ihrem Leben, so beschloß sie abrupt, wollte sie etwas Positives nicht mit Skepsis betrachten.

»Wenn du mir nicht glaubst«, sagte Mick. »Ich habe den Eigentümervertrag in der Tasche...«

»Ach, das ist doch egal. Ich glaube dir ja, Mick. Komm...« Sie ergriff seinen Arm. »Gehen wir an Bord und inspizieren wir unser neues Boot!«

Morgan war früher schon auf Passagierbooten gereist, aber immer nur für kurze Strecken. Nie hatte er eine Nacht dort verbracht oder mehr als eine Mahlzeit eingenommen. Als er im Begriff war, Washington City zu verlassen, verkaufte er sein Pferd und beschloß, die Reise nach Albany per Boot zurückzulegen. Da es so aussah, als hätte er sich in Zukunft mit der Beförderung von Fahrgästen zu befassen, wollte er darüber möglichst viel in Erfahrung bringen.

Er war sich nicht sicher, ob die Reise nach Washington nicht reine Zeitverschwendung gewesen war. Sherman Morrison hatte mehrere Briefe an einflußreiche Leute in der Regierung geschrieben, in denen er Morgans Vorschlag ausführlich geschildert hatte. Und da die Postbeförderung so unzuverlässig war, hatte Morgan beschlossen, diese Briefe persönlich nach Washington zu bringen.

Er wurde zwar als Morrisons Neffe überall herzlich aufgenommen, aber in jedem Büro erhielt er dieselbe Antwort – der

Vorschlag sei vielversprechend, aber man müsse noch andere Dienststellen zu Rate ziehen, und es würde einige Zeit dauern, bis man zu einem Entschluß käme. Morrison hatte Morgan schon gewarnt, daß es so kommen würde, trotzdem war er enttäuscht.

Seine Erfahrungen auf dem Passagierboot waren gleichfalls nicht ermunternd. Aber jedenfalls wußte Morgan hinterher, was anders zu machen war. Das Frühstück auf dem Schiff war erstaunlich reichhaltig und herzhaft, aber es stellte sich heraus, daß Mittag- und Abendessen aus denselben Ingredienzien bestanden. Bei Nacht wurde die einigermaßen geräumige Passagierkabine in einen Schlafsaal umgewandelt, in dem alle wie die Heringe gedrängt liegen mußten, die Damen waren durch einen Vorhang von den Herren getrennt. Morgan zog vor, die Nacht an Deck zu verbringen, als die ersten Schnarchlaute an sein Ohr drangen. Zum Waschen und Rasieren mußte sich alles mit kaltem Wasser begnügen, was Morgan zu der Überlegung veranlaßte, daß, sofern seine Partnerschaft mit den Carnahans tatsächlich funktionieren sollte, ein Kessel mit warmem Wasser für diejenigen Passagiere bereit stehen sollte, die so etwas wünschten.

Nach mehreren auf dem Passagierboot namens ›Arche‹ verbrachten Tagen und Nächten erwies es sich als unerläßlich, in ein zweites Boot umzusteigen, um nach Albany zu gelangen. Soweit dies überhaupt möglich war, war dieses zweite Boot noch unbequemer als das erste, und als Morgan in Albany mit dem Gefühl, schmutzig und übelriechend zu sein, mit zerknittertem Anzug das Boot verließ, beschloß er, erst in einen anständigen Gasthof zu gehen, heiß zu baden und sich frühzeitig schlafen zu legen, bevor er am Morgen die Carnahans aufsuchte.

Nach einem ausgiebigen Frühstück machte er sich auf, um Mick zu suchen. Er sah in einiger Entfernung am Kai ein neues Passagierboot liegen und vermutete gleich, daß dies das war, was er suchte. Als er näher kam, bestand kein Zweifel mehr, denn an der Kabinenwand stand in großen Buchstaben ›Cat II‹.

Eine Weile blieb er stehen, betrachtete das Boot und kostete den Augenblick aus. Es war ein schönes Schiff, und er empfand Besitzerstolz, obwohl es vermutlich noch einige

Zeit dauern würde, bevor er es wagte, Cat in die Tatsache einzuweihen, daß er ihr stiller Teilhaber war.

Er sah niemand auf Deck, aber aus der Kabine drangen Geräusche. Also waren die Carnahans vermutlich an Bord. Er holte tief Luft und betrat die Laufplanke. In dem Augenblick, als er auf dem Deck angelangt war, tauchte Cat aus der Kabine auf. Bei Morgans Anblick blieb sie schlagartig stehen. Ganz flüchtig erhellte sich ihr Gesicht zu einem strahlenden Lächeln, dann wurde es ausdruckslos.

»Hallo, Cat«, sagte Morgan. »Du siehst gut aus.«

Sie trug Männerkleidung, ihr Haar war zerzaust und ihr Gesicht mit Schmutzstreifen versehen. Trotzdem sah sie schön aus, und sein Herz schlug schneller.

Cat errötete, sie fuhr sich mit der Hand durchs Haar. »Ich habe nicht erwartet, dich wiederzusehen«, sagte sie in gedämpftem Ton.

Er lächelte gelassen. »Das hätte dir doch klar sein müssen. Glaubst du, du wirst mich so leicht los?«

Mick tauchte hinter ihr aus der Kabine auf. »Junge, freue ich mich, Sie zu sehen!« dröhnte er. »Was halten Sie davon?« Er machte eine umfassende Handbewegung über das Boot weg.

»Ich finde, Sie haben Ihre Sache gut gemacht, Mick.« Im Augenblick, als er das gesagt hatte, wußte er, daß das ein schlimmer Fehler gewesen war. Er warf einen Blick auf Cat und sah, daß sie ihn finster anstarrte.

Sie sah erst ihren Vater und dann wieder Morgan an. Als ihr die Wahrheit zu dämmern begann, flammte ihr ganzer Zorn auf. »Du natürlich!« zischte sie. »Ich bin ja blöde. Ich hätte gleich wissen können, wer dahintersteckt.« Sie funkelte ihren Vater wütend an. »Irgendwelche Bootsbauer, die bereit sind, den Carnahans zu vertrauen, weil wir einen ›so guten Ruf‹ haben! Nicht nur Morgan Kane ist ein Lügner, er hat auch aus dir einen gemacht!«

Mick warf Morgan einen hilflosen Blick zu, als Cat der Laufplanke zustrebte. Morgan trat vor und packte sie am Arm. »Nun warte doch, Cat. Willst du mir nicht *einmal* zuhören?«

»Noch eine Erklärung, Mr. Kane?« Sie riß ihren Arm los. »Ich habe keine Lust, mir weitere Lügen anzuhören. Sie haben für dieses Boot bezahlt, also behalten Sie es auch.« Sie ging drei Schritte auf die Laufplanke zu, dann fuhr sie wieder herum. »Aber ich will meinen Namen dort an der Kabinenwand übermalt haben, verstehen Sie? Ich wehre mich dagegen, daß er irgendwie mit Ihnen oder mit dem, was Ihnen gehört, in Zusammenhang gebracht wird!«

## 19

Cat stürmte den Kai entlang, so geblendet von Tränen, daß sie kaum sah, wohin sie ging. Dieser verdammte Morgan Kane. Bildete er sich ein, er könnte einfach wieder in ihr Leben hereingeschlendert kommen und sich ihre Vergebung und ihre Liebe kaufen?

Daß sie sich in die ›Cat II‹ verliebt hatte, machte alles nur noch schlimmer. Es war ein so schönes Boot. Und ein Passagierschiff zu betreiben – selbst wenn man die möglichen Schwierigkeiten in Betracht zog –, konnte soviel angenehmer sein, als auf einem Frachtboot zu fahren, bei dem man immer nehmen mußte, was man eben bekam.

Nun war alles vorbei, ihr zu Wirklichkeit gewordener Traum hatte sich in einem einzigen enthüllenden Augenblick verflüchtigt.

Wohin sollte sie nun gehen? Anthony bitten, sie wieder als Krankenschwester aufzunehmen? Er war vor zwei Wochen, als sie ihm gesagt hatte, sie würde die ›Paracelsus‹ verlassen, weil Mick einen Ersatz für die ›Cat‹ erworben hätte, zutiefst verletzt gewesen.

»Nach all dieser Zeit willst du mich verlassen?« hatte er bestürzt gesagt. »Was soll ich ohne dich machen?«

Sie lächelte leicht. »Ich bin ja nicht auf der anderen Seite der Welt, Anthony. Wir bleiben auf dem Erie. Und von Zeit zu Zeit werden wir uns sehen.«

»Aber es wird nicht mehr das gleiche sein.«

»Vielleicht ist es besser so. Wir sind einander hier allzu nahe. Ich fühle mich … nun ja, eingeengt.«

»Abgesehen von persönlichen Überlegungen – wo soll ich eine Krankenschwester herbekommen?«

»Du wirst bestimmt eine finden, Anthony …« Sie seufzte. »Ich bin nicht zur Krankenschwester geschaffen. Kranke Menschen deprimieren mich auf die Dauer. Du bist Arzt, das ist etwas ganz anderes. Für dich ist es dein Leben.«

»Ich hatte gehofft, es würde auch dein Leben werden«, sagte er düster.

»Nein, nie. Ich gehöre auf den Kanal, aber ich muß mein eigenes Boot haben. Nie zuvor war ich so glücklich wie in dem Augenblick, als Mick mir die ›Cat II‹ zeigte. Es tut mir leid, Lieber.« Sie berührte mit der Hand sein Gesicht. »Ich mag dich gern, sehr gern sogar, aber ich bezweifle, daß ich je eine gute Arztfrau abgeben würde.«

»Das ist nicht wahr. Gemeinsam könnten wir viel erreichen. Du bist eine wunderbare Krankenschwester, Cat.«

»Ich war ... nun ja, zureichend. Um in etwas wirklich gut zu sein, muß man es lieben, und je mehr ich mit Kranken zu tun hatte, desto widerwärtiger wurde mir die Arbeit. Ich hänge an dem Leben auf einem Kanalboot, auch wenn die meisten Leute finden, daß das kein Dasein für eine Frau ist.«

Seine Schultern sanken herab. »Ich weiß, daß es sinnlos ist, dir etwas ausreden zu wollen. Also, geh mit meinem Segen. Aber für mich bleibt noch immer das Problem mit der Krankenschwester.«

Ihr kam plötzlich eine Idee. »Ich weiß jemand, der das vielleicht gut machen würde. Lotte Pryor.«

»Lotte Pryor!« Er starrte sie entsetzt an. »Cat, wie kommst du auf *die* Idee? Das Mädchen ist doch der reine Kolibri – hat kaum mehr Verstand als ein Floh.«

»Das stimmt nicht ganz. Zuerst habe ich das auch geglaubt, aber dann habe ich mich ein paarmal länger mit ihr unterhalten, als sie hier krank lag. Sie hat Verstand. Sie hatte nur nie Gelegenheit, ihn anzuwenden. Das liegt an der Art, wie sie aufgewachsen ist. Eine Pfarrerstochter darf gar nicht selbständig denken.«

»Aber sie hat keinerlei pflegerische Erfahrung.«

»Die hatte ich ebensowenig. Aber du hast damals gesagt, du könntest mir alles beibringen, was nötig ist, und das hast du getan. Außerdem hat Lotte einige Erfahrung. Sie erzählte, in Afrika habe sie oft kranke Einheimische gepflegt.«

»Aller Wahrscheinlichkeit nach wird sie an der Tätigkeit gar nicht interessiert sein.«

»Doch, das halte ich für durchaus möglich. Oh – das habe ich dir ja noch gar nicht erzählt. Von Mick habe ich gehört, daß ihr Vater sie nicht mehr auf seinem Boot aufgenommen hat.

Sie wird allein für sich aufkommen müssen. Ich glaube, das wäre ideal für sie...«

Cats Gedanken wurden durch schnelle Schritte unterbrochen, die sich ihr von hinten näherten. »Cat – warte!« Das war Morgan.

Sie dachte flüchtig daran wegzurennen, aber sie wußte, daß sie ihm doch nicht entkommen konnte. Außerdem hätte das einen würdelosen Eindruck gemacht. Er holte sie ein und ergriff sie am Arm.

Keuchend sagte er: »Bei Gott, diesmal wirst du mich anhören, Catherine Carnahan, und wenn ich dir Hände und Füße zusammenbinden muß!«

»Was anhören?« sagte sie eisig. »Deine Lügen?«

»Ach, um Himmels willen, Cat«, sagte er müde, »kein Mensch hat dich angelogen – wenigstens nicht wirklich. Eine kleine Täuschung vielleicht.« Er lächelte flüchtig. »Aber sowohl Mick wie mir war klar, daß du wie ein Maultier bocken würdest, wenn du erführest, woher das Geld für das Boot stammt. Und so war es auch.«

Cat versuchte ihm ihren Arm zu entreißen, aber vergeblich. »Ich mache Ihnen einen Vorschlag, Mr. Kane. Wenn Sie Bedürfnis nach weiblicher Gesellschaft haben, warum bitten Sie dann nicht Ihre Freundin Lotte Pryor zu sich? Ganz sicher würde sie mit Freuden zu Ihnen eilen.«

Morgan blinzelte. »Wovon redest du da bloß?«

»Glaubst du vielleicht, ich wüßte nichts von deiner Affäre mit Lotte? Sie hatte Cholera, weißt du, und ich habe sie gepflegt. Wir hatten mehrere lange Unterhaltungen miteinander, und ein Thema, das wir gründlich durchgeackert haben, warst du.«

»Na, und? Du wolltest nichts mehr mit mir zu tun haben, und sie stand zur Verfügung.«

Cat schnappte nach Luft. »Das klingt ja gerade so, als sei das meine Schuld gewesen.«

»In gewisser Weise trifft das auch zu.«

»Und zu sagen, sie habe ›zur Verfügung‹ gestanden – das ist ein scheußlicher Ausdruck.«

Er nickte ernsthaft. »Du hast recht, so hätte ich mich nicht ausdrücken sollen. Lotte ist schon in Ordnung – aber sie ist nicht du, Cat.«

»Willst du mich vielleicht endlich loslassen?« Sie versuchte, erneut zornig, sich loszureißen, aber seine Finger umklammerten ihren Arm nur noch fester.

»Nicht, bevor du mich angehört hast, Cat. Ich glaube, das bist du mir schuldig.«

»Schuldig? Ich schulde dir nicht das allergeringste.«

»Cat – bitte, hör mir für eine kleine Weile zu.«

»Mr. Kane sagte ›bitte‹? Ich höre wohl nicht recht.« Aber in ihrem tiefsten Innern wußte sie, daß sie ihm zuhören wollte. »Nun ja, wenn du für deine Verhältnisse so höflich bist...«

Er gab einen leisen Seufzer von sich und ließ sie los. »Setzen wir uns irgendwohin. Es wird eine Weile dauern.«

Er führte sie zu einem Stapel Bretter auf dem Kai, und sie ließen sich darauf nieder. Danach begann er der Reihe nach zu berichten, was von dem Tag an, als Sherman Morrison ihn beauftragt hatte, geschehen war. Als er zu dem Punkt kam, wo er im Side-Cut überfallen und niedergeschlagen worden war, sagte er: »Ich hatte wirklich für eine Zeitlang mein Gedächtnis verloren, Cat. Mein Ehrenwort darauf. Als ich am nächsten Morgen in der Kabine deines Vaters aufwachte, konnte ich mich nur noch an sehr wenig erinnern. Erst später fiel mir alles wieder ein; aber da dachtest du, ich litte noch immer an Gedächtnisverlust, und so beließ ich es dabei.«

»Aber warum, Morgan?«

»Ich weiß nicht recht, wie ich es erklären soll. Erstens einmal erleichterte mir das meine Nachforschungen. Und dann wußte ich nicht, wie du es aufnehmen würdest, wenn ich dir von meinem Auftrag erzählte. Mein angeblicher Gedächtnisverlust gab mir einen Vorwand, weiterhin auf der ›Cat‹ zu bleiben.« Er sah sie so liebevoll an, daß sie den Blick abwenden mußte. »Ich wollte so lange wie nur irgendmöglich mit dir zusammen sein. Und dann, als wir – ein Liebespaar wurden, fürchtete ich dich zu verlieren, wenn du erfahren würdest, daß ich dich beschwindelt hatte. Und so kam es ja dann auch.«

Ohne ihn anzublicken, sagte sie ruhig: »Weiter. Erzähle den Rest der Geschichte.«

Das tat er, wobei er seine Liaison mit Lotte überging. Am Ende angelangt, bemerkte sie trocken: »Mir kommt so vor, als hättest du Lotte Pryor geschickt ausgelassen.«

»Ja, das gebe ich zu. Aber ich dachte, du wärst nicht scharf auf die Einzelheiten.«

»Das stimmt allerdings.«

»Ich bin kein Heiliger, Cat«, sagte er gepreßt. »Lotte ist eine attraktive Frau, und die ständige Nähe...«

»Oh, ich verstehe durchaus, daß die Verlockung für einen Mann wie dich zu groß war«, sagte sie spöttisch. »Wie du selbst festgestellt hast, bist du kein Heiliger.«

»Würdest du einen haben wollen?«

Sie vermied eine direkte Antwort. »Das Geld für die ›Cat II‹ – das hast du doch wohl beim Spielen gewonnen?«

»Das bestreite ich gar nicht«, sagte er einfach. »Damit habe ich von jeher den größten Teil meines Lebensunterhalts bestritten. Aber ich bin ein ehrlicher Spieler, Cat. Das mußt du mir glauben. Gute Spieler brauchen nicht zu betrügen.«

Cat wußte, daß es wahrscheinlich stimmte; er verfügte über die Fähigkeit, alles gut zu machen, was er anfaßte – die Liebe eingeschlossen. Hastig sagte sie: »Wenn du solch ein guter Spieler bist, wozu dann das Kanalboot?«

»Bezeichne es als Liebesangebot. Oder als Friedensangebot, wenn du das vorziehst.« Er griff nach ihrer Hand. »Ich möchte, daß wir Freunde sind, Cat – wenn nichts anderes.«

Sie überließ ihm ihre Hand, während ihr Blick zur ›Cat II‹ hinüberschweifte. Es war ein herrliches Boot – sie sehnte sich danach, wieder an der Ruderpinne zu stehen!

Als ob er ihre Gedanken erraten hätte, sagte Morgan: »Wir sind Geschäftspartner, Cat, aber du bist der Kapitän. Mick und ich werden die Mannschaft bilden – und Timmie kann wieder auf den Treidelpfad, wenn wir ihn zurückbekommen.«

»Oh, Timmie ist irgendwo in der Nähe«, sagte sie, den Blick noch immer auf das Boot gerichtet. »Ich habe ihm die Stelle schon versprochen.«

»Na, und?« sagte Morgan fröhlich. »Dann sehe ich keine Probleme mehr.«

Es irritierte sie, daß er annahm, sie hätte bereits kapituliert, wenngleich sie tief in ihrem Innern wußte, daß es so war. »Ich sehe eine ganze Reihe von Problemen vor mir«, sagte sie schroff. »Erstens einmal kann ein Passagierboot ein Verlustgeschäft sein, wenn man die Sache nicht richtig anpackt. Die Kosten sind doppelt so hoch wie die eines Frachtboots, und wenn es keine Passagiere gibt, kann man keine Fahrkarten verkaufen.«

»Darüber habe ich mir schon meine Gedanken gemacht. Hat Mick dir nichts davon erzählt?«

»Nein, natürlich nicht.«

Er berichtete von seinem bereits in die Wege geleiteten Vorhaben, für die ›Cat II‹ einen Vertrag zur Beförderung von Post zu erhalten.

»Post auf einem Kanalboot? So was habe ich noch nie gehört.«

»Andere Leute auch nicht – bis ich auf die Idee kam. Wenn wir den Vertrag bekommen, springt bei jeder Fahrt ein Extragewinn heraus.«

»*Wenn* wir den Vertrag bekommen.«

»Ich glaube, die Chancen stehen da sehr gut«, sagte er zuversichtlich. »Man hat mir versprochen, daß bald darüber entschieden wird. Im übrigen habe ich noch ein paar andere Ideen. Komm zurück zur ›Cat II‹, ich werde dir alles zeigen.«

Er nahm ihren Arm, und sie ging bereitwillig mit. Was immer sie für Vorbehalte gehabt hatte, sie waren durch seinen Enthusiasmus weggeschwemmt worden. So war es immer gewesen, überlegte sie.

»Ich habe in dieser Woche ein Passagierboot nach Albany benutzt«, sagte Morgan. »Ich wollte sehen, wie so etwas funktioniert. Genau besehen war ich sogar auf zwei Booten, und beide hätten eine Menge Verbesserungen vertragen. Zum Beispiel sind die Schlafgelegenheiten trostlos. Die Passagiere sind auf engen Pritschen untergebracht, praktisch aufeinandergestapelt wie Holzscheite. Ich habe die Vorstellung, bequemere Kojen einzubauen und weniger Leute in den Kabinen unterzubringen.«

»Das bedeutet auch weniger Passagiere.«

»Stimmt, aber du brauchst auch gar nicht so viele angesichts des zusätzlichen Einkommens aus dem Postvertrag. Und ich glaube, wir könnten auch mehr verlangen als die üblichen fünf Dollar für vierundzwanzig Stunden Fahrt. Und dann gab es keinerlei Baderäume, noch nicht einmal heißes Wasser zum Rasieren. Ich glaube, daß die Leute, wenn man ihnen beides bietet, gern ein paar Dollar drauflegen.«

Sie gingen über die Laufplanke. Cat sagte: »Ich würde dir raten, nicht allzu ehrgeizig zu sein, Morgan, bevor wir nicht wissen, was mit diesem Postvertrag geschieht.«

»Falsch«, sagte er munter. »Ich finde, wir sollten mit aller

Kraft loslegen. Ich habe genügend Geld für alles, was geändert werden muß.«

Während der darauffolgenden Woche brachte Morgan Schreiner, die die Kojen nach seinen Plänen installierten. Es handelte sich um zwei Klappbetten statt drei in einer Reihe, und sie waren um rund dreißig Zentimeter breiter als üblich. Und zwischen jeder Reihe wurde ein Gang von einem guten halben Meter freigelassen. Damit konnte die ›Cat II‹ lediglich fünfunddreißig Passagiere befördern statt der üblichen fünfzig. Morgan ließ auch noch zwei durch Vorhänge geschützte Waschräume einbauen, einen für Frauen und einen für Männer, und dazu einen Warmwasserboiler mit Holzfeuerung.

Das alles kostete beachtliche Summen. Cat war noch immer skeptisch, aber sie machte keine Einwendungen mehr. Schließlich war es Morgans Geld; wenn er es so verschwenderisch ausgeben wollte, gab es für sie keinen Grund zu Protesten.

Obwohl die ›Cat II‹ größer war als ihre Vorgängerin, waren Cats Kabine und die von Mick und Morgan gemeinsam bewohnte immer noch sehr eng; aber das störte sie nicht.

Hingegen gab es etwas, das sie außerordentlich störte, noch bevor die Woche um war – und das war die Tatsache, daß Morgan ihr kaum Aufmerksamkeit schenkte. Er war von frühmorgens bis spätabends beschäftigt, beaufsichtigte die Arbeiten auf dem Boot und achtete kaum auf Cat. Mick trottete in seinem Fahrwasser – fast ehrfurchtsvoll, wie Cat mißfällig feststellte.

Sie hatte damit gerechnet, daß Morgan sich ihr in irgendeiner Nacht nähern und das fordern würde, was ihm zustand. Warum sonst hatte er das Ganze finanziert? Sie war sich unschlüssig, wie sie dann reagieren würde. Sie konnte ihn mit erhabener Verachtung abweisen oder seinem Reiz erliegen und ihm in die Arme fallen. Aber als er bis zum Wochenende nichts dergleichen unternommen hatte, fühlte sie sich widersinnigerweise wie eine verschmähte Frau und war wütend.

Einmal pro Tag fuhr Morgan zum Postamt, um nach dem zu erwartenden Brief aus Washington City zu fragen. Am Montag, nachdem auf der ›Cat II‹ alle notwendigen Veränderungen vorgenommen worden waren, kam er endlich mit dem Brief zurück. Er war nicht so himmelhochjauchzend wie Cat erwartet hatte, und sie erfuhr auch bald den Grund.

»Es ist ein Brief von der Postbehörde«, sagte er. »Aber es ist nicht genau das, worauf ich gehofft habe. Sie haben uns zwar nicht fallenlassen, aber sie gehen die Sache langsam an. Sie verlangen zuerst eine Versuchsfahrt.«

»Was soll das heißen?« fragte Mick.

»Nun ja, diesem Brief zufolge nehmen wir einen Sack Post auf – genau genommen nur einen Scheinpostsack.« Morgan lächelte etwas gezwungen. »Offenbar wollen sie uns erst einmal keine echte Post anvertrauen. Wir fahren nach Buffalo. Wenn wir das in guter Zeit und ohne Zwischenfälle schaffen, wollen sie mit uns den Vertrag abschließen. Wenn wir damit einverstanden sind, sollen wir ihnen das postwendend mitteilen, dann wird ein Mann aus Washington hierhergeschickt, der uns die ganze Fahrt über beaufsichtigt. Zahlen wird er vermutlich nichts dafür.«

Trotz der Tatsache, daß Cat so etwas mehr oder minder vorausgesehen hatte, war sie doch bitter enttäuscht. »Was tun wir nun?«

»Ich finde das alles gar nicht so schlimm«, sagte Mick. »Warum sollen wir's nicht versuchen? Wenn wir nicht schaffen, was von uns verlangt wird, verdienen wir den Vertrag nicht.«

»Der Gedanke ist mir auch gekommen, Mick, aber ich bin froh, daß Sie es zuerst erwähnt haben«, sagte Morgan. »Cat?«

»Vermutlich müssen wir es versuchen, nachdem wir schon soweit gegangen sind. Aber wir werden schneller fahren müssen als normalerweise, und wenn irgend etwas schiefgeht, wird dieser Kerl, der uns beaufsichtigt, einen schlechten Bericht nach Washington schicken.«

»Dann müssen wir eben dafür sorgen, daß nichts schiefgeht, oder nicht? Was die Schnelligkeit betrifft, so habe ich da ein paar Ideen.«

»Wie immer, nicht wahr?« sagte Cat bissig.

»Ich bemühe mich jedenfalls.« Er grinste unbekümmert.

»Du mußt es ihm lassen, Catherine«, sagte ihr Vater gereizt, »er hat meistens Erfolg.«

»Und seine Ideen kosten immer eine Menge Geld. Habe ich recht?«

Morgan nickte. »Sehr wahrscheinlich. Aber auf lange Sicht

gesehen lohnen sich die zusätzlichen Unkosten. Außerdem komme ich für sie auf.« Er blickte von Cat zu ihrem Vater. »Also abgemacht? Soll ich zurückschreiben, daß wir ihre Bedingungen annehmen?«

»Aber klar, mein Junge«, sagte Mick promt. Er rieb sich die Hände. »Das kann aufregend werden. So was wie ein Wettrennen. In gewisser Hinsicht gegen uns selbst.«

»Vermutlich bleibt uns gar nichts anderes übrig.« Ganz plötzlich und unerwartet fing Cat Feuer. Mick hatte recht – es *war* aufregend. »Na schön, machen wir's! Verdammt, wir werden es aufregend *machen*!«

Tate Brawley entledigte sich seiner Hosen und gesellte sich zu Lucy Crawford auf ihrem breiten Bett.

Lucy hieß ihn mit weit geöffneten Armen inbrünstig willkommen. »Es ist so lange her, Tate.« Sie verzog schmollend den Mund. »Seit Monaten bist zu zurück am Erie und nicht einmal bei mir vorbeigekommen.«

»Ich habe viel zu tun gehabt«, sagte er kurz. »Seit die Union-Canal-Lotteriegesellschaft eingegangen ist, habe ich mein Geld hart verdienen müssen, ich war Tag und Nacht beschäftigt.« Er konnte nicht umhin, in prahlerischem Ton hinzuzufügen: »Aber der Tag muß noch kommen, an dem sie Tate Brawley unterbuttern.«

Es stimmte, nach dem Zusammenbruch der Lotteriegesellschaft hatte er eine harte Zeit durchgemacht. Aber jetzt hatte er ein Netzwerk von Verkäufern entlang des Erie aufgebaut, die Lose für andere Lotteriegesellschaften vertrieben. Und nun ging es ihm gar nicht schlecht.

Nur etwas wurmte ihn – Morgan Kane. Er machte ihn für all sein Pech verantwortlich. Wenn er Kane vor seine Pistole bekommen und ihn von dieser Welt hätte verschwinden lassen können, wäre alles wieder in Ordnung gewesen. Aber anscheinend war Kane verschwunden; zweifellos war er zu feige, um zum Erie zurückzukehren.

»Tate?« sagte Lucy vorwurfsvoll.

»Was?« sagte er gereizt.

»Du bist in Gedanken irgendwo anders.« Sie runzelte die Stirn. »Ich muß schon sagen, das ist nicht gerade schmeichelhaft.«

»Ich soll mich um dich kümmern, ja?« Er vergrub seinen

Mund zwischen ihre Lippen, seine Hand umschloß eine ihrer üppigen Brüste und drückte brutal zu.

Statt sich zu wehren, umschlang Lucy ihn mit beiden Armen und zog ihn dicht an sich. Brawley vergaß Morgan und konzentrierte sich auf das Nächstliegende.

Gleich darauf bebte und quietschte das Bett unter ihrer leidenschaftlichen Umarmung. Lucys Kopf rollte von einer Seite zur anderen, ihr Mund war weit geöffnet. »Ja, o ja, Tate! Das ist es – das ist es, was ich so vermißt habe!«

Als sie sich dem Höhepunkt näherten, trommelte Lucy mit den Fäusten auf seinen Rücken und trat mit den Füßen in die Luft. Mit einem tiefen Stöhnen erlangte Brawley Befriedigung und sackte zusammen. »Habe ich mich genug um dich gekümmert?«

»O ja, Tate, ja«, flüsterte sie.

Bevor Brawley noch von ihr herabrollen konnte, wurde laut an die Tür geklopft. Brawley erstarrte. »Wer ist das – einer deiner Pensionsgäste?« flüsterte er wütend.

»Ich weiß nicht«, sagte Lucy mit weit aufgerissenen Augen. »Ich glaube nicht. Die wissen was Besseres als an meine Tür zu klopfen.«

»Hast du dich nicht vielleicht doch mit einem eingelassen?«

»Nein, nein, ich schwöre es dir, Tate. Nur mit dir.«

Brawley glaubte ihr nicht; alle Frauen logen, das war für sie so natürlich wie essen. Er maß mit den Augen die Distanz zu seinen Kleidern und der darunter liegenden Pistole ab ...

Erneut wurde geklopft, und eine Stimme sagte: »Tate? Sind Sie drin? Ich bin's, Simon Maphis.«

Brawley murmelte einen erleichterten Fluch vor sich hin. »Was zum Teufel haben Sie hier zu suchen, Simon?«

»Es ist wirklich wichtig, sonst wäre ich nicht gekommen, das wissen Sie doch.«

»Na schön, gehen Sie hinunter ins Wohnzimmer. Ich komme gleich.«

Brawley kroch aus dem Bett und begann sich anzuziehen.

Lucy richtete sich auf und zog die Decke hoch. »Wer ist das?«

»Nur ein Geschäftspartner.«

Ihr Gesicht rötete sich. »Es paßt mir überhaupt nicht, wenn ich in meinem eigenen Schlafzimmer auf die Art gestört werde.«

»Mir ist völlig egal, was dir paßt oder nicht, Lucy«, knurrte er. »Wenn *ich* dir passe, dann halte den Mund oder ich komme nicht mehr zurück.«

Er knöpfte sein Hemd zu, ging hinaus und schlug die Tür hinter sich zu. Unten traf er Maphis an, der ungeduldig im Wohnzimmer auf und ab ging. »Hoffentlich ist es wirklich wichtig, Simon«, fauchte er. »Woher wissen Sie überhaupt, daß ich bei ihr war?«

Maphis blickte verletzt drein. »Sie haben mir mal von der Witwe Crawford erzählt, Tate, erinnern Sie sich nicht? Und es *ist* wichtig. Es dreht sich um Morgan Kane und die Carnahan ...«

»Pst – nicht hier.« Er machte eine abwehrende Handbewegung und blickte zur Treppe hinüber. »Gehen wir in eine Taverne. Es brauchen nicht alle zuzuhören. Lucy ist eine Klatschbase.«

Er duldete nicht, daß der aufgeregte Maphis redete, bevor sie in der Taverne saßen. Dann fuhr er sich mit den Fingern durch den Backenbart und sagte: »Also, was ist nun mit Kane und der Carnahan?«

»Kane ist wieder am Erie – mit einer Börse, die so fett ist wie ein schlachtreifes Schwein.« Maphis beugt sich vor. »Er ist eine Partnerschaft mit den Carnahans eingegangen, und sie haben sich ein neues Boot gekauft.«

Brawley fluchte. »Diese verdammten Kerle, die wir damals angeheuert haben! Wenn sie ordentliche Arbeit geleistet hätten, so wären die Carnahans jetzt tot. Ich hätte den Drecksäcken auf den Pelz rücken und einen Teil unseres Geldes zurückfordern sollen.«

»Es war eigentlich nicht ihre Schuld, Tate. Sie zündeten die ›Cat‹ an, schlugen den Alten zusammen und bohrten das Boot an, daß es auf Grund ging. Die Carnahans wären beide zu Zunder verbrannt, wenn nicht zufällig ein paar Leute gekommen wären, die sie gerettet haben.«

Brawley starrte ihn mißtrauisch an. »Woher wissen Sie das?«

»Ich – ich hab' davon gehört«, murmelte Maphis.

»Nein, Sie haben ganz bestimmt nicht bloß davon gehört! Sie waren dort und haben zugesehen. Sie haben es nicht fertiggebracht, wegzubleiben, ja?«

»Ich mußte es mir einfach ansehen, Tate, und außerdem

fand ich, jemand müsse dafür sorgen, daß wir für unser Geld auch was kriegen. Außerdem hat mich keiner gesehen.«

»Hoffentlich.«

Maphis' Gesichtsausdruck wurde störrisch. »Die Hälfte davon war mein Geld, Tate. Ich hatte ein Recht mitanzusehen, was passierte.«

»Schon gut. Es hat ja vermutlich keinen Schaden angerichtet.« Brawley strich sich gedankenvoll die Koteletten. »Die Carnahans und Kane sind also Partner, wie?«

»Nicht nur das, sie haben jetzt ein Passagierschiff.«

Brawley hob überrascht die Brauen. »Ein Passagierschiff? Ich frage mich, woher Kane das viele Geld hat. Das erschwert die Sache – mit einer Ladung Fahrgäste können wir wenig gegen sie unternehmen. Wenn ein oder zwei von denen zu Schaden kommen, gibt es Scherereien für uns. Um einen ›Kanaler‹ kümmern sich die Behörden wenig, aber Passagiere – das ist was anderes.«

»Das ist noch nicht alles, Tate. Irgendwie hat es Kane geschafft, mit der Regierung eine Vereinbarung zu treffen, daß er Post befördern darf.«

»Post auf einem Passagierschiff? Wie hat er das zustande gebracht?«

»Es ist noch nicht soweit«, sagte Maphis. »Bevor sie den Vertrag kriegen, müssen sie eine Probefahrt machen – von Albany nach Buffalo. Wenn dabei irgendwas schiefgeht, bekommen sie diesen Vertrag nicht. Soviel ich gehört habe, ist ein Kerl von der Regierung dabei, um alles zu kontrollieren.«

»Ein Mann von der Regierung? Verdammt, das erschwert die Sache noch mehr. Wenn dem was zustößt, dann sitzen wir bis zum Hals im Dreck.«

»Vielleicht sollten wir was unternehmen, bevor sie anfangen, bevor der Regierungsmann hierherkommt?«

Brawley sah ihn scharf an. »Soll das heißen, die drei sitzen einfach da und warten auf ihn? Und wo – in Albany?«

»Ja, von dort aus starten sie, aber sie sitzen nicht nur herum. Sie machen bereits Passagierfahrten – allerdings nie länger als einen oder zwei Tage, damit sie rechtzeitig zurück sind, wenn dieser Kerl von der Postbehörde eintrifft.«

Brawley seufzte. »Das schließt so gut wie aus, daß wir in Albany etwas gegen sie unternehmen können, weil da fortgesetzt Passagiere ein- und aussteigen.«

»Aber wir werden doch wohl nicht hier auf unserem Hintern sitzenbleiben und gar nichts tun, Tate?«

»Bestimmt nicht. Morgan Kane hat mir genügend zugesetzt, und ich werde es ihm heimzahlen.« Brawley trommelte mit den Fingern gegen seinen Bierkrug. »Aber es wäre vielleicht doch besser, abzuwarten, bis der Regierungsmann hier ist. Es gibt eine Reihe von Dingen, die wir tun können, um ihnen ihre Probefahrt zu vermasseln. Danach werden sie noch nicht einmal mehr Fahrgäste bekommen können. Und dann schlagen wir zu – aber hart!«

»Tate ...« Maphis rutschte nervös hin und her. »Eines noch: bevor wir sie fertig machen, möchte ich noch eine Chance bei der Frau haben. Nur zehn Minuten allein mit ihr – dann können wir sie kopfüber in den Erieschlamm kippen.«

Brawley grinste. »Scharf auf sie, was?«

»Ja, das bestreite ich nicht.« Maphis sah ihn offen an. »Sie hat *mich* zum Gespött gemacht. Ich möchte, daß ihr das noch leid tut.«

Brawley sah ihn scharf an. »War das der Grund, warum Sie in der Nacht, als die Burschen das Boot attackiert haben, dort herumgelungert sind – weil Sie bei ihr auf eine Chance gehofft haben?«

Maphis errötete und wandte den Blick ab. »Wenn ich Gelegenheit dazu gehabt hätte, hätte ich sie mir sicher unter den Nagel gerissen. Aber es ging nicht, es waren zu viele Leute dort.«

Brawley betrachtete sinnend den ›König des Erie‹. Wahrscheinlich hatte er einen Fehler gemacht, als er sich mit Simon Maphis verbündet hatte. Maphis war kaum mehr als ein brutaler Kerl mit unterdurchschnittlicher Intelligenz und ein Sklave seiner Triebe. Aber andernteils war er bösartig, bereit, alles zu tun, um sich für das zu rächen, was er als Kränkung empfand.

»Nun ja, geschehen ist geschehen«, sagte Brawley. »Aber von nun an befolgen Sie meine Anweisungen aufs Wort. Sie haben gut verdient, als Sie für mich Lose verkauften. Wenn Sie wieder nicht tun, was ich sage, gebe ich die Lose anderen Verkäufern, kapiert?«

Maphis nickte mürrisch. »Kapiert, Tate.«

»Wir müssen also daran gehen, unsere Pläne zu machen, es ist keineswegs zu früh dafür. Ich glaube gehört zu haben, daß dieser Mulitreiber der Carnahans, Timmie Irgendwas, auf die kleine Carnahan scharf ist. Ich frage mich, was er davon hält, daß Kane wieder auf der Bildfläche erschienen ist. Vielleicht können wir da was herausholen...«

## 20

»Aber wir kommen nicht einmal entfernt auf unsere Kosten, Morgan«, sagte Cat unglücklich.

»Das habe ich für den Anfang auch nicht erwartet«, erwiderte Morgan. »Wir brauchen Zeit, um wirklich eingeführt zu sein.« Er grinste. »Betrachte es einfach als Lernerfahrung, Cat. Wenn wir dann so richtig in Schwung kommen, wissen wir alles über den Betrieb eines Passagierbootes.«

»Eine teure Erfahrung«, sagte sie düster.

»Mach dir keine Sorgen. Ich habe noch ausreichend Geld übrig, um uns auf mehrere Monate hinaus über Wasser zu halten.«

»Ich weiß, aber mir ist das nicht recht. Ich halte gern selbst den Kopf über Wasser.«

»Nun laß einmal deinen verletzten Stolz beiseite, Cat. Mir macht es nichts aus, und du kannst mir ja alles aus deinem Gewinnanteil zurückzahlen, wenn es soweit ist, falls du dich dann wohler fühlst.«

»Ein gewaltiges ›wenn‹«, sagte sie und blickte geradeaus.

Sie stand an der Ruderpinne der ›Cat II‹, während sie sich Albany näherten. Sie waren am Ende einer Rundfahrt nach Schenectady angelangt. Auf der Fahrt nach Westen hatten sie zehn, auf dem Rückweg lediglich sechs Passagiere an Bord gehabt. Die Einnahmen deckten kaum die Ausgaben für die Mahlzeiten.

Wenigstens spielten im Augenblick Löhne keine Rolle; dem einzigen, dem sie etwas bezahlen mußten, war Timmie.

Mick arbeitete als Koch und Barkeeper. Zu Cats Verwunderung hatte er sich förmlich darum beworben. »Du lieber Himmel, ich mache das ja nicht für ewig – nur bis wir uns einen Koch leisten können.«

Die übrigen anfallenden Arbeiten teilten sie sich. Obwohl Cat es nicht zugab, stellten Morgans Neuerungen einen enormen Fortschritt im Gegensatz zu anderen Passagierbooten dar. Jeder Fahrgast, der mit ihnen gereist war, lobte höchlichst die so viel bequemeren Schlafgelegenheiten und die Möglichkeit, sich gründlich zu waschen. Alle hatten bisher versprochen, sie weiter zu empfehlen. Und sicher hatte Morgan recht, wenn er sagte: »Wartet nur, bis wir Reisen machen, die mehrere Tage dauern. Dann wissen die Passagiere alles erst recht zu schätzen.«

Aber im Augenblick nützte ihnen das wenig.

»Sollten wir nicht daran denken, Reklame für uns zu machen – so wie die anderen Passagierlinien?« fragte Cat Morgan.

»Ich glaube, das wäre zum jetzigen Zeitpunkt überflüssig ausgegebenes Geld. Wir haben bis jetzt noch keinen geregelten Fahrplan und werden ihn auch nicht einführen können, bis wir unsere Probefahrt antreten. Aber für sie wird sich Reklame lohnen.«

Cat war geneigt, ihm beizupflichten, aber es irritierte sie immer, mit Verlust zu arbeiten. Wenn das bei der ersten ›Cat‹ der Fall gewesen war, hatte sie etwas dagegen unternommen; sie hatte damit nicht immer Erfolg gehabt, aber doch wenigstens das Gefühl, es versucht zu haben.

Als sie sich dem Kai näherten, warf Cat einen Seitenblick auf Morgan, der neben ihr stand. Sie sah nur sein Profil, weil er zum Ufer hinüberblickte, um Timmie im Auge zu behalten. Cat war sich bewußt, daß ein Teil ihrer Unzufriedenheit von Morgans merkwürdigem Verhalten ihr gegenüber rührte. Seit dem Tag am Kai, als sie vereinbart hatten, Partner auf der ›Cat II‹ zu werden, hatten sie kein persönliches Wort mehr miteinander gesprochen. Damals hatte er gesagt, er sei an den Erie zurückgekehrt, weil er sie liebe, aber seither – nichts.

Er war durchaus freundlich und bereit, über alles zu sprechen, außer über persönliche Angelegenheiten. Cat hatte geduldig gewartet, überzeugt, daß er früher oder später den Versuch unternehmen würde, mit ihr zu schlafen. Aber die Zeit verging, nichts geschah, und sie wurde immer erregter. Während sie anfangs beabsichtigt hatte, ihn abzuweisen, begann sie bald, sich nach ihm zu sehnen. Sie empfand den schmerzlichen Wunsch, ihn zu berühren, seine Wange zu streicheln, irgendeinen körperlichen Kontakt mit ihm herzustellen. Was war mit ihm los? War es *ihr* Fehler, lag es an etwas, das sie getan oder nicht getan hatte? Ihr Stolz verbot ihr, irgendwelche Annäherungsversuche zu machen.

Der Bug des Boots prallte sachte gegen den Kai. Morgan wandte sich ab, ging leichtfüßig über das Kabinendeck zum Bug, wo sich die sechs Passagiere bereits versammelt hatten. Als die ›Cat II‹ angelegt hatte und Cat nach hinten ging, waren sie bereits ausgestiegen. Morgan hatte jedem einzelnen die Hand geschüttelt, ihnen gedankt und sie aufgefordert, wieder einmal mitzufahren.

Als Cat neben ihn trat, kam ein einzelner Mann, der gewartet hatte, bis alle Fahrgäste ausgestiegen waren, über die Laufplanke an Bord. Er war klein, mittleren Alters und gut gekleidet. In der einen Hand hielt er eine kleine Reisetasche, in der anderen einen Segeltuchsack.

»Morgan Kane?« sagte er.

»Ja, Sir, ich bin Morgan Kane. Kann ich Ihnen helfen? Vor morgen früh werden wir keine Passagiere mehr an Bord nehmen, Sir.«

»Ich bin eigentlich kein Passagier.« Der Fremde lächelte flüchtig. »Ich heiße Lars Anderson und bin aus Washington City.«

»Von der Postbehörde?« Als der Mann nickte, gab Morgan einen kleinen Freudenschrei von sich und schüttelte ihm heftig die Hand. »Wir haben schon auf Sie gewartet.«

»Davon bin ich überzeugt«, sagte Anderson trocken.

Morgan wandte sich an Cat. »Das hier ist Catherine Carnahan, meine Partnerin. Und das ...« Er wies mit dem Kopf auf Mick, der gerade aus der Kabine auftauchte, »ist ihr Vater, Mick Carnahan. Mick, das ist Mr. Anderson von der Postbehörde.«

Mick strahlte. »Freut mich, Sir.«

Cat hatte lediglich genickt. Sie betrachtete den Neuankömmling genau, und das, was sie sah, gefiel ihr nicht. Seine braunen Augen waren unfreundlich, und er hatte eine nördlich-phlegmatische Haltung, sein Gesicht war unbewegt.

Und Anderson bestätigte sie sofort in ihrer Meinung. »Ganz ehrlich gesagt, Mr. Kane und Mr. und Miß Carnahan, ich habe für Ihren Plan nichts übrig. Aber ich bin von meinen Vorgesetzten überstimmt worden, und man hat mich angewiesen, hierher zu kommen. Als ich meinem unmittelbaren Vorgesetzten erklärte, ich hielt den Gedanken, Post per Kanalboot zu befördern, für idiotisch, lächelte er nur und sagte, es wäre besser, jemand zu schicken, der von dem Projekt nichts hielte. Wenn Sie *mich* überzeugen könnten, so hätte die Sache mit Sicherheit Hand und Fuß. Ich muß Sie also warnen, ich werde schwer umzustimmen sein.«

Morgan, bemerkte Cat, hatte während dieser ganzen Ansprache gelächelt und lächelte immer noch. Nun sagte er munter: »Dann liegt es vermutlich an uns, Sie umzustimmen, Mr. Anderson. Das ist völlig in Ordnung. Herausforderungen habe ich immer geschätzt.«

»Zumindest das spricht für Sie.«

»Wir müssen Sie um einen Gefallen bitten, Mr. Anderson. Wir haben einige Vorbereitungen zu treffen. Da wir keine Ahnung hatten, wann Sie eintreffen würden, konnten wir ja nicht untätig hier herumsitzen, sondern haben kurze Passagierfahrten gemacht. Wäre es Ihnen also recht, wenn wir, sagen wir, eine Woche Zeit bekämen, bevor wir die Probefahrt antreten?«

Anderson überlegte eine ganze Weile, dann nickte er gewichtig. »Das scheint angemessen. Ich bin zeitlich nicht eingeschränkt. Ich hoffe nur, es gibt in Albany einen anständigen Gasthof. Ganz gewiß habe ich nicht vor, mehr Zeit als nötig auf diesem Boot zu verbringen.« Er rümpfte die Nase. »Ich hasse Boote, egal wie groß oder klein sie sind. Das war schon immer so.«

»Da ist ein guter Gasthof gleich hier weiter oben, Sir«, sagte Mick schnell. »Ich will ihn Ihnen gern zeigen.«

Während Mick Lars Anderson vom Boot hinabbegleitete, sagte Cat leise: »Oh, das ist ja herrlich! Er haßt Boote!«

Schilder erschienen auf Gebäuden und Pfosten entlang des Erie bis nach Buffalo:

›ERÖFFNUNGSFAHRT – PASSAGIERSCHIFF ›CAT II‹ – VON ALBANY NACH BUFFALO – ERSTES ERIE-KANAL-BOOT, DAS STAATLICHE POST BEFÖRDERT - NEHMEN SIE TEIL AN DIESEM EREIGNIS - REISE MIT ALLEM LUXUS – FAHRPREIS SIEBEN DOLLAR FÜR VIERUNDZWANZIG STUNDEN – MACHEN SIE DIE GANZE REISE MIT ODER AUCH NUR EINEN TEIL DAVON – LASSEN SIE SICH DIESE GELEGENHEIT NICHT ENTGEHEN – BÜRO DER CAR-

NAHAN/KANE REISEGESELLSCHAFT AM KAI VON ALBANY!‹

Es war eine Woche fieberhafter Aktivität für Morgan und die Carnahans gewesen. Cat bereitete sich auf den Ansturm der Passagiere vor – sofern er einsetzte; sie mußte für saubere Bettlaken, Nahrungsvorräte und ähnliches sorgen. Wenn das Boot nicht restlos voll wurde, dachte sie bedrückt, so würden ihre Geldmittel hinterher knapp sein.

Sie hatten einen kleinen Schuppen auf dem Kai gemietet und ihn mit einem Schild versehen:

FAHRKARTENSCHALTER DER CARNAHAN/KANE REISEGESELLSCHAFT

Mick saß drinnen, um die Fahrkarten zu verkaufen. Cat hatte keine Ahnung, wo sich Morgan herumtrieb – er pflegte fast den ganzen Tag über weg zu sein. Wenn sie ihn fragte, sagte er lediglich: »Es gibt so viel zu tun, Cat. Ich habe jetzt keine Zeit, es dir zu erklären.«

Sie vermutete, daß er ihr keine Erklärungen abgeben *wollte*, weil er fürchtete, sie würde gegen das, was er tat, Protest erheben. Und was immer er tat, mit Sicherheit kostete es Geld.

Während der ersten Tage der Woche berichtete Mick, daß der Fahrkartenverkauf weit unter dem lag, was sie sich erhofft hatten. Von Lars Anderson war nichts zu sehen, was Cat nur recht war; aber Mick war in den Gasthof gegangen und hatte berichtet, er wohne noch immer dort.

Zwei Tage vor ihrer Abreise erklärte Morgan Cat, was er getan hatte. »Ich habe die Mulis gegen Pferde eingetauscht – gegen vier, genau genommen. Nun warte doch, Cat! Klar, das kostet zusätzliches Geld, aber wir brauchen die Pferde wegen ihrer größeren Schnelligkeit. Ich möchte, daß Timmie die Gespanne alle zwei Stunden auswechselt. Damit wird es uns möglich sein, mehr als die üblichen fünf Meilen pro Stunde zurückzulegen.«

»Aber du weißt, daß das ungesetzlich ist. Die vorgeschriebene Grenze ist fünf Meilen pro Stunde.«

Er grinste. »Ich glaube kaum, daß das jemand bei dieser Fahrt kontrollieren wird. Außerdem wird die Geschwindigkeitsbegrenzung, soviel ich weiß, fast nie eingehalten.«

Sie nickte zögernd. »Das stimmt. Aber es gefällt mir trotzdem nicht.«

»Es braucht dir nicht zu gefallen, Cat. Ich bin dafür verantwortlich. Und nicht nur das, ich habe mich mit dem Kapitän eines anderen Passagierbootes in Verbindung gesetzt und ihn angewiesen – und ihm das Geld gegeben –, an verschiedenen Punkten des Erie weitere Pferdegespanne zu mieten – nur für alle Fälle.« Er grinste ein bißchen krampfhaft. »Es bedurfte einiger Überredung, ihn dazu zu bringen, der Konkurrenz behilflich zu sein. Aber ich konnte ihm schließlich klarmachen, daß es, falls wir den Vertrag bekommen, auf die Dauer für uns alle von Nutzen sein würde.«

»Aber wie steht es mit Lars Anderson? Was wird er davon halten?«

Morgan zuckte die Schultern. »Woher soll er wissen, daß irgend etwas Besonderes vorliegt? Er versteht nicht das mindeste von Kanalbooten – er haßt sie sogar, wie er zugegeben hat.«

»Ich dachte, Schnelligkeit sei dir nicht so wichtig, du setztest mehr auf Zuverlässigkeit?«

»Richtig, aber Schnelligkeit plus Zuverlässigkeit wird uns helfen, diesen Burschen herumzukriegen. Außerdem, wenn er Boote schon so sehr haßt, wird er um so glücklicher sein, je schneller er davon herunterkommt.«

Am Morgen der Abreise hatte Cat ein wesentlich besseres Gefühl. Es hatte am Ende noch einen Ansturm von Passagieren gegeben, das Boot war zu zwei Dritteln seiner Kapazität gefüllt.

»Und unterwegs werden wir noch weitere Fahrgäste auflesen«, sagte Morgan. »Ich wette, wir werden ›Full House‹ haben, wenn wir in Buffalo ankommen.«

»Du redest wie ein Pokerspieler«, sagte sie spöttisch.

»Das Leben ist nun mal so, Cat, wußtest du das nicht? Das Leben ist immer ein Spiel, wenn man es genau betrachtet.«

Sie schwieg und war auch bald viel zu beschäftigt, um zum Nachdenken zu kommen. Eine große Menschenmenge hatte sich auf dem Kai angesammelt, und zu Cats Überraschung wurde die ›Cat II‹ mit stürmischen Zurufen verabschiedet. Lars Anderson saß auf dem Kabinendeck und warf der lauten Menge mißbilligende Blicke zu.

Cats Erstaunen nahm zu, je weiter sie den Kanal entlangfuhren. In jeder Stadt standen Menschenmengen am Kai und jubelten ihnen zu. Es war, als ob ein Fest gefeiert würde, und Cat war gerührt.

Es hatte den Anschein, als ob jeder am Erie wüßte, was sich da abspielte. Andere Kanalboote hielten, um sie vorüberzulassen, und viele Boote, die in östlicher Richtung fuhren, hielten ebenfalls und zogen die Zugleinen ihrer Tiere auf dem Treidelpfad ein, damit den Carnahans das komplizierte Manöver erspart blieb, ihre eigene Zugleine einzuholen.

Cat war gerührt und erfreut und mußte zugeben, daß bisher alles glatt verlaufen war. Die ›Cat II‹ kam schnell voran.

Lars Anderson schien nicht übermäßig beeindruckt. Als sie auf gleiche Höhe mit einem anderen Passagierboot kamen, an dessen Deck sich offenbar sämtliche Fahrgäste versammelt hatten, um sie mit Zurufen anzufeuern, bemerkte er säuerlich zu Morgan: »Wenn die Popularität Ihnen Punkte einbrächte, Mr. Kane, hätten Sie jetzt schon gewonnen.«

»›Kanaler‹ sind nun mal so, Mr. Anderson«, sagte Morgan mit seinem lässigen Lächeln. »Kollegen werden immer angefeuert. Jedenfalls von den meisten.«

»Aber Popularität befördert keine Post, Sir. Sie werden gut daran tun, das nicht zu vergessen.«

»Oh, keineswegs. Aber es vermittelt doch ein angenehmes Gefühl, finden Sie nicht auch?«

Sie kamen so schnell voran, daß sie sich kurz nach Einbruch der Dunkelheit der ersten Schleuse näherten. Mit einem Seufzer sagte Cat: »Ein Jammer, daß wir nun bis zum Morgen festliegen. Wenn wir noch durch die Schleuse gekommen wären, hätten wir den größten Teil der Nacht über fahren können.«

»Gib es nicht auf, Cat«, sagte Morgan. »Vielleicht kommen wir doch noch durch.«

»Aber das schaffen wir niemals rechtzeitig.«

»Wir werden sehen«, sagte er vage.

Als sie sich kurz nach Dunkelwerden der Schleuse näherten, war Cat verblüfft, als sie sah, daß der Treidelpfad mit Fackeln erleuchtet war. Und statt Anweisung zu erteilen, einen Anliegeplatz zu suchen, rief Morgan Timmie zu: »Treibe die Pferde weiter, Timmie, wir fahren sofort durch!«

Bevor Cat auch nur den Mund öffnen konnte, sah sie, wie die hölzernen Schleusentore vor ihnen aufschwangen. Leute, die am Ufer standen, schrieen ihnen, zu und der Schleusenwärter winkte Morgan vergnügt herüber. In sehr kurzer Zeit war die ›Cat II‹ durchgeschleust und fuhr auf dem Kanal weiter. Die nächste Schleuse, das wußte Cat, würden sie erst nach Sonnenaufgang am nächsten Morgen erreichen.

»Morgan, wie um alles in der Welt war das möglich?«

Mick, der daneben stand, sagte: »Der Bursche kann Wunder bewirken, wußtest du das nicht, Catherine?«

»Kein Wunder, Mick. Nur ein bißchen Überredungskunst und die Aussicht auf ein paar Gratismahlzeiten. Nur dieses eine Mal, sagte er. Aber erwarten Sie nicht, daß er es wieder tut.« Er lachte und wurde dann ernst. »Unglücklicherweise haben meine Überredungskünste sonst größtenteils versagt. Die meisten Schleusenwärter haben sich geweigert, mitzumachen. Ich wußte, daß es da eine gewisse Feindschaft zwischen ›Kanalern‹ und Schleusenwärter gibt, aber daß sie so tief geht, war mir nicht bewußt.«

Mick nickte. »Sie geht wirklich sehr tief und reicht zurück bis zu den Anfängen der Kanalschiffahrt. Die ›Kanaler‹ haben von jeher auch bei Nacht durch die Schleusen fahren wollen, und man weiß von Fällen, wo sie die Tore heimlich selbst geöffnet haben. Daß die Wärter das verübelt haben, versteht sich wohl von selbst.«

»Natürlich hatte ich nicht die Zeit, mich mit all den Schleusenwärtern persönlich in Verbindung zu setzen, aber ich habe über die Kanalarbeiter bis hin nach Buffalo eine Nachricht überbringen lassen. Weiß der Himmel, wie viele bereit sind, zu kooperieren.«

»Ich kann nur sagen«, bemerkte Cat, »daß wir gut daran tun, Anderson daran zu hindern, das herauszufinden.«

»Es gibt keinen Grund, warum er dahinterkommen sollte. Wie ihr beide bemerkt habt, ist er nicht sehr kommunikativ, und es ist schließlich bekannt, daß alle Leute vom Kanal Regierungsbeamte nicht ausstehen können. Also, wer wird es ausplaudern?«

»Es gibt einige Leute, die uns ebenfalls nicht ausstehen können und uns jeden Stein in den Weg legen würden«, sagte Cat düster. »Simon Maphis zum Beispiel.«

Morgan nickte. »Und Tate Brawley. Von ihrer Seite hätte ich irgendwelche Scherereien erwartet, aber bis jetzt habe ich noch keinen der beiden zu Gesicht bekommen.«

»Es ist noch nicht zu spät«, sagte Cat. »Der Weg nach Buffalo ist weit.«

Timmie Watkins war sehr unglücklich. Nach der Zerstörung der ›Cat‹ hatte Timmie einen trübseligen Winter verbracht – keine Stellung, kein Geld. Er war auf das Wohlwollen seiner Verwandten angewiesen, was ihm noch mehr zuwider war.

Und dann hatte Miß Catherine ein neues Boot bekommen, und ein so schönes dazu. Als Timmie sie fragte, ob er wieder als Mulitreiber arbeiten dürfte und sie es ihm versprach, hätte er nicht glücklicher sein können.

Dann aber war Morgan Kane wieder aufgetaucht, und Timmie hatte erfahren, daß er Partner des Unternehmens war.

Eifersucht begann Timmies Gemüt zu zerfressen. Jedesmal wenn er glaubte, nun hätte er Catherine für sich, tauchte dieser Kane wieder auf. Timmie erwog mehrere Möglichkeiten, auch die, Kane umzubringen; aber er wußte, daß er das niemals fertigbringen würde. Er überlegte auch, ob er weggehen sollte – aber wohin? Es war zu spät im Frühjahr, um irgendwo anders als Mulitreiber eingestellt zu werden.

Widerwillig mußte er dann Kanes Raffinesse bei dem Projekt bewundern, andernteils aber steigerte das eher noch seinen Haß auf ihn.

Immerhin war es Kane nicht gelungen, alle Schleusenwärter zu überreden, das Boot in der Dunkelheit noch durchzuschleusen. In der zweiten Nacht mußten sie vor der Schleuse bei Cohoes Falls anlegen, kurz vor Schenectady, da sie eine halbe Stunde zu spät eingetroffen waren.

Nachdem Timmie die Pferde versorgt und sich in der Kombüse etwas zu essen geholt hatte, legte er sich neben die Tiere nieder. Für vier Pferde war kein Platz auf der ›Cat II‹, und da das Wetter inzwischen warm geworden war, schlief Timmie in seinen Decken draußen neben ihnen.

Lange Zeit lag er wach und lauschte auf die Geräusche, die vom Boot herüberdrangen. Das Schiff war jetzt bis zum letzten Platz gefüllt mit Fahrgästen, und alle schienen die Reise als Anlaß für Feiern zu betrachten; Mick hatte hinter der Bar alle Hände voll zu tun. Timmie brütete düster vor sich hin. Vorhin hatte er Catherine in einem schönen Kleid zwischen den Fahrgästen umhergehen sehen, an Kanes Arm.

Und Timmie grübelte darüber nach, ob die beiden sich für die Nacht wohl in ihre Kabine zurückziehen würden.

Nach einer Weile döste er ein und fuhr erschrocken hoch, als jemand seinen Arm berührte. Er wollte aufschreien, aber eine große Hand legte sich auf seinen Mund, und ein Knie drückte ihm kräftig die Brust gegen die Erde.

Eine harsche Stimme sagte: »Ich bin Simon Maphis, Mulitreiber. Du weißt doch, wer das ist?«

Timmie schluckte, kalt vor Furcht. Er nickte heftig.

»Simon Maphis, der König des Erie. Und ich mache alle fertig, die sich mir gegenüber schlecht benehmen. Ich nehme jetzt die Hand von deinem Mund weg, aber sei ja still.«

Erneut nickte Timmie.

»Na schön, dann bleib ruhig und hör zu.« Maphis zog die Hand zurück, aber sein Knie drückte noch immer Timmies Brustkasten nach unten. »Du weißt doch, was deine Madam im Augenblick treibt, oder nicht? Sie schläft mit Morgan Kane. Ich hab' gerade vorhin in ein Kabinenfenster geblickt, und hab's mit eigenen Augen gesehen. Glaubst du mir?«

»Ich glaube es Ihnen, Mr. Maphis«, flüsterte Timmie.

»Du bist doch schon lange hinter ihr her, oder nicht?«

Timmie nickte stumm.

»Na, mir scheint, du kriegst jetzt Gelegenheit, es den beiden heimzuzahlen. Außerdem kannst du auch noch fünfzig Silberdollar dabei verdienen – mehr als du kriegst, wenn du den ganzen Sommer über bei ihnen als Mulitreiber arbeitest. Willst du dir meinen Vorschlag anhören?«

»Ja, Sir.«

Timmie hörte aufmerksam zu, während Maphis ihm rasch erzählte, was er vorhatte.

Cat wachte am nächsten Morgen durch laute Geräusche an Deck und Stimmen auf, die von der Ferne herüberschallten.

Dann hörte sie plötzlich Micks Stimme, die vor ihrer Kabinentür brüllte: »Catherine! Komm heraus! Wir haben Ärger!«

Schnell schlüpfte sie in ihre Arbeitskleidung und eilte an Deck. Mick und Lars Anderson standen an der Kabinentür und spähten zum Treidelpfad hinüber. Morgan war nirgendwo zu sehen.

»Was ist, Mick? Was ist passiert?«

Er wandte ihr düster das Gesicht zu. »Die Pferde sind weg,

Mädchen. Und nicht nur die Pferde, Timmie ist ebenfalls nicht mehr da.«

Sie schnappte nach Luft. »Weißt du, was los ist?«

»Ich nehme an, daß uns da jemand einen bösen Streich gespielt hat, aber ich weiß es nicht. Morgan ist an Land gegangen, um dahinterzukommen, was los ist.«

Auf Lars Andersons Gesicht lag ein kaum merkliches, kaltes Lächeln. »Wenn dies ein Beispiel ist, wie gut ein Kanalboot funktioniert, Miß Carnahan, dann, denke ich, kann ich Sie ebensogut gleich hier verlassen und nach Washington zurückkehren. In meinen Augen sieht das ganze Unternehmen nach einem Fiasko aus.«

## 21

Cat versuchte Anderson zu ignorieren. Sie trat an den Rand des Decks, um nach beiden Richtungen den Kanal entlangzuspähen. »Ich kann nicht begreifen, was vorgefallen ist. Timmie ist ein guter, zuverlässiger Junge.«

»Ich denke, es könnten Pferdediebe gewesen sein, Catherine. Du weißt, wie wertvoll Pferde sind«, sagte Mick.

»Aber das erklärt noch immer nicht, was aus Timmie geworden ist.«

Bevor Mick sich äußern konnte, mischte sich Anderson ein. »Haben Sie gehört, was ich gesagt habe, Miß Carnahan? Sie haben die Probe nicht bestanden, also kann ich mein Zeug zusammenpacken und gehen. Ich werde froh sein, dieses Boot verlassen zu können.«

Mick riß der Geduldsfaden. »Sie haben uns keine große Chance gelassen, Freund! Und wie, bitte, wollen Sie nach Washington City zurückkommen ohne Boot? Auf Schusters Rappen?«

»Es gibt ja schließlich Postkutschen.«

»Aber hier nicht«, sagte Mick mit kaum verhohlener Schadenfreude.

»Dann werde ich mir ein Pferd kaufen, Mr. Carnahan. Ein Pferd ist mir allemal noch lieber als ein Boot.«

»Landratten«, schnaubte Mick verächtlich. »Ihr seid alle gleich.«

»Hört mit der Streiterei auf«, sagte Cat erregt. »Da kommt Morgan mit den Pferden.«

Während die beiden Männer neben sie traten, merkte Cat, daß etwas nicht stimmte. Zwar führte Morgan vier Pferde auf das Boot zu; aber es waren nicht ihre eigenen Tiere, und Timmie war nicht bei ihm.

Cat eilte über die Laufplanke auf ihn zu.

»Das sind aber nicht unsere Pferde, Morgan«, sagte sie.

Er nickte und lächelte müde. »Ich weiß, das hier sind vier der Pferde, die ich im voraus habe bereitstellen lassen. Ein Glück, daß ich daran gedacht habe.«

»Aber wo sind unsere Pferde – und Timmie?«

»Keine Ahnung, Cat. Ich habe das Boot in der Morgendämmerung verlassen und überall gesucht. Nirgendwo ein Zeichen von Timmie oder den Pferden. Ich kann mir nur drei Möglichkeiten vorstellen. Er kann die Pferde gestohlen haben...«

»Nein«, sagte sie entschieden. »So etwas würde Timmie nie tun.«

Er starrte sie nachdenklich an. »Du bist eine seltsame Frau, Cat. Manchmal nimmst du alles Schlechte von einem Menschen an – von mir zum Beispiel –, und ein andermal ist dein Glaube praktisch grenzenlos.«

Sie errötete. »Ich glaube einfach nicht, daß Timmie ein Dieb ist«, sagte sie störrisch.

»Dann hat ihn entweder jemand dafür bezahlt, daß er weggeht oder er wurde überfallen, und die Pferde wurden mitgenommen.«

»Daß er Geld genommen hat, um uns davonzulaufen, kann ich ebenfalls nicht glauben. Und wer sollte hinter dem Ganzen stecken?«

»Zwei Leute fallen mir dabei sofort ein. Tate Brawley und Simon Maphis. Glaubst du nicht, daß sie alles unternehmen würden, um unsere Fahrt zu einem Mißerfolg werden zu lassen? Wir haben uns schon gewundert, daß wir sie nirgendwo zu Gesicht bekommen haben. Sie müssen etwas über die Probefahrt wissen. Wenn nicht, wären sie die einzigen am Erie, die nichts davon gehört haben.«

»Aber wenn sie dahinterstecken, möchte ich eher glauben, daß sie Timmie überwältigt haben.«

»Denk was du willst. Jedenfalls sind sowohl die Pferde als

auch Timmie verschwunden. Wie dem auch sei – wir müssen weiter.«

»Aber was ist mit Timmie?«

»Der Bursche muß für sich selbst sorgen. Ich wüßte auch gar nicht, wo ich noch nach ihm suchen sollte. Oh, verdammt, da kommt Anderson. Hoffentlich kann er nicht ein Pferd vom anderen unterscheiden.«

Mick und Anderson waren über die Laufplanke gekommen. Anderson blieb vor ihnen stehen und sagte: »Wie ich sehe, haben Sie Ihre Tiere wiedergefunden, Mr. Kane.«

»Ja, Sir«, log Kane. »Der Junge wurde während der Nacht krank, und die Pferde liefen davon.« Dann fügte er brüsk hinzu: »Sie gehen am besten wieder an Bord, Mr. Anderson, wir legen in ein paar Minuten ab.«

Anderson sah ihn spöttisch an. »Und wer kümmert sich um die Pferde, wenn Ihr Junge weg ist?«

»Ich – bis wir Ersatz finden.« Morgan lächelte leicht. »Auf dem Erie, Sir, lernen wir alles.«

»Ich weiß nicht«, sagte Anderson zweifelnd. »Mir ist unklar, wie Sie zu dritt alles leisten wollen.«

»Wir schaffen das, Sie werden schon sehen.«

Anderson nickte steif und kehrte auf das Boot zurück.

»Ich weiß auch nicht, wie das zu schaffen sein soll, Morgan«, sagte Cat. »Wir müssen in Kürze den ›Long Level‹, also neunundsechzig Meilen ohne Schleuse zurücklegen – und wir sollen Tag und Nacht fahren. Dann kommt diese andere lange Strecke westlich von Rochester – zweiundsechzig Meilen ohne Schleuse. Einer allein kann die Gespanne nicht führen, Morgan.«

»Nichts ist unmöglich, Cat. Und vielleicht finden wir unterwegs einen Treiber.«

»Nicht sehr wahrscheinlich, Junge«, sagte Mick. »Nicht so spät im Jahr. Alle guten sind sicher inzwischen angeheuert.«

»Ob gut oder schlecht, wir werden nehmen müssen, was wir finden.« Morgan lächelte müde. »Wenn er die Zügel halten kann, heuere ich auch einen Affen an.«

»Nun ja, ich kann Sie immer noch ablösen, Junge.«

»Nein, Mick«, sagte Cat. »Wenn jemand ablöst, dann ich. Du hast genug mit den Passagieren zu tun.«

Morgan starrte sie an. »Cat, das ist unmöglich. Als Kapitän ...«

»Wir stecken alle in der Tinte, Morgan«, sagte sie hitzig.

Er grinste bedächtig. »Ganz recht, Miß Carnahan. Wir müssen das durchstehen, und wenn es durch die Hölle geht.« Er umfaßte ihr Gesicht mit beiden Händen und küßte sie schnell; sein Mund war warm und zärtlich. »Also zurück an die Ruderpinne, wir fahren los.«

Er wandte sich ab und schnalzte mit der Zunge, um die Pferde in Gang zu setzen. Cat blieb stehen und rührte sich nicht. Sein Kuß hatte sie in einen rosigen Nebel getaucht.

»Catherine«, sagte Mick in scharfem Ton, »du hast gehört, was er gesagt hat. Fahren wir los.«

»Der Drecksack hat Reservepferde in Bereitschaft gehabt!« Tate Brawley knallte seinen Bierkrug auf den Tisch, so daß er überschwappte. »Dieser verdammte Hund.« Dann lächelte er plötzlich. »Aber ich muß seine Gerissenheit bewundern.«

»Bewundern Sie ihn, soviel Sie wollen«, sagte Maphis. »Aber das hilft uns auch nicht weiter. Was tun wir jetzt?«

Maphis saß über sein Bier gebeugt am Tisch; Timmie Watkins hockte geduckt in der inneren Ecke der Nische und starrte bedrückt auf seine Hände.

»Wie kommen sie denn ohne den da zurecht?« Brawley wies mit dem Kopf auf den Mulitreiber.

»Kane lenkt die meiste Zeit über die Pferde, die Carnahan löst ihn hin und wieder mal ab.« Er grinste unangenehm. »Die werden beide ziemlich am Ende sein, wenn sie am Ende der Strecke angelangt sind.«

»Vielleicht kommen sie gar nicht an«, sagte Brawley nachdenklich. »Jedenfalls die Frau nicht.«

Maphis leckte sich die Lippen. »Schnappen wir sie uns, Tate?«

»Passen Sie auf, was Sie sagen, Simon.« Brawley warf einen finsteren Blick auf Timmie. »Warum hast du uns nicht erzählt, Junge, daß sie überall entlang des Kanals frische Pferde bereitgestellt haben?«

»Weil ich's nicht wußte, Mr. Brawley«, antwortete Timmie. »Es hat mir keiner gesagt, ehrlich nicht.«

»Ach, verschwinde, du Trottel. Du nützt uns überhaupt nichts. Also hau ab.«

»Aber was ist mit meinen fünfzig Dollar?«

»Was für fünfzig Dollar?«

»Mr. Maphis hier – er hat mir fünfzig Dollar versprochen«, sagte Timmie eigensinnig. »Wenn ich ihm helfe, die Pferde zu stehlen.«

Brawley lachte rauh. »Aber die gestohlenen Pferde haben uns nichts genützt, oder? Also kriegst du keinen Cent. Simon, raus mit ihm.«

Maphis stand auf, packte Timmie mit seiner riesigen Pratze am Arm und zerrte ihn aus der Nische. »Fort, Mulitreiber.«

»Aber meine fünfzig Dollar!« jammerte Timmie. »Sie haben's versprochen! Ohne die verhungere ich!«

Maphis holte mit der freien Hand aus und verpaßte Timmie einen Schlag gegen die Schläfe, so daß er durch den Raum schlitterte und auf Hände und Knie fiel. Blut rann ihm aus einem Ohr. Benommen schüttelte er den Kopf und wimmerte.

Der Besitzer der Taverne kam herbeigestürzt, einen Knüppel in der Hand. »He, hier bei mir wird nicht gerauft!«

Maphis starrte ihn finster an. »Mach, daß du hinter deine Bar kommst, sonst nehme ich dir deinen Knüppel weg und schlag dir deine weiche Birne platt.«

Der Besitzer der Schenke warf einen Blick auf Maphis' massige Gestalt und zog sich in die relative Sicherheit hinter der Bar zurück. Timmie stand auf und stolperte aus der Taverne. Maphis stolzierte in die Nische zurück.

Brawley lächelte schwach. »Nicht schlecht, Simon.« Und dann, nachdem sich Maphis wieder gesetzt hatte, beugte er sich vor und sagte: »Aber Sie sind ein Klatschmaul.«

»Was hab' ich denn gesagt, Tate?« erkundigte sich Maphis verwirrt.

»Sie haben vor dem Jungen unsere Pläne durchblicken lassen. Weiß der Teufel, wem er das möglicherweise weitererzählt.«

»Was für Pläne? Ich weiß nichts davon, daß wir Pläne haben.«

»Daß wir uns die Frau schnappen.«

Maphis' Gesicht hellte sich auf. »Dann tun wir's also, Tate?«

»Vorausgesetzt, Sie verlieren niemandem gegenüber ein Wort über die Sache.«

Maphis sah gekränkt drein. »Tate, Sie wissen genau, daß ich nicht herumplappere. Das vorhin war ein Ausrutscher. Ich wußte ja nicht, daß Sie wirklich so was vorhaben.«

Erneut hegte Brawley Zweifel, ob es weise gewesen war, mit

Maphis zusammenzuarbeiten. Aber wenn jetzt etwas zu Ende gebracht werden sollte, blieb ihm kaum eine andere Wahl. Er trank einen Schluck Bier. »Na gut – wir machen folgendes: Da Kane und die Carnahans jetzt allein ohne Mulitreiber sind, werden sie am Ende des ›Long Level‹ ziemlich mitgenommen sein. Dann sind sie zu müde, um noch Vorsicht walten zu lassen, und wir müssen nur unsere Chance wahrnehmen ...«

Zum Zeitpunkt, als die ›Cat II‹ den ›Long Level‹ hinter sich gebracht und die nächste Zweiundsechzigmeilenetappe in Angriff genommen hatte, wußte man bereits auf dem gesamten Erie zwischen Albany und Buffalo, daß das Boot im Begriff war, einen Schnelligkeitsrekord aufzustellen.

Das war nicht leicht gewesen. Cat, Morgan und Mick hatten praktisch rund um die Uhr gearbeitet und nur immer, wenn es möglich war, einmal eine Stunde Ruhepause eingelegt. Es war Morgan nicht gelungen, einen Ersatz für Timmie zu finden, und natürlich hatte Cat recht: Er konnte nicht vierundzwanzig Stunden pro Tag auf dem Treidelpfad sein. Den ›Long Level‹ hatte er im wesentlichen heil überstanden, da Cat ihn zwei Stunden pro Tag ablöste; aber als die zweite lange Strecke begann, taumelte er nur noch vor Erschöpfung. Ihm wurde klar, daß er es allein nicht schaffen würde, und so hatte er nachgegeben. Er hatte Cat lediglich untersagt, bei Nacht die Pferde zu lenken – aber schließlich hatte sie auch da ihren Willen durchgesetzt.

An einem Abend, kurz nach Sonnenuntergang, spitzte sich die Sache zu. Sie mußten zweimal am Tag das Boot für eine halbe Stunde anhalten, damit die Pferde gefüttert und getränkt werden konnten, und Morgan und Cat standen auf dem Treidelpfad, um diese Arbeit gemeinsam zu erledigen.

»Es ist einfach Unsinn, Morgan«, sagte Cat. »Du kannst unmöglich fast den gesamten Tag über die Pferde lenken und danach noch die Nacht durcharbeiten. Das bringt dich um.«

»Vielleicht sollten wir nachts anlegen.«

»Und verlieren, was wir bis jetzt gewonnen haben? Selbst Lars Anderson ist beeindruckt, wie schnell wir vorankommen. Und weißt du, was ich gehört habe? Daß wir es in absoluter Rekordzeit schaffen werden.«

Morgan lachte. »Jetzt hast du wirklich Feuer gefangen,

wie?« Er wurde ernst. »Aber es ist für eine Frau einfach nicht sicher, sich bei Nacht auf dem Treidelpfad aufzuhalten.«

»Ich kann mich schon selbst verteidigen, danke. Und ich wußte ja, daß es ein Risiko bedeutet, wenn ich mich auf diese verrückte Probefahrt einlasse. Mick kann dich nicht ablösen, das weißt du. Aber zumindest kann er mit der Ruderpinne umgehen, während ich das Gespann lenke, und du kannst ein bißchen ausruhen.«

»Ich muß zugeben, daß ich hundemüde bin. Aber zumindest auf der letzten Strecke gibt es ein paar Schleusenwärter, die uns bei Nacht nicht durchlassen werden. Also *müssen* wir schlafen.«

Cat sah ihn an, und es drückte ihr das Herz ab. Er sah so dünn aus, hatte viel an Gewicht verloren. »Du hast weit mehr getan als nur deine Pflicht, Morgan. Wenn ich manchmal grantig zu dir war, so tut es mir leid. Du warst wundervoll.«

Er sah sie an. »Bedeutet das, daß du mir verziehen hast?«

Sie stieß einen Laut der Verblüffung aus. »Verziehen? Aber natürlich. Es gibt ja eigentlich gar nichts zu verzeihen – außer Lotte. Ich glaube, das werde ich dir nie ganz verzeihen.«

»Sie hat mir nie etwas bedeutet – ich habe sie nie so geliebt wie dich.«

»Liebe?« Sie begann zu zittern. »Ist dir klar, daß es Wochen her sind, seit du so etwas gesagt hast? Ich dachte, du ...« Sie schwieg einen Augenblick, dann sprang sie über ihren eigenen Schatten. »Du hast mich noch nicht einmal richtig geküßt.«

»Ich fürchtete, du würdest zornig werden, wenn ich's versuchte.« Er begann zu grinsen. »Aber das läßt sich binnen kurzem nachholen.«

Er öffnete die Arme, und sie warf sich hinein. Er hielt sie fest, sein Kuß war zärtlich, und sie erwiderte ihn mit derselben Zartheit. Beiden war klar, daß dies weder der Ort noch der Zeitpunkt für irgend etwas anderes war.

Vom Boot herüber kam Micks Stimme. »Das Essen ist fertig, ihr beiden. Kommt an Deck!«

Cat löste sich aus Morgans Armen und lachte unsicher. »Mick sucht sich grundsätzlich den geeignetsten Augenblick aus.« Sie berührte mit der Hand Morgans Wange. »Ich gehe erst hinüber. Wenn ich gegessen habe, übernehme ich die

Pferde für drei Stunden, damit du essen und dich ein bißchen ausruhen kannst.«

Eine Stunde später wanderte Cat hinter den Pferden her und trieb sie an. Sie trug ein Kleid, was ihr nicht sonderlich zusagte, aber hierin war Morgan eisern gewesen. »Es gehört sich einfach nicht für die Chefin eines Passagierschiffs, in Männerkleidung an Land gesehen zu werden.«

Die Nacht war sehr dunkel und bewölkt, Nebelstreifen trieben über dem Wasser wie Rauchfahnen. Die Laternen am Bug der ›Cat II‹ hinter ihr hatten etwas Beruhigendes, auch zwischen den beiden Pferden war eine Laterne befestigt, aber gelegentlich wurde der Nebel so dicht, daß er den Lichtschein verdeckte.

Cat war sehr müde, ihre Füße schmerzten, aber sie ging weiter. Natürlich hätte sie auf einem der Pferde reiten können, aber sie wußte aus Erfahrung, daß man dabei, wenn man sehr erschöpft war, leicht einschlafen konnte, und dann neigten die Tiere dazu, zu trödeln oder gänzlich stehenzubleiben. Schließlich waren auch sie müde.

Sie blinzelte und spähte nach vorne. Der Nebel war gewichen, trotzdem konnte sie die Laterne nicht sehen. Entweder war sie ausgegangen oder...

Hinter ihr war ein Geräusch zu hören, sie wollte herumfahren, als sie ein mächtiger Arm umschlang und sich eine Hand auf ihren Mund preßte. »Keinen Laut, Mädchen«, sagte eine grobe Stimme. »Sonst dreh ich dir den Hals um wie 'nem Huhn!«

Morgan lag im tiefen Schlaf der Erschöpfung, trotzdem reagierte sein Unterbewußtsein auf die Bewegungen des Bootes. Als es plötzlich anhielt, wurde er schlagartig wach. Noch bevor ihm klar wurde, was ihn geweckt hatte, hörte er Mick rufen: »Morgan! Stehen Sie schnell auf!«

Morgan hatte sich zum Schlafen lediglich der Stiefel entledigt. Hastig zog er sie jetzt an und eilte aus der Kabine. Mick schob soeben die Laufplanke hinaus, wobei ihm zu Morgans Überraschung Timmie Watkins auf der anderen Seite drüben half. Ein Blick zu den Pferden brachte nichts, sie waren von einer dichten Nebelbank verdeckt.

»Was ist, Mick?« fragte er. »Warum halten wir?«

Mick drehte sich mit bedrücktem Gesicht um. »Irgendwas

ist mit Catherine los.« Und schon eilte er über die Laufplanke zum Ufer.

Morgan rannte hinter ihm her, Timmie dicht auf seinen Fersen. Als er Mick eingeholt hatte, fragte er: »Was hat Timmie hier zu suchen?«

»Er ist gekommen, um uns Catherines wegen zu warnen, aber ich fürchte, er war schon zu spät dran.«

Morgan konnte jetzt die Pferde sehen, die mit hängenden Köpfen dastanden. Cat war nirgendwo zu erblicken. Die zwischen ihnen hängende Laterne war ebenfalls verschwunden. »Cat – wo bist du?« schrie er.

Timmie stand neben ihm. Er sagte keuchend: »Es ist Simon Maphis, Mr. Kane. Er hat sie mitgenommen, ich weiß es!«

Außer sich vor Wut packte Morgan den Jungen an den Schultern und schüttelte ihn. »Was weißt du? Raus damit, und zwar schnell!«

Timmie begann zu zittern. »Ich hab' was Schlimmes getan, Mr. Kane. Simon Maphis kam zu mir und hat mich bedroht und mir gesagt, ich soll Ihre Pferde stehlen. Ich will Sie nicht anlügen – er hat mir auch versprochen, mir was zu zahlen ...«

»Das habe ich mir bereits gedacht«, sagte Morgan ungeduldig. »Aber was weißt du über Cat?«

Timmie stolperte über seine eigenen Worte, während er hastig berichtete, was in der Taverne gesprochen worden war. »Ich hab' mich beeilt, hierherzukommen, so sehr ich konnte, aber ich mußte ja zu Fuß laufen – hin und wieder hat mich einer mit 'nem Wagen mitgenommen. Aber die zwei haben Pferde, und sie waren mir immer voraus. Ich glaub', heute nacht hatte ich sie fast eingeholt, weil sie ja immer rumlungern mußten und auf ihre Chance warten ...«

»Timmie – ich zweifle nicht daran, daß Brawley und Maphis hinter all dem stecken, aber hast du irgend etwas gehört, das uns einen Hinweis darauf gibt, wohin sie mit Cat gegangen sein können?«

Timmie schwieg einen Augenblick und überlegte krampfhaft. Dann nickte er. »Vielleicht haben sie sie zu Maphis' Boot, der ›King‹ gebracht. Ich habe gehört, wie sie darüber redeten, daß sie Albany eine Woche vor uns verlassen hätten, damit sie uns immer voraus sein würden. Irgendwo da auf der Strecke müssen sie die ›King‹ gelassen haben, dann sind sie zurückgeritten, um mit uns Schritt zu halten.«

Morgan biß sich nachdenklich auf die Unterlippe. »Wissen die beiden, daß du das alles mitangehört hast?«

»Ich glaube nicht, Mr. Kane. Ich hab' sie belauscht, noch bevor wir dann in der Taverne waren. Sie wußten nichts davon.«

Morgan nickte. »Das scheint meine beste Chance zu sein. Hilf Himmel, daß es so ist.« Er winkte Mick und Timmie, mit ihm auf die ›Cat II‹ zurückzukehren. »Ich reite hinter ihnen her, sobald ich meine Pistole eingepackt habe.«

»Ich gehe mit, Junge«, sagte Mick schnell.

»Nein, Mick, Sie bleiben hier. Jemand muß beim Boot bleiben. Ich komme allein schneller voran, und jetzt kommt es auf die Geschwindigkeit an.«

»Aber Sie werden allein mit diesen beiden Kerlen nicht fertig.«

»Doch«, sagte Morgan grimmig. »Ich habe das Überraschungsmoment auf meiner Seite. Sie werden zwar erwarten, daß wir versuchen werden, sie ausfindig zu machen, aber sie wissen nicht, daß wir bereits wissen, wohin sie reiten. Ich hoffe nur zu Gott, daß meine Annahme hier richtig ist.«

»Vielleicht sollte ich mitgehen, Mr. Kane«, sagte Timmie eifrig. »Schließlich ist es meine Schuld.«

»Nicht nur.« Morgan tätschelte seine Schulter. »Es wäre auch ohne dich so oder so geschehen. Zum Teil ist es meine Schuld – ich hätte aufmerksamer sein müssen, schließlich kenne ich die beiden. Nein, du bleibst hier bei Mick. Ihr zwei müßt sehen, daß ihr mit der ›Cat II‹ so gut wie möglich weiterkommt. Sie wissen, Mick, daß Anderson nur auf einen Anlaß wartet, um mit dem Daumen nach unten zu zeigen.«

Zehn Minuten später ritt Morgan, die Pistole im Gürtel und zusätzliche Patronen in der Tasche, auf einem der frischeren Pferde im Galopp den Treidelpfad entlang. Das andere Pferd führte er mit. Einen Sattel hatte er natürlich nicht, und er fluchte über sich selbst, daß er eine derartige Möglichkeit nicht in Betracht gezogen hatte. Maphis und Brawley hatten schätzungsweise eine gute halbe Stunde Vorsprung und verfügten im Gegensatz zu ihm über richtige Reitpferde. Und wenn seine Annahme, daß sie zu Maphis' Boot reiten würden, falsch war ...

Er schüttelte den Kopf und zwang sich, solche Gedanken aus seinem Kopf zu verbannen.

Cat, noch immer benommen von dem Schlag, den Maphis ihr auf den Kopf gegeben hatte, saß vor ihm auf dem großen Pferd. Sie war geknebelt worden, ihre Hände waren auf dem Rücken zusammengebunden. Sie ritt zwischen Maphis' Armen, und jedesmal wenn sie sich zu wehren versuchte, preßte er sie wie in einem Schraubstock zusammen. Sie sah schließlich ein, daß im Augenblick jeder Widerstand sinnlos war und blieb mit gesenktem Kopf sitzen, innerlich von Verzweiflung erfüllt. Wenn ihr nicht irgendwann doch die Flucht gelang, war das Schicksal, das ihr bevorstand, zu entsetzlich, um auch nur darüber nachzudenken. Brawley und Maphis hatten sich, während sie ritten, darüber gestritten.

Nachdem sie ein paar Meilen auf dem Treidelpfad zurückgelegt hatten, hatte Maphis mit heiserer Stimme gesagt: »Wann halten wir an, Tate, damit ich ihr's besorgen kann?«

»Doch nicht jetzt, Sie Idiot«, zischte Brawley zurück. »Bilden Sie sich vielleicht ein, Kane und Carnahan lassen uns einfach wegreiten, ohne uns zu folgen? Kane ist keiner, der so leicht aufgibt.«

»Aber woher wollen sie wissen, in welcher Richtung wir geritten sind? In dem Nebel haben sie das nicht sehen können.«

»Kane wird wissen, daß wir am Kanal entlangreiten, also hat er eine Chance fünfzig zu fünfzig, richtig zu raten. Wenn er in der richtigen Richtung reitet, ist er uns jetzt auf den Fersen. Also zügeln Sie Ihren Appetit, Sie werden auf dem Boot noch genügend Zeit für Ihr Vergnügen finden.«

»Wenn wir mal auf der ›King‹ sind, wird Kane uns nicht mehr finden«, sagte Maphis zuversichtlich. »Er hat ja keine Ahnung, wer sich das Frauenzimmer geschnappt hat.«

»Er ist nicht dumm. Er wird wissen, daß aller Wahrscheinlichkeit nach wir das waren. Also seien Sie jetzt still und reiten Sie weiter.« Brawleys Stimme klang barsch.

Sie ritten weiter in die Nacht hinein. Cat war überzeugt, daß Morgan ihr folgen würde – aber wenn die beiden hier es nun wirklich bis zu Maphis' Boot schaffen würden, würde er sie vielleicht niemals finden.

Noch während sie darüber nachgrübelte, tastete Maphis' eine Hand nach ihr, fand ihre Brust und quetschte sie derb zusammen. Cat wand sich und versuchte durch den Knebel hindurch zu schreien.

Brawley mußte etwas gehört haben. »Was ist da los?«

Maphis kicherte heiser. »Ich hab' bloß mal die Ware ein bißchen begutachtet.«

»Verdammt, können Sie nicht warten? Konzentrieren Sie sich aufs Reiten.«

Maphis nahm die Hand weg, aber von Zeit zu Zeit gelang es ihm doch, Cat zu berühren, wie unabsichtlich ihren Schenkel oder ihre Brust zu streifen. Es wurde allmählich hell, und Cat seufzte erleichert auf. Er würde seine Hände jetzt bei sich behalten müssen, sonst würde Brawley es bemerken. Von Zeit zu Zeit spannte sie die Armmuskeln gegen die Fesseln an. Ihr schien, als sei der Strick lockerer als anfangs – aber vielleicht war das nur Wunschdenken.

Als die Sonne aufging, drehte Cat den Kopf nach hinten um zu sehen, ob Morgan ihnen folgte. Soweit sie erkennen konnte, befand sich außer ihnen niemand auf dem Treidelpfad.

Maphis schlug mit einer Hand gegen ihre Schläfe. »Augen nach vorn, Missy. Dein Kerl wird dich sowieso nicht finden.«

»Aber andere könnten uns sehen und sich fragen, wieso wir eine geknebelte und gefesselte Frau mit uns schleppen«, sagte Brawley besorgt. »Wie weit ist es denn noch? Ich dachte, Ihr Boot läge viel näher.«

»Es liegt noch ein Stück weiter vorn, Tate. Keine Sorge, so früh ist keiner auf, nicht mal ein Kanalarbeiter. Wir werden ganz gesund und munter dorthin kommen. Und dann, Missy, geht das Vergnügen los.« Er knuffte Cat in die Seite. »Der König wird dich Morgan Kane schon vergessen lassen.«

Cats Herz wurde schwer wie Blei. Wie konnte Morgan sie jemals finden, wenn sie einmal auf Maphis' Boot war? Sie würde auf sich selbst angewiesen sein. Nun ja, einmal schon hatte sie Simon Maphis einen Strich durch die Rechnung gemacht, und sie war entschlossen, dies zu wiederholen.

Bald darauf kamen sie zu einem Seitenarm des Kanals, den sie ungefähr vierzig Meter weit entlangritten. Maphis hatte die ›King‹ in hohes Schilf gefahren, so daß sie halb verborgen war.

Brawley sah sich um, während er vom Pferd glitt. Maphis stieg ebenfalls ab und hob dann Cat vom Pferd. Nach dem langen Ritt waren die Beine des Mädchens schwach, und sie wäre gefallen, wenn er sie nicht am Arm festgehalten hätte.

»Verstecken Sie die Pferde dort drüben zwischen den Bäumen, Simon«, befahl Brawley und wies auf eine kleine Baumgruppe rechts. »Und verstecken Sie sie gut. Ich nehme die Frau mit an Bord.«

»Warum kann ich das nicht tun, Tate? Sie gehört mir, das haben Sie versprochen.«

»Ich rühre sie nicht an, Simon. Mir ist lieber, wenn meine Frauen willig sind. Sie sind hier der Fachmann am Kanal, Sie können die Tiere besser außer Sicht bringen als ich.«

Brummend fügte sich Maphis und führte die Pferde davon. Brawley schob Cat vor sich her auf die ›King‹ zu. »Eine Bestie, was anderes ist der Kerl nicht. Ich hätte mich niemals...« murmelte er. Dann hob er etwas die Stimme: »Ich würde Ihnen raten, sich ihm zu fügen, Miß Carnahan. Wenn nicht, übernehme ich keine Verantwortung für die Folgen.«

Cat trat von der Laufplanke aufs Deck, drehte sich um und versuchte etwas zu sagen.

»Oh, tut mir leid.« Er nahm den Knebel heraus. In fast entschuldigendem Ton sagte er: »Wir mußten das tun, wir konnten nicht riskieren, daß Sie zu schreien anfangen.«

Cat holte mehrfach tief Luft. Dann sagte sie: »Ich werde mich ihm nicht fügen, nie! Er ist eine Bestie, wie Sie offenbar selbst bemerkt haben – also, warum stecken Sie dann mit ihm unter einer Decke?«

»Man muß in dieser Welt vorankommen.« Brawley zuckte philosophisch die Schultern. »Bitte gehen Sie nach unten. Ich möchte Sie nicht dazu zwingen müssen.«

»Nein? Mir war gar nicht klar, was für ein Gentleman Sie sind, Mr. Brawley.«

»Ich war mal einer, aber die Umstände haben mich verändert.« Seine Stimme wurde härter. »Miß Carnahan, geben Sie sich keinem Irrtum hin. Ich bin nicht Ihr Retter. Ich werde mich in das, was Simon mit Ihnen plant, nicht einmischen.«

In der Hoffnung, ihn zu Unvorsichtigkeiten zu verleiten, sagte Cat: »Sie sind nichts weiter als ein Schwindler. Sie geben vor, ein Gentleman zu sein, aber Sie sind genauso ein Widerling wie Maphis.«

Seine Augen blitzten gefährlich auf, er hob eine Hand, um sie zu schlagen – dann streichelte er statt dessen seine Koteletten. Er lächelte kalt. »Sie wollen mich provozieren, aber das funktioniert nicht.«

»Ich begreife nicht, warum Sie das überhaupt getan haben – wenn Sie nicht dasselbe wie Maphis vorhaben.«

»Um es Morgan Kane heimzuzahlen natürlich. Ich will ihm in jeder möglichen Hinsicht zusetzen. Er ist die Ursache meines ganzen Mißgeschicks in der letzten Zeit. Aber mißverstehen Sie mich auch hier nicht. Mir ist es ziemlich gleichgültig, was mit Ihnen geschieht. Und ich will ganz ehrlich sein – lebend werden Sie dieses Boot nicht verlassen.«

Cat lief es kalt über den Rücken, während sie in seine unerbittlichen Augen starrte.

Er fuhr fort: »Aber ich bin an keinem sexuellen Zwischenspiel mit Ihnen interessiert, Miß Carnahan. Sie hatten Ihre Chance und haben mich abfahren lassen. Dafür werden Sie nun leiden müssen, aber durch Maphis und nicht durch mich. Er möchte es den Carnahans heimzahlen und ich Kane. Unser unmittelbares Ziel besteht darin, Ihre Probefahrt als Postboot hinfällig zu machen, und das wird uns ja wohl gelingen. Kane wird nach Ihnen suchen, und ich bezweifle, daß Ihr Vater das Passagierboot allein fahren kann.«

Er wurde durch Maphis' schwere Schritte auf dem Deck unterbrochen. »Die Pferde sind gut versteckt, Tate. Was ist, warum haben Sie sie noch nicht nach unten geschafft?«

Brawleys kaltes Lächeln galt nun Maphis. »Das Vergnügen wollte ich Ihnen überlassen, Simon.«

»Na schön. Gehn wir runter, Missy, wie?«

Maphis trat an sie heran, hob sie hoch und traf Anstalten, sie nach unten zu tragen. Es gelang ihr, einen durchdringenden Schrei auszustoßen, bevor er ihr eine Hand auf den Mund preßte.

»Sie hätten ihr den Knebel nicht rausnehmen sollen, Tate. Das Geschrei dieses Luders kann man ja eine Meile weit hören.«

Morgan war beinahe am Punkt totaler Verzweiflung angelangt; er begann zu glauben, die falsche Richtung eingeschlagen zu haben. Als die Sonne aufging, sah er vor sich nichts anderes als Nebelfetzen. Dann kam eine frische Brise auf, und er konnte die ganze Strecke bis hin zur Schleuse erkennen. Auf dem Treidelpfad waren keine Pferde; auf dem Kanal wartete ein halbes Dutzend Boote darauf, durchgeschleust zu werden, aber Morgan nahm nicht an, daß Brawley und Maphis die Frechheit haben würden, mit einer gefangenen Frau an Bord die ›King‹ durch die Schleuse fahren zu lassen.

Wenn er, Morgan, in anderer Richtung zurückreiten mußte, um Cat zu suchen, so war die Sache hoffnungslos. Er verfügte nur noch über ein Pferd; das andere war kurz vor der Morgendämmerung zusammengebrochen, und auch das, auf dem er ritt, war mit seinen Kräften so gut wie am Ende.

Als er zu dem schmalen Seitenarm des Hauptkanals kam, hielt Morgan an und versuchte zu überlegen, was er als nächstes tun sollte. Zumindest konnte er sich erkundigen, ob jemand irgendwo die ›King‹ gesehen hatte. Er wollte eben sein Pferd wieder anspornen, als von weiter unten am Seitenkanal ein schriller Schrei an sein Ohr drang. Das war Cat, das mußte Cat sein!

Er trieb sein Pferd am Ufer des Seitenkanals entlang. Er war offensichtlich seit einiger Zeit nicht mehr in Betrieb, denn Bäume standen bis zum Wasserrand hinunter, und Schilf wuchs weit hinaus. Dann sah er rund dreißig Meter weiter unten die Umrisse eines Boots. Er lenkte sein Pferd schnell unter einen Baum und stieg ab. Die Pistole in der Hand näherte er sich vorsichtig dem Boot, und sein Herz begann zu klopfen, als er den Namen ›King‹ an dessen Seite sah.

Auf dem Boot selbst war es gespenstisch still, es wirkte wie verlassen. Waren sie gekommen und gegangen – oder hatten sie Cat doch gar nicht hierhergebracht? Dann erblickte er frische Abdrücke von Pferdehufen in der weichen Erde rund um die Laufplanke. Er verharrte einen Augenblick und überlegte, wie er vorgehen sollte. Wenn Cat noch am Leben war, so würde es unklug sein, sich bemerkbar zu machen, bevor er sie im Boot ausfindig gemacht hatte. Vielleicht würden die beiden sie im Augenblick, in dem sie wußten, wie nahe er ihnen war, umbringen.

Er trat auf die Laufplanke und begann sich so vorsichtig wie möglich auf das Boot zu schieben, wobei er auf jedes Geräusch lauerte.

Als sie alle in Maphis' Kabine standen, schob Brawley den Riegel an der Tür vor. Cat war angeekelt über das Innere des Raums – es war schmutzig, auf dem Tisch lagen verschimmelte Essensreste. Die einzige Koje war zerwühlt, die Laken grau – und genau dorthin trug Maphis sie jetzt. Sie strampelte, trat mit den Füßen, versuchte mit dem Kopf gegen sein Kinn zu schlagen.

Maphis lachte. »Widerborstiges kleines Frauenzimmer, was?« Er umschloß sie fester mit den Armen.

Cat gab nach, spannte nur heimlich die Arme an, um die Fesseln zu prüfen. Hatte sich der Strick wieder eine Spur gelockert?

Maphis warf sie auf die schmutzige Koje und trat zurück. Seine Wurstfinger fummelten an den Knöpfen seiner Hose herum.

Angewidert sagte Brawley: »Können Sie es denn überhaupt nicht abwarten?«

»Ich habe lange genug gewartet, Tate. Jetzt nicht mehr. Wenn Sie nicht zuschauen wollen, gehen Sie raus. Oder drehen Sie den Kopf weg.«

Hinter Maphis konnte Cat Brawley sehen; seine Augen waren glänzend und hart, und trotz seiner gegenteiligen Behauptungen fragte sie sich, ob sie nicht auch noch eine zweite Vergewaltigung würde ertragen müssen. Bei dem Gedanken, daß diese beiden Bestien ihr wechselweise zusetzen würden, wurde ihr übel.

Maphis ließ die Hose fallen, und sie sah sein steifes und pulsierendes Glied. Es war riesig – erschreckend gewaltig. Sein Gesicht war rot, er keuchte laut.

Mit einem Knie stützte er sich auf die niedere Koje, während er ihr Kleid bis zu den Brüsten hochschob. Er packte mit der Faust ihre Unterkleidung und riß sie weg. Der Anblick ihrer Nacktheit versetzte ihn vollends in Raserei, er hielt sich mit einer Hand am Rückenteil der Koje fest, während er Anstalten traf, sich auf sie zu werfen.

Ohne auch nur nachzudenken, zog Cat ein Bein an, so weit sie nur konnte, und trat ihm mit aller Heftigkeit mit dem Stiefel zwischen die Beine.

Maphis brüllte wie ein Tier, das einen Schlag mit der Peitsche bekommen hat, und rollte von der Koje hinab. Seine Hand griff noch nach der oberen Leiste der Rücklehne, er riß sie los, dann lag er auf dem Boden. Noch immer vor Schmerz brüllend, krümmte er sich zusammen.

Cat warf einen Blick auf Brawley und sah, daß er lachte. Dann glitten seine Augen zu ihr hinüber, und angesichts ihres entblößten Körpers wurden sie glasig vor Begierde. Er machte einen Schritt auf sie zu und erstarrte dann, als das Boot leicht zu beben begann; Cat hörte das Geräusch von eiligen Schritten über ihr auf dem Deck. Brawley zog seine Pistole und legte sie an, als die Schritte vor der Kabinentür verharrten und Morgan schrie: »Cat! Bist du drinnen?«

Brawley bewegte sich mit der Schnelligkeit eines Puma und preßte ihr die Hand auf den Mund, bevor sie schreien konnte.

»Brawley! Ich weiß, daß Sie und Maphis zusammen mit Cat in der Kabine sind!« schrie Morgan. Er hämmerte gegen die Tür. »Timmie hat mir gesagt, daß Sie sie auf Maphis' Boot bringen wollten. Wenn Sie ihr auch nur ein Haar krümmen, werden Sie nicht mehr lange genug am Leben bleiben, um es zu bereuen!«

Brawleys Gesicht war vor Zorn gerötet; er fuhr zu dem stöhnenden Maphis herum und vergaß Cat völlig. »Du blöder Schwatzbeutel – hab' ich dir nicht gesagt, du solltest den Mund halten, wenn dieser Mulitreiber um den Weg ist! Jetzt sieh dir die Scheiße an, die du angerichtet hast!« Er zielte mit der Pistole auf Maphis' Kopf. »Immer wieder habe ich mir gesagt, ich sollte dich fallenlassen wie eine heiße Kartoffel.«

Er drückte ab. Die Kugel fuhr Maphis zwischen die Augen. Er bäumte sich kurz auf und fiel dann zurück. Sein Blut vermischte sich mit dem Schmutz auf dem Boden.

Übelkeit stieg in Cat auf. Die Zeit schien stillzustehen, während Brawley auf den Mann hinabstarrte, den er erschossen hatte. Selbst Morgan verhielt sich hinter der Tür ruhig. Cat war die erste, die den Bann brach. Wie eine Wahnsinnige zerrte sie an dem Strick, mit dem sie gefesselt war – und er riß! Sie war frei. Im selben Augenblick warf sich Morgan gegen die schwere Tür. Brawley fuhr herum und richtete die Waffe dorthin. Cat richtete sich auf und sah sich verzweifelt nach einer Waffe um, nach irgend etwas, das sie benutzen konnte.

Ihr Ellbogen streifte die Leiste, die Maphis beim Hinfallen mitgerissen hatte. Ihre Hände, so lang gefesselt, hatten wenig Gefühl, aber sie griff nach dem Holz. Dann stand sie auf, holte aus und ließ das Holz auf Brawleys ausgestreckten Arm niedersausen. Es gab einen knackenden Laut, die Pistole flog aus seiner Hand und schlitterte über den Boden.

Brawley starrte auf seinen Unterarm hinab, der in einem

merkwürdigen Winkel herabbaumelte. Ungläubig starrte er darauf. »Du hast ihn gebrochen, du Luder, du hast meinen Arm gebrochen!«

Cat schob sich bereits an ihm vorbei auf die Tür zu. Ohne den Blick von ihm zu wenden, bückte sie sich und hob die Pistole auf. Aber ihm kam plötzlich der Schmerz zu Bewußtsein, und er war überhaupt nicht mehr an ihr interessiert. Mit einem Wimmern sank er auf der Koje zusammen, die sie eben erst verlassen hatte, und wiegte sachte den gebrochenen Arm mit dem heilen hin und her.

Cat wich bis zur Tür zurück, tastete hinter sich nach dem Riegel und zog ihn in dem Augenblick zurück, als Morgan sich erneut gegen die Tür warf. Sie flog auf, und Cat konnte gerade noch zur Seite treten. Die Pistole in der Hand, taumelte Morgan an ihr vorbei und kam schlitternd zum Stehen. Sein Blick streifte den regungslos auf dem Boden liegenden Maphis und dann Brawley auf der Koje, der seinen Arm hin und her wiegte.

»Cat?« sagte Morgan mit steigendem Entsetzen, »wo bist du?«

»Hier, Morgan«, sagte sie mit unsicherem Lachen. »Und mir geht's gut. Du bist gerade rechtzeitig gekommen.«

»Aber was ist hier passiert? Maphis sieht aus, als ob er tot wäre, und Brawley ist auch in keiner guten Verfassung.« Er drehte sich um und starrte sie an. »Hast du das alles getan?«

Cat lächelte schwach. »Nicht alles ...« Dann wurde ihr plötzlich übel, sie tastete nach einem Stuhl am Tisch und setzte sich hin.

Den Blick auf Brawley gerichtet, trat Morgan neben sie. »Ist wirklich mit dir alles in Ordnung?«

»Eigentlich nicht, aber das ist jetzt nur die Reaktion auf alles. Ich fühle mich gleich wieder gut. – Brawley hat Maphis umgebracht, und während du ihn abgelenkt hast, habe ich mit einer Leiste von der Koje seinen Arm gebrochen.«

Morgan schüttelte verwirrt den Kopf. »Es hat wirklich den Anschein, als hättest du mich zu deiner Rettung gar nicht gebraucht.«

»Das stimmt nicht, Morgan.« Sie griff nach seiner Hand und drückte sie heftig. »Wenn du nicht gegen die Tür gehämmert hättest, wäre alles anders verlaufen. Maphis war drauf und dran ... mich zu vergewaltigen. Dagegen habe ich mich gewehrt.«

»War das der Augenblick, als du geschrieen hast? Wenn ich das nicht gehört hätte, hätte ich dich wahrscheinlich nie gefunden.«

»Nein, ich habe geschrieen, als Maphis anfing, mich in die Kabine zu schleppen.«

»Und Brawley hat Maphis einfach kaltblütig erschossen?«

»So ungefähr.« Sie nickte. »Ich glaube, daß Brawley sich schon seit längerem über ihn geärgert hat, und als du riefst, Timmie habe dir gesagt, wo du mich finden kannst, ist er übergeschnappt. Offenbar hat er Maphis die Schuld gegeben, weil er zu viel geredet hat.«

Morgan lächelte voller Befriedigung zu Brawley hinüber. »Ich glaube, wir können ihn jetzt beruhigt den Behörden ausliefern, Cat. Nicht nur, daß er dich entführt hat, er hat zusätzlich auch seinen eigenen Partner ermordet – und das noch nicht einmal in Notwehr. Dafür wird er nicht schlecht büßen müssen.«

»Da bin ich nicht so sicher, Morgan«, sagte Cat zweifelnd. »Du weißt, daß die Justiz für ›Kanaler‹ nichts übrig hat.«

Er schüttelte den Kopf. »Das trifft in diesem Fall nicht zu. Du wirst schon sehen.«

»Und was ist mit unserem Boot? Und mit Mick?«

»Soweit ich weiß, ist mit beiden alles in Ordnung. Die ›Cat II‹ ist irgendwo hinter mir, aber sie wird hoffentlich hierherkommen.«

»Ist Timmie wirklich zurückgekommen und hat dir von Maphis und Brawley erzählt?«

»Ja, aber davon reden wir später. Jetzt wollen wir erst einmal Brawley zum nächsten Constabler befördern. Die beiden hatten Reitpferde, nehme ich an?«

»Ja. Maphis hat sie hier in der Nähe versteckt.«

»Dann nehmen wir sie. Sie haben unsere Tiere gestohlen, also ist das nur recht und billig.«

Der Tag war schon fast vorüber, als sie einen Constabler gefunden und ihm erzählt hatten, was vorgefallen war. Danach teilten sie ihm mit, wo Maphis' Leiche lag, und der Constabler versprach, gegen Brawley Anklage wegen Entführung und Mordes zu erheben. Schließlich, während die Sonne hinter ihnen unterging, ritten sie in östlicher Richtung den Treidelpfad entlang.

Morgan richtete sich in den Steigbügeln auf und spähte in die Ferne. »Ich hatte gehofft, die ›Cat II‹ würde inzwischen hier sein«, sagte er besorgt. »Hoffentlich ist Mick und dem Boot nichts zugestoßen. Natürlich haben sie nur ein Gespann, und die Pferde sind müde.«

Eine Zeitlang ritten sie weiter, ohne zu sprechen. Cat verfluchte den Tag, an dem sie sich von Morgan hatte überreden lassen, Frauenkleidung zu tragen. Sie mußte das Kleid über die Schenkel hochziehen, und sie trug – dank Maphis – nichts darunter. Morgan hatte einen einzigen Blick auf sie geworfen und dann den Kopf abgewandt.

Bei Einbruch der Dämmerung begann sie zurückzubleiben. Morgan bemerkte es. Er hielt an. »Bist du erschöpft, Cat? Es wäre kein Wunder.«

»Das ist es nicht. Ich habe an etwas anderes gedacht. Erinnert dich das nicht an etwas, Morgan?« Sie wies auf eine Baumgruppe, die dank der Einmündung eines Seitenarms in den Hauptkanal wie ein Dreieck geformt war.

Er folgte mit dem Blick ihrem Finger und sah sie dann an. »Ist das nicht die Stelle, an der wir uns damals geliebt haben?«

»Es sieht fast so aus, nicht wahr?«

Er begann zu lächeln. »Aber was ist mit der ›Cat II‹?«

»Ich bin ganz sicher, daß Mick und Timmie auch noch eine Weile länger allein zurechtkommen.«

Er warf den Kopf zurück und lachte lauthals. »Du bist eine schamlose Person, Catherine Carnahan.«

»Aber ist es nicht das übliche für einen edlen Ritter, seinen Lohn dafür zu fordern, daß er eine Jungfrau aus ihrer Not gerettet hat?«

»Ich weiß nicht, was für Märchen du liest, mein Liebes. Ganz gewiß kenne ich keines, in dem von *dieser* speziellen Belohnung die Rede ist. Und, wie ich schon sagte, gerettet habe ich dich wohl kaum. Aber andererseits lasse ich mir nicht nachsagen, daß ich eine edle Dame abweise.« Er schlug mit den Hacken in die Flanken seines Pferdes. »Komm, schöne Jungfrau.«

Er ritt zum Ufer hinab, und Cat folgte ihm. Als sie unter den Bäumen angekommen war, war Morgan bereits abgestiegen. Er streckte ihr die Arme hin, und sie ließ sich hineingleiten. Sie küßten einander leidenschaftlich.

»Cat, meine liebe Cat«, murmelte er. »Als ich dich nicht

finden konnte, bin ich fast verzweifelt. Ich wußte, daß mein Leben sinnlos würde, wenn ich dich nicht rechtzeitig fände.«

Er hob sie hoch und trug sie unter den nächsten Baum, wo er sie auf den Boden legte. Noch immer wuchsen die Frühlingsblumen, und Cat atmete tief den Duft der Blüten ein. Ungeduldig wartete sie darauf, daß er sich ausziehen und zu ihr kommen würde.

Er kniete vor ihr nieder und starrte auf sie hinab, sein Gesicht wurde von einem Mondstrahl erhellt. »Muß ich dich ausziehen?«

»Nicht nötig.« Sie zog die Röcke hoch. »Dafür hat Simon Maphis gesorgt.«

Morgan stockte der Atem. »O Cat, das tut mir so leid. Dieser Drecksack.«

»Als ich wußte, daß er im Begriff war, mich zu vergewaltigen – weißt du, was ich da dachte, Morgan? Ich überlegte mir, ob du mich dann wohl je wieder berühren wolltest.«

»Immer, Cat, immer.« Er streichelte sie.

»O Morgan.« Sie schauderte und schloß fest die Augen. »Liebe mich, Liebster. Mach, daß ich Maphis vergesse!«

Ohne weitere Umstände drang er in sie ein. Sie zitterte vor Freude. Es war gut, es war herrlich! Kein anderer Mann konnte ihr jemals diese Empfindung vermitteln!

Sie umschlang seinen Hals mit den Armen, zog seinen Mund auf den ihren herab; und sie wurden wieder eins, bewegten sich in vollkommener Harmonie auf den gemeinsamen Punkt der Erfüllung zu. Als er erreicht wurde, schrie Cat laut auf, sie hatte das Gefühl, ins Weltall geschleudert zu werden. Morgan stöhnte, sein ganzer Körper wurde erschüttert.

Als sie sich in ihrer Welt schließlich wieder zurechtfanden, fiel Cat seltsamerweise Anthony Mason ein; zum erstenmal seit Tagen dachte sie wieder an ihn, sie hoffte, er wäre ebenso glücklich wie sie in diesem Augenblick. Seit Morgan in ihr Dasein zurückgekehrt war, hatte sie ihn nicht mehr gesehen, aber sie hatte gehört, daß er ihren Ratschlag befolgt und Lotte Pryor als Krankenschwester angestellt hatte ...

Morgan unterbrach ihre Gedankengänge. »Cat – woran denkst du? Du scheinst ganz weit weg zu sein.«

Sie lächelte ihn strahlend an. »Ich denke nur daran, wie glücklich ich bin.«

Er küßte sie. »Wobei mir einfällt, daß wir uns jetzt besser wieder auf den Weg machen.«

»Du meinst, jetzt nachdem du gehabt hast, was du wolltest?«

»Ich habe den Eindruck, es war eher umgekehrt«, brummte er.

Bald darauf waren sie wieder unterwegs. Kurz nach Anbruch der Morgendämmerung sahen sie schließlich die ›Cat II‹. Das Boot lag in einem Seitenarm, und nichts rührte sich auf dem Deck.

»Ich frage mich, warum sie gerade hier angelegt haben«, sagte Cat.

»Das werden wir bald erfahren.«

Als sie an Bord traten, tauchte Mick aus der Hauptkabine auf. Sein Gesicht erhellte sich. »Catherine – Himmel, bin ich froh, dich gesund und munter wiederzusehen!«

Er streckte die Arme aus, und sie warf sich ihm an den Hals. Über ihren Kopf hinweg sah Mick Morgan fragend an. »Ja, Mick, es ist alles in Ordnung. Ich bin gerade noch rechtzeitig gekommen«, sagte Morgan.

»Gott sei Dank.«

Cat trat zurück, Tränen standen ihr in den Augen. »Aber warum habt ihr ausgerechnet hier angelegt, Mick?«

»Die Pferde konnten einfach nicht mehr weiter, Mädchen. Und ich wußte nicht, wo ich Ersatz hernehmen sollte.« Er seufzte.

»Und Lars Anderson?« fragte Morgan. »Wie hat er reagiert?«

»Anderson ist kurz vor Sonnenuntergang gestern weggegangen«, sagte Mick bedrückt. »Jemand kam in einer Kutsche und nahm ihn mit. Ich wollte ihn überreden zu warten, bis ihr beide zurück seid, aber der blöde Kerl wollte nicht hören. Er sagte, es sei ihm klar, daß wir nicht in der Lage seien, Post ordentlich zu befördern, und das würde er auch seinen Vorgesetzten in Washington berichten.«

»Und was tun wir nun?« jammerte Cat verzweifelt.

Morgan ignorierte ihre Frage und starrte Mick an. »Wie haben es die Passagiere aufgenommen? Sind sie noch an Bord?«

»O ja. Dafür habe ich gesorgt. Ich habe ihnen gestern abend

Getränke umsonst gestiftet, und sie haben kräftig Gebrauch davon gemacht. Sie schlafen sich noch immer aus.«

»Dann haben wir jedenfalls eine Ladung Passagiere an ihren Bestimmungsort zu bringen«, sagte Morgan energisch. »Wenn wir sofort ablegen, können wir noch immer einen Geschwindigkeitsrekord aufstellen. Wir nehmen die Pferde, auf denen wir geritten sind. Und an der Schleuse warten vier frische Tiere auf uns.« Er seufzte. »Weitere Ideen habe ich im Augenblick nicht. Aber laßt mir Zeit.«

Der Rest der Fahrt verlief ohne Zwischenfälle, sie kamen in guter Zeit nach Buffalo. Eine Menschenmenge erwartete sie dort am Kai, und Hochrufe erschallten, als die ›Cat II‹ einfuhr. Mick ging sofort an Land, während Morgan und Cat an der Laufplanke die Passagiere verabschiedeten.

Mick kehrte gleich darauf zurück. »Ich habe es gerade gehört, Kinder – wir haben einen neuen Geschwindigkeitsrekord aufgestellt!«

Morgan stieß einen Freudenschrei aus, umarmte Cat und wirbelte sie herum. »Wir haben es geschafft, Cat!« Dann ließ er sie plötzlich stehen und sagte abrupt: »Ich muß etwas erledigen. Vor Dunkelheit bin ich wieder zurück.«

»Wohin gehst du, Morgan?« rief Cat, während er über die Laufplanke ans Ufer ging, anscheinend ohne sie zu hören.

»Dieses verdammte Mannsbild!« tobte sie. »Ist das eine Art und Weise, ohne ein Wort der Erklärung zu verschwinden!«

»Morgan ist kein Mann, den ein Mädchen an die Leine nehmen kann«, sagte Mick.

»Eine Leine? Wann habe ich versucht, ihn an die Leine zu nehmen?«

»Weißt du, wen ich am Kai getroffen habe?« sagte Mick listig. »Deinen Doktor.«

»Anthony?« sagte sie erstaunt. »Er ist hier in Buffalo?«

»Ja. Und du wirst es nicht glauben – er und Lotte Pryor werden demnächst heiraten! Ihr Vater ist wieder in seine alte Gemeinde zurückgekehrt. Er fand, er könnte die Schande mit seiner Tochter nicht ertragen.«

»Ich muß sofort zu ihnen hinüber, Mick. Und wenn Mr. Kane zurückkommt, sage ihm, ich hätte noch etwas zu erledigen.«

Als Cat von ihrem Besuch bei den beiden zurückkehrte, war sie noch immer auf Morgan ergrimmt. Der Teufel sollte ihn holen! Er hatte zwar gesagt, er liebe sie – aber *er* hatte sie nicht gebeten, ihn zu heiraten! Vielleicht hegte er diese Absicht auch gar nicht. Schließlich hatte er jetzt alle Privilegien eines Ehemannes ohne dessen Verantwortung...

Es war fast dunkel, als sie ihn leichtfüßig den Kai entlangkommen sah. Als er näher kam, hörte sie, daß er leise vor sich hinpfiff. Wir haben den Postvertrag nicht bekommen, wir wissen nicht, wie wir ohne ihn weiterexistieren sollen, und er benimmt sich, als hätte er keine Sorgen auf der Welt, dachte sie wütend.

»Wo hast du gesteckt, Morgan?« empfing sie ihn, sobald er an Bord war.

»Oh – habe ich dir das nicht gesagt?« Sein Blick war voller Unschuld.

»Verdammt, du weißt ganz genau, daß du das nicht getan hast!«

»Das muß ein Versehen gewesen sein. Ich mußte jemanden in der Stadt aufsuchen. Da wir nun den Postvertrag nicht bekommen haben, mußte ich Ersatz finden.«

»Und?« sagte Cat, wider Willen interessiert.

»Ich habe etwas«, erwiderte er selbstgefällig.

»Und was?«

»Komm, machen wir es uns erst einmal bequem.« Er ergriff ihre Hand und führte sie zu den Sitzen neben der Ruderpinne. »Es hat etwas mit einem Mann zu tun, den ich in Syracuse kennengelernt habe. Er heißt Henry Wells und ist dort Transportunternehmer – sowohl für Fracht- und Passagierboote auf dem Erie als auch für Reisekutschen im Inland. Der Mann hat grandiose Ideen. Er glaubt daran, daß Expreßfracht auf dem Erie eine Realität werden wird.« Morgan grinste leicht. »Er glaubt sogar, daß die Post letzten Endes durch entsprechende Boote befördert wird. Darüber bin ich mit ihm ins Gespräch gekommen. Die meisten Leute lachen über seine Ideen, aber das war schon immer so bei Leuten, die ihrer Zeit voraus sind.«

»Willst du nicht endlich zur Sache kommen, Morgan?«

»Ja, wenn du mir die Zeit dazu läßt. Also Henry Wells erzählte mir in Syracuse, daß er hierher käme und hoffe, noch da zu sein, wenn wir einträfen. Nun, das hat geklappt, und nun hat er folgende Idee: Es gibt hier in Buffalo ein neues Restaurant, mit dessen Besitzer Wells geredet hat und der nun bereit ist, die erste Ladung frischer Austern, die je in Buffalo eingetroffen ist, abzunehmen.«

»Frische Austern? Vom Atlantischen Ozean?« Cat war verwirrt.

Morgan nickte. »Sie werden mit dem Dampfboot über den Hudson nach Albany gebracht, wo sie in Eisbehälter verpackt und mit dem Kanalboot nach Buffalo gefahren werden. Unterwegs muß gehalten und frisches Eis aufgenommen werden, wenn das alte geschmolzen ist.«

»Und was hat das mit uns zu tun?«

»Wells ist bereit, die ›Cat II‹ als Frachtschiff für seine Austern zu nehmen. Er war ganz aufgeregt, als ich ihm von unserem Rekord erzählte.«

»O Morgan, du bist einfach großartig!« Cat sprang auf und beugte sich über ihn, um ihn zu küssen. Dann beschlichen sie erneut Bedenken. »Aber wenn das schiefgeht?«

»Es wird nicht schiefgehen, Cat. Ich habe schon eine Idee. Wir können zum Beispiel zwei Vierergespanne nehmen – also insgesamt acht Pferde. Übrigens essen wir heute abend zusammen mit Wells in dem besagten Restaurant. Er möchte dich kennenlernen. Es ist ja auch eine Feier fällig.«

Der Gedanke an eine Feier erinnerte sie an etwas. »Ich habe heute nachmittag Dr. Mason und Lotte Pryor besucht, Morgan. Sie werden morgen heiraten und möchten, daß ich als Brautjungfer dabei sein soll.«

»Na, so was – Lotte heiratet? Nun ja, vielleicht gibt sie für den Doktor eine gute Frau ab. Aber willst du statt als Brautjungfer nicht lieber als Braut hingehen?«

Sie starrte ihn mit offenem Mund an, als ihr der Sinn seiner Worte aufging. »Was hast du da gerade gesagt?«

Er blinzelte. »Ich meine, warum wollen wir nicht eine Doppelhochzeit daraus machen?«

Sie gab einen Freudenschrei von sich. »O Morgan! Ja! Ja!«

Er stand schnell auf, um sie in den Armen auffangen zu können. Sie vergrub das Gesicht an seiner Schulter. Er schob sie sachte von sich. »Cat, ich habe jetzt lange genug darauf gewartet, daß du mir etwas sagst, und ich glaube, jetzt ist der Zeitpunkt gekommen.«

Sie sah ihn verwirrt an. »Was, Morgan?«

Er lächelte, aber in seinen Augen lag ein fragender Ausdruck. »Ist dir klar, daß du mir nie gesagt hast, daß du mich liebst?«

Cat spürte, wie sie rot wurde. Es war wahr. Sie stellte sich auf die Zehenspitzen, legte die Arme um seinen Hals und küßte ihn inbrünstig. Dann brachte sie die Lippen an sein Ohr und flüsterte: »Ich liebe dich, Morgan Kane. Ich liebe dich mehr als den Erie, mehr als ›Carnahan's Cat‹. Ich liebe dich.«

Er drückte sie an sich. »Zusammen sind wir unschlagbar. Wir werden die Sensation des Erie sein!«

HEYNE BÜCHER

# DER GROSSE LIEBESROMAN

***Romane voll Abenteuer und Leidenschaft, aus Historie und Gegenwart.***

**28/76 - DM 6,80**

**28/77 - DM 7,80**

**28/78 - DM 7,80**

**28/79 - DM 6,80**

**28/80 - DM 7,80**

**28/81 - DM 7,80**

**28/82 - DM 6,80**

**28/84 - DM 6,80**